3

Elísabet Benavent

Valeria in bianco e nero

Traduzione di Sara Cavarero

Rizzoli

ISBN 978-88-17-09455-9

Titolo originale dell'opera:
VALERIA EN BLANCO Y NEGRO

Prima edizione: giugno 2017

Immagine di copertina: Damiano Groppi

Realizzazione editoriale: NetPhilo, Milano

Rizzoli best

Valeria in bianco e nero

A María, perché non trovo parole
per dirle quanto le voglio bene

1

Iniziamo alla grande

Víctor era inginocchiato sul letto. Nudo. E bellissimo. Aveva i capelli scarmigliati e le tempie sudate per lo sforzo. Le braccia e le cosce si tendevano seguendo il ritmo dei gemiti, che cominciavano a essere secchi e violenti. Il petto si gonfiava... quel petto tanto virile, definito, forte, villoso quanto basta, con i peli che andavano diradandosi fino a tracciare una linea sottile sugli addominali. Sotto, l'andirivieni tra i suoi fianchi e i miei.

Mi teneva per le cosce e mi sollevava a suo piacere, per penetrarmi più a fondo. Io inarcavo la schiena, abbandonata tra le sue braccia. Ero alla sua mercé. Quella posizione aveva il potere di farmi dimenticare tutti i miei patimenti; soprattutto quel nuovo «accordo» che regolava la nostra relazione. Sì, insomma: non eravamo fidanzati, non ci chiedevamo spiegazioni, non sapevamo nulla dell'altro oltre a ciò che l'altro voleva farci sapere. Uno schifo, insomma. Almeno per me. Io volevo qualcosa di diverso: un rapporto vero, di quelli in cui dopo l'orgasmo ci si giura amore eterno.

Comunque, quando Víctor mi prendeva così, poteva anche dirmi che da quel giorno in poi mi avrebbe solo spedito telegrammi in alfabeto morse, e a me sarebbe andato bene.

Buttò indietro la testa e ansimò in quel modo che mi piaceva tanto, a denti stretti. Il gemito attivò il mio interruttore interno: sentii un solletico tra le gambe e un lieve tremore mi attraversò dalla testa ai piedi. Mi trattenni. Non volevo finire così in fretta. Feci ondeggiare i fianchi verso di lui, per sentire ancora di più la sua erezione.

«Mi fai impazzire...» mormorò. «Cazzo, è una droga. Non smetterei mai di scoparti.»

Emisi un verso che voleva essere un sospiro trattenuto, ma che suonò come un ululato, e mi aggrappai alle lenzuola.

«Ancora, ancora... non fermarti» implorai.

Víctor accelerò il ritmo e i capezzoli mi si indurirono quando sentii il mio corpo tremare, come percorso da una corrente elettrica che partiva dal mio sesso. Non riuscii nemmeno a gridare. Stavo esplodendo in un intenso e sconvolgente orgasmo. Rimasi sfinita sul letto, in una specie di coma, e lasciai che Víctor continuasse a muoversi fino a venirmi dentro, per poi rallentare.

«Cazzo...» grugnì.

A quel punto tutto finì. Lui rimase qualche secondo dentro di me, con gli occhi chiusi. In quegli attimi avevo sempre la sensazione che si godesse con calma il momento, come fossimo una coppia che ha fatto l'amore e non due che scopano e basta. Poi quella sensazione sparì e lui si lasciò cadere al mio fianco, fissando il soffitto.

A volte si girava e mi diceva qualcosa. Qualcosa di stupido, ovvio, perché cosa puoi dire in un momento del genere se non: «Ti amo»? Invece si limitava a:

«Wow», «È stato fantastico» o «Dammi mezz'ora e lo rifacciamo». Meglio quando restava zitto, come in questo caso. Noi donne siamo fatte così: preferiamo il silenzio, perché possiamo riempirlo con tutti i pensieri e le sensazioni che vorremmo aver scatenato nel nostro compagno. Certo, è solo una reazione ipotetica, immaginaria, ma batte di gran lunga la certezza di sentirlo canticchiare tra sé e sé o lo scoprire che si farebbe volentieri una birra.

Víctor si girò verso di me, sul letto, e si strinse al cuscino. Mi fece una carezza, mi diede un bacio sul collo e mi chiese se volevo fare la doccia con lui. Víctor e la sua dannata doccia postcoitale. Una doccia lunga e fredda che, tuttavia, finiva di solito con un secondo assalto.

«No, no. Adesso me ne vado. Domani ho parecchie cose da fare» risposi riprendendo fiato.

«Tipo?»

«La valigia. E mandare un articolo al mio editor. O agente. O che cavolo ne so io cosa...»

«Un articolo?» chiese aggrottando la fronte e guardandomi con aria curiosa.

«Per una possibile collaborazione con una rivista. Non so come andrà. Per il bene delle mie finanze, spero funzioni.»

«Bello.» Si sistemò sul letto e si coprì un po' con il lenzuolo. «Quand'è che vai?»

Per una frazione di secondo pensai si riferisse al fatto che ero ancora nel suo letto, e quasi arrossii, poi però capii che parlava del mio viaggio.

«Dopodomani» risposi.

«E a che ora hai il volo?»

«Alle sei e venti, credo. Ma non ci metterei la mano sul fuoco. Dovo controllare i biglietti.»

«Ti accompagno in aeroporto?» propose, mentre mi accarezzava un braccio.

«Non è necessario. Prenderò un taxi» replicai voltandomi verso di lui.

«No, dai, passo io da te. Un taxi a quell'ora... non è il massimo. Posso fermarmi a dormire a casa tua, se ti va. Così ti accompagno prima di andare al lavoro e ti do una mano con la valigia.»

«D'accordo.» Sorrisi.

In fondo eravamo sempre lì a fare braccio di ferro, ma ognuno contro se stesso. A me quella storia da pseudocoppia moderna non andava giù, eppure giocavo a fare la dura e fingevo di non considerarlo parte della mia vita, di limitarmi a usarlo ogni volta che ne avevo voglia; in realtà mi scioglievo di fronte al minimo gesto che andasse oltre il semplice sesso. Anche se, a ben vedere, non erano per forza segnali d'amore.

D'altro canto, lui giocava allo stesso modo con se stesso. Per Víctor la posizione in cui ci trovavamo era la migliore. E non mi riferisco a quella messa in pratica a letto, ma al fatto di non dover dare spiegazioni e non avere una relazione ufficiale. Ci era abituato, e in questo modo non si sentiva costretto a fare le cose per bene.

Andavamo a cena fuori, a bere qualcosa, poi a scopare; oppure mi chiamava per passare la domenica insieme, anche senza per forza fare sesso. Tutto molto libero. Di sicuro agli amici diceva che ero solo la ragazza con cui andava a letto. A me sembrava immaturo e illogico perché, tra l'altro, per mantenere il nostro rapporto entro questi confini doveva lottare di continuo con se stesso: controllare gesti spontanei che andavano in tutt'altra direzione... Alla fine, entrambi dovevamo sforzarci per adeguarci alla sua definizione. Io, però, cominciavo a stancarmi.

Allungai la mano, presi gli slip che erano volati sul comodino e me li infilai. Mi alzai dal letto e raggiunsi i jeans ma, prima che potessi indossarli, Víctor mi afferrò per un polso facendomi cadere di nuovo sul materasso. Si avvicinò e mi baciò sulle labbra.

«Non andartene, testona. Resta qui stanotte.» Sfregò il naso contro il mio.

«Ma domani devo...»

«Ti sveglierò io prima di andare al lavoro. Dopodomani parti, e non potrò dormire con te per giorni.»

Non suonava proprio come lui voleva venderla, no?

2

E questo?

Sentii la sveglia in lontananza, anche se ero solo dall'altra parte del letto. Be', il mio corpo era lì, ma la mia coscienza era in piena trance agonistica da saldi: stavo litigando con una ragazza imprecisata per una borsetta letteralmente da sogno.

La mano di Víctor diede un colpo sulla sveglia e quel fischio infernale si zittì. Mi accoccolai mentre lui si sedeva sul bordo del letto. Lo sentii sbuffare e sbirciai l'orologio senza impegnarmi troppo ad aprire le palpebre. Le sei e mezzo. E la sconosciuta senza volto mi aveva pure fregato la borsa superscontata.

Víctor si alzò e andò in bagno con passo lento. Mi ha sempre affascinato quel suo modo di fare: se deve alzarsi, niente storie, lo fa e basta. Non brontola mai, né supplica: «Ancora cinque minutini».

(Modalità ironia on)

Quasi come me.

(Modalità ironia off)

Quando passò davanti al letto non riuscii a trattenermi e lanciai un'occhiata alle sue gambe, al suo didietro. Adoravo l'abitudine che aveva di dormire solo in mutande anche quando faceva un freddo del diavolo. La mia gioia mattutina...

Sentii l'acqua della doccia. Le palpebre pesavano tonnellate. Sonnecchiai ancora un po'.

L'anta dell'armadio, suono dolce di grucce in legno che sbattono tra di loro. Aprii un occhio.

Víctor si stava infilando la camicia dentro i pantaloni. Strinse la cintura. Chiusi gli occhi, appagata da quella visione. Che meraviglia!

Si chinò e mi diede un bacio sul collo. Gemetti appena. Fuori era ancora notte.

«Valeria, sono le sette e mezzo. Ti ho lasciato il caffè in cucina.»

«Ancora cinque minutini» mormorai.

«Ma hai detto che volevi tornare a casa presto...»

«Ho detto presto, non all'alba» protestai.

«Dai.» Mi diede una pacca sul sedere che risuonò nella camera. «Più tardi ti chiamo.»

Il corridoio si riempì dei suoi passi, le chiavi infilate nella tasca dei pantaloni, la porta che si chiudeva. Guardai il soffitto. Nessun dubbio: ero più contenta quando Víctor mi amava, mi coccolava e mi portava la colazione a letto. Cosa avevo sbagliato per fare un simile passo indietro?

Non c'era molto da scervellarsi, le cose stavano così: se non mi andava bene, la porta era quella. Ma l'idea di lasciare campo libero a tutte le zoccolette che gli avrebbero volentieri scaldato le lenzuola non mi fece affatto sentire meglio. Mi aveva promesso che, fin quando ci fossimo frequentati, non avrebbe visto nessun'altra; nessuna smorfiosa dal corpo scultoreo disposta a trasformare in realtà tutti i suoi sogni proibiti avrebbe occupato quel pezzetto di letto che consideravo di mia proprietà. A pensarci bene, però, solo le elaborate tecniche amatorie mi rendevano diversa dalle altre. Loro le conoscevano, io no. Non ero che una in più, l'equivalente umano e sessuale di una borsa dell'acqua calda.

Vietandomi di continuare con quel genere di pensieri, mi alzai, rubai una maglietta dall'armadio e andai in cucina a bere una tazza di caffè. Siccome non avevo più diritto a lasciare qualcosa lì, potevo solo scegliere tra andare in giro carica come un mulo o abituarmi a portare con me l'indispensabile e rinunciare alle comodità. Comodità tipo un pigiama, un phon o un cambio di biancheria.

Bevvi il caffè, sciacquai la tazza, andai in camera e rassettai il letto. Non avrei dovuto farlo; anzi, avrei dovuto lasciarci dentro le mie mutandine, giusto per rompere un po' le scatole, ma ero una codarda. Raccolsi i miei vestiti sparsi in giro per la stanza.

Tecnicamente, la sera prima eravamo passati di lì solo a prendere le chiavi della macchina, per andare a cena fuori, ma in un attacco di passione Víctor mi aveva spinta contro la parete e addio prenotazione al ristorante. I vestiti ce li eravamo strappati di dosso l'un l'altra, per cui non mi stupii di non trovare il reggiseno. Alla fine lo localizzai sotto due cuscini, sulla poltrona in un angolo della camera, piegato meglio di quanto mi aspettassi.

La prima cosa che mi sorprese fu il tessuto. La seconda che le mie tette non ci stessero dentro. Ricordo di aver sollevato il sopracciglio sinistro e di aver pensato che ultimamente mangiavo troppo, specie la sera. Ma, un attimo... Mangiavo così tanto da non entrare più nel reggiseno da un giorno all'altro? Me lo sfilai e lo studiai con più attenzione.

Era di una marca che non avevo mai usato. E non era della mia taglia, né dello stesso colore di quello che indossavo il giorno prima. Come avrei potuto abbinare degli slip di pizzo bianco a un reggiseno nero di raso sintetico? *Raso sintetico!*

Be', ormai era chiaro: non era mio.

Prima di andarmene sbattendo la porta, cercai del nastro adesivo in tutta la casa. Lasciai il maledetto reggiseno appeso allo specchio dell'ingresso, con un biglietto che diceva: *Non ti aspetterai che creda sia di tua sorella, vero? Stronzo. E coglione.*

Sì, scrissi proprio «stronzo» e «coglione». È così che divento quando qualcuno me la fa grossa.

3

Inconfessabile

Noi donne siamo molto brave a nascondere i dettagli che ci fanno male, che ci fanno sentire umiliate. Specie se non riusciamo a rendere pan per focaccia a chi se lo merita. E ci comportiamo così per non ammettere di esserci rese vulnerabili. Come potevo raccontare del reggiseno? Non dissi nulla, manco fossi una poco di buono. Eppure Lola mi aveva chiamata per assicurarsi che avessi stampato i biglietti dell'aereo, e Carmen per chiedermi – per la diciottesima volta – dove diavolo stessimo andando. Persino Nerea mi aveva lasciato un messaggio in segreteria, pregandomi di richiamarla.

In compenso, in un raptus di rabbia, appena arrivata a casa diedi un calcio alla prima cosa che mi trovai davanti. Il portariviste. Lo sfondai con il piede, riducendolo in pezzi e spargendo giornali per tutto il salottino. Poi mi sedetti sul pavimento e scoppiai a piangere. A piangere! Io! Bastardo d'un Víctor! Maledetto anno del cazzo. Perché non poteva tornare aprile? Così io e Víctor ci saremmo conosciuti di nuovo, ricominciando da capo. Anche se, con tutta probabilità, avrei ripetuto gli stessi errori.

In fondo lo sapevo: lui aveva il diritto di fare quel che meglio credeva nel suo tempo libero. Ma... la sua promessa di non frequentare altre donne? E poi, perché diamine aveva bisogno di altro sesso?

Mentre tiravo fuori la valigia da sotto il letto, con le mascelle serrate dalla rabbia, ripercorsi con la mente l'ultima settimana. Venerdì ero uscita a bere qualcosa con le ragazze e lui, di sua spontanea volontà, era passato a prendermi per portarmi a casa. Alla fine ci eravamo ritrovati a casa sua, a farlo sul divano. E, tanto per cambiare, era stato magnifico. Selvaggio. Il segno dei miei denti decorava ancora la sua spalla sinistra.

Sabato avevamo pranzato assieme, quindi ero tornata a casa mia e la sera eravamo usciti a bere qualcosa. Morale della favola? Ci eravamo ubriacati ed eravamo finiti stesi sul mio letto, in coma.

Domenica eravamo andati al cinema, per poi ritrovarci di nuovo a casa mia a fare maialate alla spagnola (o forse meglio alla francese). Come al solito ci eravamo concessi un bis nella doccia, ed era stata una cosa da film a luci rosse. Soddisfacente, animalesca e molto goduriosa.

Lunedì Víctor era passato da me e l'avevamo fatto in cucina. Poi avevamo cenato con sushi preparato da noi; salmone, avocado, baci e palpatine.

Martedì... martedì era la sera prima. Quindi, riassumendo: o le sue giornate avevano più ore del normale, o aveva sfruttato il sabato pomeriggio per scoparsi una zoccola dalle tette piccole, che per di più indossava un reggiseno in raso sintetico.

Cazzo. Gran figlio di puttana. Sul serio, che problemi aveva? Di quanto sesso aveva bisogno? Si trattava di variare? Di scoparsi quante più fichette arrapate possibile, così da sentirsi abbastanza giovane? Era quello?

Forse avrei dovuto telefonargli e chiedergli spiegazioni, ma mi sentivo troppo stupida e umiliata per seguire la logica... E poi speravo che la mia speciale installazione sortisse qualche effetto. «Reggiseno e nastro adesivo»: sembrava il titolo di una scultura d'arte contemporanea. Immagino che potesse rappresentare la metafora dell'idiozia femminile.

Mi concentrai sui bagagli. Ho già spiegato perché stavo facendo la valigia? Che testa che ho... Per l'addio al nubilato di Carmen! Si sarebbe sposata di lì a sei mesi. Sì, lo so, eravamo in largo anticipo, ma avevamo paura di ritrovarci dentro un canale con la bicicletta attaccata a un braccio e le gambe rotte. Insomma, volevamo darci il tempo di far saldare un'eventuale frattura, in modo che la sposa non dovesse raggiungere l'altare sulla sedia a rotelle. La destinazione? Amsterdam.

Lola era riuscita a trovare un volo a un prezzo stracciato, quindi aveva preso i biglietti senza chiedere niente né a me né a Nerea, né tantomeno a Carmen, che avrebbe scoperto la nostra meta solo il giorno dopo, in aeroporto.

Lola aveva vissuto ad Amsterdam in Erasmus, un trilione di anni prima; adorava quella città, soprattutto d'inverno, e ormai eravamo a dicembre. Insomma, avremmo avuto a disposizione una guida eccezionale e appassionata.

Stipai nel bagaglio a mano quattro dolcevita, tre jeans, un paio di vestiti, calze pesanti, biancheria intima, un pigiama, il beauty case e un paio di collane. Come ci sono riuscita? Non lo so. Dev'essere stata l'incazzatura a rendermi così meticolosa. Certo, avrei dovuto arrangiarmi con un solo paio di stivali, ma pazienza.

Una volta finito mi sedetti, con l'intenzione di scrivere un po', ma l'unica cosa che riuscii a fare fu fumare una sigaretta dietro l'altra dandomi dell'idiota. Mi persi a guardare fuori dalla finestra, e la giornata trascorse quasi senza che me ne rendessi conto.

Maledetto Víctor.

Alle otto di sera suonò il campanello. Era lui, ovvio. Sapevo che non sarebbe passato da casa sua: conoscendolo, era andato in palestra e poi era venuto direttamente da me. Per non vederlo, avrei dovuto chiamarlo e dirglielo. Non so perché non lo feci. Suppongo che, nonostante tutto, lo volessi vedere. Ed eccolo lì.

Aprii la porta e me lo ritrovai davanti, tranquillo e sorridente, con quell'abito grigio che gli stava tanto bene. Si fosse almeno presentato in tuta, rendendomi le cose un po' più facili... D'accordo, chi voglio prendere in giro? L'avrei trovato splendido persino vestito da pagliaccio. In ogni caso fui forte e gli lanciai uno sguardo tutt'altro che gentile, mentre mi appoggiavo allo stipite della porta.

«Cosa ci fai qui?» domandai.

Tentennò un attimo. «Ieri sera ti ho detto che sarei venuto. Così domani ti accompagno in aeroporto. No?»

«Vattene.»

«Che succede?» Si accigliò.

«Vattene. Fatti un giro a casa tua e poi, se hai ancora dei dubbi, fammelo sapere.»

Chiusi la porta e rimasi a fissare il nulla. Dopo qualche secondo, Víctor bussò. Sentii che si appoggiava allo stipite.

«Valeria, vuoi aprire?» Non risposi. «Mi spieghi?» chiese con tono teso.

«Eravamo d'accordo di non chiederci spiegazioni, no? E allora tornatene a casa, cazzo!»

Si scostò e sentii i suoi passi tranquilli che scendevano le scale. Tutto qui: se ne andò, semplicemente. Sapevo che si era stancato delle mie scenate nei primi mesi della nostra relazione, e che scappava da qualunque cosa gliele ricordasse, ma perdio... lo stavo cacciando senza nessuna spiegazione... Io al suo posto avrei insistito un po' di più, no?

Passò un'ora. Pensai che sarebbe tornato supplicandomi di aprire la porta, per cercare almeno di rifilarmi una bugia. Passò un'altra ora. Pensai che fosse seduto in macchina, lì sotto, a cercare una scusa che non suonasse tale. Passò ancora un'ora, e smisi di pensare. O di sperare. Che stupida.

Ero delusa, umiliata, e per la prima volta dalla separazione sentii la mancanza di Adrián. Poi mi resi conto che non era lui a mancarmi: no, mi mancava qualcuno dall'altra parte del letto, qualcuno da abbracciare.

Víctor non sarebbe venuto. Con tutta probabilità non aveva nemmeno pensato di tornare indietro a darmi una spiegazione. Ormai doveva essere già a letto, quel gran bifolco. Se c'è una regola che non ha eccezioni è che i belli fanno male alla salute.

Non capivo come una persona potesse sussurrare a occhi chiusi che ti ama e, quattro mesi dopo, dimenticarsi persino il più semplice rispetto. Com'è possibile che qualcuno si infatui, si innamori, ami e smetta di amare nell'arco di così poco tempo? O meglio ancora: com'è possibile che due persone, dopo essere passate attraverso tutto ciò, decidano che continuare a vedersi è una buona idea?

Alle quattro e mezzo, quando suonò la sveglia, non pensai di stare a poltrire ancora un po': non avevo dormito tutta la santa notte. Mi ero già fatta una doccia, mi ero vestita e avevo bevuto un caffè. Avevo preferito darmi da fare, per non farmi prendere dall'autocommiserazione. Non volevo rovinarmi il viaggio. Chiamai un taxi, chiusi la valigia e mi sedetti ad aspettare, con le occhiaie e un senso di profondo disgusto.

Scesi in strada cinque minuti prima dell'ora concordata. Faceva un freddo insopportabile, quindi mi abbottonai il cappotto fino al collo e mi avvolsi bene nella sciarpa. L'aria era tanto gelida da farmi persino male alle dita, ma non riuscii a resistere alla tentazione: dovevo fumare. Ero nervosa, e speravo che la nicotina avrebbe riempito il vuoto che sentivo dentro.

Accesi la sigaretta, soffiai una nuvoletta di fumo e vidi la sua macchina ferma in doppia fila, con le quattro frecce. Feci un altro tiro, poi buttai la sigaretta a terra.

La portiera si aprì e ne uscì lui. Mi fissava. Si abbottonò la giacca dell'impeccabile abito nero; sotto aveva una camicia bianca, senza cravatta. Semplicemente perfetto.

Cazzo. Maledetto Víctor.

Si sistemò il colletto della giacca e, dopo aver chiuso l'auto con il telecomando, si incamminò verso di me. E io ero ridotta uno schifo. Bene, avrebbe appurato che poteva farmi passare una notte in bianco, morta di gelosia. Che soddisfazione!

Si piantò davanti a me e, senza una parola, fece per prendere la valigia, ma io la afferrai prima di lui.

«Valeria, sali in macchina» disse, con un tono che non ammetteva repliche.

«No. Ho chiamato un taxi. Sta per arrivare.»

«Ma perché fai così?» Si raddrizzò, e mi parve altissimo nel suo metro e novanta. «Perché sempre la stessa storia, cazzo? Non potremmo rendere le cose più semplici, invece di complicarle?»

«Io le *sto* rendendo semplici. Ti dispenso dal fornire spiegazioni, cosa che ti secca tanto. E al contempo evito di incazzarmi ancora di più. Sai una cosa? Non m'importa se mi rendo ridicola, ma credevo davvero che venissi a letto solo con me. E sono arrabbiata per così tante cose che se facessi l'elenco perderei l'aereo. Quindi fammi il piacere...» Guardai verso la strada. «Sta arrivando il taxi. Mi hai già rovinato la nottata, cerca di non rovinarmi anche il viaggio.»

«Tutto qui?» chiese, sollevando le mani con i palmi all'insù.

«Cos'altro vuoi?» Corrugai la fronte. «Ho trovato un reggiseno in camera tua, ed evidentemente non era mio! Quello che succederà d'ora in poi non credo dipenda da me. Prova a chiedere al tuo Peter Pan cosa devi fare.»

Scesi dal marciapiede con la mia piccola valigia e la borsa. Il tassista uscì dall'auto per aprire il portabagagli e Víctor gli si avvicinò.

«Scusi, c'è stato un malinteso. La porto io, ma non si preoccupi: le pago l'intera corsa e...»

Mi voltai, pronta a staccargli la testa. Non controllai nemmeno il tono della mia voce:

«Non c'è stato nessun malinteso! E le cose non si sistemano con il portafogli, Víctor! Né con i baby-doll di La Perla, le cene fantastiche o i gesti da film! Basta. Non mi aspetto niente da te! Hai capito? Niente. Ormai non mi aspetto più niente! Quello che non mi spiego e perché mi sia mai aspettata qualcosa...».

Salii sul taxi e lo vidi spostarsi, indietreggiare, fino ad appoggiarsi a una macchina parcheggiata. Non insistette ma, per la prima volta da tanto tempo, non desideravo nemmeno che lo facesse.

Lola, Nerea, Carmen e io avevamo appuntamento in aeroporto alle cinque e mezzo, ma quando arrivai l'unica già lì era Carmen. Di fianco a lei, un Borja assonnato e con le occhiaie si sfregava gli occhi come un neonato. Mi avvicinai, mi sforzai di sorridere e scoccai a entrambi due sonori baci.

«Che carino ad accompagnarla...» dissi a Borja, cercando di mascherare una fitta di rabbia.

«Credevo ti avrebbe portata il tuo ragazzo, altrimenti saremmo passati a prenderti» rispose lui sorridendo.

«Non preoccuparti.» Gli diedi un'affettuosa pacca sull'avambraccio.

Carmen mi lanciò un'occhiata diffidente e poi, senza nemmeno lasciarmi il tempo di ricambiare, si lanciò in un vivace monologo.

«È vero, sono una fifona, lo so. Colpa mia. Ma ho paura. Mi *fate* paura. Soprattutto Lola. Dimmelo. Dimmelo che mi vestirete da gallina e mi porterete a Logroño a mangiare la *chistorra*, così mi metto il cuore in pace. E lo accetto, sia chiaro. Ma questa cosa di non sapere cosa volete farmi... Cazzo! È la parte peggiore! Ho fatto passare una nottataccia a Borja... E io non ho chiuso occhio! Se il volo è di quelli che durano venti minuti e non si ha nemmeno il tempo di schiacciare un pisolino, come faccio? Dimmelo! E come fate, voi? Perché è sicuro che stasera mi vorrete portare, non so, in un centro ricreativo per anziani in un paese sperduto a fare chissà cosa. E io non sarò in vena di idiozie!» Sollevai le sopracciglia e scoppiai a ridere.

«Rilassati, per favore! Non siamo così crudeli. Ti prometto che saranno giorni fantastici.»

«Fantastici? Per voi tre, forse, ma anche per me?»

«Per tuuutteee» risposi, allungando le vocali.

In quel momento un ticchettio richiamò la nostra attenzione. Voltandoci, vedemmo Lola che si avvicinava con le sue movenze sinuose. Si fermò davanti a noi, ci guardò e, scoppiando a ridere, ci disse che eravamo ridotte uno schifo.

Lei, ovvio, era perfetta. Fottutamente perfetta. Poche cose le toglievano il sonno, specie adesso che non doveva nemmeno preoccuparsi della questione Sergio, ormai chiusa. Pensai che lei e Víctor fossero la coppia ideale. Come reazione, un fiume di bile si riversò alla bocca del mio stomaco, e decisi dunque di non pensare più a quel maledetto parassita, almeno fino al ritorno.

Guardammo tutte e tre l'orologio. Lola, masticando serenamente una gomma, diede anche un'occhiatina al cartellone delle partenze.

«Spero che Nerea si sbrighi, perché tra dieci minuti inizia l'imbarco. O almeno, è quello che c'è scritto sui biglietti» commentò.

«Eddai, ditemelo!» strillò Carmen.

«Guadalajara» risposi. «Messico. Ti faremo cantare come i mariachi e urlare *ay, ay, ay, ay, aaayyy*!»

Borja, Lola e io ci sbellicammo dalle risate, mentre Carmen mostrava a tutti il dito medio. A quel punto comparve Nerea, vestita come una stella di Hollywood in viaggio, valigetta Loewe e shopping bag Carolina Herrera incluse. Ci salutò con un sorriso e si sistemò i capelli biondi.

«Ecco. È arrivata Greta Garbo» scherzò Borja. «Vado. Dammi un bacio.»

«Non lasciarmi qui.» Carmen lo trattenne con forza per un braccio. «Mi faranno delle cose orribili. Me lo sento.»

«So dove andrete, so cosa farete e la mia unica paura è che tu non voglia tornare, per cui dammi un bacio e vai.»

Carmen sorrise e, dopo aver posato la valigia, si lasciò avvolgere dalle braccia di Borja. Poi si fusero in uno di quei baci da film che lasciano senza parole. Tenero, innocente, sincero. Un bacio d'amore.

Qualcuno mi avrebbe mai baciata in quel modo?

«A presto» salutò Borja senza smettere di fissare Carmen, innamorato.

«Ti amo.»

«Non dimenticarlo.» Sorrise mezzo girato di lato, come un affascinante attore del cinema in bianco e nero. Poi, rivolto a noi, aggiunse: «Abbiate cura di lei».

Quando la scoprì, Carmen accolse con entusiasmo la meta del nostro viaggio. Iniziò a saltellare e, non appena fu certa che non avevamo intenzione di travestirla in modi strani, ci baciò tutte. Compresa Greta Garbo, a disagio per le nostre eccessive manifestazioni d'affetto.

L'aereo, piccolo ma comodo, aveva quattro posti per fila, due a ogni lato del corridoio, e il viaggio durava in tutto due ore e mezzo. Occupammo i nostri posti – tutti affiancati – in ordine di arrivo, quindi mi ritrovai accanto a Carmen, che continuava a fare progetti per quei quattro giorni: «Andremo a spasso lungo i canali sulle nostre biciclette a noleggio, berremo birra e fumeremo spinelli e...».

Io le sorridevo, ma ero più di là che di qua... E con «là» mi riferisco alla mia discussione con Víctor. Certo, pensavo fosse la fine della nostra relazione, o quel che era. Su quelle macerie ormai non si poteva costruire nulla di solido, niente che non fosse destinato a crollare, quindi questa volta dovevamo davvero lasciar perdere. D'altra parte conoscevo Víctor, e immaginavo la sua reazione davanti al reggiseno appeso allo specchio dell'ingresso: non avrebbe insistito. Né sarebbe salito su un aereo per raggiungermi e confessare vicino a un canale che mi amava. No. Non l'avrebbe fatto.

E io non volevo che lo facesse. I fatti parlano più delle buone intenzioni. O almeno, è quello che dice sempre mia madre. A cosa mi serviva una scenetta da finale di commedia romantica? Ormai non mi fidavo più di lui, punto e basta.

Appena decollammo, Carmen prese a recitare ogni preghiera del suo limitatissimo repertorio cattolico e io mi lasciai andare a uno stato di agitato dormiveglia. Non riuscivo a rilassarmi. Quando ormai pensavo fosse ora di riscuotermi e chiedere un caffè alla hostess, un gomito mi sfiorò il braccio con delicatezza. Sollevai le palpebre e vidi Carmen che mi osservava con i suoi grandi occhi un po' preoccupati. Mi sporsi verso l'altro lato del corridoio: Nerea leggeva un libro di Paul Auster con degli occhiali super costosi e Lola dormiva con la bocca aperta.

«Valeria» sussurrò Carmen, «che succede?»

«Niente, tesoro. È solo che non ho dormito bene.» Mi strofinai gli occhi struccati e sorrisi. «Anzi, a essere precisi non ho dormito né bene né male: non ho proprio chiuso occhio.»

«Nervosa?»

«Certo, ero entusiasta per il viaggio... E lo sono ancora, sia chiaro. Ma mi sa che non è questa la ragione.»

«Víctor» commentò lei sospirando.

«Sì, Víctor.»

«Ne vuoi parlare?»

Mi mordicchiai agitata il labbro e alla fine annuii. Se c'era qualcuno in grado di capirmi, era lei: umana, indulgente e sentimentale al punto giusto. Non che Nerea o Lola non siano umane; ma a volte, per quanto riguarda i sentimenti, sembrano più che altro dei cyborg.

«Credo che abbiamo chiuso.»

«Cosa?!» esclamò preoccupata.

«Non ne posso più, Carmen. Non ne posso più di questo rapporto postmoderno, aperto, che è tutto e niente. E non mi spiego come ci siamo ridotti così in... cazzo, in sei merdosissimi mesi.»

«Val, tesoro, devi soltanto tenere duro: alla fine si accorgerà che, qualsiasi definizione gli voglia dare, voi due vi amate. Punto. Basta vedere come ti guarda. E tu sei troppo furba per non rendertene conto da te...»

Sbuffai e mi sfregai il volto con le mani.

«Carmen...»

«Cosa?»

«Prima la pensavo anch'io così. A volte trovavo ingiusto dover tenere duro per una specie di strategia, ma altre volte mi dicevo che all'amore non piacciono le cose semplici, e che più lotti per qualcosa più ne vale la pena.»

«Cos'è che ti ha fatto cambiare idea?»

«Ieri mattina...» Sospirai. «Mio Dio, Carmen, non raccontarlo a nessuno... Non mi sono mai sentita così umiliata.»

«Te lo giuro! Che è successo?» Corrugò la fronte e le sue piccole dita mi afferrarono l'avambraccio.

«Ieri mattina mi stavo vestendo, a casa sua, e ho trovato un reggiseno che non era mio.»

«Magari...»

«Non dirmi che magari era di sua sorella. Sappiamo entrambe che non è così. Il davanzale di sua sorella non ci sarebbe stato nemmeno per magia, in quel coso.»

Restammo entrambe in silenzio e io mi scompigliai i capelli.

«Posso farti una domanda?»

«Certo.»

«Cos'è che ti dà più fastidio in tutta questa storia?»

Rimasi a fissarla. Come sarebbe a dire, cosa mi dava più fastidio? S'era rincretinita? No, Carmen è una persona intelligente, e non fa mai domande a caso. Di certo aveva in mente qualcosa. Tanto valeva scoprire cosa.

«Cos'è che mi dà più fastidio? Vuoi una risposta di testa o di pancia?»

«Entrambe, direi.»

«A mente fredda, senza prestare troppa attenzione a tutto il resto, mi scoccia perché...» tossii, nervosa «... perché io e Víctor non usiamo precauzioni. O meglio, le uso io: continuo a prendere la pillola. Ma niente preservativo. Mi è sempre sembrato un passo in più nel rapporto, qualcosa di molto intimo, e oltre a essere entrambi sani non andavamo a letto con nessun altro. Ma chi mi dice che sia sempre stato così? O che sia ancora così? Appena torno da Amsterdam chiamo il medico per fissare un appuntamento. Farò esami persino per la peste nera.» Carmen mi guardò perplessa. «Che c'è?» le chiesi.

«Innanzitutto, non sappiamo se sta andando a letto con altre, se è stato un caso isolato, se davvero non... Ma poniamo che lui stia... frequentando altre ragazze...»

«Frequentando?» Scoppiai a ridere.

«Preferisci "scopando"?»

«No, hai ragione: preferisco "frequentando".»

«Bene. In ogni caso, se lui sta andando a letto con altre, si suppone che con loro usi il preservativo. Perché non dovrebbe rispettarti, in questo?»

«Ha forse mostrato rispetto per qualcos'altro? Perché dovrebbe iniziare ora?»

Guardai nel vuoto, arrabbiata. Carmen richiamò la mia attenzione.

«E il cuore, che dice?»

«È più complicato.» Sospirai. «Non capisco – ma proprio *non capisco* – cos'ho sbagliato per rovinare tutto. Aveva detto di amarmi. Io l'ho lasciato e lui non ha mai ritrattato, nemmeno in quel momento. Ma cosa devo pensare ora, dopo quello che ho visto? Che non mi ha mai amata? Che era troppo presto per quelle parole? Che me l'ha dette solo perché si sentiva obbligato, credendo le aspettassi? E io, le aspettavo davvero?»

«Val, tesoro, frena. Ti rendi conto?»

«Di cosa?»

«Sembra che debba essere tutto colpa tua! Ti ha detto "Ti amo" perché in quel momento lo sentiva; e, se vuoi la mia opinione, non penso abbia smesso. Ha solo deciso di dare un altro nome a quel sentimento, per sentirsi più a suo agio. Si è cacato addosso. L'hai piantato, l'hai fatto stare male e poi sei tornata. Quello è abituato a donne che gli si gettano ai piedi, e tu non sei così. All'inizio sei stata una sfida, poi però pretendevi più di quanto lui fosse abituato a dare, ed è nato quel tira e molla che ti faceva sentire insicura, ricordi? Quando hai capito che non avevi più il controllo della tua vita, e hai deciso di riprendere il coltello dalla parte del manico, i ruoli sono cambiati e lui si è ritrovato piantato in asso. A quel punto siete tornati insieme, ma eri tu quella che sembrava sapere cosa fare. Be', credo che non sia ancora pronto ad accettarlo. Ma lo farà, prima o poi.»

«Lo farà? Non so se crederci, Carmen. E di certo non me ne starò seduta ad aspettare che lui si stanchi di portarsi a letto tutte le squadre femminili di beach volley della zona.»

«Quelle non hanno tette» sussurrò Carmen.

«A giudicare dal reggiseno che ho trovato, nemmeno la tipa che se lo scopa. Credo si metta il reggiseno più che altro per farsi coraggio.»

«Ora, questione importante... gliel'hai detto?»

«Ho attaccato il reggiseno allo specchio dell'ingresso di casa sua, con del nastro adesivo, insieme a un biglietto. Biglietto nel quale, tra l'altro, gli davo del coglione e dello stronzo. Poi ieri sera è passato subito da me dopo il lavoro e l'ho mandato a fanculo. Gli ho detto che se voleva capire il perché se ne andasse a casa. Non è tornato. Stamattina l'ho trovato parcheggiato davanti al portone, alle cinque meno un quarto. Voleva accompagnarmi in aeroporto, ma io non avevo voglia di discutere né di rovinarmi il viaggio.»

«Magari voleva parlartene, darti una spiegazione.»

«Víctor? Figurati! Era in modalità "cerchiamo di renderci le cose facili"; che per lui immagino significhi: "lascia che mi scopi tutto ciò che respira e non brontolare". No, la storia è chiusa. Sono stufa. Non c'è un motivo al mondo per cui lo debba sopportare oltre. È un idiota.»

«Un po' idiota lo è, sì; ma lo siamo tutti, chi in un modo chi in un altro.»

«Non giustificarlo. E poi, Borja è un idiota? Ne dubito! Ragazza, stai per sposare l'ultimo vero uomo sulla faccia della terra.»

«Ah, sì? E che mi dici della faccenda di sua madre?» ribatté sgranando gli occhi.

«L'ha affrontata!»

«Be', c'ha messo un po' più del dovuto, non credi? E poi anche Borja ha i suoi difetti, come tutti.»

«Quali difetti?»

«Difetti» ripeté enigmatica, facendo spallucce.

«Eh no, adesso sputi il rospo...»

«Per esempio è molto flemmatico.» Sollevai un sopracciglio e rimasi a guardarla, aspettando che la smettesse con le cazzate. Carmen schioccò la lingua e si avvicinò. «È solo che...» Si guardò intorno. «Non vuole mai...»

«Scopare?»

«Ma no, sta' zitta.» Rise. «Quello sì, cazzo. Di continuo. È un uomo.»

«E allora?»

«Non vuole usare...»

«Il preservativo?» Terminai la frase al posto suo.

«Da un po' di tempo... mai.»

«E quindi?»

«E quindi siamo messi così.» Fece il broncio.

«Salto della quaglia?»

«Salto della quaglia, metodo Ogino... Quella roba lì.»

«Credo che il baby boom degli anni Settanta sia stato opera dei signori Ogino e Knaus. Lo sai, vero?»

«Sì, certo.» Si guardò le mani, imbarazzata. «Ma... non è che io mi impunti poi molto sulla faccenda, sai?»

«Già.» Mi misi a ridere. «Sei un'arrapata.»

Quando raggiungemmo l'ostello, Lola aveva ancora sulle guance i segni del cuscino gonfiabile con il quale avevamo impedito che si spezzasse il collo; Carmen e io, invece, sembravamo appena uscite da *Nightmare Before Christmas*. Solo Nerea era fresca come una rosa. Prima di scendere dall'aereo, si era inumidita un po' il volto con dell'acqua micellare e... Be', difficile non odiarla.

All'inizio avevamo pensato di andare in un albergo; poi però Lola aveva trovato una specie di ostello per studenti che ci aveva affittato una stanza per quattro. In realtà credo fosse per due. No, è una bugia: *sapevamo* che era per due, ma il prezzo era perfetto per quattro. E non ci importava di dividere quei piccoli letti. Non era per sempre, dopotutto.

La stanza, quadrata, aveva due finestroni che davano sulla strada pedonale, ma in sostanza si vedevano solo i mattoni rossi dell'edificio di fronte e un po' di cielo. All'interno due letti, una poltrona, un tavolino basso, un tavolo con quattro sedie (una diversa dall'altra), un piccolo piano cottura con un altrettanto piccolo frigorifero, un paio di armadi e un lavello. Accanto alla porta il bagno con la doccia. Non avevamo bisogno di nient'altro.

Lola ci portò subito in un supermercato, l'Albert Heijn, dove facemmo provviste. Dieci minuti più tardi, il carrello incarnava la nostra felicità nel trovarci lì tutte insieme: era carico di birra. Tutte lattine da mezzo litro. Due per ogni tipo, tanto per cominciare. (A me ne piacque subito una con un topo sull'etichetta. Sapeva di esotico.) Portai Carmen nel reparto degli snack e scegliemmo le patatine più strane, quelle che in Spagna non si trovavano; poi, come da tradizione, individuai una strana bibita da provare. Come ovvio, le altre mi presero in giro: sembrava detersivo per pavimenti all'aroma di pino.

Il carrello si riempì di pane in cassetta, arrosto di tacchino, formaggio, cioccolata, *stroopwafel* e porcherie varie. Ora eravamo pronte ad andare in un coffee shop e dare inizio all'esperienza.

Nerea, donna con la testa sulle spalle, stabilì che il primo giorno avremmo fatto le turiste, e che solo verso sera avremmo cercato un po' di marijuana. Non era una cosa che facevamo spesso, anzi; credo non ci capitasse di fumare da quando avevamo vent'anni. Ma eravamo ad Amsterdam: si trattava di un obbligo morale.

Stabilito il piano di battaglia, Lola ci portò ad affittare le biciclette dalle parti della Centraal Station. Per trovarne una sulla quale mi sentissi un minimo sicura dovemmo provarle tutte. Già, perché io ho il terrore di andare in bicicletta, sin da quando una volta – agli albori dell'umanità – sono atterrata di mento sulla strada. Alla fine, per quanto terrorizzata, seguii le altre e partimmo all'avventura... per quindici minuti buoni. Poi tornammo in negozio a restituire la mia bici e a cambiare quella di Lola, per prenderne una sulla quale potesse portarmi.

Attraversare così la città fu uno spasso. Persino quando iniziò a piovigginare. Attraversammo i canali sui tipici ponti di pietra, bevemmo birra vicino a una specie di castello, visitammo un mulino dove producevano birra artigianale, andammo in un mercato tradizionale, provammo del vino speziato, comprammo una miriade di stupidaggini... E ci scattammo un milione di foto, tutte fantastiche.

Purtroppo faceva un freddo cane, e il buio calò piuttosto in fretta: alle sei e mezzo del pomeriggio sembrava già di essere alle tre del mattino. Quindi ci ritirammo nella nostra stanza, ma non prima di essere passate da un coffee shop a comprare un po' di... White Russian, mi pare la chiamassero.

Seduta sul bordo del mio letto (be', il letto che quella notte avrei diviso con Lola) con addosso un pigiama tutto muffin e biscottini, mi ritrovai a pensare a Víctor per la prima volta dal volo. E cercai subito di togliermelo dalla testa. Mi stavo divertendo. Era il primo viaggio che riuscivamo a fare tutte insieme da molti anni, e sembrava davvero promettente. Non volevo rovinarmelo rimuginando sul perché la mia storia con lui non avesse funzionato. Basta melodrammi! Feci un tiro di sigaretta (e giuro che era una sigaretta) e guardai le altre.

Lola stava frugando negli armadi alla ricerca delle patatine. Magari fossi stata come lei... E non mi riferisco solo al mangiare senza ingrassare. Le invidiavo la capacità di riprendersi dalle rotture, mentre io continuavo a sentirmi frustrata e imputarmi tutte le responsabilità, quantomeno per ciò che riguardava Víctor.

Nerea intanto si stava mettendo il pigiama davanti allo specchio. In quel momento indossava soltanto la parte di sopra, una canotta nera, e delle culotte di pizzo in tinta. Dio, era perfetta. Si raccolse i capelli in una coda e si infilò il resto: fuseaux stretti, anch'essi neri. Se solo fossi stata come lei... Indossare quella *mise* senza sentirmi ridicola, e anzi sembrando appena uscita dalla copertina di «Vogue». Pensai (sbagliando alla grande) che in quel caso Víctor mi avrebbe amato senza vergognarsene. A volte sono proprio un'idiota, ma forse mi si può perdonare...

Carmen uscì dal bagno, il beauty case in mano. Proprio lei, che sembrava da sempre la più incasinata, aveva messo la testa a posto ben prima che noialtre cominciassimo anche solo a pensarci. E per di più si stava per sposare con un vero uomo, che la amava alla follia e si sarebbe preso cura di lei per tutta la vita.

Mi chiesi se qualcuno mi avrebbe mai amata in quel modo.

Cos'avevo che non andava?

«Val, tutto bene?» bisbigliò Nerea sedendosi accanto a me e passandomi una birra.

«No» risposi decisa. «Credo che tra me e Víctor sia finita.»

Lola si girò di scatto, la bocca piena di patatine e gli occhi fuori dalle orbite; Carmen si sedette sul letto di fronte, una birra in mano e le ginocchia strette al petto.

«Cosa stai dicendo?» farfugliò Lola.

«Non ho tanta voglia di parlarne. Siamo qui per divertirci e...»

«Sei stata tu?»

«Be', io... lui... Non lo so. È rimasto tutto un po' sospeso.»

«Che è successo?» insistette Lola in tono stridulo. «Che cazzo ha fatto quel maledetto bastardo?»

Sbuffai. Merda.

«Ho trovato un reggiseno nella sua camera da letto. E non era mio. Non ho resistito. Basta, è troppo, non posso andare avanti sapendo che ci sono delle altre. Per favore, non ne parliamo più.»

Rimasero tutte e tre a fissarmi in silenzio e Lola sospirò.

«Gli uomini sono delle merde» sentenziò.

«Già, delle merde» concordò Nerea, con nostra grande sorpresa.

«E tu?» dissi rivolgendomi a Lola.

«Io cosa?»

«Cos'hai in ballo?»

«Niente, te l'ho già detto. Me ne frego degli uomini. Me ne frego di tutto.»

«E da quant'è che non scopi?» chiese Carmen con disinvoltura.

Lola si morse il labbro, imbarazzata.

«Tre mesi.» Sgranammo tutte gli occhi. «E intendo andare avanti così. Non ne ho bisogno. Con la merda che mi propinava Sergio ho chiuso. Ne ho avuto abbastanza.»

«Molto bene, Lolita: stai crescendo» commentò allegra Nerea.

«No, sto diventando vecchia ed esigente. E so bene come andrà a finire.»

«Che vuoi dire?» chiedemmo, quasi in coro.

«Finirò da sola!» spiegò ridendo. «Be', sola o con un panzone calvo e gentile; un tizio che mi sembrerà "tanto tenero", e con il quale mi abituerò a passare il tempo quando mi accorgerò di essere tanto matura da puzzare di marcio. Ma non vi preoccupate, ho accettato il mio destino.»

«Perché mai dovresti accontentarti, scusa? Un conto è decidere di rimanere sole, un altro farsi andar bene lo schifo che passa il convento» sentenziò Nerea, seria.

«E poi, l'amore?» chiese Carmen.

«L'amore? Non credo nell'amore. O meglio, è una di quelle cose che capitano solo agli altri, ma che non proverò mai. Un po' come vincere alla lotteria. A qualcuno succede, certo, ma non a me, per quanti biglietti io possa comprare.» Lola sospirò sedendosi sul letto.

«Non dire stupidaggini.» Nerea sembrava arrabbiata.

«Ah, sì, dico stupidaggini? Be', allora sentiamo, tu che racconti?»

«Tutto bene, grazie» si affrettò a rispondere Nerea.

Restammo per un po' in silenzio, guardandoci l'un l'altra.

«Siamo proprio ben messe» sentenziò Lola, ridendo. «Che bella combriccola. Cazzo, Carmen, sei l'unica fortunata. Chi l'avrebbe mai detto!»

«Non so se devo offendermi» commentò lei con gli occhi socchiusi.

«Non ne hai motivo.» Lola le diede un bacio sulla guancia.

«Ti invidio» confessai a Carmen. «Sono invidiosa... un'invidia sana, eh, ma pur sempre invidia.»

«Perché? Perché in caso di cataclisma le mie riserve di grasso mi permetterebbero di sopravvivere?» rispose lei mordace.

«Non fare la scema. È che stai per sposarti...»

«Anche tu ti sei sposata» ribatté con dolcezza. «Certo, è andata com'è andata, ma questo non esclude che in futuro...»

«No, tesoro, la tua è tutta un'altra storia... Un matrimonio con tutti i crismi, altro che il mio. E sono sicura che sarà per sempre.»

Nerea corrugò le sopracciglia sottili, annuendo. «È vero, anch'io t'invidio. Sarà bellissimo. E poi siete innamorati...» Innamorati? Certo che lo erano, altrimenti perché sposarsi? Nerea la marziana. Scoppiamo tutte a ridere ma lei proseguì, sospirando. «A volte penso che rompere con Daniel sia stata una follia. Che avrei dovuto tacere, anziché farmi prendere da idee romantiche e irreali su cosa sia una coppia. Poi, però, guardo te e Borja, e capisco: la storia tra me e Daniel non aveva senso. Voglio quello che hai tu, e non mi riferisco soltanto al matrimonio.»

Lola raggiunse il sacchettino con la marijuana e iniziò a rollare una canna.

«Non vi capita mai di pensare: "Cazzo, mi aspettavo dalla vita grandi cose, e invece guarda di cosa mi sono accontentata"?» intervenni io.

Nerea annuì.

«Almeno tu hai il tuo lavoro. Lo adori.»

«Anche tu hai il tuo» commentai.

Lei fece una smorfia, e Carmen la guardò confusa.

«Nerea, non ti piace il tuo lavoro?»

«No. Credo non mi sia mai piaciuto. È una noia mortale.»

Lola posò lo spinello sul tavolo, si aprì una birra, poi salì in piedi sul letto, accanto a Carmen, e sollevò la lattina.

«Alzatevi tutte. Dobbiamo farci una promessa.»

«Scendi, Lola, che hai i piedi sporchi. A me tocca dormirci, lì» protestò Nerea.

«Ti ho detto di alzarti!» Nerea fece schioccare la lingua, ma non le diede retta. «Ascoltatemi. Sul serio. Non è la vita a doverci portare quello che desideriamo. Siamo noi che dobbiamo andarlo a prendere! Invece, a quanto pare, a un certo punto ci siamo rimbecillite. No, perché guardateci: stiamo qui ad aspettare che la felicità ci piova addosso come la manna dal cielo. Tu!» mi apostrofò. «Cosa vuoi?»

«Essere felice, immagino» risposi, alzando le spalle.

«Allora, regola numero uno: concretezza. I propositi devono essere concreti. E concisi. E poi realistici e raggiungibili. Da capo: cosa vuoi?»

«Víctor» risposi d'impulso. «Voglio che mi ami.»

«Cos'altro?»

«Voglio...» tentennai, «... voglio perdere cinque chili.»

«Cretina» mormorò Carmen lanciandomi un'occhiata.

«E come intendi fare?» mi pungolò ancora Lola.

«Inizierò a mangiare come un essere umano. E andrò a camminare tutti i giorni» dichiarai, carica di buoni propositi, mentre salivo sul letto.

«Okay, questa sai già che è una stronzata. Dimmi qualcosa che intendi fare *sul serio.*»

Dopo qualche secondo di silenzio sollevai lo sguardo verso di lei e risposi: «Voglio essere adulta».

«E come intendi fare?»

«Diventerò indipendente. Controllerò le mie spese, mangerò meglio, cercherò il tipo di rapporto che desidero... E se a Víctor non sta bene, tanti saluti!»

Lola applaudì e Carmen si unì a lei. Nerea invece ci osservava come fossimo pazze.

«Carmen! Tu cosa vuoi?»

Lei scattò in piedi sul letto e sollevò la sua birra.

«Una promozione.»

«Come intendi ottenerla?»

«Sarò la più efficiente. Una macchina da guerra.»

«E cos'altro vuoi?»

«Voglio... voglio indossare sempre i tacchi. E mettermi più gonne! Perché mi sento bella quando le indosso, e non c'è ragione per cui non debba farlo!»

«Esatto! Cos'altro vuoi?»

«Voglio che mia suocera capisca chi comanderà a casa mia!»

«Come?»

Carmen si limitò a ringhiare, stringendo i pugni, mentre io e Lola ci lanciavamo in applausi e acclamazioni.

«Nerea!»

«Non intendo partecipare.»

«Nerea!» urlammo tutte e tre all'unisono.

«Ho detto di no! Non intendo rendermi ridicola.»

Lola arcuò un sopracciglio e, dopo essersi schiarita la voce, partì all'attacco: «Non hai un fidanzato, ma vuoi sposarti. Hai un lavoro, ma non ti piace. Ti atteggi a donna indipendente ma non sei nemmeno capace di dire ad alta voce ciò che desideri. Forse renderti ridicola ti farebbe bene...».

Carmen e io la supplicammo di salire sul letto e alla fine, dopo essersi sfilata le pantofole, si mise anche lei in piedi sul materasso.

«Nerea!» gridammo tutte e tre. «Cosa vuoi?»

«Voglio che la smettiate di urlare e scendiate dal mio letto.»

«Cosa vuoi *dalla vita*?!»

«Voglio essere normale» rispose lei incrociando le braccia davanti al petto.

«Vuoi sposarti!» esclamò Lola.

«Vuoi avere dei figli!» aggiunse Carmen.

«Vuoi mandare in vacca tutti i preziosi consigli di tua madre!»

Nerea mi guardò sorpresa.

«Adesso hai esagerato» disse.

«Perché, è una cazzata?»

«No.»

«Nerea!» strillò di nuovo Lola. «Cosa vuoi?»

«Voglio...»

Noi riprendemmo a incitarla e lei abbozzò un timido sorriso.

«Nerea non vuole niente dalla vita» fece Lola, sarcastica.

«Buuu.» La fischiammo. «Ne-rea! Ne-rea! Ne-rea!»

«Voglio cambiare lavoro» disse a denti stretti.

«E che lavoro vuoi?»

«Uno più divertente. Che mi piaccia.»

«Cosa diavolo vuoi, Nerea?»

Ormai eravamo scatenate. «Nerea la Frigida! Nerea la Frigida!»

«Voglio smettere di essere Nerea la Frigida!»

Lola si fece di colpo seria e, dopo aver rivolto un'occhiata a ognuna di noi, alzò la sua birra. «Allora promettiamo a noi stesse che non ci accontenteremo mai, che non sceglieremo mai la via più comoda se non ci piace.» Annuimmo. «Ci meritiamo il meglio. E, soprattutto, ci meritiamo di crederci.»

Scolammo le birre in pochi sorsi e ruttammo come se non ci fosse un domani.

4

Ci meritiamo il meglio

Il volo di ritorno si potrebbe dividere in due parti. Passammo la prima in stato semicomatoso, a riprenderci dalla sbornia della notte precedente; durante la seconda – dopo aver bevuto un caffè pagato a peso d'oro e aver sgranocchiato dei biscotti che avevamo in borsa – ci dedicammo all'immancabile «Vi ricordate quando...?».

Una sorta di diario dei ricordi, da sfogliare e risfogliare ogni volta che fossimo state insieme; un album fotografico mentale, con centinaia di istantanee da conservare per sempre. I giri in bicicletta, con me sul «portapacchi». La sera del concerto jazz, quando stanche dell'atmosfera seriosa ci eravamo ubriacate con della birra ad alta fermentazione. O l'incidente che avevamo rischiato io e Lola, perché aveva lasciato il manubrio e si era messa a battere le mani. Le risate assurde per le frasi lasciate a metà, in piena botta da marijuana; le abbuffate di cioccolata; la sosta in quella caffetteria così carina, a bere frappè e dividerci panini; quella canzone portoghese che cantavamo di continuo, inventando il testo; Lola e Carmen che rubavano un vecchio candelabro in un bar improvvisato del quartiere industriale, sulla cui porta qualcuno aveva incendiato un pallet. Vaghe pennellate, come a trattenere la sensazione di essere state lì. E di esserci ripromesse che non ci saremmo mai accontentate di quanto avevamo, se quanto avevamo non ci piaceva.

Quando arrivammo a Madrid trovammo Borja al terminal, proprio davanti al nostro gate. Era venuto a prendere Carmen. Già invidiavamo la loro splendida relazione, in più... be', dovevamo ammetterlo, era proprio bello. E sì che all'inizio sembrava solo un ragazzo timido e grassottello... Ma quel brutto anatroccolo si era trasformato in un affascinante personaggio da Hollywood d'altri tempi. Era dimagrito, aveva sostituito – dietro espressa richiesta di Carmen – gli occhiali con le lenti a contatto, e ora aveva tutta l'aria dell'uomo che sa cosa vuole. Inoltre, per quanto lui fosse contrario, Carmen ci teneva aggiornate sui dettagli intimi della loro relazione, e sapevamo che a letto era un portento.

Appena si videro, si gettarono uno nelle braccia dell'altro, e si baciarono con passione. Una passione impossibile da non notare. Il timido Borja, eh? Si erano mancati, in tutti i sensi: era chiaro che sarebbero corsi al più presto all'appartamento di Carmen, per sfogarsi un po' e rifarsi di quei giorni di astinenza.

Quando lo raggiungemmo anche noi, Borja ci salutò con due baci formali sulle guance, e Carmen lo sgridò. Secondo lei, le persone e a cui si vuole bene vanno salutate con un bacio solo.

«Sembra che tu le conosca di vista» lo riprese.

Lui non rispose, e si limitò a guardare l'orologio con un sorriso sulle labbra. Quindi era quello, l'amore?

«Ragazze, ho la macchina nel parcheggio. Chi lascio per prima?» chiese Borja mentre tirava fuori dai jeans le chiavi dell'auto.

L'inflessibile Nerea prese a pianificare il percorso, e io lasciai vagare lo sguardo sul corridoio, dove la gente passava per guardare il cartellone con i voli in arrivo. Lì, accanto alla vetrina di un autonoleggio, vidi Víctor appoggiato alla parete.

Evvai. Bomba emozionale istantanea, con tanto di fitta allo stomaco e voglia di vomitare. Il sangue mi andò alla testa e mi si annebbiò la vista. Di colpo era tutto pieno di puntini luminosi, che sparivano appena cercavo di metterli a fuoco.

Aveva la barba di tre giorni e indossava dei jeans, un dolcevita grigio fumo e un cappotto doppiopetto di lana. Mi morsi il labbro, indecisa. Per un attimo pensai che, siccome non mi aveva notata, potevo far finta di niente e andare con Borja. Sarebbe stato il primo passo per chiudere quella storia ormai al capolinea. Poi mi chiesi se sarebbe davvero servito a qualcosa. Improbabile. Mi schiarii la voce, per attirare l'attenzione degli altri.

«Grazie dell'offerta, davvero, ma credo siano venuti a prendermi.»

Tutti, Borja compreso, guardarono tra la folla fino a scorgere Víctor. Carmen sorrise, Nerea mi lanciò un'occhiata di avvertimento e Lola mi salutò con una pacca sul culo e un bacio sulla guancia, approfittandone per sussurrarmi: «Non accontentarti. Combatti. Víctor ne vale la pena, per quanto si sforzi di non dimostrarlo».

Appena mi voltai per raggiungerlo, mi accorsi che una parte di me era rimasta ad Amsterdam: la Valeria remissiva, quella che non diceva chiaro e tondo ciò che voleva. Certo, potevo ancora rendere le cose difficili, ma non ne avevo più voglia.

L'aeroporto era piuttosto affollato, e lo sguardo di Víctor sembrava vagare a caso sulla gente in arrivo: non mi notò finché non gli fui praticamente davanti. Colto alla sprovvista, si ritrovò ad arrossire. Una reazione cui non ero abituata.

«Ciao» lo salutai.

«Non ti avevo vista.» Si grattò la barba.

«Nemmeno io. Non sapevo che saresti venuto. In effetti stavo per andarmene.»

«Con qualcun altro?» chiese mettendosi in allerta.

«Borja è venuto a prendere Carmen e... Sai, noi siamo comprese nel pacchetto.»

«Già.»

Sospirò e si morse il labbro, guardando la folla che iniziava a diradarsi.

«Posso portarti a casa?»

«Sì» risposi secca.

Allungò la mano, mi prese la valigia e la trascinò accanto a sé mentre si incamminava verso il parcheggio, nella direzione opposta rispetto a Carmen, Borja, Nerea e Lola, che intanto continuavano a sbirciare verso di noi.

Camminammo in silenzio. Caricò la valigia nel portabagagli, entrammo in auto e uscimmo dall'aeroporto senza dire una parola. Solo dieci minuti dopo si decise a chiedere com'era andata.

«Molto bene. È stato... chiarificatore» risposi guardando fuori dal finestrino.

«Sì?»

«Sì» confermai.

«Ovvero?»

«Ho avuto modo di pensare.»

«A qualcosa che mi riguarda?» Lanciò un'occhiata fugace verso di me.

«Be', sì, immagino di sì.»

Restammo di nuovo in silenzio. Lui non mi chiese altro e io non aggiunsi nulla, così non aprimmo bocca fin sotto casa mia. Non capivo perché diavolo fosse venuto a prendermi se non voleva parlare.

«Posso salire? Credo dovremmo chiarirci» disse dopo aver posteggiato, lasciandosi andare a un sospiro eloquente.

«Preferirei farlo qui» replicai determinata.

«Valeria, per favore.» Il tono era teso.

«Cosa?»

«Non vuoi parlare?»

«Di che? Del reggiseno?»

«Per esempio.»

«Per esempio?» risposi con voce acuta.

«Be', abbiamo altri problemi, oltre a quello.»

Sbuffai. Certo che avevamo altri problemi. *Lui* era un enorme e bellissimo problema.

«Ascolta, Valeria, non intendo inventarmi delle scuse rocambolesche per spiegare come è arrivato lì quel reggiseno» cominciò senza guardarmi, mentre si toglieva la cintura di sicurezza.

«Ma io voglio sapere come ci è arrivato.»

Si morse il labbro e mi fissò, serio.

«D'accordo, se lo vuoi sapere te lo dirò. La settimana scorsa sono uscito con i miei amici. Siamo andati in una bettola, abbiamo bevuto qualche bicchiere e a un certo punto si è avvicinato un gruppo di ragazze. Abbiamo fatto un po' gli scemi. Poi, quando stavo per andare a casa, una di loro si è tolta il reggiseno e me l'ha dato.»

«Una tipa ti ha regalato il reggiseno, come ricordo?»

«Assieme al suo numero di telefono...»

Sollevai le sopracciglia in modo eloquente. Non riuscivo a crederci del tutto. Lola mi aveva abituata a simili strategie di «marketing aggressivo», ma le usava solo con chi la lasciava fare.

Víctor continuò. «Immagino cosa avrai pensato quando l'hai visto, ma è tutto qui, davvero. Non c'è altro».

«Sei andato a letto con lei?»

«No! Certo che no!» esclamò, categorico.

«Avete flirtato?»

Un silenzio eloquente. Víctor si mosse a disagio sul sedile, facendo schioccare la lingua sul palato, e mi venne una gran voglia di pugnalarlo con una forcina...

«Che faccia tosta» chiosai, guardando fuori dal finestrino.

«È stata soltanto... Non lo so, una stupidaggine. Ero ubriaco e...»

«È impossibile capirti, sai?»

Presi la borsa, sganciai la cintura di sicurezza e scesi dall'auto. Lui mi seguì e tirò fuori la valigia, affrettandosi a raggiungermi davanti al portone. Stavo già cercando le chiavi nella borsa.

«Valeria.» Mi prese il polso e mi fece voltare verso di lui.

«Che c'è?»

«Non voglio... Non... non c'è stato nulla. Solo un cazzo di bacio. Non so perché l'ho fatto, ma non contava niente.»

«Non sai perché l'hai fatto? Be', io sì. Vuoi che te lo dica? Perché hai bisogno di riaffermare la tua identità. Hai bisogno di ripetere a te stesso che sei un dongiovanni. E che, se anche mi scopi spesso, non conto niente nemmeno io.»

«Questo non è vero.»

«Forse non è vero, ma ti comporti come se lo fosse. Hai trentadue anni, Víctor, non sei un bambino; non mi aspetto che ti inginocchi davanti a me con un anello, sia chiaro, ma qui ti stai superando ogni giorno nel sembrare più imbecille! Sei infantile ed egoista, te ne rendi conto? Se vuoi urlare ai quattro venti che sei libero, che hai una relazione aperta, fallo. Ma non tirarci in mezzo me. Cercati un'altra stupida. È facile.»

«Non voglio stare con un'altra.» Corrugò la fronte. «Non sai quanto sono pentito. Quello che c'è tra noi... è...»

«Perché cazzo insisti a esaltare quello che c'è tra noi se poi continui a frenarti? È una stronzata, a prescindere dai nomi che dai alle cose!»

«Valeria, non essere ingiusta, io...»

«Io, io, io. Non m'importa. Hai detto: "Ti amo"!» Alzai la voce. «Hai detto di amarmi, e sei pure riuscito a farmelo credere. Cos'è, ti si scioglie la lingua quando stai per venire?» Víctor si mise le mani in tasca e guardò a terra. «Non voglio parlare di questa faccenda un solo minuto in più, tantomeno per strada» conclusi.

Mi voltai di nuovo, le chiavi in mano.

«Valeria, non voglio che finisca così.» Riuscì di nuovo a farmi voltare verso di lui.

«Ma cosa dovrei pensare? Dici di amarmi, poi fai quello che non vuole impegnarsi, e come ciliegina sulla torta te ne vai in giro a limonare sconosciute, cazzo! E chissà se è vero che l'hai soltanto baciata o...»

«No, dai, non farti strani film: mi sono lasciato dare un bacio, tutto qui. Niente di terribile né sordido.»

«Faccio molta fatica a crederci, sai? Tu rendi sordido tutto. Persino un "Ti amo".»

«Senti, io non ho mai negato ciò che ho detto» rispose corrucciandosi. «E non ho scherzato sulla faccenda.»

«Ma non sei nemmeno tornato sulla questione, da quando ci siamo riavvicinati! Che conclusioni dovrei trarre dai tuoi comportamenti?» Lui si sfregò la fronte. «E, come se non bastasse, te ne vai in giro a slinguazzare una qualsiasi. E io qui, a fare la cornuta. Cazzo.» Mi scompigliai i capelli. «Sei crudele.»

Abbassò la testa, imbarazzato.

«Mi dispiace, non so che altro dire, né perché l'ho fatto.»

«L'hai fatto perché sei spaventato.»

«Sì» ammise, deciso. «Lo sono, sì.»

«Ma di cosa? Non ti ho chiesto di impegnarti per la vita. Alla nostra età, però, la gente ha di solito relazioni adulte. Non capisco perché dovresti spaventarti.»

«Non è quello. Sei tu che mi spaventi.»

Rimasi a guardarlo, senza sapere come reagire. Poi, dopo aver deglutito e preso fiato, trovai la forza di rispondere. «Sono io? Hai paura di me? Non starai per raccontarmi la storiella del ragazzo a cui hanno spezzato il cuore e che adesso non si fida più delle donne, vero?»

«No. Ma c'è qualcosa che non mi va nella nostra relazione.»

Lo fissai, sorpresa.

«Bene, allora siamo in due.»

«Sono un imbecille, lo so già.»

«Be', sì. Sei un imbecille.»

Aprii la porta e iniziai a salire le scale. Con sollievo mi accorsi che Víctor era rimasto sul portone, a guardarmi salire. Non mi stava seguendo.

5

Lola e il cinese mandarino

Lola decise che doveva imparare il cinese. Anzi, a essere precisi, decise che doveva occupare il suo tempo libero per smettere di rimuginare. Ormai non guardava più Sergio con desiderio, né le interessava: le era chiaro che si trattava di un capitolo chiuso della sua vita. Lo fissava persino con disprezzo, come quelle scarpe che aveva comprato in un momento di shopping sfrenato, perché si diceva andassero di moda.

Adesso però, valutando la situazione seduta al suo banco nell'aula della scuola di lingue, si pentiva un po' di quell'iscrizione impulsiva. Avrebbe potuto scegliere un corso di yoga e, già che c'era, ritrovarsi con dei glutei d'acciaio. Ma no, avrebbe imparato il cinese. Il fatto era che tenersi occupata non serviva a niente, se per farlo era costretta a relazionarsi con affascinanti esponenti dell'altro sesso; e in palestra ne avrebbe incontrati fin troppi. Lezione di cucina? Altri uomini! E poi non le interessava imparare a cucinare: le bastava saper fare un caffè e aprire i barattoli di cetriolini. Unirsi a un'associazione di escursionisti? Una valanga di maschi. Così aveva optato per le lingue, i cui corsi non sono certo famosi come fonte di tentazioni.

In prima fila, ad esempio, c'era un ragazzo che non entrava nemmeno nella sedia. Non è che fosse in sovrappeso, quello sarebbe passato inosservato: era proprio un tricheco. Probabilmente si sarebbe portato a casa il banco, incastrato nella sua rotondità. E poi aveva seri problemi di igiene personale, come dimostravano gli opachi capelli castani che sembravano attaccati alla testa con la colla.

Di fianco a lui una ragazza, anche lei con i capelli sporchi. Caspita, sembrava un'epidemia. Non riusciva a smettere di fissarla, chiedendosi cosa porti una persona a uscire di casa conciata così. Quella zazzera avrebbe ucciso la libidine di chiunque. Sperò quasi che funzionasse anche sulla sua, che non era certo roba da poco. Soprattutto dopo i tre mesi di astinenza che aveva anche confessato.

In quinta fila c'era una combriccola di ragazzi giovani. Avevano l'aria degli appassionati di manga e anime... Quindi, probabilmente, avrebbero dovuto scegliere un corso di giapponese, no? Sembravano sperduti. Si guardavano attorno in cerca di scollature, e Lola pensò che avrebbero trovato più soddisfazione dedicandosi allo yoga, al pilates o alla lingua francese. Rise tra sé per il doppio senso un po' sconcio, poi sospirò.

A parte alcune traduttrici come lei, interessate a migliorare le proprie competenze professionali, non c'era nessun altro lì dentro. Nemmeno la professoressa era fascinosa. Perché, insomma, Lola non escludeva nessuna possibilità. Chi poteva dirlo? Magari si sarebbe innamorata di una donna... ma non certo di quella ragazza sciatta. Ormai era chiaro: date le circostanze, le toccava proprio impegnarsi col cinese, perché non avrebbe avuto nulla con cui distrarsi. Ed era proprio quella l'intenzione.

Poi la porta si aprì di colpo ed entrò un ragazzo giovane, con un aspetto niente male. Lola lo squadrò: no fede, no minorenne, no nerd, no sporco. Mmh...

«Scusi, penso di aver sbagliato aula.» Sorrise. «Non sembra quella di tedesco...»

«Non lo è» rispose con un sorriso la professoressa orientale.

Merda! Era condannata alla concentrazione. Come da programma, quindi; solo che, almeno a tratti, il piano della marziale Lola paladina della lotta al maschio la trovava in disaccordo...

Nell'intervallo uscì a fumare una sigaretta. Gli ideogrammi erano un vero casino, orripilanti. Qualche anno prima aveva seguito un seminario, e sapeva cavarsela almeno con le presentazioni; cose base, tipo: «Ciao, come va?» o «Piacere di conoscerti». Ormai, però, non ricordava nemmeno come si scrivessero quelle frasi tanto banali. Che incubo. Ancora una volta, fu presa dai dubbi sulla sua decisione. Forse era meglio concedersi una sana scopata senza amore, piuttosto che soffrire in quell'aula due volte alla settimana.

Si appoggiò alla parete dell'ingresso e fece un lungo tiro. Qualcuno si avvicinò.

«Scusa.»

«Sì?»

Quando sollevò lo sguardo si ritrovò davanti un ragazzo sorridente. Aveva gli occhi marrone scuro e i capelli castani pettinati alla moda. O forse erano solo scompigliati: non aveva mai capito la differenza. Ricambiò quel sorriso provocante.

«Hai una sigaretta?»

«Certo.»

Gli allungò il pacchetto, lui ne prese una tra le dita e la accese.

«Grazie mille. Le ho dimenticate in macchina e ho parcheggiato in culo a Giove. Ma cosa si può fare nell'intervallo, se non fumare?»

«Dopo una lezione di queste, mi fumerei anche un albero» commentò lei.

«Cosa stai seguendo?»

«Cinese.»

«Però... Non hai l'aria di una stramba.»

«Suppongo di no, ma grazie. E tu, che segui?»

«Inglese.»

«Be', allora non puoi proprio lamentarti» commentò lei, sfoderando uno sguardo vezzoso.

«Già: immagino che dopo una lezione di cinese tutto il resto sembri meglio.»

Scoppiarono a ridere.

«Sono Rai.»

«Rai?»

«Raimundo. Genitori con il senso dell'umorismo.» Sorrise di nuovo mentre le porgeva la mano.

«Lola.»

«Diminutivo di Dolores?» indagò lui.

«Altri genitori con il senso dell'umorismo.» Anche Lola sorrise.

«Credo sia ora di rientrare» sussurrò lei.

«Magari ci rivediamo.»

«Sarebbe carino...»

«Vero?» E il sorriso di Rai si fece d'un tratto malizioso.

Forse, con un po' di fortuna, non si sarebbe trovata costretta a imparare il cinese, quell'anno. Per il momento, però, non c'era motivo di sbandierare ai quattro venti che stava rivalutando la faccenda della monaca di clausura...

6

L'abito da sposa

La madre di Carmen l'aveva già accompagnata due volte a provare abiti, ma ormai mancavano soltanto sei mesi al matrimonio. E da almeno un paio lei cercava di evitare accuratamente la questione.

Odiava gli abiti da sposa. Con tutta se stessa. Avrebbe preferito andare all'altare con una camicia da notte di flanella, lunga fino ai piedi, piuttosto che travestita da meringa.

La prima spedizione alla ricerca dell'abito le aveva causato un mal di testa terribile e aveva scatenato i rimproveri di sua madre, che desiderava vederle indosso uno splendente abito bianco con tutti gli accessori del caso.

La seconda volta era andata anche peggio: le commesse avevano cercato di infilarla in un orribile vestito di due taglie più piccolo, che poi non riuscivano più a toglierle. Era quasi scoppiata a piangere. E, tanto per migliorare la giornata, sua madre le aveva suggerito la possibilità di «perdere un paio di chiletti». Le era venuta una tale ansia che quella notte si era lasciata andare a una folle abbuffata, e c'era voluta una settimana prima che tornasse a rispondere alle telefonate della madre. Che però, del resto, a quello era abituata.

Alla fine giunsero a un accordo: Carmen avrebbe guardato gli abiti per i fatti suoi e, una volta individuati due o tre che le piacevano, sarebbero andate insieme a scegliere.

Quindi, eccola lì. Non da sola, però. Certo, le sarebbe piaciuto, ma Nerea adorava i matrimoni e tutto ciò che li riguardava: appena scoperto il programma, aveva insistito per accompagnarla. Carmen avrebbe rifiutato volentieri, non fosse stato per il ricatto emotivo sfoderato ad arte dall'amica, che l'aveva portata a provare pena per se stessa.

«Carmenchu, che ti prende? Sei forse sola al mondo? Perché è quello che penseranno: che nessuno ti vuole abbastanza bene da accompagnarti a scegliere l'abito da sposa.»

A Carmen non interessava cosa pensassero gli altri, ma quel vile e subdolo tentativo di manipolazione le era entrato sottopelle: temeva si sarebbe convinta lei stessa di essere sola al mondo. E questo era quanto.

Si guardò allo specchio con aria schifata, mentre la commessa la osservava con la coda dell'occhio. Quella sperava soltanto che se ne andasse e la lasciasse in pace, si vedeva benissimo. E lei avrebbe voluto accontentarla. Non desiderava altro che tornare a casa, infilarsi il pigiama e bere un litro di succo d'arancia direttamente dal cartone, in un sorso solo. Era il decimo vestito che provava, e il decimo fallimento: nemmeno questo le entrava. Avevano dovuto chiuderlo con enormi pinze perché potesse farsi un'idea. Pare lo facciano apposta, nei negozi di abiti da sposa, a tenere solo taglie minuscole. Come volessero a tutti i costi farci sentire delle ciccione.

Nerea, sprofondata nel suo universo parallelo, applaudì dallo sgabello accanto a lei.

«Sei stupenda, Carmen! Che emozione... È il tuo vestito!»

«Non se ne parla nemmeno. Sembro una meringa. Mi darei fuoco da sola.»

«Ma figurati!»

Nerea cercò aiuto nella povera commessa, appoggiata stancamente alla parete.

«Sarò sincera: dei dieci, questo è il peggiore» sentenziò.

«Vedi?» Carmen stava perdendo le speranze. «Forse è meglio se mi sposo davvero con una camicia da notte di flanella, così siamo tutti contenti.»

«Il problema è che non ti immagini con un vestito da sposa, tesoro. Ma, che tu lo voglia o no, dovrai indossarne uno» puntualizzò Nerea con dolcezza.

«Questo è il meno peggio» aggiunse la commessa, reggendo su una gruccia un altro abito.

Carmen rifletté. Dunque doveva scegliere il meno brutto, era così? Già l'idea di sposarsi le dava qualche problema, ma passare l'intera giornata conciata in quel modo, sentendosi a disagio... Altro che «giorno più felice della vita»: sarebbe stato un vero incubo.

«No.» Scese dalla pedana su cui l'avevano fatta salire. «Non voglio. Mi rifiuto. Mi dispiace molto per questa signorina, che ha perso tutto il pomeriggio per colpa mia, ma non mi piace.»

La ragazza sorrise, Nerea s'imbronciò. Uscite dal negozio infilò nella borsa il catalogo, insieme a tutti gli altri, poi affrontò Carmen. Avevano bisogno di una terza opinione.

Fecero capolino a casa mia verso le otto di sera. Io ero già in pigiama, con i capelli raccolti in un inguardabile chignon e un solo obiettivo in mente: andare a letto per risvegliarmi in primavera. A peggiorare le cose, appena varcarono la soglia mi accorsi che non si guardavano nemmeno. Sbuffai. Tempismo perfetto! Non avevo notizie di Víctor da martedì, dopo l'ultima discussione, e non ero certo in vena di stupidaggini.

«Cosa ho combinato, nella mia vita precedente, per dover fare sempre da giudice nelle vostre litigate? È un incubo...» borbottai.

«Devi farla ragionare» spiegò Nerea.

«A che proposito?» Mi diressi verso il frigo. Tornai con una bottiglia di vino bianco e tre calici, che misi sul tavolo. Loro, però, non si erano mosse. «Ormai siete qui, mettetevi comode.»

«Non vogliamo disturbare» spiegò Carmen con un filo di voce.

Mi coprii il viso e sbuffai di nuovo; poi, guardandole, tentai di addolcire tono ed espressione: «Scusatemi, non sono molto in vena oggi».

«E chi lo è?» sussurrò Carmen.

«Che succede?» chiesi, dirigendomi di nuovo verso l'angolo cottura.

«È la faccenda del vestito. Carmen è insopportabile» brontolò Nerea, mentre ricomparivo con una scodella piena di patatine.

«E se tu continui a trattarci così bene, noi non la smetteremo mai di venire da te in queste situazioni» sorrise Carmen, raggiungendo l'aperitivo. «Siamo qui per questo.»

«Niente patatine! Ti sposi quest'anno, l'hai dimenticato? Fammi la cortesia di non mangiare quelle porcherie!» strillò Nerea.

Carmen, sulla sedia, si fece piccola piccola e cercò di nascondere il broncio.

«Ma che ti prende? Ti metti a fare la nazista?» chiesi a Nerea, le mani sui fianchi e un'espressione severa dipinta sul volto.

«Lo faccio per il suo bene.»

«Perché io? Perché non Lola?» piagnucolai abbandonando la posa seriosa, mentre mi lasciavo cadere sulla poltrona che avevano avuto l'accortezza di lasciare libera.

«Perché Lola è al corso di cinese. Insomma, sembra che ti diamo fastidio...» ribatté Nerea, offesa. «Ma l'unica cosa importante è che tu riesca a convincere Carmen: sposarsi in tailleur è un'assoluta pazzia.»

Guardai l'interessata. «Non darle retta. Se ti piace il tailleur, sposati in tailleur.»

«Valeria!» Nerea batté un piede per terra.

«Cosa vuoi che faccia? Devo darti ragione come si fa con i pazzi? Be', almeno corrompimi.»

«Che coppia che siete... Senti, a me piace questo» disse Carmen aprendo un catalogo. «È semplice, elegante e credo mi starebbe bene.»

«È carino, sì. Forse solo un po' banale...»

«Hai visto, Carmen? Banale. Ba-na-le! Vuoi che la tua entrata in chiesa sia accompagnata da questo commento?» disse Nerea con una vocetta da strega e una smorfia.

«Dio mio quanto diventi brutta, Nerea! Inizi a farmi paura» rispose Carmen. «E poi non credo che ti perdonerò tanto in fretta la questione delle patatine...»

Tirai fuori dall'armadio un album di foto e glielo allungai. «Ricordi il mio abito da sposa?»

«Quello non era un abito da sposa!» si lagnò Nerea.

«Era bello» commentò Carmen, scorrendo le foto con nostalgia.

«Be', l'avevo comprato di seconda mano. Al tempo mi era costato seimila pesetas; soltanto trentasei euro. Mia madre era quasi svenuta, ma mi piaceva...»

«E non te ne sei mai pentita?»

«No. Non del vestito. Del matrimonio...» Mascherai la nostalgia con una risata. «Doveva piacermi in quel momento, punto. Anzi, l'ho persino usato di nuovo.»

«Valeria, però sii sincera: le tue nozze sono state un po'... un carnevale hippie» sentenziò Nerea. «Alla fine ve ne siete andati in Vespa e lo sposo era travestito da... Non l'ho mai capito bene. Da cosa era travestito, Adrián?»

«D'accordo, come preferisci... Il punto è un altro: Carmen deve indossare quello che vuole. È il suo matrimonio. Cavoli, Nerea... guardati in questa foto!» Indicai una pagina dell'album, piegata in due dalle risate.

«Che orrore!» esclamò.

«Vedi? Persino tu puoi pentirti di un tuo outfit!»

«Non è quello: io sono stupenda. E il mio vestito era divino. A essere orrende sono le foto del matrimonio. E considerando che Adrián fa il fotografo...»

«Non avevamo chiamato nessuno. Questi sono i duplicati di scatti fatti dagli ospiti» commentai, mentre accarezzavo una delle fotografie con lo sguardo perso nel nulla. Quando tornai alla realtà, mi voltai verso di loro. «Carmen, compra il vestito che preferisci. Non cedere di fronte a nulla.»

«Sì, però... mia madre... non lo so. Morirebbe di tristezza se mi vedesse entrare in chiesa con un vestito corto. Sono la loro unica figlia, e mio fratello è già sposato...»

Rimasi a guardarla. «Datti tempo. Non stressarti con la storia dell'abito.»

«Ma se è già in ritardo» fece presente Nerea.

«Nerea, tesoro, da quando sei diventata una wedding planner tipo Jennifer Lopez in quel film...»

«*Prima o poi mi sposo*» puntualizzò Carmen.

«Esatto» annuii.

«Non sono...» Nerea si guardò compunta le unghie curate. «Voglio soltanto aiutare.»

«E io ne sono felicissima, sia chiaro» precisò Carmen. «Ma, anziché intestardirti sulla questione del vestito, potresti darmi una mano a chiudere le duecentocinquantamila cose ancora in sospeso, delle quali tra l'altro non capisco niente.»

Nerea sollevò soddisfatta un sopracciglio, come se si fosse appena ricordata di qualcosa, e si mise a frugare dentro la sua splendida borsa. Dopo un po' tirò fuori un pacchetto avvolto in una carta dorata.

«Quasi me ne dimenticavo. Anche se non credo te lo meriti, testona.»

Carmen lo aprì subito e si ritrovò in mano una specie di taccuino.

«Che carino, Nerea. Grazie mille. Non dovevi» la ringraziò, rigirandosi tra le mani il libriccino con espressione un po' spaesata.

«Non hai idea di cosa sia, vero?»

«No» ammise Carmen arrossendo.

«È un diario per pianificare le nozze. Ci sono tutte le sezioni di cui hai bisogno, compreso il programma per affrontare le varie questioni: abito, trucco, parrucchiere, manicure, intimo...»

«Non posso sposarmi con le mie solite mutande?!» chiese Carmen allarmata.

«Certo che no! E poi, guarda: man mano puoi segnare le scadenze, controllare cos'hai già fatto eccetera. Tra una sezione e l'altra ci sono anche dei consigli. Non è bellissimo? Perché non puoi mica rischiare di dimenticarti qualcosa, tra le bomboniere, i sigari personalizzati da offrire agli invitati, la lista dei tavoli, i menu, le fedi, la musica per il ricevimento, gli addobbi floreali, la marcia nuziale per la chiesa...»

«Oh, mio Dio...» Gli occhi di Carmen si fecero lucidi e iniziò a tremarle il labbro.

Nerea la guardò con tenerezza; poi le si sedette accanto, le cinse la vita con un braccio, le baciò una spalla e, cullandola, disse: «Non preoccuparti, Carmenchu: ti aiuterò io».

Si abbracciarono, e io applaudii sarcastica. Dopo di che si lanciarono entrambe su di me per sbaciucchiarmi. Nerea la Frigida stava proprio diventando Nerea la Tiepida.

7

Il tizio delle lezioni di inglese

Lola uscì dall'aula che pareva indemoniata. Come tutti i lunedì e i venerdì aveva lezione di cinese, ma in realtà sperava più che altro di rivedere Rai. Insomma, una delusione di studentessa... Però c'era da immaginarlo: stiamo pur sempre parlando di Lola.

Andò a piazzarsi a bella posta nel punto esatto in cui si erano incontrati, e lui non tardò molto a comparire. Aveva in mano due lattine di Coca-Cola, e una sigaretta gli pendeva dalla bocca.

«Tieni.» Le allungò una bibita senza tante cerimonie.

Lola sollevò un sopracciglio. *Ecco, così mi piace: dritto al sodo.*

«Per me?» chiese.

«Certo. Come ringraziamento per la sigaretta dell'altro giorno.»

«Figurati.» Sorrise.

«Ci sediamo?»

Lola si portò davanti a lui e si mise ad ancheggiare nei suoi jeans neri nuovi di pacca, poi si lasciò cadere su una panchina di pietra, in mezzo agli alberi. Era umido, e faceva un freddo cane, ma se fosse stato necessario lei sarebbe restata lì per tutta la notte; anche fino a congelarsi «la bernarda», per citare le parole che usò – più tardi – nel raccontarmi la scena. E Lola non ha certo bisogno di essere reinterpretata o rimaneggiata: è già abbastanza interessante così com'è.

«Allora, Lola, di cosa ti occupi?» chiese Rai mentre apriva la sua lattina.

«Faccio la traduttrice.»

«Ecco perché il cinese...»

«Sì: sto cercando di migliorare il mio curriculum. Vorrei cambiare posto di lavoro.»

«E perché?»

«È una lunga storia. In sostanza ho avuto un flirt con il mio capo e adesso non lo sopporto.» Sorrise.

«Però, la traduttrice...»

«E tu?»

«Io? Mah... Sono uno di quelli senza arte né parte, come si dice. Insegno disegno in una scuola, ma vorrei andare a Londra a "cercare fortuna". Sperando di trovarla.»

Lei annuì. Le sembrava molto tenero. Forse *troppo* tenero? La vecchia Lola non gli avrebbe dato nessuna possibilità, nemmeno quella di conoscersi e basta. L'avrebbe considerato un poppante e dimenticato in un paio di minuti. Eppure si accorse che le piaceva.

«Senti, Lola...»

«Dimmi.»

«Forse ti sembrerà un po' affrettato, ma... che ne pensi di andare a bere una birra insieme, domani?»

Ci pensò su mezzo nanosecondo.

«Magari sei un maniaco, un sadico o un assassino. Non ti conosco.»

«Be', saremo in un locale pubblico.» Lui sorrise.

La vecchia Lola non si sarebbe fatta altre domande, ma la nuova Lola era un po' più cauta.

«Ho solo pensato che potevamo farci quattro risate, tra le tue lezioni di cinese e le mie di inglese.»

Lola annuì, poi sorrise. Aveva un appuntamento.

E grazie a Dio, perché il nubilato non faceva nemmeno per la nuova Lola.

8

Riempirsi la vita

Sabato mattina qualcuno osò disturbare la pace del mio santuario, facendo sfacciatamente suonare il cordless alle dieci e mezzo. Io ero ancora in coma, ma siccome lo squillo non si fermava, alla fine allungai un braccio e risposi.

«Sì?» chiesi, con la voce impastata.

«Buongiorno, Valeria. Sono Jose. Ti ho svegliata?»

Mi tirai su, come se potesse vedermi, e feci cenno di no con la testa. Non mi faceva piacere che il mio editor – o il mio agente, o quale diavolo fosse il ruolo di Jose – si facesse un'idea sbagliata del mio processo creativo. Sbagliata? Be', stendiamo un velo pietoso.

«No, figurati. È che non ho ancora preso il caffè.»

«Certo. Nella prossima vita voglio fare lo scrittore: vi becco sempre tutti a dormire in orari improbabili.»

Sorrisi.

«Dai, le dieci di sabato mattina non è un orario così improbabile...»

«Dieci *e mezzo*. E sono sicuro che ieri sera sei andata in giro a divertirti con in mano una coppa di Martini superglamour, tipo Carrie Bradshaw spagnola.» Rise.

«Sono stata a casa, con indosso un pigiama che è meglio non descrivere, a bere vino da calici sbeccati e sfogliare cataloghi di abiti da sposa insieme a due amiche.»

«Ti sposi?»

«No, no. Un matrimonio mi è bastato.»

«Sì, ti capisco.» Scoppiò a ridere. «Ma adesso basta con i convenevoli.»

«Chiami per l'articolo?»

«No, non mi hanno ancora risposto; ma chi va piano va sano e va lontano. Ti ho telefonato perché parteciperai a una conferenza sulle professioni creative, all'università.»

«Una conferenza? Io? Spero che sia su come mettersi l'ombretto, perché altrimenti siamo fritti...» Mi sfregai un occhio e mi resi conto che ero andata a letto senza struccarmi; ormai dovevo sembrare un procione.

«No: niente ombretti, uomini o cocktail. Né un'altra delle amenità cui ti starai dedicando in questo periodo.»

«Macché, sto lavorando al secondo volume. E tu stai usando una scusa da due soldi solo per stressarmi un po' al telefono.» Scoppiai a ridere.

«No, no, la faccenda della conferenza è vera. Manderemo alcuni giovani scrittori della casa editrice. Parlerete del mondo editoriale, di come siete riusciti a farvi pubblicare, di com'è la vostra giornata lavorativa... Sempre che abbiate qualcosa da dire in merito. Insomma, hai capito.»

«Procurami quel contatto con la rivista e avrò una giornata lavorativa di cui parlare!» dissi continuando a ridere.

Mi ignorò. «La conferenza sarà mercoledì prossimo.»

«Mercoledì? Meno male che mi lasci il tempo di prepararmi, eh?»

«Non frignare. A dire il vero l'avevano proposto a un'altra persona, ma è dovuta partire...»

«Ah, mi sembrava.» Sorrisi.

«Sarete in tre, e poi è previsto un giro di domande, quindi ti basterà tirar giù un intervento di una quindicina di minuti. Mi raccomando, niente di deprimente. E – non serve certo che te lo dica io – la casa editrice deve uscirne bene. Sai...»

«Userò più volte la parola "mecenate".»

«Così sì che mi piaci! E quando finirai la seconda parte di *Nei panni di Valeria* ti adorerò persino. Tra l'altro sarebbe anche ora, cara mia.»

«D'accordo.»

«Stammi bene.»

«Anche tu.»

Riagganciai e mi alzai dal letto. Andai in bagno, mi pettinai con un po' più di attenzione rispetto al giorno prima e mi lavai la faccia. Poi mi pesai, mi spostai in cucina, misi la caffettiera sul fuoco e, dopo essermi seduta davanti al portatile, aprii il file incriminato: la seconda parte delle mie disavventure. Diedi una rapida occhiata al romanzo e sospirai. Finirlo? Ormai erano due mesi che continuavo a rileggerlo. L'avevo aggiornato quasi fosse un diario, ma... Ero pronta a rivivere il calvario scatenato dal primo?

Tutta la mia vita messa in bella mostra, perché chiunque potesse leggerla. E riderne. Senza contare le parti sulle mie amiche... Certo, loro avevano letto la bozza e dato l'okay, ma non avevano colpa se la mia scarsa ispirazione mi impediva di inventare vicende che sembrassero reali.

D'altra parte ero ancora convinta di aver preso la strada giusta: volevo qualcosa di vero, nel quale le mie lettrici potessero identificarsi, come per il primo romanzo. Io sono una persona normale, alla prese con normali esperienze di vita. Le stesse che capitano a Carmen, Nerea e Lola. D'accordo, forse Lola è un caso a sé... Non sono nemmeno sicura che là fuori ci sia qualcun altro come lei.

In ogni caso, era arrivato il momento. Aprii una nuova email, scrissi l'indirizzo di Jose e allegai il file del romanzo. «*È pronto già dal mese scorso. Non odiarmi*: avevo paura. Aspetto i tuoi commenti.» Premetti invio.

Dopo una doccia feci un salto in libreria, per recuperare un paio di titoli che volevo, quindi tornai a casa. Fu solo alle due e mezzo che mi resi conto di non aver controllato il cellulare per tutta la mattina. Se mia madre aveva provato a cercarmi, a quell'ora doveva essere in piena crisi isterica. Quindi misi a cuocere una minestra di verdure e andai a prendere il telefono dal comodino.

Sbloccai lo schermo e lo vidi. Un messaggio. Di Víctor. Mandato a mezzanotte. Quattordici ore e mezzo prima. Quello sì che era fare la preziosa... «Non ho tue notizie da martedì. Non so davvero cosa fare. Ho mandato tutto a puttane, lo so, ma non sono bravo a gestire le emozioni che mi scateni. Ho bisogno di parlarti, di capire a che punto siamo. E dovrai darmi qualche indizio, perché sono un idiota. Però sono stufo di rovinare sempre ogni cosa.»

Oh, cazzo...

Avrei dovuto chiamarlo? Non che sia contraria ai messaggi – ovvio: sono una codarda – ma per questioni tipo «a che punto siamo» mi sembrava necessario qualcosa in più. Magari una foto del mio dito medio?

Respirai a fondo, mi sedetti ai piedi del letto e risposi. «A che punto siamo? Se lo sapessi, te lo direi. Ti dico invece quello che so: tu non vuoi niente di adulto, o di serio; due settimane fa sei stato con un'altra; ho trovato il suo reggiseno a casa tua e hai avuto il coraggio di giurarmi che non te la sei scopata. Non molto incoraggiante.»

Inviai e archiviai la faccenda. O meglio, provai ad archiviarla, perché nemmeno mezz'ora dopo arrivò la replica: «Già, non molto incoraggiante».

Deglutii, trattenendo la voglia di piangere: mi rifiutavo di farlo. Basta lacrime. Posai il cellulare sul comodino, presi il cordless e composi il numero. Dopo alcuni squilli, sentii il classico: «Chi è?».

«Ciao, mamma. Sai che andrò a fare una conferenza all'università?»

9

Chiudere un occhio sulla prima uscita

La sera dell'appuntamento, Lola era tranquilla: lei era fatta così. Sapeva come gestire la situazione. E, se tutto fosse andato per il meglio, c'era la concreta possibilità di tornare a casa in compagnia. Si fregava le mani al solo pensiero. Non sapendo dove Rai l'avrebbe portata, preferì non vestirsi in modo troppo formale: jeans a sigaretta, maglia nera, giacca di pelle aderente e scarpe con il tacco, ma comode e poco appariscenti. Lasciò i capelli sciolti e, senza pensarci oltre, si incamminò.

Passeggiando intravide la sua immagine riflessa in una vetrina e si trovò bellissima. Era orgogliosa del proprio aspetto, e non lo nascondeva. E poi, siamo sincere: a tutte noi capitano giorni in cui ci sentiamo davvero fighe, non è il caso di fare le finte modeste. Insomma, Lolita raggiunse il luogo dell'appuntamento con l'autostima alle stelle. Tanto più che Rai era già lì ad aspettarla. Indossava una bella maglietta nera, una giacca di pelle e dei jeans scuri. Si salutarono con due baci sulle guance, anche se un po' freddini.

«Ho pensato che potremmo andare in un locale qui vicino. Non è niente male, molto cool. Un mio amico fa il cameriere lì, e di sicuro ci offre qualcosa» propose Rai.

Lola annuì. *Cool? Di sicuro ci offre qualcosa?* Ah, i ragazzi di oggi... Tuttavia decise di assecondarlo e stare a vedere come andavano le cose.

Arrivarono al locale: un posto buio, dal design elegante. Be', almeno Rai aveva buon gusto, anche se puntava più che altro a risparmiare qualcosina. Erano già sulla lista, quindi entrarono subito e si accomodarono in un privé. Lola ordinò un Cosmopolitan e Rai un whisky con succo d'arancia. Sorrisero. Adesso bisognava trovare un argomento di conversazione.

«Be', non so nemmeno quanti anni hai» esordì Lola. Era ben allenata, e sapeva come rompere il ghiaccio al primo appuntamento.

«Ventiquattro.» Lei si lasciò sfuggire una smorfia. «Che c'è? Sono troppo vecchio per te?»

«Sei molto gentile, ma è chiaro che qui la più grande sono io» rispose lei.

«Di quanto?»

«Quasi cinque.» Sorrise.

«Che vuoi che sia? I miei genitori hanno sette anni di differenza.» Le fece l'occhiolino.

Quel commento avrebbe spinto la vecchia Lola a improvvisare una scusa qualsiasi e scappare a gambe levate... Ma la nuova Lola era diversa, più tollerante. Respirò a fondo.

«Che altro mi racconti?» chiese distratta, portandosi il bicchiere alle labbra.

«Be', non saprei... Do lezioni di pittura in un doposcuola, e nel tempo libero dipingo o suono la chitarra. Divido un appartamento con due amici e ho chiuso una storia da poco più di sei mesi.» Sorrise. «Tu?»

Però... Così sembrava quasi uno speed date, in pieno stile americano. Anche Lola avrebbe dovuto riassumere la sua vita in quattro frasi? Poteva essere un problema.

«Faccio la traduttrice, mi invento inesistenti malattie per non andare al lavoro, bevo più di quanto mi piaccia ammettere, fumo più di quanto dovrei, vivo da sola e ho rotto con il mio capo da qualche mese.» Sorrise anche lei. Non era poi così difficile...

«Posso dirti una cosa, Lola?»

«Certo.»

«Ti adoro.»

Alla grande.

Chiacchierarono di musica, della scuola, dell'università, e tra un discorso e l'altro Lola finì per raccontargli il suo periodo da groupie, quando seguiva una band di rocchettari sfigati della facoltà. Be', ci siamo passate più o meno tutte; quanto a me, ricordo ancora quei giorni, e non esattamente con affetto.

Rai parlò del suo gruppo e le confessò che una volta, lanciandosi tra la folla da un palco di paese, si era ritrovato a baciare il pavimento. Risero molto e si scambiarono persino qualche innocente effusione.

Poco dopo si presentò al tavolo l'amico di Rai, Luis. Magro, con le occhiaie e la faccia da buono, indossava una maglietta nera con un'enorme scritta STAFF stampata sulla schiena. Sembrava il tipico ragazzo che soffre sul serio a lavorare per degli imbecilli, e Lola ne ebbe quasi pietà pensandolo costretto a portare vassoi stracarichi su quelle esili braccia. Annunciò loro una sorpresa, che si materializzò all'una e un quarto sotto forma di una bottiglia di Moët & Chandon Rosé, con due calici.

Lola e Rai si guardarono un po' interdetti.

«Devo ammettere che non è proprio il mio genere...» commentò lui, imbarazzato.

«Oh, ma è il mio! Tutte le domeniche ci riempio la vasca, per un bel bagno rilassante» scherzò Lola.

«Sono un maniaco io, o 'sta cosa suona tremendamente erotica?»

«Sei un maniaco tu. Ti ho detto che a volte mi scatto delle foto?»

Scoppiarono entrambi a ridere.

«Coraggio, allora.» Rai prese la bottiglia. «Bisognerà provarlo.»

«Ti avviso che stordisce.»

«Sei un'esperta, eh?»

Lola gli fece la linguaccia e lui iniziò ad armeggiare con la bottiglia.

«Non ci riesci, femminuccia?» lo prese in giro lei.

«Non è così semplice, okay?»

«Dammela, dai. La apro io.»

«No! Adesso è una questione personale!» Continuò ad accanirsi sul tappo, rosso per lo sforzo. «Ci siamo quasi.»

«Come no...»

«Ti dico che sta uscendo!»

«Ma se si vede da qui che non si è mosso di un millimetro.»

«No, davvero, sento che sta uscendo.»

«Ma cosa vuoi sentire? Dai, passamela.»

«Ho detto che ce la faccio!»

«Se non me la passi penserò che sei un dannato maschilista e non ti chiamerò mai più, né ti risponderò al telefono.»

«Per carità! Tieni, simpaticona.»

Rai allungò la bottiglia, ma appena Lola l'ebbe afferrata le bollicine finirono il lavoro, facendo saltare il tappo.

Si sentì un botto, e un attimo dopo il sughero rotolava per terra, facendo inciampare una tizia parecchio azzoccolata. E fin lì, niente di grave... Ma cos'aveva colpito il tappo, prima di finire sul pavimento? Il soffitto? Una parete? No. L'occhio di Lola.

In realtà non proprio l'occhio, per fortuna: il sopracciglio. Altrimenti, da quella distanza, Lola si sarebbe trovata a finire i suoi giorni con una benda da pirata. Benda che avrebbe portato con indubbio stile, certo, ma che sarebbe comunque restata tale. Si coprì il volto con le mani mentre Rai scattava in piedi, come indeciso se ridere o piangere.

«Porca puttana!» urlò lei.

«Stai bene? Mio Dio, stai bene? Dai, ti porto in ospedale.»

«Non è niente, tranquillo. Davvero.»

«Andiamo, Lola...»

«Ti ho detto di no, non preoccuparti. Sta' un po' zitto e siediti, tesoro.»

«Mio Dio» ripeté lui borbottando, ancora in piedi.

«Ti ho detto di sederti, cazzo!» ringhiò lei, sempre più nervosa.

«Vado a cercare del ghiaccio!»

Rai tornò con un enorme pezzo di ghiaccio, avvolto in un panno. Per posarlo sull'occhio Lola tolse la mano e, nel vedere l'espressione del ragazzo, intuì che le sarebbe venuto un livido enorme. Lo fissò, seria. «Intendo denunciarti per aggressione.»

«Io... Mi dispiace... Pensavo che...»

Vedendolo in imbarazzo, sorrise, subito seguita da lui. Era furiosa, ma sapeva che presto – appena l'occhio si fosse sgonfiato e avesse smesso di farle un male cane – ci avrebbe riso su.

«Non preoccuparti, sciocchino. Domani, con qualche ritocco, questa storia farà furore.»

«Mi dispiace davvero, Lola.»

«Rimedierai.» Sorrise. Poi ululò di dolore.

Dopo averla dissuasa dall'attaccarsi alla bottiglia di champagne, con la scusa che l'alcol è un ottimo antidolorifico, Rai la accompagnò a casa. Si sentiva scoppiare la testa e aveva il sopracciglio gonfio e livido.

«Scusami ancora, Lola. Adesso non vorrai più rivedermi...» ripeté lui per l'ennesima volta, mentre si avvicinavano al portone.

«Facciamo così: la prossima volta, se sei un amante del sado, colpiscimi almeno con qualcosa di più morbido. D'accordo?»

«D'accordo, lo terrò a mente.»

«Ti inviterei a salire, ma ho troppo mal di testa.»

«E in questo caso non è nemmeno una scusa!» Risero entrambi. «Buonanotte, Lola. Ci vediamo ai corsi.»

«Se prima non viene a cercarti la polizia, canaglia» sorrise Lola.

Rai si avvicinò, si avvicinò, si avvicinò... e la baciò... sul sopracciglio.

Be', alla fine era tornata a casa in compagnia. Sì: di un bernoccolo dalle dimensioni faraoniche.

10

Nerea la Tiepida

Nerea... Ah, Nerea!

Organizzare quelle nozze le stava togliendo sonno e appetito. E non erano nemmeno le sue! Viveva in un perenne fermento creativo, dal quale si riprendeva a malapena per alcune questioni lavorative o per le telefonate del fotografo e del pasticciere incaricato della torta. Sarebbe stato un matrimonio perfetto, ne era certa.

Poi, un pomeriggio – tornata dal lavoro e alle prese con l'ipotesi di mettere un album per le firme all'entrata della sala della cerimonia – fu folgorata da un'illuminazione tutt'altro che piacevole. Quelle nozze sarebbero state perfette, sì. Insuperabili. Ma la sposa non era lei. E di colpo si sentì a pezzi.

Telefonò a sua sorella, che però non aveva tempo da perdere con simili idiozie. Le disse, e in malo modo, che stava diventando come la madre: se si preoccupava per cose del genere era perché non aveva nulla di più interessante a cui pensare. Poi riagganciò. Nerea tentennò per un po'. Chiamare sua mamma non era certo una buona idea, ma aveva proprio bisogno di parlarne con qualcuno. E, per non smentirsi, la sua dolce mammina (che io non posso soffrire, fin da quando ha dato a intendere che sono una culona senza tette) concluse così la breve conversazione: «Sei una sciocca. Anziché preoccuparti per gli altri dovresti pensare di più a te stessa, perché prima che te ne renda conto sarai sfiorita. E allora nessuno ti vorrà più!».

Nerea si mordicchiò le unghie, preoccupata. Per quanto provasse a negarlo persino a se stessa, era proprio quel che pensava. E, fin dal viaggio ad Amsterdam, non era nemmeno la sua unica preoccupazione.

Qualche giorno dopo, al lavoro, si scoprì a fissare lo schermo del computer senza guardare niente in particolare. Del resto non c'era nulla che la interessasse in quella stupida scatola.

Bevve un sorso di caffè, ormai freddo, e diede un'occhiata all'orologio. A quanto pareva era rimasta in quello stato per oltre un'ora, e intanto era arrivato il momento di andare a pranzo. Solo che non le andava. E non perché volesse mantenere la sua linea invidiabile, no: aveva proprio lo stomaco chiuso.

Respirò a fondo un paio di volte. C'era sempre quell'idea che le ronzava in testa, e più ci pensava più le piaceva, tanto che il cuore iniziava a batterle all'impazzata. Le era venuta in mente sabato sera, mentre sfogliava una rivista e parlava al telefono con Carmen. Da allora non se n'era più andata: erano le due e mezzo del lunedì e continuava a rifletterci.

Perché no?

Be', perché con i tempi che correvano non poteva fare una simile follia. Ed era da pazzi credere che potesse funzionare. Oltretutto i suoi l'avrebbero uccisa. Avevano speso un patrimonio per farla studiare in una prestigiosa università privata, così che arrivasse dov'era ora...

Eppure... perché no?

Che le importava il parere dei suoi genitori? La vita era la sua, e non voleva sprecarla né guardarla scorrere via mentre inseguiva cose di nessun conto.

Tra non molto avrebbe avuto ventinove anni. Un anno ai trenta. Sì, era manager di una multinazionale, e allora? Era ben pagata, aveva l'armadio pieno di bellissimi vestiti e un corpo che molte le invidiavano. E tre splendide amiche, di quelle vere. In pochi potevano dire lo stesso. Ma, a parte quello?

Niente.

Non aveva né sogni né passioni; niente aspirazioni personali, ossessioni o hobby. E nessun fidanzato. Non aveva progetti per il futuro, ma non voleva nemmeno restarsene dov'era.

Si alzò dalla sedia, raccolse con calma le sue cose e le infilò in borsa. Poi andò all'appendiabiti e indossò il suo splendido cappotto di cachemire con il collo di volpe. Prese la borsa e uscì dall'ufficio, chiudendo a chiave.

Si avvicinò alla scrivania della segretaria di quel piano e, con un sorriso, le disse: «Scusa... Marisa, vero?».

«Sì. Dimmi, Nerea» rispose l'altra. Lei il suo nome se lo ricordava.

«Non mi sento molto bene, vado a casa. Se mi cercano per qualcosa di urgente – *davvero* urgente – possono trovarmi sul BlackBerry.»

«D'accordo.»

«Grazie, Marisa. E buon pomeriggio.»

Nerea uscì dall'edificio con l'adrenalina a mille, e appena arrivata a casa si mise davanti al computer; trascorse il resto del pomeriggio a dar forma al suo progetto. La mattina seguente chiamò al lavoro per dire che era malata, quindi passò due ore a parlare con il direttore della sua banca. Ormai aveva deciso.

Basta Nerea la Frigida! Certo, un passo alla volta... Si fece la manicure, la maschera al viso e un impacco ai capelli, poi scelse cosa indossare il giorno dopo, per parlare con i suoi genitori.

11

La conferenza

Quando arrivai all'università avevo una nausea tremenda. Colpa del nervosismo: una Coca-Cola e sarebbe passata. Oltretutto avevo rischiato sul serio di arrivare in ritardo; ero rimasta davanti all'armadio più del dovuto, lasciando poi il letto sepolto sotto un mucchio di vestiti provati e scartati. E per scegliere cosa, alla fine? Un paio di jeans e una giacca nera, e una maglietta dei Ramones. I Ramones! Cercavo di ingraziarmi il pubblico prima ancora di aprire bocca? Perché in quel caso avrei fatto meglio a indossarne una di Lady Gaga...

Quando trovai la sala conferenze mi accorsi, passandoci davanti, che era pienissima. E a quel punto ebbi davvero paura di finire piegata in due dai conati, a rimettere persino il mio primo omogeneizzato. Poi una ragazza mi venne incontro, chiedendomi se ero Valeria Férriz.

«Sì, sono io» risposi, cercando di sorridere e ottenendo soltanto una terribile smorfia.

«Salve. Sono Susana, l'assistente di Elena San Fernando, l'organizzatrice.»

«È un piacere.» Le strinsi la mano e cercai di respirare a fondo.

«Hai portato del materiale per la conferenza?»

«Cosa?» chiesi, a un passo dalla crisi isterica.

«Non so, una presentazione in PowerPoint o qualcosa del genere...» Di fronte alla mia espressione di terrore, aggiunse sorridendo: «Non preoccuparti. È meglio così: di solito quella roba è noiosissima».

«Mi dispiace. Sono molto nervosa. È la prima volta...»

«Sta' tranquilla. Si tratta solo di un seminario che dà crediti formativi, non so se mi spiego.» Mi fece l'occhiolino.

«Certo, sì.» Sospirai sollevata.

«Se ti va, visto che abbiamo ancora un quarto d'ora, puoi aspettare nella saletta dietro quella porta, con gli altri partecipanti. Gradisci qualcosa? Un caffè, una bottiglietta d'acqua, una bibita?»

«In effetti ucciderei per una Coca-Cola. Se mi indicassi dove posso trovare una macchinetta...»

«Là dentro ne troverai qualcuna. E bevi pure tranquilla: sarai la seconda a intervenire, quindi hai tutto il tempo di rilassarti.»

La ringraziai per l'incoraggiamento ed entrai nella stanza. Accanto a un tavolo con delle bibite vidi un uomo e una donna che chiacchieravano. Entrambi sulla trentina sembravano persi in una conversazione interessantissima, ma quando mi lanciai su una Coca-Cola Zero – che mandai giù quasi in un sorso – si voltarono a guardarmi. Sorridendo, e trattenendo a stento un rutto, porsi loro la mano.

«Ciao, sono Valeria Férriz.»

«Felice di conoscerti» disse in tono deciso la donna. «Io sono Marta Goicoechea.»

Cavoli, la Goicoechea. Avevo da poco iniziato uno dei suoi libri, ma non ero riuscita ad andare avanti. Era pedante da morire, e studiandola pensai che avesse la tipica espressione da intellettuale alternativa e un po' svampita. Sembrava felice soprattutto di conoscere se stessa...

Lui, invece, sfoggiava un sorriso gentile e affascinante. Ci stringemmo la mano e, senza capire perché, sentii una scossa percorrermi il corpo. Fino alle mutande. Lo guardai con attenzione: cos'aveva quell'uomo che mi sconvolgeva tanto? A quel punto parlò, con voce grave e sensuale: «Piacere, Valeria. Sono Bruno Aguilar».

«Oh!» esclamai emozionata, lasciando la presa prima che percepisse il sudore della mia mano. «Ho letto il suo ultimo libro. Molto bello. Anzi, bellissimo! Mi ha preso talmente tanto che ho perso la mia fermata dell'autobus e ci ho messo un'ora e mezzo a tornare a casa.»

«Bene! Il fatto che ti abbia presa, ovvio, non l'ora e mezzo di viaggio...»

Ci guardammo e sorridemmo. Improvvisamente mi sentii in imbarazzo, accaldata e arrossata. Lo sguardo di quell'uomo...

«Chi sarà il primo a intervenire?» chiesi, tanto per alleggerire l'atmosfera.

«Io» rispose la pedante. «E credo proprio che dovremmo andare.»

Si diresse verso la sala conferenze e Aguilar mi posò una mano sulla spalla.

«Prego, prima tu.»

Annuii e seguii la Goicoechea, camminando piano e trattenendo il fiato. Quella mano mi stava mandando in fiamme, ma non lì dove era posata.

Ci sistemammo dietro la cattedra rialzata e io tirai fuori dalla borsa i fogli su cui avevo annotato il mio breve discorso. Erano pieni di scarabocchi e cancellature. Bruno si sedette alla mia sinistra, mentre alla mia destra si accomodò l'organizzatrice dell'evento, Elena San Fernando. Una breve ed educata conversazione introduttiva, poi iniziarono le presentazioni ufficiali e le formalità tra noi relatori.

A quel punto scorsi in mezzo al pubblico i miei genitori, che salutavano con la mano. Sorrisi e abbassai lo sguardo, morta di vergogna, sperando che non si mettessero a scattare delle foto. Non ci volle molto perché gli studenti prendessero posto e calasse il silenzio che segnava l'inizio della conferenza. La signora San Fernando, che sembrava aver mandato giù una scopa con un lungo manico, aprì le danze. «Buongiorno, e benvenuti alla seconda giornata del seminario Universo creativo. Oggi, come da programma, affronteremo il tema delle professioni artistiche e della creatività, da diversi punti di vista. Inizieremo con una chiacchierata sul mondo editoriale. E, a parlarcene, abbiamo qui Marta Goicoechea, autrice di *Conversazioni all'alba* e professoressa associata di Filologia classica all'Università di Granada; poi interverrà Bruno Aguilar, scrittore di fantasy vincitore di vari premi internazionali, collaboratore per pubblicazioni specialistiche come "Cinefilia" e "Imaginalia" nonché opinionista a Radio Oviedo. E per ultima, diamo il benvenuto a Valeria Férriz, autrice di *Ode* – con il quale ha vinto due prestigiosi premi della critica – e l'autobiografico *Nei panni di Valeria.* Cedo quindi la parola a Marta Goicoechea.»

In questo caso «parola» era forse riduttivo... I successivi venti minuti furono un'immersione nell'ego della scrittrice. Una specie di pubblica masturbazione, ecco; un atto di onanismo verbale estremo, che portò tutti noi sull'orlo di un coma profondo. Be', tutti no: in realtà almeno in tre, tra gli astanti, mostravano un'espressione entusiasta. È proprio vero: *de gustibus*...

Di fianco a me, Aguilar scarabocchiava su un foglio. Quando non riuscii più a trattenere la curiosità, diedi una sbirciata, e scoprii che aveva disegnato una piccola folla intenta a linciare una figura dall'aria familiare. Ricordava in modo sospetto la Goicoechea. Accortosi del mio interesse, lui prese a lanciarmi ogni tanto delle occhiatine significative, sorridendo come per assicurarsi che gradissi le sue illustrazioni. Riuscii quasi a scordarmi della pedantissima Marta, ancora alle prese con il suo monologo.

Terminata l'immersione nel complesso universo dei personaggi del suo romanzo, tutti tormentati da un'infanzia difficile e da un grave complesso di inferiorità, arrivò il mio turno. E, vista la profondità delle mie opere, temetti per un attimo che mi avrebbero mangiata viva.

Mentre mi preparavo a iniziare il discorso, Bruno mi allungò con discrezione uno dei suoi fogli. «Tranquilla: c'è sempre una prima volta. E col tempo si finisce quasi per prenderci gusto. P.S. Adoro il tuo naso.»

Trattenni una risata e mi schiarii la voce.

«Buongiorno a tutti.» Sorrisi, mentre abbassavo lo sguardo sui miei appunti. «Non molto tempo fa – circa sei anni, materia più materia meno – ero seduta al posto vostro. E già a quei tempi coltivavo la mia vocazione: scrivere. Non ho mai smesso di farlo. E ho riempito parecchi fogli di spazzatura, ne sono certa; ma quella spazzatura mi è servita a crescere come "scrivente". Non so se posso ancora definirmi una "scrittrice": ammiro troppo alcuni dei miei colleghi per inserirmi nella loro stessa categoria...» Osservai per un attimo i volti degli astanti. «*Ode*, il mio primo libro, è stato il risultato di quello che in molti definirebbero uno sforzo considerevole. All'epoca mi occupavo di gestire i contenuti di una pagina web, e facevo un orario da impiegata che mi pesava non poco. In compenso passavo le notti davanti al computer. Poi la mattina, in ufficio, mi ritrovavo magari a lasciare una frase a metà per abbozzare una trama, provando a buttarla giù prima che svanisse. Per fortuna le vendite del libro hanno soddisfatto le aspettative della casa editrice, e mi sono potuta licenziare, ma...»

La porta della sala conferenze si aprì e io alzai gli occhi. Víctor la stava richiudendo con delicatezza, rivolgendomi uno sguardo intenso che mi serrò la gola. Faticai a riprendere il discorso. Come diavolo l'aveva saputo? E, soprattutto, perché era lì? Non ci eravamo lasciati? O comunque stavamo per farlo, ecco... Lui si appoggiò alla parete in fondo. Indossava uno dei suoi abiti grigio scuro e una camicia azzurrina.

Guardai di nuovo i miei appunti, poi la gente che riempiva la sala; piegai il foglio e decisi di improvvisare. Se dovevo mandare tutto all'aria, l'avrei fatto con disinvoltura.

«Bene... Mi ero preparata un discorso, ma... sapete una cosa? Probabilmente non sto dicendo nulla che vi interessi. Meglio andare dritti al punto. E il punto, se volete scrivere, è questo: cercheranno in tutti i modi di scoraggiarvi. Gli stessi editori lo fanno ogni giorno, con migliaia di persone. La bozza di *Ode* mi fu restituita da cinque case editrici, con lettere di ringraziamento tutte identiche. Ero sul punto di mollare. In realtà era più comodo andare avanti con la mia routine: alzarmi tutti i giorni per andare al lavoro, scrivere nei momenti liberi e fingere di non volere altro dalla vita. Così mi sarei conformata al modello che ci viene imposto fin da piccoli, e che nemmeno ci rendiamo più conto di seguire: uniformati alla massa. Non ti distinguere, a meno che tu non sia pronto a diventare il migliore. Non c'è via di mezzo. Purtroppo per il sistema, questa è una cosa che mi manda ai matti...» Guardai Bruno, che sorrise. «La faccenda dell'"essere il migliore", intendo. Sembra una massima da reality show o buffonate del genere.» Una risatina attraversò la sala, facendo sorridere anche me. Andai avanti appoggiandomi al tavolo.

«Quando le persone che conosciamo leggono qualcosa di nostro, tendono sempre a dire cose del tipo: "Perché non lo mandi a qualcuno?", "Perché non lo tiri fuori dal cassetto?". Lo fanno con le migliori intenzioni, ovvio, ma non capiscono una cosa: quello che stanno leggendo – dalla prima all'ultima parola, ogni personaggio, ogni frase o dialogo – siamo noi. È la nostra vita. È difficile separarsene per tentare la fortuna.

«All'università avevo un grande professore; uno con due palle così, di quelli di cui non vuoi perdere una sola lezione. Anche se magari sei al bar a giocare d'azzardo.» Un'altra risata, più forte. «Una volta ci disse che il processo creativo è da sempre legato al bisogno dell'essere umano di darsi forma. Mi segnai questo pensiero sottolineandolo più volte. Non era importante per l'esame. Anzi, se non ricordo male all'esame mi toccò un'analisi sui Preromantici... Insomma, solo più tardi mi accorsi che quella frase faceva proprio per me, che l'avevo afferrata al volo perché ne avevo bisogno. La rilessi quando stavo mettendo via gli appunti. Quella notte mi ubriacai per festeggiare la fine del corso e il giorno dopo, al risveglio, iniziai *Ode*. Vi investii due anni e mezzo della mia vita.

«Quando si scrive ci si mette a nudo. Lo so bene, visto che il mio secondo libro è una sorta di diario. *Nei panni di Valeria* è come uno specchio; mostra ciò che mi è successo in una parte recente della mia vita, da quando mi sono resa conto di essere a corto di idee fino a quando ho divorziato. Io mi sono sposata a ventidue anni, quindi vorrei darvi una dritta: non fatelo, è una follia.

«Ma, tornando al libro, scriverlo è stata un'esperienza importante. Certo, non mi fa impazzire che chiunque possa leggere le mie disavventure, però per metterle su carta ho dato forma a me stessa. E poi volevo scrivere qualcosa di reale, di vero.

«Chi più chi meno, siamo tutti creatori. Tutti riceviamo le visite delle muse, che sia dopo aver mandato giù due bicchieri o dopo aver ascoltato una canzone dei Kings of Leon.» Guardai Víctor. «L'importante è trovare il nostro posto. E... E basta. A essere sincera non ho altro di interessante da raccontarvi. Vorrei solo aggiungere un paio di consigli. Ma tenete a mente che consigli e opinioni sono come il culo: tutti ne hanno uno, e non sempre è spettacolare.» In sala scoppiò una sonora risata, cui risposi con un sorriso.

«Consiglio numero uno: se mai vi dovessero pubblicare, non lasciate il lavoro dandovi arie da scrittori tormentati. Non viviamo di orgoglio letterario, abbiamo bisogno di soldi. Specie se avete gusti costosi come i miei e preferite il gin di marca.» Non mi sfuggì l'espressione stupita dei miei genitori. «Consiglio numero due: non fidatevi mai di chi vi loda all'eccesso. Nessuno può adorare tutto ciò che facciamo, perché siamo umani e ogni tanto sbagliamo. Consiglio numero tre: se un giorno, sentendovi fighi com'è successo a me, deciderete di pubblicare un'autobiografia, fatelo con uno pseudonimo. Così vostra madre potrà continuare a guardarvi in faccia. Grazie mille.»

Lo scroscio di applausi mi fece un gran piacere, e non riuscii a trattenere una risata sincera. Anche Aguilar applaudì e mi fece i complimenti, mentre io guardavo Víctor che stava abbozzando un ampio sorriso. Rendendomi le cose ancora più difficili...

Elena San Fernando annunciò un intervallo di dieci minuti e io scattai su come una molla. Bruno mi diede una leggera pacca sulla spalla, che accolsi con un sorriso. Mi unii alla fila di persone che stava uscendo dalla sala e feci cenno ai miei genitori di aspettarmi lì. Una ragazza mi fermò, chiedendomi se potevo firmarle una copia di *Ode*, e dopo una breve conversazione ripresi a camminare verso Víctor. Era ancora lì, appoggiato accanto alla porta, in un angolo.

Non appena lo raggiunsi, sorrisi... Era il primo che gli riservavo da molto tempo. Troppo, per due che erano stati insieme. Lui allungò le braccia, mi strinse al petto affettuosamente e mi baciò le tempie. Non avrebbe dovuto, perché scatenò il mio bisogno di stringerlo ancor di più, di non farlo andar via. Guardai con la coda dell'occhio i miei genitori che, in allerta, osservavano la scena facendo finta di niente.

«Sei stata fantastica. Spettacolare.»

«Mi vergognavo da morire. Non saresti dovuto venire.» Risi, mettendo un po' di distanza tra noi.

«Dovresti vergognarti solo di una cosa: non fosse stato per mia sorella, non avrei mai saputo di questa conferenza.»

«Ma non è una conferenza. È una... piccola chiacchierata.»

Non disse nulla. Si limitò a osservarmi e accarezzarmi i capelli. Il suo sorriso mutò fino a trasformarsi in un'espressione sofferente.

«Sei bellissima, lo sai?»

«Smettila... Tu sì che sei bello» dissi toccandogli il risvolto del cappotto, e notando come arrossiva. «Resterai fino al momento delle domande?»

«Purtroppo non posso. Ho fatto una scappata, ma devo rientrare.»

«Ah.»

Tacemmo, un po' imbarazzati. Lui distolse lo sguardo e fece una smorfia: «Sono un imbecille, vero?».

«Be', a volte lo sono anch'io.» Ebbene sì, Valeria l'imbecille, che adesso si metteva anche a giustificarlo.

«Posso baciarti?»

Lo guardai sorpresa e, accennando un broncio, feci cenno di no.

«I miei sono proprio laggiù... Non mi va, lo sai.»

Víctor alzò gli occhi e vide i miei genitori che facevano finta di niente. Pareva che di colpo trovassero molto interessanti le proprie scarpe.

Ci scambiammo uno sguardo. E se quello fosse stato uno dei baci importanti della vita? Sì, uno di quei baci che cambiano tutto, che segnano la direzione e ti fanno prendere delle decisioni. Era troppo tardi per scoprirlo. Avevo detto di no, e lui sembrava deluso.

«D'accordo. Be'...» Si inumidì le labbra. «Allora... ancora complimenti. Chiamami, va bene? Penso che dovremmo parlare. Lascio a te la palla, almeno per un paio di settimane.» *Almeno per un paio di settimane?* Sembrava proprio un ultimatum...

Annuii, ci scambiammo un altro breve abbraccio e se ne andò. Quando uscì mi sentii per un attimo disorientata, ma raggiunsi i miei genitori e lasciai che mi coccolassero, ripetendo quanto fossero contenti. Per quanto credessero in me, avevano sempre pensato che lasciare il lavoro fosse uno sbaglio. E lo era stato, il mio conto corrente dava loro ragione, ma sembrava che le cose cominciassero finalmente ad andare meglio. Se solo Jose fosse riuscito a procurarmi una collaborazione, la mia vita sarebbe diventata più simile a quella di un'adulta, con una routine e dei doveri. In caso contrario... be', avrei dovuto ricominciare da zero e cercarmi un lavoro da sola, proprio come il resto dei comuni mortali. E come avevo già fatto prima.

Dopo gli elogi, mia madre chiese chi fosse il ragazzo che ero andata a salutare.

«Un amico» risposi, concisa.

«Ah. Però, se fosse più di un amico...» insistette lei, cercando di fare la comprensiva.

«No, non lo è. È soltanto un buon amico.» Per tutta risposta, lei commentò che mi sarei potuta sforzare un po' di più nello scegliere il look per l'occasione.

«Sembri una... non so. Ma non avevi un vestito?»

Dopo qualche minuto mi sentii in dovere di tornare al tavolo, quindi li salutai e dissi loro che potevano andare. In realtà avrebbero preferito restare, ma in fondo io non sarei più intervenuta: dubitavo che qualcuno avesse domande da pormi. Brontolarono un po', poi si incamminarono.

Quando tornai al mio posto, gli altri relatori stavano chiacchierando con gente dell'università. Mi sedetti, rovistai nella borsa e controllai il cellulare, che per fortuna mi ero ricordata di mettere in modalità silenziosa. C'era un messaggio di Carmen: si scusava di non poter venire, ma non riusciva a sganciarsi dal lavoro. E anche uno di Lola, nel quale si definiva una pessima amica perché era troppo lontana per raggiungermi. Di Nerea nessuna traccia. Da qualche giorno era molto strana, come se si fosse imbarcata in un percorso di ricerca interiore. Poi, di colpo, mi ritrovai a rimuginare sul bacio non dato a Víctor... mi avrebbe perseguitata?

Quando sollevai di nuovo lo sguardo, Bruno era seduto accanto a me e mi guardava con un mezzo sorriso.

«Come sono andata?» gli chiesi, mentre infilavo il cellulare nella borsa.

«Molto bene. Una perfetta affabulatrice. Li hai conquistati.»

«Troppo populista?»

«Il giusto.» Sorrise.

«Sai, ti immaginavo grasso, con il codino e gli occhiali a fondo di bottiglia.»

I suoi occhi scuri e scintillanti brillarono mentre scoppiava a ridere.

«Be', come vedi non è così.»

«No, anzi! A dire il vero dovresti forse ingrassare un pochino.» Risi appoggiandomi al tavolo. «Però, se può consolarti, io a scuola ero chiamata Insetto Stecco.»

«Scommetto che il soprannome aveva a che fare con il tuo naso» commentò.

«Non so se dovrei farti i complimenti per la tua intuizione o darti uno schiaffo.»

«No, dico sul serio. Hai un nasino incantevole. Sai chi mi ricordi?»

«Sorprendimi.»

«Clara Alonso, l'attrice. Hai presente?»

«Certo che ho presente. E tu sei pazzo.»

«Davvero, hai qualcosa di lei...» insistette.

«Ma nemmeno nel bianco degli occhi. E poi credo di pesare almeno venti chili in più...»

«Voi donne... sempre a fare commenti del genere. E poi noi uomini non sappiamo cosa rispondere. Perché se ora dicessi: "È per questo che tu sei più bella", penseresti ti stia dando della grassa; ma se ti dico: "Figurati!", allora mi darai del bugiardo. Quindi mi limiterò a ribadire che mi ricordi proprio Clara Alonso. E la faccenda dei venti chili è un'esagerazione, lo sai benissimo.» Mi fece l'occhiolino.

«Astuto...»

«La scuola della vita. E poi basta guardare una donna per conoscere tutta la sua storia.» Rise mettendo in mostra i denti bianchi, perfetti. «Siete veramente un libro aperto.»

«Davvero?»

«Certo. Vuoi che ti racconti cos'ho capito di te?»

«Prova...»

Elena San Fernando si schiarì la voce e riprese le fila della conferenza, lasciando la parola a Bruno.

«Te lo dico dopo» mormorò lui, con un sorriso sfacciato e sensuale.

Si accomodò sulla sua sedia e cominciò a parlare, tranquillo. Raccontò di come aveva iniziato a scrivere, quali autori leggeva, come aveva contattato la casa editrice, del gran numero di critiche ricevute dal suo primo libro... Tutto come se stesse bevendo una birra con gli amici, passandosi di tanto in tanto la mano destra tra i capelli neri che gli cadevano sugli occhi.

Obiettivamente non era bello. Osservandolo con attenzione, come stavo facendo in quel momento, ci si rendeva conto che le orecchie erano un po' sproporzionate rispetto all'ovale del viso; inoltre aveva le labbra sottili, un naso importante e più in generale un volto magro come il resto del corpo, sebbene gli zigomi non fossero troppo marcati. Eppure, Bruno Aguilar aveva qualcosa. Per la precisione, qualcosa che mi attirava. E molto.

Quando me ne resi conto, aveva ormai finito di parlare e stavano iniziando le domande. Come immaginavo, il pubblico non ne aveva molte: pochi illuminati vollero addentrarsi nella trama di *Conversazioni all'alba*, mentre qualcun altro chiese a Bruno dell'opera che stava scrivendo in quel momento e delle voci secondo cui aveva venduto i diritti di uno dei suoi romanzi per un adattamento televisivo sotto forma di serie. Quanto a me, le uniche domande arrivarono da Elena San Fernando, giusto per non farmi sentire esclusa, e riguardavano aspetti più generali: come avevo contattato le case editrici e che tipo di percorso bisogna affrontare quando si decide di spedire il proprio manoscritto. Ne approfittai per adulare un po' la casa editrice, parlare del loro grande lavoro di scouting e di come avevo incontrato i miei mecenati.

A quel punto, la chiacchierata poteva considerarsi conclusa. Io, intanto, non riuscivo proprio a togliermi dalla mente Víctor. Maledetto, perché era venuto? Ormai non eravamo più fidanzati. Né eravamo altro, se era per quello... A parte lo scambio di messaggi, non avevamo più parlato della nostra situazione, e non sembrava che le cose sarebbero migliorate. Qualcosa mi diceva che Víctor sarebbe rimasto fedele a se stesso, dandosela a gambe.

Mi alzai, chiacchierai un po' con quelli dell'università e della casa editrice e, non appena fu possibile, me la filai. L'autopromozione non fa per me: non mi piace e oltretutto mi riesce malissimo. Avrei potuto lanciare qualche occhiatina maliziosa a Bruno, invece raggiunsi la porta senza voltarmi, immersa nei miei pensieri. A essere precisi nemmeno mi accorsi che provava a raggiungermi, finché non lo vidi placcato da un'orda di fan intenzionati a ottenere un autografo. Io proseguii, telefonai al servizio taxi e mi accesi una sigaretta.

Anche Marta Goicoechea uscì, e si fermò accanto a me. Mi rivolse un sorriso teso, prima di girarsi verso la porta dalla quale stava spuntando Bruno, intento a rovistarsi nelle tasche in cerca di... una sigaretta. Sexy, scrittore e fumatore. Insomma, il mio uomo ideale! Ma era solo una battuta tra me e me, e lo sapevo bene: il mio uomo ideale era un altro, quello a cui avevo negato un bacio...

La pedante si avvicinò a Bruno, schiarendosi la voce per attirare la sua attenzione. Lui guardò prima lei e poi me.

«Senti, non sono riuscita a dirti quanto mi è piaciuto *Spagna cannibale.*» Lui continuava a guardarmi. «Mi sembra un'ottima metafora della crisi di valori che viviamo oggi, e di come il Paese abbia cercato di salire sul treno della modernità attraverso un esacerbato consumismo...»

Bruno si concesse un lungo tiro di sigaretta e sollevò le sopracciglia, voltandosi verso Marta mentre espirava il fumo.

«E, di preciso, cosa ti sei fumata mentre lo leggevi? No, perché dovresti darmi il numero del tuo spacciatore.»

«Mi sbaglio?» chiese lei con una voce dolce e gentile. «Forse la mia è una visione semplicistica e...»

«*Spagna cannibale* parla di un gruppo di adolescenti annoiati, dei fricchettoni che decidono di mangiarsi chi li piglia per il culo. Mi sa che il semplicista sono io.»

«Ma...»

Lui scoppiò a ridere, le diede una pacca sulla spalla, si girò verso di me e domandò: «Vai verso il centro?».

«Sì, ho appena chiamato un taxi.»

«Fantastico, anch'io.» Si rivolse di nuovo alla Goicoechea. «Marta, non è necessario che fai venire un altro taxi. Prendi pure il mio, io vado con Valeria.» Mi sorrise. Credo che lei abbia impiegato un paio d'ore a riprendersi dallo stupore e chiudere la bocca; più o meno la stessa quantità di tempo che servì a me...

Quando mi accomodai sul sedile posteriore dell'auto, assieme a Bruno, ero un po' a disagio. Lui invece sembrava tranquillo e beato, manco fosse sulla poltrona di casa.

«All'NH Hotel, per favore. Aspetti che le dico meglio.»

«Faremo due fermate» intervenni. «Io vado in via...»

«Tenga, ecco l'indirizzo dell'albergo» mi interruppe Bruno, passando un foglietto all'autista. Poi si rivolse a me: «Ma l'hai sentita? Metafora del consumismo...».

Si rilassò sul sedile e scoppiò a ridere, contagiandomi.

«Hai letto il suo libro?» domandai quando il tassista mise in moto.

«Ce l'ho sul comodino. Pensavo di iniziarlo la prossima settimana, ma forse è meglio lasciar perdere...»

«Sì, forse è meglio.»

Ci guardammo e ridemmo ancora.

Poi, prendendo il coraggio a due mani, domandai: «Cosa ci facciamo sullo stesso taxi?».

«Ti offro qualcosa da bere.»

«E se non mi andasse?» obiettai.

«Su, non essere crudele.» Mise su un finto broncio. «Non ho intenzione di violentarti... credo.»

Alzai gli occhi al cielo. «Prima sostenevi che racconto una storia a mia insaputa...»

«Non essere impaziente.» Si chinò verso il sedile dell'autista e, rivolgendomi un sorriso, gli disse: «Non le dia retta, faremo una sola fermata».

12

Una sola fermata

Quando scesi dal taxi non ero del tutto sicura di cosa stessi facendo. Bere qualcosa in un albergo, con un uomo che avevo appena conosciuto... Mi stavo forse trasformando in Lola? No. Lei sarebbe andata a bere in camera. Io almeno l'avrei fatto nel bar dell'hotel, in pubblico e vestita.

Chissà cosa stava facendo Víctor in quel momento.

Salimmo fino all'ottavo piano e Bruno, sempre perfettamente a suo agio, si avvicinò all'elegante bancone del bar per ordinare un whisky. Senza Coca-Cola, senza succo d'arancia, persino senza ghiaccio: liscio, in un bicchiere basso. All'una.

Pensai che fosse matto da legare, e che me la sarei dovuta filare a gambe levate, ma al contempo mi intrigò. Qualcosa in lui mi faceva venire la pelle d'oca, e sentivo fremere il bassoventre. Non potevo evitarlo, sebbene i miei pensieri fossero rivolti a Víctor. Ordinai un gin tonic, più che altro per fargli compagnia. Scrittori e alcolisti, dunque?

«Ti racconterò una storia» disse appoggiandosi al bancone. «C'era una volta una ragazza di nome Valeria. Era sempre stata un po'... un po' hippie, ecco. Ma un'hippie snob. In realtà era una ragazza tradizionalista, che spesso non capiva bene se stessa.»

«Ah, sì?»

«Già. Si sposò a ventidue anni, innamorata del fidanzato e soprattutto dell'idea di opporsi ai genitori. Una volta cresciuta, però, conobbe un altro uomo e decise di separarsi, perché il suo matrimonio faceva acqua da tutte le parti.»

Corrugai la fronte. La situazione si stava facendo bizzarra.

«Ho letto il tuo libro» ammise.

Questo spiegava tutto.

«Non me lo sarei mai aspettata, da uno come te.»

«Lo so. Soprattutto per quella copertina così... femminile.»

«Non è *femminile*.»

«Ah, no? Ti assicuro che solo tenere il libro in mano mi faceva sentire meno uomo.» Sorrise e, rivolgendosi al cameriere, disse: «Per favore, segni tutto sul conto della 215».

L'uomo gli passò una ricevuta che lui firmò. Rimasi a fissarlo, mentre si dirigeva ridendo verso la porta della terrazza.

«Allora? Sono o non sono un gentleman?»

«Mi sa che tu hai visto troppi film...»

«È che noi brutti dobbiamo lasciare il segno, anche solo facendo gli scemi. Specie se siamo così brutti da essere ricordati proprio per quello.»

Lo guardai con la coda dell'occhio, riabbottonando il cappotto.

«Non ti si addice affatto questa falsa modestia.»

«Non è falsa modestia. Vedi, i ragazzi come il bellimbusto che hai abbracciato durante la pausa...» Si portò una sigaretta alla bocca e, dopo averla accesa, si sollevò un po' il bavero della giacca. «Be', quelli hanno la pappa pronta. Chi non se li vorrebbe fare? Diamine, me lo farei anch'io, quello lì! Di certo ha degli addominali su cui si potrebbe grattugiare il formaggio.»

Scoppiai a ridere e mi accesi un'altra sigaretta. Lui proseguì.

«Io invece mi devo dare da fare, e molto. Sia prima sia dopo.»

«Come sarebbe a dire?» chiesi.

«Facciamo finta di essere in un locale, di sera: è buio, la musica è molto alta e tu sei un po' brilla. Insomma, alcuni dei tuoi sensi sono un po' offuscati, quindi posso approfittarne e passare all'attacco. Fare colpo su di te. Non sarò proprio il primo a cui darai retta, ma farò in modo di attirare la tua attenzione. Capito?»

«Sì.»

«Bene, questo è il prima. Ora il dopo: ammettendo di essere riuscito a portarti a letto – perché i pianeti quella notte si sono allineati in modo da favorirmi – dovrò assicurarmi di fare tutto per bene, così che tu voglia il bis.» Alzò le sopracciglia un paio di volte.

«Preferisco far finta di non capire.»

Lui si sedette su uno sgabello e fece un lungo tiro di sigaretta, per poi mandar giù un sorso altrettanto lungo di whisky.

«Perché non vuoi cedere al mio fascino.»

«Certo. Ma dimmi, cosa ci faccio qui all'una, a bere?»

«Detesto bere da solo» sorrise. «E mi piace guardarti.»

«Bah...»

«E poi sono curioso: c'è un seguito del libro?»

«Sì. È in revisione.»

«Quel bel ragazzo che ti abbracciava è il tuo fidanzato?»

«Se ti rispondessi, ti svelerei parte della trama. Sarebbe uno spoiler.»

«Correrò il rischio.» Si appoggiò a un tavolo alto.

«No, no, voglio che compri il secondo romanzo.»

«Sai benissimo che non lo comprerei comunque: lo chiederò gentilmente alla casa editrice, e loro me ne manderanno una copia.» Bevve un sorso del mio cocktail. «Non fare la preziosa» disse, tornando al proprio bicchiere.

«E va bene: in realtà non conosco la risposta.»

«Cavoli, guai nel paradiso dei modelli, eh? Siete così fichi che come minimo, ogni volta che scopate, date vita a una supernova...»

Sollevai un sopracciglio. «Dovrò presentarti la mia amica Lola: andreste molto d'accordo.»

«Lola? La conoscerò in un'altra occasione. Ora mi interessi tu.»

«Come oggetto di studio, intendi?»

«Una cosa del genere. Non sarei mai così stupido da farmi prendere da una come te.»

«E come sarebbe, una *come me*?» Mi stavo proprio godendo il giochetto!

«Una in grado di far prostrare gli uomini ai propri piedi.» Bevvi un lungo sorso, lo stomaco che ruggiva per la fame. Sperai solo che almeno là fuori non si sentisse. «Se fossi nata duemila anni fa, avresti potuto far crollare un impero.»

Terminai di bere e posai il bicchiere sul tavolo, poi feci un ultimo tiro di sigaretta prima di spegnerla.

«Troppo per me.»

Ed era vero. Bruno, con quel cappotto spigato e il colletto tirato su, le ciocche di capelli neri mosse dal vento freddo, quegli occhi neri così profondi... era troppo. Ancora un drink a stomaco vuoto ad ascoltarlo e di sicuro sarei finita nel suo letto, a condividere una sigaretta. E non volevo. Perché si chiama dispetto.

«Non andartene. Te l'ho detto, non mi piace bere da solo» supplicò quando mi vide prendere la borsa.

«Allora sei sfortunato: devo proprio andare.»

«D'accordo» fece un'espressione triste. «Ma promettimi che, quando tornerò in città e ti chiederò di scendere in cortile a giocare, verrai.»

«Non prometto nulla. Sei come il Cappellaio Matto di *Alice nel paese delle meraviglie.* E io ho paura di cadere nella tana del coniglio.»

La sua espressione mutò, e per un attimo mi parve un'altra persona. Finì la sigaretta, la spense nel posacenere e, con un sorriso placido, scosse la testa.

«No, sono una persona normale, davvero. Solo, voglio assicurarmi che ti ricorderai di me. Spero di esserci riuscito.»

«Forse sì.»

«Ciao, Clara Alonso.» Sorrise, appoggiato al tavolo.

«Grazie per la bevuta.»

«Ti chiamerò presto.»

«Non hai il mio numero di telefono...»

Sollevò il sopracciglio sinistro. «No?»

«No.»

«Caspita...» Fece un'aria seccata.

Io non mi fermai per darglielo né lui me lo chiese, così mi incamminai verso l'ascensore ancheggiando un po', sorridente. Molto sorridente.

Arrivata in strada, il cellulare iniziò a vibrare in borsa. Lo trovai mentre fermavo un taxi.

«Sì?»

«Ti chiamerò la settimana prossima, al mio ritorno» sussurrò la voce di Bruno.

«Ma come...?» chiesi ridendo.

«Il trucco vale una cena, no?»

13

Aggiorniamoci

Carmen si mise degli orecchini d'argento a cerchio e si guardò allo specchio, allontanandosi pian piano e facendo mosse da contorsionista per vedere come le stavano i jeans sul sedere. Una grossa mano planò sul suo culo e prese a palparlo.

«Borja!»

«È che... con questi addosso...» brontolò lui. Poi la afferrò per i fianchi e la portò di peso fino al letto.

«Borja, ho un appuntamento tra mezz'ora!» Scalciò.

«E non vuoi arrivare un po' in ritardo?»

Carmen cercò di divincolarsi, almeno un po'. Poi, dopo un paio di baci sul collo, si chiese chi volesse prendere in giro. Tolse la cravatta, la camicia e la cintura al suo uomo, che non stava certo perdendo tempo.

Si sdraiarono sul letto mezzi nudi e Carmen gli chiese un preservativo.

«Carmenchu...» la supplicò Borja.

«Se mi sposo incinta, a tua madre verrà un colpo. E anche a me. Due in uno!»

Borja si inginocchiò sul letto e abbassò le mutandine di Carmen.

«Non vuoi fare un figlio con me?» sorrise.

«No.»

«Perché?»

«Perché dovrei?» rispose lei scalciando, e cercando di opporre una pur minima resistenza al fatto che Borja le si stendesse addosso così poco vestito.

«Be', in fondo hai anche ragione.»

Scoppiarono entrambi a ridere, poi lui aprì il primo cassetto del comodino e si concentrò sul compito di infilarsi il profilattico. Un attimo dopo le era sopra e la stava penetrando con forza, facendole sfuggire un gemito acuto.

«Anch'io per ora non voglio bambini.»

«Okay.»

«Ma con te andrebbe bene...»

Carmen sorrise e, con un movimento deciso, si mise sopra di lui, provocando in Borja un brivido di piacere.

Lola e Rai si stavano salutando sulla porta di casa di lei. Avevamo tutte appuntamento da lì a venti minuti, ma se Rai non si dava una mossa lei sarebbe arrivata tardi. E oltretutto era arcistufa della faccenda della castità e del bravo ragazzo: da una settimana immaginava di farselo in tutte le posizioni che conosceva, e ne conosceva molte, ma lui ancora non ingranava.

Pensò che forse Rai stava solo cercando un'amica e non aveva intenzione di andare oltre. O magari era il suo radar che iniziava a perdere colpi; sì, quello che l'avvisava quando un uomo si sentiva attratto da lei. Qualcosa di freddo la riportò alla realtà: le dita di Rai, che giochellavano con le sue.

«Ti andrebbe di uscire con me il prossimo fine settimana?» sussurrò.

«Per andare dove?»

«Sorpresa.»

Lola sorrise.

«D'accordo. Ma solo perché ho altri programmi.»

«Oh, così mi spezzi il cuore.» Rise.

«In effetti è mia abitudine. Meglio se stai attento.»

«Non preoccuparti per me, sono grandicello.»

Rai si fece avanti e lei rimase in attesa del bacio, gli occhi chiusi. Che riaprì quando non sentì le labbra di lui sulle sue, e se lo ritrovò lì a pochi millimetri. Il suo respiro le faceva il solletico.

«Cosa stai aspettando?»

«Voglio sentire come me lo chiedi.» Sorrise.

Lola lo afferrò dal bavero del giubbotto, lo avvicinò un po' di più e sussurrò: «Baciami una dannata volta».

Poi le loro bocche si incontrarono. Fu un bacio vero, pieno di sottintesi (tra i quali spiccava la voglia di salire a casa e spogliarsi), ma Lola lo trovò un po' troppo breve.

Rai si scostò e sorrise. «Ti chiamo questa settimana per metterci d'accordo.»

«Va bene.»

Lui iniziò ad allontanarsi e Lola si sentì in dovere di dire qualcosa. Buttò lì la prima frase che le passò per la testa: «Cerca di sentire la mia mancanza».

Lui si voltò, con un sorriso a trentadue denti. «Avevi qualche dubbio?»

Com'è facile immaginare, Nerea fu la prima a presentarsi al nostro ristorante. Indossava un vestito nero, bellissimo, che io adoravo; e, a giudicare dall'assiduità con cui lo sfoggiava, anche lei. Le arrivava sopra il ginocchio e aveva le maniche lunghe, con i polsini e un colletto alla Peter Pan bianchi. Era pettinata come sempre: capelli lisci con le punte ondulate, fermati da una forcina – bianca e nera – per evitare che gli ricadessero sugli occhi. Sopra un cappottino nero, aderente, e ai piedi delle scarpe dal tacco vertiginoso. Era splendida.

La seconda ad arrivare fui io. Era dall'ultimo periodo con Adrián che mettermi in ghingeri mi pesava, ma d'altro canto non potevo rassegnarmi a fare sempre la sciattona, quindi stavo cercando di superare quella cattiva abitudine. Nello specifico, per l'occasione indossavo un abito blu elettrico che lasciava una spalla scoperta, lungo fino alle ginocchia. Avevo raccolto i capelli in una coda e fatto la riga da un lato, e per finire un cappotto patchwork sciancrato. Ai piedi lunghi stivali neri, dal tacco alto.

Nerea e io ci salutammo con un bacio sulla guancia e, accorgendoci di quanto fossero freddi i nostri nasi, decidemmo di aspettare le altre dentro, davanti a un bicchiere di vino.

Cinque minuti più tardi arrivò Carmen, fasciata in un paio di jeans dritti che le cascavano a pennello e le facevano le gambe lunghe e ben affusolate. Quando si sfilò il giaccone, scoprimmo che indossava una bellissima camicetta color crema con disegni marroni, e aveva al collo una lunga collana dorata, sistemata su più giri. Era un po' spettinata, aveva le guance rosse e pareva euforica.

«Anche per me un bicchiere di vino» chiese al cameriere. Poi si sedette e sorrise. «I nostri sabati mi fanno rinascere.»

«Be', in effetti sembri abbastanza rinata» commentò Nerea, accennando ai capelli arruffati.

«Un attacco di passione dell'ultimo minuto.» Li sistemò con la mano.

Nerea e io sorridemmo come due sciocche.

Il cameriere si presentò con altri due bicchieri, come se sapesse che Lola stava per entrare. E così fu, in effetti. Indossava dei jeans neri a sigaretta, lunghi fino alle caviglie, un dolcevita dello stesso colore e scarpe in tinta con il tacco sagomato a forma di un rossetto rosso (lei non rinunciava mai a un tocco eccentrico). Sopra, un chiodo in pelle. Gli occhi truccati di nero e le labbra molto rosse, proprio come eravamo abituate a vederla.

«Avete iniziato senza di me?» domandò sorpresa.

«Solo per riscaldarci un po'» dissi, cercando di scusarci.

«Per scaldarti ordini un cognac, o al limite ti fai il cameriere.» Il ragazzo che ci stava servendo le regalò un sorriso, che lei ricambiò mentre chiariva: «Io al tuo posto non mi farei tante illusioni, tesoro».

Dopo aver ordinato la cena, più o meno la stessa di sempre, ci guardammo, aspettando che qualcuna desse il via al nostro solito aggiornamento. Carmen inarcò le sopracciglia e si rivolse a me: «Com'è andata la conferenza?».

«Quale conferenza?» chiese Nerea con una vocetta stridula.

«Quella a cui ho partecipato questa settimana, e alla quale nessuna di voi si è degnata di venire.»

«Io non lo sapevo!» protestò.

«Ho spedito un'email a tutte, niente balle. A te l'ho mandata all'indirizzo del lavoro.»

«È che... questa settimana sono stata a casa per qualche giorno, e quando sono rientrata avevo talmente tanta posta che il tuo messaggio deve essermi sfuggito. Non sai come mi dispiace.»

«Non sei andata a lavoro? E perché? Sei stata male?»

«Poi vi racconto, prima la conferenza» sentenziò lei.

«Be', è andata bene. Sono venuti i miei. Loro sì che mi vogliono bene.» Le fulminai con lo sguardo e Carmen sprofondò nella sedia. «Ed è venuto anche Víctor.»

«Víctor?!» chiesero all'unisono.

«Sì, non so bene come l'abbia saputo, ma si è presentato. È rimasto fino all'intervallo, dopo il mio intervento.»

«Quindi avete parlato?»

«Non molto.»

«E cosa intendete fare?»

«Non so. Siamo rimasti che l'avrei chiamato io: ha detto che ci sono ancora cose di cui parlare e che mi avrebbe dato un paio di settimane. Mi è suonato un po' come un ultimatum, non ho gradito. E poi...»

Mi morsi il labbro, e subito Lola sollevò un sopracciglio.

«Ci stai nascondendo qualcosa?»

«No» mentii.

«Sì, invece. Tu ci nascondi qualcosa!»

«Ma non è niente... solo che alla conferenza... be', ho conosciuto qualcuno...»

«Racconta, racconta!» esclamò Carmen, assetata di storie piccanti.

«Be', si tratta di un altro autore della casa editrice. Scrive roba piuttosto truculenta... A chi di voi ho prestato il libro di...?»

«Di Bruno Aguilar, ci scommetto! A me, ma non l'ho ancora finito» commentò Carmen. «È troppo violento per leggerlo prima di dormire. Mi fa venire gli incubi.»

«E lui? Scatena incubi o sogni umidi?» Lola, ovviamente.

«Né una cosa né l'altra. Non si può dire che sia il classico "bello", ma è davvero interessante. Ha un naso... *importante*, e non ho ben capito se le sue orecchie sono troppo grandi o troppo piccole rispetto al resto, ma in ogni caso non si abbinano molto bene alla sua testa.» Mentre lo descrivevo fissai lo sguardo sul soffitto, gli occhi ridotti a due fessure, nella speranza di visualizzarlo meglio. «O forse è colpa dei capelli... Perché ne ha tantissimi, neri e luminosi, questo gli va riconosciuto. È magro, abbastanza alto e...»

«E andiamo al sodo: cosa è successo con lui?»

«Be', abbiamo iniziato a parlare. Poi una cosa tira l'altra e sono finita nel suo albergo...»

«A scopare?» urlò Lola, facendo voltare tutto il ristorante.

«No! E abbassa la voce! A bere un drink. Mi ha offerto un gin tonic, abbiamo chiacchierato un po' e basta. Mi è sembrato parecchio eccentrico, ma ha detto che faceva così perché non mi scordassi di lui. Ah, e ha aggiunto che gli ricordavo Clara Alonso. Che idiozia...»

Giocherellai con il tovagliolo, imbarazzata.

«Un gran complimento: quella ragazza è splendida» sentenziò Nerea.

Carmen socchiuse gli occhi e annuì: «In effetti un po' le somigli».

«Smettila di drogarti, anche tu! Fatto sta che a un certo punto, dopo una serie di complimenti ancora più improbabili, ho deciso di andarmene. Lui mi ha detto che mi avrebbe chiamata, io ho risposto che non aveva il mio numero, ci siamo salutati e sono andata via.»

«Non te l'ha chiesto?»

«No, no, aspetta. Una volta uscita dall'albergo, quando stavo per salire su un taxi, m'è squillato il cellulare ed era lui!» Sorrisi. «Mi ha invitata a cena la prossima settimana.»

Sgranarono tutte gli occhi. Nel frattempo era arrivata la cena.

«E hai accettato?» chiese Lola.

«In linea di massima... Non sa di preciso quando tornerà, dipende da alcune questioni di lavoro, quindi forse non se ne farà niente.» Lola storse la bocca. «Che ti prende?» le chiesi. «Coraggio, sputa il rospo.»

«Ma no, niente... è solo che... E Víctor?»

«Esatto, è proprio lì la questione» concordai, facendo spallucce. «Be', Víctor gioca a lasciare a me la palla, sperando che sia io a prendere il toro per le corna dicendogli: "Allora, bellezza, cosa facciamo?". E la cosa peggiore è che temo stia aspettando questa domanda solo per rifilarmi un bel "Bye bye".»

«Credi?» replicò Lola, sorpresa. «Non che lui sia incapace di farlo, e so che l'ha fatto in passato, ma... era molto preso da te.»

Anziché tranquillizzarmi, quel commento acuì le mie paure. Víctor mi avrebbe riservato lo stesso trattamento usato per chiudere tutte le sue storielle, perché in fondo non ero stata niente più di quello: una storiella come tante.

«Mi sento abbandonata» confessai a bassa voce. «Non voglio trascinare questa storia, e non voglio neanche che vada a finire male.»

«Lascia che ci parli io» propose Lola.

«No, ti prego. È una cosa che dobbiamo risolvere noi. È solo questione di tempo.»

Le splendide labbra della mia amica si atteggiarono a una smorfia.

«Che schifo di uomini!» mormorò, e prese un po' di carpaccio dal piatto che il cameriere aveva lasciato sul tavolo.

Restammo un attimo in silenzio.

«Di dov'è?» chiese Nerea guardandomi.

«Chi?» Aggrottai la fronte, cadendo dal pero.

«Quel tipo lì, lo scrittore.»

«Ah, Bruno! Asturiano. Ha un bellissimo accento.»

«Un po' lontanuccio per venire solo a cenare, no?» commentò Nerea avvicinandosi il bicchiere alle labbra.

«Non credo verrà apposta: approfitterà del viaggio per vedermi. Non assomiglio così tanto a Clara Alonso.»

Ridemmo tutte e quattro. Dopo aver bevuto un sorso di vino aggiunsi, facendo cenno di no con la testa: «Il fatto è che forse non sarà bello, ma ha davvero qualcosa di molto sensuale. E sapete che non stavo cercando niente del genere... Non ho più voglia di storie strane, di andare a letto con il primo che passa. Nemmeno se mi dice che ho l'aria di una ai cui piedi gli uomini si prostrano».

«Però, che tipo. Fa' attenzione: quello la sa lunga.»

«E magari, di lungo, non c'è solo quello che sa...» aggiunse Lola.

«Senti un po', Lola, e quanto è lunga invece la lingua di Rai?» ribattei ammiccante, mentre giravo la mia insalata con vinaigrette al limone.

«Be', tesoro, l'ho appena provata.»

«Sì?» le chiedemmo all'unisono appoggiando le posate.

«Sì, ma niente di che: un bacio sul mio portone. Inizio a pensare che il ragazzino non abbia nessun interesse ad avere una storia. Almeno con me.»

Alzammo tutte gli occhi al cielo.

«Dai, vi state conoscendo come una coppia normale» commentò Carmen.

«Ha ventiquattro anni, perdio. Mi sembra molto strano che... Vabbè, non importa, non voglio star qui a pensarci.»

«Possibile che tu sia interessata a una relazione matura con quel ragazzo?» le chiesi, sul punto di scoppiare a ridere.

«No, certo che no. Dovrei andare alla ricerca di un interessante trentenne disposto a pagare per tutti i miei capricci, non di un ventenne senza un soldo in tasca con il quale passare il tempo. Che mira, eh?» sussurrò rimproverandosi da sola.

«E se è amore?»

«Ma che amore e amore!» sbottò mentre tagliava il suo sandwich di pane nero con pollo, datteri e cipolla caramellata. «Io voglio solo farmelo, accidenti.»

«Ma tornando a te, Nerea: non sei stata bene questa settimana?» chiese Carmen.

«No, non è quello. È che...» Nerea poggiò le posate con cui stava rigirando la sua insalata greca. «Lascio il lavoro.»

A quel punto, a lasciare le posate fummo noi. Tutte insieme.

«Cosa stai dicendo?»

«Se è per quello che ti ho detto la settimana scorsa, stavo scherzando» affermò Lola con aria preoccupata. «Non credo che ti verrà un culone perché stai troppo seduta alla scrivania, Ne. Era una battuta!»

«Non è per quello, scema» disse lei passandosi le dita tra i capelli. «È che sono stufa. Non mi piace. E non c'è motivo per cui debba continuare a fare qualcosa soltanto per comodità, ricordate?»

«Sì, tesoro, ma visti i tempi che corrono... credi sia una buona idea?»

«Ormai ho deciso» replicò, convinta.

«Ma... quando?»

«Non l'ho detto in azienda. Prima devo risolvere alcune questioni.»

«Sì: innanzitutto essere certa che tua madre esca dal reparto di rianimazione, dove finirà quando lo verrà a sapere» mormorai.

«Mia madre lo sa già. E, se non le va bene, peggio per lei.»

Sgranammo gli occhi.

«E che programmi hai?»

«Ho intenzione di mettere su una piccola società di organizzazione eventi. Soprattutto matrimoni e feste di compleanno per ricconi. Piccolo investimento e grande mercato. L'unico problema è l'affitto del locale che vorrei: mi hanno chiesto una cifra esorbitante. Sto cercando di risparmiare sui costi perché, come avete detto, è un periodo difficile a livello economico e le banche ci pensano parecchio prima di concedere dei prestiti. Al lavoro chiederò un'aspettativa, ho diritto a due anni. E poi ho preso contatti con un'associazione per imprenditori: siccome sono una donna sotto i trenta mi daranno un grande aiuto. Spero sia tutto pronto per aprile, anche perché ho già un paio di progetti.» Rovistò nella sua clutch Jimmy Choo. «Anzi, prendete qualche biglietto da visita e fatemi pubblicità.»

Recuperare le nostre mascelle, cadute in picchiata per lo stupore, richiese un discreto lasso di tempo. Alla fine non riuscimmo a trattenerci e scoppiammo in un applauso, al quale presto si unirono diversi tavoli. Nerea si alzò, fece un inchino e, dopo essersi seduta di nuovo, mandò giù tutto il contenuto del suo bicchiere. Santo cielo, che donna!

14

Sorseggiando il tè

Quando avevo dato appuntamento a Víctor in quella caffetteria così carina non avevo pensato che, considerata la sua stazza, sarebbe sembrato un gigante in una casa per le bambole. Eppure eccolo lì, seduto davanti a me, che si muoveva scomodo sulla sedia cercando di non rovesciare il tavolo con le sue gambe infinite. Eppure, la tazza tra le sue mani non sembrava per niente un giocattolo. Non importava da cosa fosse circondato: Víctor emanava sempre tanta di quella mascolinità da farmi sentire piccola. Nemmeno in quel locale dipinto di rosa e pieno di merletti riuscivo a dimenticare il suo corpo nudo e le sensazioni che sapeva regalarmi. Sensazioni che andavano oltre il semplice piacere fisico, e che provavo anche solo trovandomi in sua presenza.

Il fatto che fossi innamorata di lui complicava le cose.

Io, con le gambe accavallate, cercavo di concentrarmi sul motivo per cui ci trovavamo lì. Niente di gradevole, anzi: avremmo discusso i punti del trattato di pace. O di resa. La situazione non prometteva bene. Era come se il nostro rapporto si fosse raffreddato a tal punto da far sembrare un'idiozia persino il tentativo di condurlo in un porto sicuro. In più temevo che anche Víctor la pensasse così, e che in lui quella sensazione fosse anzi più vivida. Mandò giù d'un sorso il caffè e ne ordinò un altro, lungo in una tazza grande. Poi si voltò verso di me, e con un cenno mi fece intendere che potevo iniziare a parlare.

Finii di versare lo zucchero nel mio tè e mescolai, mentre prendevo tempo per cercare le parole giuste. Quando stavo per aprire bocca la gentile cameriera, con indosso un grembiule bianco pieno di volant, ci interruppe portando il caffè a Víctor, in una tazza dal bordo decorato con fiorellini dorati. Poi la ragazza si allontanò, sfumò il momento di pace e Víctor iniziò a parlare, passandosi nervosamente la mano sulla barba di tre giorni.

«È evidente che hai scelto questo posto per punirmi.»

«Ma no, adoro venire qui. Fanno una red velvet fantastica.»

«Allora ne avresti dovuto ordinare una fetta, no?»

«Ho lo stomaco sottosopra...»

«Già.»

Annuimmo entrambi, come sciocchi.

«Chi inizia?» chiesi, con la speranza che prendesse lui il timone.

«Credo sia meglio lo faccia tu» rispose.

Respirai a fondo. D'accordo. Ero pronta.

«Immagino tu sia d'accordo con me: la nostra storia – sempre che esista qualcosa del genere – non va come dovrebbe andare.» Giocherellai con le dita.

«Sì, concordo.»

«E cosa pensi?»

«Be'...» sospirò «... che la situazione è complicata, e dobbiamo fare qualcosa. Ma non so se possiamo ancora rimediare.»

«A tutto c'è rimedio.»

«Credi?» Mi fissò con i suoi occhi verdi, e il cuore mi schizzò in gola. Víctor abbassò lo sguardo sulle mani e proseguì: «Eri sposata e io me ne sono fregato, bisogna riconoscere che non è stato un buon inizio. E la cosa peggiore è che siamo andati oltre. Non ci siamo dati il tempo di assimilare la situazione quando sei tornata dalle vacanze. Avrei dovuto capire che in queste cose non si può passare da zero a cento in un batter d'occhio. Oltretutto, io sono troppo abituato a dare zero». Stavo per replicare, ma lui riprese il discorso. «E, come se non bastasse, non è che tu avessi definito bene i limiti del tuo nuovo rapporto con Adrián. Era un susseguirsi di sceneggiate a cui non sono abituato.» Si sfregò il volto nascondendolo per un attimo tra le mani. «D'altra parte io non mi sono comportato meglio. Mi impegno a far le cose per bene, ma a quanto pare non ci riesco mai; così vado di male in peggio e poi non so come rimediare. C'è una soluzione a tutto questo? Perché a me sembra che il problema siamo noi.»

«Non so cosa dirti» risposi.

Si toccò il dorso del naso, poi posò le mani sul tavolo.

«Non ho molta esperienza in questo genere di cose, ma mi pare che il nostro rapporto non sia normale. Manchiamo di intelligenza emotiva, tesoro.» Si sistemò sulla sedia e mi guardò. Sembrava deciso a fare qualcosa che non sarebbe piaciuto a nessuno dei due. «E bisogna risolvere la questione» sentenziò.

«Cosa proponi?»

Silenzio. Víctor si morse il labbro, nervoso, prima di dire: «Lo sai».

«Be', voglio sentirtelo dire.» Parlai senza rabbia né nostalgia, come se fossi vuota.

Lui fece schioccare la lingua. A essere sincera, devo riconoscere che non sembrava messo meglio di me. Dopo un lungo sospiro, mi mosse un piccolo rimprovero.

«Mi stai rendendo le cose molto difficili.»

«Voglio comunque che tu lo dica» insistetti.

«Immagino il perché: non mi credi capace di farlo, pensi stia cercando di manipolare la situazione per uscirne come il buono... Ti assicuro che sei molto lontano dalla realtà.»

«Dillo, una volta per tutte...» Adesso la voce mi uscì piena di amarezza.

«Credo dovremmo chiuderla qui, adesso, prima che tra noi le cose peggiorino.» Fece una pausa. «Non sono pronto a darti ciò di cui hai bisogno, e non ho il diritto di chiederti di rinunciarci.»

«Io non ti ho mai chiesto niente» commentai, la voce tremante e le mani attorno alla tazza di tè.

«No. Ma...» Deglutì e guardò il soffitto. «Tu e io ci capiamo. Preferisco così.»

«D'accordo» replicai, cercando di non scoppiare a piangere. «Se è quello che vuoi, almeno facciamolo come si deve.»

La mia risposta ci catapultò entrambi sul pianerottolo di casa sua, al giorno in cui ero andata a restituirgli le chiavi che mi aveva regalato. In quell'occasione era stato lui a dire qualcosa del genere, e sono certa che ce ne ricordammo entrambi. La sua espressione si ammorbidì, come se non riuscisse a reggere una corazza troppo pesante.

«Tesoro...» sussurrò. «Sono stufo di essere una delusione. Non ce lo meritiamo.» Presi fiato, poi lasciai che l'aria uscisse lentamente dalle labbra socchiuse. Lui aggiunse: «Sei la cosa più bella che mi sia capitata in tutta la vita».

«Suona fantastico» replicai con sadica condiscendenza.

«Mi spiace di non essere stato all'altezza. Davvero. Non immagini quanto.»

«Già.»

Non volevo scoppiare in lacrime davanti a lui, e lui non voleva vedermi mentre lo facevo, quindi tirò fuori una banconota, la posò sul tavolo e si alzò. Non aveva nemmeno toccato il secondo caffè.

Passandomi accanto, si abbassò per baciarmi la fronte e sussurrò: «Ti amo. Te lo giuro, tesoro. Il punto è che ti amo troppo».

Mi amava. Certo, ovvio. Anzi, mi amava troppo, quindi mi lasciava.

Ricordai il bacio che gli avevo negato dopo la conferenza. Mi ero accorta subito che un giorno me ne sarei pentita. Be', quel giorno era arrivato. E non avevo più il mio bacio. Lo avevo perso.

Quando sentii chiudersi la porta posai la tazza sul tavolo, mi coprii il volto e presi a singhiozzare.

Ecco a che punto eravamo io e Víctor. Né più né meno.

15

Posso uscire a cena?

Quella settimana Jose mi telefonò per dirmi che il mio articolo non aveva avuto fortuna. La rivista a cui lo avevamo inviato stava attraversando un brutto periodo con le vendite: trovandosi con l'acqua alla gola e costretti ad avvalersi dell'ERE,* avevano fatto intendere di non voler iniziare nuove collaborazioni.

Proprio quello che ci voleva, eh? Che fortuna sfacciata! Magari uscendo di casa la buona sorte mi avrebbe fatto piovere un pianoforte sulla testa.

Tuttavia, come se intravedesse la luce in fondo al tunnel, Jose mi chiese di preparare un pezzo un po' più lungo da mandare a un mensile che, tra l'altro, adoravo. So che non era costretto a sbattersi tanto per me, ma credo di avergli fatto un po' pena a un certo punto. E non è un'accusa, sia chiaro: io stessa mi facevo un'immensa pena. Sperai solo di non causargli troppo disturbo, e di non deluderlo una volta arrivata l'occasione giusta.

* Acronimo di *Expediente de regulación de empleo*. Si tratta di un procedimento in base al quale un'impresa in crisi cerca di ottenere l'autorizzazione per licenziare un certo numero di lavoratori. [*N.d.T.*]

Trascorsi i successivi tre giorni a lavorare al nuovo articolo, scrivendo, cancellando, riscrivendo e correggendo. Be', sì, anche piangendo di tanto in tanto. Quando mi tornava in mente Víctor, soprattutto. Ripensavo alla nostra rottura e la vedevo dall'esterno, come se invece di essere seduta davanti a lui fossi stata a un altro tavolino della caffetteria. Cosa che, inutile specificarlo, mi faceva provare ancora più pena per me stessa.

Povera Valeria, con tutte le speranze che aveva riversato in quel rapporto... Povera Valeria, così innamorata di quel ragazzo... Povera Valeria, non una che le vada dritta...

Ma dovevo riprendermi, tenere duro. Non era certo la fine del mondo. E una nota positiva, almeno, c'era: era un sollievo sapere di preciso come eravamo messi io e Víctor. Quella era una nota positiva, sì. Tutto il resto era una merda. Víctor non c'era più, e questa volta per davvero.

Quasi rispondendo a un piano del destino, un giorno arrivò una telefonata a farmi tornare dal mondo dei morti. Stavo bevendo una tazza di caffè americano, nero e senza zucchero, seduta sullo sgabello del cucinino. Avevo ancora indosso il pigiama e portavo i capelli raccolti in uno chignon, che pur non donandomi in modo particolare era indubbiamente pratico. Stavo per andare a pettinarmi quando squillò il telefono di casa.

Raggiunsi il cordless convinta fosse mia madre, che mi chiedeva cosa avrei voluto per cena la vigilia di Natale. Stavo già pensando a una risposta supermelodrammatica, ma all'altro capo della linea mi accolse invece una voce maschile dal tono familiare: Bruno Aguilar. Sorrisi e cercai di ignorare l'improvviso solletico tra le gambe.

«Buongiorno, signorina Férriz.»

«Buongiorno a lei, signor Aguilar. Posso chiederle dove si è procurato il mio numero di casa?»

«Conosce forse qualche mago che riveli i propri trucchi?» Lo immaginai pronunciare quelle parole con un sorriso provocante.

Mi confuse. Sbattei le palpebre, cercando di calmarmi, e risposi: «No, hai ragione. E dimmi, come va la giornata?».

«Bene. Incasinato. Sto finendo un romanzo e, sai, sono in quella fase in cui non posso fare altro: troppo preso.»

Corrugai la fronte, il pensiero che di colpo correva a Víctor: a Bruno la mia domanda era parsa normale e gentile, ma lui si sarebbe messo a ridere in quel suo modo... Pensai al primo caffè che avevamo bevuto insieme, quando nessuno dei due era... coinvolto. In macchina gli avevo chiesto com'era andata la giornata, e lui si era messo a ridere...

«Valeria?» chiese Bruno.

«Sì, sì. Sono qui.» *Víctor, perdio, esci da qua dentro!* Dovetti respirare a fondo per concentrarmi di nuovo sulla conversazione. «Altri cannibali?» chiesi.

«No, ma non voglio spoilerarti niente. Ti dico solo che questo è meno sanguinolento, ecco. Almeno non c'è nessuno che mangia qualcun altro... credo. Be', spero di non deluderti.»

«Ma no, figurati.»

«Te lo manderò appena l'avrò finito. Ci sei anche tu, verso la fine.»

«Ah, sì?» chiesi, emozionata. «Di sicuro mi farai uccidere.»

«Eh, temo di sì. Ma fino a quel momento sei molto interessante. Soprattutto nell'ultimo capitolo in cui appari.»

«Dimmi che non è come temo.» Scoppiai a ridere.

«Vedrai. Piuttosto, ti chiamavo per una cosa: con la faccenda delle feste di Natale, ho posticipato il mio viaggio da questa settimana alla prossima. Ti andrebbe di cenare insieme tipo il 27?»

«Aspetta, di questo mese?»

«Sì. Di dicembre.»

Raggiunsi il mio portatile, aprii Outlook e poi il calendario. Il 27 non avevo nessun impegno. Be', in realtà né il 27 né un altro giorno. Che tristezza infinita...

«In linea di massima andrebbe bene» risposi, facendo la preziosa. «Ma chiariscimi una cosa: che tipo di cena sarà? Due scrittori che mangiano insieme per far combattere i rispettivi ego? O due...» Non mi lasciò finire.

«Due adulti che si conosco un po' meglio, davanti a un bicchiere di vino. Vuoi scegliere tu il ristorante più adatto?» Il suo tono mi piacque. Non sembrava dare alle cose più importanza del necessario; insomma, niente di troppo serio, magari giusto un pizzico di... interesse sessuale?

«Ma è una specie di appuntamento?» chiesi scherzando. «Sai, per scegliere bene il ristorante.»

«In realtà voglio rubarti delle idee per il mio prossimo romanzo. Ho deciso di venire a patti con la mia parte femminile.»

«Sei un cretino.» Scoppiai a ridere.

«Sono felice che tu l'abbia scoperto, così non avrai aspettative troppo alte.»

«Cosa ti piace mangiare?»

«Un po' di tutto. Sono una buona forchetta.»

«Va bene, allora segnati l'indirizzo» dissi, mentre tiravo fuori dal primo cassetto della scrivania il portatessere con i biglietti da visita dei ristoranti. «Mangeremo thailandese.»

Ci salutammo dandoci appuntamento per il 27, alle dieci. Subito dopo, come se non potessi aspettare, prenotai un tavolo nel mio ristorante thailandese preferito. In effetti ci avevo cenato da poco con Víctor, e un anno prima ero andata lì con Adrián. Quando me ne resi conto mi sentii male. E «male» è un eufemismo: mi sentii da schifo. Avevo bisogno di consultare l'oracolo, perché a fare di testa mia rischiavo di scatenare l'ennesima crisi...

«Lola, mi ha chiamata.»

Niente «Ciao» o «Come stai?», ma la cosa non la stupì di certo.

«Chi?»

«Bruno.»

«Non so se mi piace. Ha il nome di un dopobarba economico.»

«Quello è il Brummel» risposi irritata.

«Come ti pare. Allora, ti ha chiamata e...?»

«E mi ha invitata a cena, settimana prossima. Credi sia il caso di andare?»

«Perché?»

«Ho appena rotto con Víctor. Non dovrebbe nemmeno intrigarmi l'idea.»

«Cazzo, Valeria, gli hai detto di no?»

«Non solo gli ho detto di sì, ma ho prenotato io stessa il ristorante.» Mi coprii la faccia con le mani.

«E allora, dov'è il problema?»

«E Víctor?»

Mi mordicchiai le unghie. Lola e Víctor erano stati trombamici per molto tempo, e ora si stimavano sul serio. Avevo paura di fare qualcosa di inadeguato. Magari a lei avrebbe dato fastidio pensare che superavo la rottura troppo in fretta. Perché... era quello che stavo facendo, no? La stavo superando troppo in fretta? La mia amica si limitò a sospirare, e intuii che non c'erano prediche in arrivo. Non per il momento, almeno.

«Víctor? Oh, stella, dici sul serio? Cioè, davvero vuoi stare male, nuotare nella tristezza e invocare la morte?»

«No, ma...»

«Posso essere brusca?»

«Sì, ma controlla la lingua.»

«Non mi chiedono spesso di controllare la lingua...» Si schiarì la voce e proseguì. «Víctor ti ha piantata. E l'ha fatto perché è un pezzo di merda. Ma non preoccuparti, gliel'ho già detto, e forse ti sorprenderà sapere che anche lui concorda. Oltretutto, come se non bastasse, prima di andarsene ci mette il carico affermando che ti ama. Ora può piangere tutte le lacrime di coccodrillo che vuole, ma se è ridotto uno schifo se lo merita. Tu no. Tu non l'hai lasciato, e non sei come lui. Quindi fammi il piacere, va' a cena con quello lì. E se scopri che è un cretino va' a cena con un altro. Così si fa, perché così va la vita. Scopa, che il mondo finisce!»

«Di' la verità: è un brutto momento?» chiesi, sollevando un sopracciglio.

«No, va tutto bene. Però mi stavo depilando, e ho le grandi labbra coperte di cera. Si nota?»

«Sì. Strappa con attenzione.»

Riagganciò così, senza salutare, come sempre.

«Pronto?»

«Ciao, Carmen» salutai in tono affettuoso. «Buon Natale.»

«Oh! Che carina! Buon Natale anche a te. Sei la prima a farmi gli auguri.»

«Mi sono appena ricordata che andrai al tuo paese, e lì il cellulare prende soltanto su quella specie di collina che non so nemmeno bene cosa sia...»

«Tranquilla, non è interessante, te lo assicuro. Che noia di posto!»

«Senti, posso farti una domanda? Per la serie "sono una dannata egoista"...»

«Certo.»

«Mi ha chiamata Brummel... no, scusa, Bruno.»

«Bruno? Aguilar? Quello del libro truculento?» chiese emozionatissima.

«Sì.»

«Per invitarti a uscire, come in un film romantico?»

«Sei davvero scema.» Scoppiai a ridere. «Per invitarmi a cena, sì. Ho già prenotato il tavolo.»

«Quando?»

«La prossima settimana.»

«Oh, che bello. Sono proprio contenta.»

«Il fatto è... credi che abbia senso uscire con lui, visto quanto è appena successo con Víctor?»

«Da come ne parli sembra quasi che sia morto...»

«Be', in certi momenti ho sperato che finisse sotto un autobus...»

«Valeria, è normale che tu sia emozionata. Ed è altrettanto normale che l'invito ti faccia piacere. Era da parecchio che le cose con Víctor non andavano. L'importante è che tu abbia voglia di uscire a cena con lui. Se è così, divertiti. E se poi l'appuntamento non andasse bene...»

«Non credo nemmeno sia un appuntamento. Più una cerimonia di corteggiamento, tipo pavone.» Mi vergognai, non so perché.

«Be', di solito il corteggiamento dei pavoni finisce con un sacco di piume che svolazzano...»

«Temo che non sarà il mio caso. Né piume né altro.»

«Val, va' a cena con quel ragazzo. Non deve succedere niente, se non vuoi; e se invece ti andasse, perché no? È così che vanno le cose. E se fosse l'uomo della tua vita?»

«Non lo è» sentenziai, giocherellando con le chiavi di casa che avevo sulla scrivania. «L'uomo della mia vita era un altro.»

«Oh, tesoro, come ti complichi le cose. Te ne rendi conto, almeno? Víctor, Víctor, Víctor...»

«Già.» Mi arruffai i capelli.

«Divertiti. Concediti un'occasione. E passa un buon Natale, tesoro.» Lo disse con una tale dolcezza che di colpo mi sentii più leggera.

«Comunque, i re Magi sono passati in anticipo e hanno lasciato a casa mia qualcosa per te.»

«Che coincidenza: stavo giusto impacchettando quello che hanno lasciato qui, per te...»

Quando riagganciai mi persi nei miei pensieri, che parevano fluire senza un senso né una logica. E mi ritrovai di nuovo alla conferenza. *Posso baciarti?* Mentre lo chiedeva, Víctor fissava le mie labbra. E io avevo detto di no, preoccupata che i miei genitori ci vedessero. Forse un sì avrebbe cambiato tutto, e ora sarei stata a letto con lui a chiacchierare e a baciarlo, anziché chiedermi se facevo bene a uscire con un altro per superare la nostra rottura.

Avevo perso il nostro ultimo bacio. E, forse, molto più di quello.

16

Motociclette e inverno non vanno d'accordo

Lola si pettinò, poi indossò il dolcevita. Cosa che, com'è facile immaginare, la costrinse a pettinarsi di nuovo: l'elettricità statica aveva fatto scempio della sua acconciatura. Oltretutto il tempo non era di aiuto. Era il classico sabato grigio e freddo da passare sul divano, sotto la coperta e con una tazza di cioccolata calda, magari di fronte a un bel film drammatico basato su una storia vera. Invece Rai aveva insistito... E sì che il giorno dopo era la vigilia di Natale!

«Dai, Lola, fatti coraggio. Ho un programma fantastico per questo weekend. Non aggiungo altro.»

«Perché a me?» aveva piagnucolato lei davanti alla finestra, dopo aver accettato.

Ma in fin dei conti il perché era piuttosto evidente: stavano così bene insieme! Sembravano due vecchi amici. E non di quelli in cui il cameratismo sostituisce l'attrazione; piuttosto, di quelli che fanno scintille al solo sfiorarsi, per essere eleganti. Lola probabilmente userebbe un'espressione diversa, qualcosa del tipo: «Quel genere di amici che si vorrebbero montare fino allo sfinimento». Che volete farci, la mia Lola è così. In ogni caso, però, stava iniziando a perdere la pazienza. Si chiese se non avesse preso un abbaglio o immaginato tutto quanto, e se Rai non fosse in realtà l'amico gay che ogni tanto ti dà un bacio in bocca.

Guardò l'orologio. Era in ritardo. Scese di corsa le scale, sulle spalle lo zaino con le poche cose che lui aveva detto di portare. All'ultima rampa s'imbatté in un Rai quasi ibernato: giubbotto di pelle, jeans scuri e il naso rosso per il freddo. Appena la vide si avvolse al collo la spessa sciarpa di lana e si infilò i guanti.

«Pronta per l'avventura?»

«L'hai detto: un'avventura, sì. E sarà un'impresa da eroi non morire nel tentativo!»

«Sei una frignona.»

Uscirono in strada e Rai montò su una moto.

«Cosa fai? Scendi, prima che il proprietario ti prenda a sberle fino ad ammazzarti!»

«Il proprietario mi ha già dato parecchie sberle in vita sua, ma come puoi vedere non mi ha ammazzato. È la moto di mio fratello. Dai, sali.»

Lola scoppiò a ridere.

«Sei pazzo? Sta quasi nevicando!»

«E allora datti una mossa: dobbiamo arrivare là prima che il tempo peggiori!»

Senza pensarci oltre, Lola saltò in sella. D'altra parte, da quando in qua si fermava a riflettere, in quel genere di cose?

Tre quarti d'ora più tardi si fermarono accanto a una casetta di campagna (ma campagna ancora per poco: era quasi montagna, lì!). Si trattava di un semplice prefabbricato in legno, ma aveva l'aria di essere molto accogliente, specie perché iniziavano a scendere i primi fiocchi di neve. E se Lola tremava, Rai aveva quasi le convulsioni; la parte peggiore era infatti toccata a lui: con il suo corpo l'aveva riparata dalle raffiche di vento gelido, che raggiungevano la pelle come affilate stalattiti. E sto di nuovo descrivendo la situazione in modo elegante, perché quando Lola ce lo raccontò, le parole esatte furono: «Rai era congelato, tanto che mi sono preoccupata. Pensai che se gli avessi fatto una sega, avrei rischiato di spezzargli il cazzo come se fosse un calippo». Un resoconto che fece quasi alzare Nerea da tavola. Pura poesia urbana.

Fatto sta che, appena entrati, lasciarono le loro cose per terra, si misero addosso una coperta e accesero il camino. A Lola tutto quell'armeggiare tra ceppi e Diavolina parve un filo pericoloso, considerando che erano circondati da pareti di legno, ma il piacevole tepore della fiamma placò tutti i suoi dubbi.

Subito dopo Rai andò in cucina – deciso a recuperare il colorito dei vivi e a scongelare le falangi, bloccate nella posizione imposta dal manubrio – e lasciò Lola persa a osservare il fuoco. Da piccola, sua madre le diceva che se l'avesse fissato troppo a lungo poi avrebbe fatto la pipì a letto. Fin da allora provava un'attrazione naturale per la danza ritmica delle fiamme, i cui colori sgargianti rimanevano a lungo impressi sulla retina. Si rilassò, anche se non quanto durante un massaggio alla lavanda di Miss Shaigon (la sua estetista, quella che in realtà veniva da Plasencia). Non ricordava l'ultima volta che si era sentita così. Per questo le piaceva stare con lui.

Sentì i passi di Rai dietro di sé e, con un ampio sorriso sulle labbra truccate di rosso, si voltò. Teneva in mano due calici di vino rosso. Dopo avergliene passato uno, si sedette accanto a lei davanti al fuoco.

«Non sono un granché come cuoco, quindi mi sono limitato a mettere due pizze in forno.» Sorrise.

«Vanno benone.»

Non riuscì a reprimere l'impulso di appoggiare la spalla al petto di lui e lasciare che le accarezzasse i capelli. Bevve un sorso di vino, lasciandosi andare a quella strana pace interiore.

«Metto della musica?» le chiese.

«No. È perfetto così.»

La mano di Rai scivolò lungo il suo collo e lo massaggiò, con naturalezza.

«Sai una cosa? Di solito faccio fatica a toccare le persone. Non mi piace invadere lo spazio vitale degli altri, perché sono molto geloso del mio. Eppure con te...»

Lola sorrise. Per quanto la riguardava, in quel momento il mondo poteva anche sparire sotto una coltre di ghiaccio, là fuori.

«È valsa la pena affrontare quel freddo» disse.

«Sì. Ne è valsa la pena.»

Rai le diede un veloce bacio sui capelli, poi si alzò per andare a tirar fuori le pizze dal forno. Cenarono in silenzio, seduti sul tappeto davanti al camino, e finirono la bottiglia di vino. Al terzo bicchiere si ritrovarono sdraiati uno di fronte all'altra, a chiacchierare cullati da una piacevole sonnolenza. Andarono avanti così per un'oretta, finché il silenzio non prese di nuovo il sopravvento e rimasero lì a darsi semplicemente la mano, guardando altrove quasi si vergognassero delle loro dita intrecciate.

A mezzanotte, come resuscitati, presero la coperta e uscirono sul porticato davanti casa, dove c'era un dondolo in legno. Rai si sedette e la fece mettere sulle sue ginocchia. La neve non si era fermata, ma il freddo era ancora pungente.

«Che notte gelida.»

«Ma le nuvole sono andate via, non nevicherà più. Guarda, si vedono le stelle.»

Di nuovo quel silenzio...

Lola si scoprì quasi infastidita: di solito tutta quella melensaggine le avrebbe dato i conati, invece ora le piaceva, la trovava quasi rassicurante. Poi, qualcosa la distrasse. Seduta sulle ginocchia di Rai, il suo corpo aderiva alla perfezione a quello di lui e il dondolio faceva muovere ritmicamente i loro fianchi. In quella posizione era impossibile fraintendere: lui aveva chiaramente un'erezione. Sorrise guardando avanti e si diede la spinta con la punta dei piedi, protetti da spessi calzettoni. Il dondolo continuò a muoversi, accentuando la frizione. Una mano di Rai scivolò sotto la coperta e le si appoggiò sul ventre. Sperava che la facesse scendere fin dentro i jeans, invece fu sorpresa dalla brusca frenata del dondolo. Rai aveva bloccato i piedi a terra e si era chinato su di lei, ne avvertiva il respiro sul collo. Poi sussurrò qualcosa che la lasciò confusa: «Lola... mi fermo finché sono in tempo».

«Perché?» chiese a bassa voce, un po' sorniona.

«Perché non voglio che sia quello a gestire il nostro rapporto. Mi interessi molto. E non sono come Sergio.»

Si sentì una stupida. Si sentì rifiutata. Scattò in piedi, lasciando che la coperta le scivolasse dal corpo ricadendo su Rai. Non avrebbe dovuto raccontargli di Sergio.

E poi, perché si trovava lì? Da quando in qua le interessava tutto quello?

Si alzò anche lui. Le avvolse la coperta intorno alle spalle e la voltò verso di sé, studiandone il broncio senza riuscire a trattenere un sorriso. Faceva sempre così quando si arrabbiava.

«Sai una cosa? Sei viziata. Bisogna sempre fare come vuoi tu.»

E, prima che lei potesse ribattere, la baciò come fosse un gioco tra bambini. Spinse la bocca su quella di Lola e le afferrò un labbro, per poi lasciarlo andare lentamente. Rai poteva anche desiderare che non fosse il sesso a gestire il loro rapporto, ma lei era una gran testarda. Lasciò cadere di nuovo la coperta, tornò in sala ed era fatta: lui la seguì. Si baciarono con passione, mentre Rai la faceva stendere sul tappeto. Lola non si era mai trattenuta così a lungo, e il suo desiderio era ormai sul punto di esplodere. Non era certo una di quelle ragazze abituate a ritardare il piacere.

Lui iniziò a spogliarla e a spogliarsi, ma quando si ritrovò impigliato tra pantaloni e maniche a Lola venne un attacco di ridarella. Poi lo osservò meglio, e si accorse che era un fascio di nervi.

«Sta' tranquillo.»

«Sono tranquillo» ribatté lui, prendendo fiato a denti stretti.

Lola sorrise. «No, non lo sei. Ma non importa.»

Lo liberò dalla gamba dei jeans, che gli si era arrotolata a un braccio, e lo spinse finché lui si lasciò cadere di schiena sul tappeto. Quindi gli salì sopra, a cavalcioni, mentre lui chiudeva gli occhi.

«Sei eccitato?»

«Troppo» rispose con aria corrucciata.

«Be', non c'è motivo di preoccuparsi.»

Ed era vero: Lolita sapeva molto bene cosa fare. Si tolse da sola il reggiseno e lo lanciò sul divano, quindi si dedicò a spogliare del tutto Rai. Una rapida occhiata le mostrò che aveva avuto almeno l'accortezza di togliersi le calze. Un punto per lui!

«Uhm...» mormorò poi, valutando la mercanzia.

«Cosa?» chiese preoccupato.

«Niente male!» Lola... non saprei più dire se fa così perché guarda troppi porno o se sono i porno che si ispirano a lei.

Si alzò agile e si abbassò gli slip trasparenti fino alle ginocchia, con studiata lentezza. Rai che la fissava con la bocca aperta era un toccasana per il suo ego.

«Cosa vuoi fare?» chiese, godendosi la posizione di potere.

«Di tutto...» rispose lui.

Lola non riuscì a evitarlo: scoppiò a ridere. Dove diavolo era finito il ragazzo controllato che aveva visto sotto il porticato? Dove erano finite le buone ragioni per aspettare e non lasciare che il sesso bla bla bla? Probabilmente negli slip grigi buttati per terra.

Si chinò su di lui, prese in mano la sua erezione e iniziò a muoversi delicatamente su e giù. Rai gemette.

«Avvisami quando stai arrivando al limite. Basta che dici il mio nome e mi fermo...»

Lui non rispose e lei gli passò piano la lingua sul glande.

«Lola...» gemette lui.

«Oh, cavoli...» Si tirò su a baciarlo. Rai aveva il respiro affannato. «Mi sa che la fidanzata con cui hai rotto qualche mese fa è stata la prima» commentò in tono neutro, cercando di non offenderlo.

Lui annuì.

«Pensa che sono come lei...» gli sussurrò all'orecchio, prima di mordicchiargli il lobo.

«No che non lo sei, cazzo.»

Quanto le fece piacere sentirlo... Che ragazzo dolce! E se doveva evitare i preliminari, be', l'avrebbe fatto. Afferrò la borsa, raggiunse il beauty, tirò fuori un preservativo e lo aprì con i denti. Poi ci soffiò sopra per prepararlo, lo appoggiò sulla punta del pene e iniziò a srotolarlo con delicatezza lungo l'asta. Rai aveva la mascella serrata. Senza pensarci troppo, Lola montò sulla sua erezione. Si sentì percorrere da un'ondata di piacere e sollievo.

«Farò piano» sussurrò mentre si alzava e abbassava con lentezza. «Tu avvisami.»

Rai annuì, ma già al secondo movimento di Lola sollevò i fianchi per penetrarla con maggiore forza. Sarebbe finito tutto in un paio spinte? Sembrava di no. Uno, due, tre, quattro... i colpi si facevano sempre più forti. Iniziò a prendere il ritmo e Lola se lo godette, gettando la testa all'indietro e rilassandosi.

«Non voglio sembrarti goffo» gemette lui.

«Adesso mi sembri solo molto carino» rispose lei sorridente, il respiro affannato. «E hai una mazza che mi calza a pennello.»

Risero entrambi, e lei gli chiese se voleva cambiare posizione. Per tutta risposta lui la fece girare con forza sul pavimento e in un batter d'occhio le fu sopra, a spingere tra le sue cosce.

Non durò molto, ma le fece provare un orgasmo incredibile. Urlò senza freni. Rai, nel sentirla, si irrigidì ed emise un gemito soddisfatto. Lola aveva appena goduto come un riccio. La situazione – il fatto che lui fosse così nervoso, e che a lei fosse toccato il ruolo da «lascia fare a me, che ti insegno» – l'aveva eccitata al massimo. Al solo pensiero le veniva già voglia di rifarlo.

Lui le rimase dentro ancora qualche secondo, con le braccia in tensione, poi si lasciò cadere sul tappeto. Non dissero nulla per un bel po', fin quando Lola non si appoggiò sul suo petto, a guardarlo.

«Ti è piaciuto?» chiese timido Rai, cercando di controllare il respiro mentre si toglieva il preservativo.

«Certo. È stato stupendo. E lo voglio rifare.»

Rai sorrise trionfante. Poi, però, il sorriso gli svanì piano piano dal volto.

«Che ti prende?» chiese lei, preoccupata.

«È che... devo dirti una cosa.»

Lola rifletté svelta. No, era stata responsabile, aveva usato il profilattico: da quel punto di vista non c'era nulla di cui preoccuparsi.

«E allora dilla, non girarci intorno.»

Rai si mosse a disagio.

«Vedi... è che è stato speciale... almeno per me. Non voglio prenderti in giro, e non sono stato del tutto sincero.»

Lei si tirò su coprendosi il seno con la coperta, e lo guardò cercando di non mostrarsi troppo preoccupata. Lui le si sedette accanto.

«Coraggio» sorrise Lola. «Non ti mangio mica!»

«È che... ho qualche anno in meno di quanto ti ho detto.»

Cosa?!

«Quanti di meno?» Si accorse di aver usato un tono più serio di quanto avrebbe voluto.

«Alcuni.»

«E quanti sono, *alcuni*?» Pregava fosse almeno maggiorenne.

«Quanti ti ho detto di averne?»

«Ventiquattro.»

«In realtà non ne ho ancora compiuti venti.»

Oh, mio Dio!

17

La cena

Quando ero sposata mi piaceva il Natale. Mia madre ci riempiva di coccole, mio padre rideva e batteva vigorose pacche sulle spalle di Adrián, e io potevo trascorrere più tempo con mia sorella. Adoravo le cene in famiglia, con i regali.

Adesso, invece, niente di tutto quello mi sembrava anche solo gradevole. Nemmeno i regali di mia madre, intestardita a comprare cose fatte all'uncinetto che mi ritrovavo a dover cambiare in negozio o vendere su eBay. E quest'anno, ciliegina sulla torta, la cara genitrice aveva tutta l'intenzione di scoprire chi fosse il ragazzo che avevo abbracciato il giorno della dannata conferenza; in sostanza, stavo affrontando un bel terzo grado.

«Era Víctor» risposi infine con una morsa allo stomaco, mentre tagliavo svogliata la carne nel mio piatto.

«E chi è, Víctor?»

«Be'... diciamo che... siamo usciti insieme qualche volta.»

Mia madre lasciò andare le posate, pronta a trasformare la cosa in un melodramma.

«È il tuo fidanzato?»

«Non ho detto questo. Ho detto che siamo usciti insieme qualche volta. In passato. A cena, o al cinema.» Ingoiai la bile insieme al resto delle mie bugie. Una cena, certo, e un cinema, poi dodici scopate selvagge nel suo letto quando ero ancora sposata, credere che fosse l'amore della mia vita... cose del genere, insomma.

«E dove vi siete conosciuti?»

«Me l'ha presentato Lola.»

A quel punto a rimanere di sasso fu mio padre, che dovette prendere un bicchiere d'acqua e fare un lungo sorso. Mamma aprì la bocca per replicare, ma non le uscì una sola parola, così ne approfittai per prendere in mano le redini della situazione.

«Non ha niente a che fare con lei. Sono come il giorno e la notte» chiarii, senza sapere se stavo ancora mentendo.

«Ma Valeria...» brontolò papà. «Da quant'è che lo conosci? Non sono nemmeno quattro mesi che sei separata!»

«Sono separata da più di *sei* mesi.» Mia madre aprì la bocca per aggiungere qualcosa, ma io continuai a parlare senza darle il diritto di replica. «Adrián ha portato via di casa le sue cose a giugno. Credetemi, lo ricordo bene.»

«E allora?» chiese mio padre.

«Allora cosa?»

«Da quant'è che lo conosci?»

Guardai mia sorella con la coda dell'occhio e lei fece un impercettibile cenno con la testa: no.

«Be'...» tentennai «... da un po'. Non saprei dire. Non facevo caso agli altri uomini mentre ero sposata.»

Rebeca soffocò una risatina e si intrattenne a giocherellare con Mar, che scoppiò a ridere al suo posto. Almeno qualcuno poteva ridere apertamente alle mie sfacciate bugie.

«Digli che venga a prendere un caffè» sentenziò mamma, autoritaria.

«Non potrà» replicai, seria, prima di alzarmi da tavola e portare il mio piatto in cucina. «E non c'è motivo che lo faccia. Ormai non ci vediamo più, né ci vedremo in futuro.»

Trascorsi il resto della giornata pensando a lui e a come sarebbe stato averlo lì. Presentarlo ai miei e, alla fine, iniziare di nuovo, da capo. Ricominciare qualcosa che era ormai finito.

Assurdo.

Il giorno del mio appuntamento con Bruno arrivò presto, ma almeno – grazie a una fortunata congiunzione astrale – ebbi modo di depurarmi un po' dopo i banchetti, e smaltire i torroni e il vino che avevo dovuto mandar giù per reggere stoicamente il tutto. Alla fine riuscivo di nuovo ad abbottonare i jeans senza dover tenere la pancia indentro, trattenere il respiro o sdraiarmi sul letto.

In ogni caso, però, non avrei indossato jeans in quell'occasione. Nossignore. La cerimonia del pavone richiedeva maggiori attenzioni.

Dopo aver provato la metà dei vestiti del mio armadio, optai per una gonna nera a vita alta lunga fino alle ginocchia, e una camicetta nera con qualche trasparenza (ma niente di volgare: non volevo sembrare a caccia). Per finire indossai calze autoreggenti, scarpe a tacco alto e un cappottino con il colletto di volpe, tutto in tinta. Mi specchiai e mi trovai al tempo stesso bella e ridicola. Valeria pronta per un appuntamento! Dove saremmo andati a finire?

Be', intanto al ristorante, sulla cui porta trovai Bruno ad aspettarmi. Dio. Mancò poco che chiedessi al tassista di andare oltre e riportarmi nel mio tranquillo appartamento, dove almeno non dovevo far colpo su nessuno né sembrare sexy, interessante o intelligente... Se non lo feci è solo perché, appena lo vidi, rischiai di perdere gli slip per istantanea combustione. Wow. La memoria mi aveva giocato un gran brutto scherzo, rendendogli ben poco onore.

Scesi dal taxi sorridendo seducente e lui rispose con la stessa moneta. Potevo sentirne l'energia sessuale anche senza toccarlo. La cosa iniziava a preoccuparmi. Sbattei le palpebre per cercare di calmarmi, ma fui scossa da un paio di vividi fotogrammi di me e Víctor, a letto. Maledetto, di sicuro si stava già scopando altre tizie... magari due per volta.

Mi avvicinai con passo deciso tra la gente che affollava il marciapiede, e quando fui davanti a lui lo salutai, preparandomi ai classici due baci sulle guance. Bruno, però, aveva un altro piano: senza darmi tempo di reagire mi avvolse tra le braccia, mi girò fino a farmi appoggiare la schiena al muro di mattoni del ristorante italiano lì accanto e, accarezzandomi i capelli, mi baciò poco distante dalle labbra.

Quando si allontanò non potei trattenermi dal ridere, più che altro per il nervosismo. Mi tremavano le mani. Cazzo, quanto era veloce, forte e scaltro... Aveva appena portato a termine una perfetta manovra di distrazione e distensione.

«Adesso penseranno tutti che sei la mia ragazza.» Mi fece l'occhiolino.

«Scemo.» Gli diedi un colpetto sulla spalle, continuando a ridere, poi feci un passo indietro e lo studiai con un'occhiata veloce. Ciò che avevo davanti mi piaceva parecchio, e mi era sempre piaciuto. Non so perché ricordassi Bruno come un uomo banale, se non brutto: tutt'altro, era davvero bello. Inoltre le sue orecchie non erano affatto sproporzionate, ma tremendamente tenere. Ricordavo un naso grosso e occhi molto piccoli, ma sbagliavo. Lì, di fronte a me, c'erano soltanto un naso dritto e degli occhi scuri e fascinosi.

«Entriamo?» chiese, interrompendo la mia attività di scansione.

«Hai un buon profumo» osai, mentre camminavamo verso l'entrata del nostro thailandese. Non ero stata del tutto sincera: aveva un *ottimo* profumo.

«Anche tu» sussurrò avvicinandosi, a mo' di confessione.

A quel punto mi domandai se indossassi ancora gli slip, o se il desiderio li avesse ormai carbonizzati.

Entrando nel ristorante Bruno mi posò la mano in fondo alla schiena, e la tenne lì finché non raggiungemmo il nostro tavolo; poi mi aiutò a togliere il cappotto e, mentre lo passava al cameriere assieme al suo, lanciò un'occhiata abbastanza eloquente al mio décolleté, che si intravedeva a malapena attraverso la stoffa. Si morse un labbro e io sorrisi imbarazzata. Quanto a me, quando si tolse anche la giacca mi ritrovai a far scendere lo sguardo dal suo collo alla camicia bianca, che gli stava d'incanto.

Con tutta la cerimoniosità del mondo, Bruno scostò la sedia per farmi accomodare, poi si sistemò all'altro lato del tavolo. E in quel momento, in fondo al ristorante, vidi un uomo alto, bello e bruno che si muoveva con grazia per avvicinare la sedia della sua accompagnatrice. Sentii il cuore accelerare e per un attimo la vista mi si riempì di puntini bianchi... finché il ragazzo non si voltò verso di noi, alla ricerca di un cameriere. No, non era Víctor.

«Temo che mi sarei dovuto mettere un po' più in ghingheri» commentò Bruno poggiandosi il tovagliolo sulle gambe, e riportandomi a noi.

«No, no. Stai molto bene.» Non era mia intenzione essere ammiccante, ma probabilmente fu così che sembrai.

«Ah, sì?» rispose lui.

«Direi proprio di sì.» Okay, questa volta l'avevo fatto apposta. Tanto peggio per Víctor.

«Smettila» si schernì con un sorriso. «Se non vuoi che il tuo reggiseno finisca appeso a quella trave del soffitto.» Fece cenno verso l'alto.

«Credevo che stasera avrei cenato con Bruno il Normale, non con Bruno l'Eccentrico.»

«Be', se sono riuscito a farti accettare il mio invito, credo di poter accantonare le tattiche da tizio brutto.»

«Soprattutto perché non lo sei.»

«Che ragazza dolce.» Sorrise scuotendo la testa. «Sono sicuro che ti sciogli in bocca.»

Sul suo viso apparve un'espressione da lupo cattivo, e a me tremarono le gambe.

«Raccontami qualcosa di te. In fondo hai letto il mio libro, che è praticamente il manuale delle istruzioni di Valeria» dissi, ricordandomi di nuovo di Víctor.

Vattene da qui. Esci dalla mia testa. Adesso! Questo è un appuntamento, e non ti voglio veder ronzare da queste parti.

«Cosa vuoi sapere?» sussurrò Bruno.

«Qualcosa che riequilibri la situazione, per esempio.»

«Sta arrivando il cameriere a prendere l'ordinazione. Fai tu, mi fido. Dopo vuoterò il sacco.»

Presi il menu e sfogliai le pagine alla ricerca dei miei piatti preferiti. Ordinai da mangiare, assieme a una bottiglia di acqua fredda, poi rimasi a guardare Bruno in attesa che iniziasse a parlare. Lui aprì la carta dei vini e, dopo una veloce occhiata, scelse una bottiglia; chiamò il cameriere prima che si allontanasse e ordinò. A quel punto intrecciò le dita e mi fissò sorridendo.

«Riequilibrare la situazione, eh? Allora, vediamo.» Sospirò. «Prima facevo il cameraman per una stazione televisiva pubblica, e arrotondavo con qualche lavoretto da fotografo; più che altro MBC: matrimoni, battesimi e comunioni. Mollai tutto quando il terzo libro ebbe successo, e sulla sua scia iniziarono a vendere anche il primo e il secondo. All'inizio mi piaceva lavorare in televisione, ma un giorno, di punto in bianco, avevo perso interesse. Sai come va: tutto il giorno con in testa il tuo progetto, ad annotare frasi e... Insomma, non voglio annoiarti con dettagli che hai vissuto in prima persona. Ne avrai fin sopra i capelli di questa roba da scrittori. Che altro?» Si sistemò sulla sedia. «Sono divorziato.» Un ombra di dispiacere gli attraversò il volto. «Mi sono sposato a venticinque anni, dopo aver superato il concorso per lavorare in televisione. È durata fino ai trenta. Ecco cosa abbiamo in comune: un matrimonio incosciente in giovane età.»

«Quanti anni hai?»

«Trentacinque.» Sollevò le sopracciglia. «E ho una figlia di cinque.»

«Ah, sì?» chiesi, sinceramente interessata.

«Però, che reazione positiva.» Rise. «Vuoi vedere una sua foto?»

«Certo.»

Frugò nelle tasche fino ad afferrare il portafoglio, poi tirò fuori la fotografia un po' stropicciata di una bimba con enormi occhi color caramello e due codini.

«Lo scatto è un po' datato. Adesso è più grande. E, non perché è mia figlia, ma ogni giorno che passa è sempre più bella.»

«Non ho dubbi. È stupenda.»

«Come suo padre.» Rise.

«Di solito si dice "come sua madre".» Lui fece una smorfia e mise via il portafoglio. «Però, se vogliamo esser pari, adesso dovrai raccontarmi come mai hai divorziato...» Sorrisi, sfacciata, e incrociai le dita sperando che non mi dicesse qualcosa del tipo: "Mia moglie mi ha beccato tra le cosce di un'altra", o peggio: "La mia ex ha trovato un reggiseno non suo tra le mie cose". Avrebbe dato un colpo di grazia alle mie già basse aspettative sul genere maschile.

«Be', immagino sia la tipica storia: con il tempo, i semplici disaccordi sono diventati muri insuperabili. La mia ex è una di quelle donne che hanno bisogno di "particolari attenzioni". E queste cose con il tempo ti minano. A dire il vero siamo sempre stati diversi, ma da giovani non ci davamo molta importanza. Però abbiamo ancora un buon rapporto, soprattutto per via della bambina.» A quel punto si affrettò a cambiare argomento. «E che altro? Vivo in una casa con giardino, anche se piccolo, e ho due gatti dai nomi strani.»

«Come si chiamano?»

«Anisakis e Sanguisuga.»

«Cazzo.» Risi.

«Lo so. Sono strambo. Che altro vuoi sapere?»

«Come lo bevi il caffè?»

Scoppiò a ridere. Intanto, una cameriera portò il vino.

«Lo chiedi per domani mattina?»

«Continua pure a sognare.» Dovetti stringere le cosce per fermare il formicolio.

«Nero, senza zucchero. Forte.»

«Anche a me piace così.»

«Bene: non dovrò nemmeno preparare due caffettiere.»

Si appoggiò al tavolo e disse alla cameriera che avrebbe versato lui il vino, evitando l'imbarazzante momento in cui bisogna assaggiarlo e pronunciare il verdetto. Che poi, cosa si dovrebbe dire? «Oh! Che grande annata!» Gliene fui grata e gli feci l'occhiolino.

«Hai altri domande?»

«Molte. Cos'è che odi?»

«La televisione spazzatura e le tette siliconate.»

«Perché?»

«Immagino non ti stia riferendo ai miei gusti televisivi.» Rise e mi invitò a provare il vino. «Non mi piacciono al tatto. Al solo pensiero mi sudano le mani.»

Mi mostrò i palmi umidi.

«Non sarà invece che sono io a innervosirti?»

«A essere sincero, un po' sì. Sei la ragazza più bella con cui mi sia trovato a cenare da parecchio tempo a questa parte. Ed ecco perché ho orribili e perfide intenzioni per il dopocena.» Sorrise.

«Sempre a scherzare.»

«E sei pure umile!» Arricciò il naso, malizioso. «Smettila o mi innamoro.»

«Be', no: non posso certo definirmi un modello di virtù, caro mio» replicai.

«Come faccio a pensare male di una che ha sposato l'uomo con cui ha perso la verginità, e che in vita sua è andata a letto solo con un altro tizio?»

«Temo di aver inserito un po' troppe informazioni personali nei miei libri.» Arrossii e mi rifugiai nel calice di vino. L'altro uomo era Víctor, e pensavo sarebbe stato l'ultimo.

«Scusa, l'ho trovato fuori luogo appena l'ho detto.»

«Perdonato. E, senti... ne hai toccate tante, di tette siliconate?»

Una risata virile e sensuale. «Qualcuna. Bevi ancora un po'.»

«Vuoi che mi ubriachi?»

«Se me lo devi chiedere significa che sono troppo sottile. Ma cambiamo argomento: raccontami qualcosa sulla seconda parte del romanzo.»

«No, dai» indugiai.

Víctor.

Víctor in primo piano, sorridente, con gli occhi verdi come una bottiglia della mia birra preferita. Víctor che dice di amarmi mentre ci uniamo con dolcezza, in una stanza che profuma di lavanda...

«Per favore» insistette Bruno.

«Be'...» Mi accarezzai il naso, cercando di calmarmi.

«Lui è davvero l'uomo perfetto, pronto a cambiare vita per te?»

«No.» Accompagnai quella parola con un gesto esplicito della testa, ma dentro mi sentii morire. «O almeno, non lo è stato finora.»

«Paura di impegnarsi?»

«Io non voglio nessun impegno» risposi in maniera secca.

«Oh oh. Sei ancora presa, vero?»

«Non ti sembrano domande un po' troppo personali, per la prima cena?»

«E dire che non ti ho ancora chiesto quale lingerie usi, o di che colore.» Sorrise, sciogliendo la tensione.

«Non risponderei mai a quella domanda.»

«Non è necessario. È un'altra cosa che vi si legge in faccia. E la tua mi sta dicendo che abbiamo gli stessi gusti.»

«Sorprendimi.»

Si inumidì le labbra e si chinò verso di me. «Pizzo nero. Probabilmente calze autoreggenti. Mutandine a vita bassa, di quelle che arrivano ai fianchi... com'è che le chiamate?»

«Culotte.»

«Esatto. Ci ho azzeccato?»

Dovetti concedermi qualche secondo per riprendermi dallo stupore.

«Come ti ho detto, non risponderei mai a una domanda del genere.»

«Sai, a volte vado in palestra.» Sorrise. «Soltanto a volte, come puoi constatare dalla mia deplorevole forma fisica. Be', nello spogliatoio ho visto almeno due o tre tipi con della biancheria intima davvero stretta. Striminzita. Ecco, toglimi una curiosità: a voi donne quelle mutande piacciono tanto da fargli mettere a rischio la loro virilità?»

«Non a me. Mi spaventerei se mi ritrovassi a letto un uomo conciato così.»

Víctor. Víctor e i suoi boxer neri, aderenti. Víctor nudo. Il mio Víctor. Víctor.

Cazzo, vattene da qui! Vattene, merda. Ti caccerò dalla mia vita, dovessi farlo a pedate.

«Ti piacciono gli uomini con i mutandoni?»

«Certo.» Forzai una risata. «Devono indossare un intimo più ingombrante del mio. Così la cosa diventa interessante.»

«Bene: io porto i mutandoni.»

«Che carino. Chi te li ha regalati, la mamma?»

«No, me li ha cuciti la nonna. Sono di lana.»

Scoppiammo a ridere.

Finalmente arrivò la cena, e noi ordinammo un'altra bottiglia di vino. Due bottiglie di vino danno come risultato sicuro una Valeria un po' alticcia. Se poi ci si aggiunge il costante ricordo di Víctor, si ottiene una Valeria piuttosto vendicativa.

Quando uscimmo dal ristorante era mezzanotte, e avevamo flirtato senza sosta. Ma, sebbene non avessi ancora voglia di salutarlo, ero certa di voler rispettare almeno la regola numero uno di Nerea: non scopare al primo appuntamento. Anche se lei non direbbe mai scopare, al limite «entrare in intimità». In ogni caso, la mia riluttanza a rincasare fece molto piacere a Bruno, che propose di andare a bere ancora qualcosa.

Passeggiando trovammo un cocktail bar intrigante con ancora qualche posto a sedere, così ci accomodammo in fondo al locale, a un tavolino che sembrava promettente. Scopare no, ma magari qualche toccatina...

D'accordo: il posto era buio e io ero un po' brilla; quindi, stando alla teoria di Bruno, i miei sensi offuscati mi lasciavano alla sua mercé. E no, non mi sembrava affatto un brutto programma.

Lui si avvicinò al bancone e ordinò un whisky per sé e un gin tonic per me, con limone spremuto e la mia marca preferita di gin. Un uomo a cui piacciono i dettagli, e ricorda i particolari. Fantastico.

«Lascia che offra io» proposi.

«No, dai. Facciamo che pago io e poi tu pareggi i conti in natura.»

Una minaccia allettante.

Non avrei mai immaginato che gli appuntamenti potessero essere così piacevoli. O forse era quello a essere speciale? Chiacchierammo un po' di tutto: libri, mostre, infanzie a confronto, prime relazioni e addirittura prime volte. Insomma, chissà perché il tema del sesso ci attirava... Be', io il perché lo sapevo: all'improvviso, quasi avessi subito uno sdoppiamento di personalità, volevo solo andare a letto con lui e farlo più volte, con forza.

«In ginocchio, dunque?» sussurrò, la mano appoggiata sulla mia gamba.

«Fornisco decisamente troppe informazioni personali, nel libro» sorrisi sfacciata.

«Non l'ho mai fatto così.» Si morse il labbro, guardando la mia bocca.

«Come mai siamo finiti su questo argomento?»

«Deve essere colpa della voglia di arrivare al punto in cui...»

«Attento...» mormorai, interrompendolo. Con mia enorme sorpresa, mi afferrò le gambe, le poggiò di lato sulle sue e poi le strinse a sé. Per distrarmi mi concentrai sul gin tonic.

«Cosa c'è di male a parlarne? Non sei come la tua amica Nerea. E sì, lo so, non sei nemmeno come Lola. Ma non posso ignorare il tuo...»

«Il mio...?» Mi voltai a guardarlo. Eravamo davvero vicini.

«Dio!» esclamò, gli occhi persi nel mio viso e la mano che risaliva lungo la mia coscia, sopra la gonna. «Il tuo *tutto*. C'è qualcosa in te che mi fa impazzire. Sai di cosa parlo, no?»

«Possibile» risposi civettuola, posando il bicchiere sul tavolino.

«Hai un ottimo profumo. Posso avvicinarmi di più?»

«Prova.»

La sua mano destra mi scostò i capelli sciolti, poi mi posò sul collo la punta del naso, facendomi venire la pelle d'oca. Fece salire le labbra fino all'orecchio, prese il lobo tra i denti e giocherellò con i miei orecchini, per poi ridiscendere con baci umidi fino alle spalle. Feci davvero fatica a non gemere.

«Ho il volo alle cinque e venti del mattino» sussurrò.

«Spero non si tratti di una proposta» replicai, brilla e sorridente.

«Non lo è. O sì? Non so...»

«È l'una, dovremmo andare. Devi dormire.»

«Vieni con me?»

Mi scostai un po' e lo guardai alzando un sopracciglio.

«No. Credo di no.»

Bruno lasciò la mano sulla mia coscia e mise il broncio.

«Giuro che non ti toccherò nemmeno, anche dovessi supplicarmi di farlo.» Sorrise. «È che non mi va di dormire da solo.»

«Non sono una di quelle tipe che...»

«Che stai dicendo?!» esclamò continuando a sorridere. «Non penserò che sei un bel niente. Sono io a chiederlo. Cosa importa se non l'hai mai fatto o se lo fai tutti i fine settimana? Vieni con me.»

«Sono ubriaca» confessai.

«Certo. Dai...»

«Non posso. Non ho il pigiama. Se mi avessi avvertita che era previsto un pigiama party, mi sarei organizzata.»

«Allora siamo pari: non l'ho portato nemmeno io.»

«La prossima volta.»

«Me lo prometti?»

«Te lo prometto.»

«Bene, sigliamo la promessa.»

Mi prese per i fianchi e, con una sola mossa, mi tirò sulle sue gambe. Senza che riuscissi a evitarlo – o che volessi farlo – mi baciò. E come...

Quando le sue labbra si socchiusero, mi sciolsi. Giocammo a lungo, lasciando che le nostre lingue si accarezzassero e intrecciassero. Insomma, un primo bacio proprio niente male.

Eppure, senza che potessi controllarlo, un pensiero occupò la mia mente: Víctor. Un Víctor enorme. Un Víctor che mi abbandonava in quella caffetteria, sussurrando che mi amava troppo. Afferrai Bruno dal colletto della camicia e lo strinsi ancora di più contro di me. Inclinai la testa e mi lasciai andare.

No, Víctor. Io voglio farmi una vita. Non m'importa cos'hai detto prima di andartene.

Sentii in sottofondo qualcuno che si schiariva la voce e, quando aprii gli occhi, un cameriere stava portando via i bicchieri. Aveva l'aria di non approvare il nostro comportamento. Imbarazzata, allontanai con delicatezza Bruno e gli chiesi di andarcene. Credo sia suonato come un disperato «fammi tua», perché lui sorrise soddisfatto.

Una volta in strada cercai subito di chiamare un taxi, per scappare via da lì prima che la situazione mi sfuggisse di mano e i miei ormoni – anche loro preda dei fumi dell'alcol – combinassero un bel casino. Bruno fu più veloce di me: mi afferrò dalla vita e mi spinse in un vicolo laterale, contro la parete dell'edificio. Protetti dal freddo e dal buio, ci lasciammo andare. Cazzo come baciava... Languido e passionale allo stesso tempo.

Una giovane coppia uscì da un portone lì vicino e Bruno, con uno scatto, fermò la porta senza quasi staccarsi da me. Poi mi tirò dentro. Accanto al tavolo che un tempo doveva essere della portineria, c'erano due poltrone... Chiaro come il sole.

Si sedette e io, lì davanti, mi tirai su la gonna quel tanto che bastava a mettermi a cavalcioni su di lui. Scoprendo che portavo le autoreggenti Bruno non riuscì a trattenere un sospiro, poi mi avvolse tra le braccia spingendomi contro la sua erezione. E cavoli...

Rimanemmo così per un bel po', a baciarci al buio. Un bacio dietro l'altro. E un altro. E un altro ancora. Poi sentimmo il bisogno di qualcosa in più. Con una sola mossa, Bruno mi tirò fuori la camicetta dalla gonna, lasciò scivolare a terra il mio cappotto e fece salire le mani fino al seno.

«Dimmi una cosa...» sussurrò, cercando di infilarsi anche sotto il reggiseno. «Sei una tipa morbosa a cui piace farlo in luoghi pubblici o...»

«Sei tu» mi lamentai, senza riuscire a evitare un'espressione eccitata. «Sei tu che mi stai portando al limite. Io non voglio...»

«Eh sì, in effetti hai l'aria proprio dispiaciuta.» Sorrise, avvicinandosi di nuovo alle mie labbra.

Questa volta fui io a prenderlo dalla camicia e tirarlo a me. Non so cosa diavolo mi passasse per la testa, ma mi piaceva.

«Andiamo nel mio albergo» supplicò.

«Non posso» sentenziai mentre giocherellavo con il lobo del suo orecchio e mi sfregavo sul suo membro.

«Perché?»

Le sue mani si spostarono sotto la gonna, verso il sedere. Mi tirai su, lo studiai e chiesi a me stessa se ci fosse davvero una ragione per non farlo, quella notte. Lui mi guardava un po' corrucciato, un sorriso storto sulle labbra socchiuse e il respiro affannato.

«Sai perché?» risposi. «Perché mi piaci. E, se lo facessimo, domani sarei molto imbarazzata. Probabilmente non avresti più mie notizie.»

«Non lo voglio.»

«Nemmeno io.» Sorrisi.

Continuammo a baciarci, e le abili dita di Bruno presero a sbottonarmi la camicetta. Due secondi dopo avevo la sua bocca sulla pelle, mentre le sue mani mi stringevano le natiche e la sua erezione mi stuzzicava un punto molto sensibile.

Di colpo ricordai i primi pomeriggi di intimità con Adrián, quando non mi sentivo ancora pronta a perdere la verginità; lui impazziva di voglia e gli ormoni permeavano l'aria fino a trasformarla in desiderio puro. Avevo di nuovo diciotto anni?

Con Víctor non era stato così. Lui era passione, sesso, piacere, ma anche qualcosa di più. *Molto* di più. E me n'ero accorta subito. Ecco qual era il nostro segreto, quando stavamo insieme. «Con te è diverso» dicevano le labbra carnose di Víctor, gli occhi chiusi e l'espressione intensa e sofferente.

Senza nemmeno pensarci, mi alzai: non potevo far altro. Non potevo andare oltre. Non ancora. Sistemai la gonna e raccolsi il cappotto. Bruno era incredulo.

«Ma...» iniziò.

«Fermiamoci finché siamo in tempo.» Sorrisi, imbarazzata.

«Sicura?» chiese, facendo il broncio.

«Certo. Non preferiresti farlo per bene? E poi magari rifarlo?»

Alzò gli occhi al cielo, sbuffando, e mi chiese di dargli un secondo.

«In un portone qualsiasi.» Risi. «Svergognato.»

In un portone.

Come Lola e Víctor. Di sicuro lui l'aveva già fatto con un'altra.

Bruno si alzò e si abbottonò il cappotto, senza darmi il tempo di valutare per bene quel che si intravedeva nei suoi pantaloni.

«Allora andiamo.»

Allungò la mano e io gliela strinsi, sentendomi una bambina. Uscimmo in strada e ci incamminammo verso il corso, dal quale si avvicinava una luce verde.

«Sta arrivando un taxi» sottolineò Bruno. «Te lo chiedo per l'ultima volta: dormi con me?» Mi avvolse ancora tra le braccia.

«La prossima volta.»

«Sono un tipo impaziente, sappilo. Ti chiamo la settimana che viene.»

«Me lo auguro.» Sorrisi.

Feci fermare il taxi, che inchiodò pochi metri più avanti.

«Nessun bacio?» si lamentò Bruno, trattenendomi.

«Te ne ho già dati parecchi, no?»

«Non si danno mai abbastanza baci nella vita.»

Mi bloccò tra sé e la portiera, poi mi baciò di nuovo, con la stessa passione di prima. Poi, come per staccarsi da me, mi diede un bacio veloce e una pacca sul sedere.

«A presto» disse, allontanandosi.

«Non sali? Possiamo fare due fermate» chiesi, già dentro l'abitacolo.

«No. Farò due passi.»

«Fa freddo.»

«Un toccasana per il mio priapismo.»

Il tassista scoppiò a ridere e io non potei evitare di imitarlo. Gli mandai un bacio e chiusi la portiera. Diedi all'autista l'indirizzo di casa e mi sistemai sul sedile, fissando lo sguardo fuori dal finestrino. Bruno era ancora sul marciapiede, a guardarmi andare via. Avevamo entrambi un sorriso ebete dipinto sulle labbra. Il mio, però, scomparve poco dopo.

Víctor.

18

Malumore

Aurora era in cucina, davanti ai fornelli, quando sentì una brusca frenata e si affacciò alla finestra. Scrutando il giardino, fissò gli occhi sulla macchina che aveva appena parcheggiato davanti al cancello d'entrata.

«Víctor» chiamò a gran voce. «Credo sia arrivato *tuo figlio*.»

«Quando dici "tuo figlio" con quel tono temo sempre il peggio...»

Aurora rise alla battuta del marito e, appena sentì suonare il citofono, aprì anche la porta, così da poter tornare a rimestare il contenuto di una pentola. Poco dopo dei passi si avvicinavano. L'altro Víctor, il figlio, entrò cercandola con lo sguardo.

«Ciao» salutò. Il tono era brusco. «Cucini? A cosa si deve un tale onore?»

«Lo dici come se non sapessi preparare nemmeno un uovo fritto, invece credo che tu abbia sempre mangiato bene in questa casa.» Lo stava riprendendo, ma con il sorriso sulle labbra.

«Sì, certo. Solo, dubito che alcuni dei tuoi stufati siano davvero farina del tuo sacco.»

Aurora ignorò quell'atteggiamento passivo-aggressivo.

«C'è papà?»
«È nello studio.»
«Bene.»
Lui si tolse la giacca e la posò sullo schienale di una sedia; stava per uscire di lì quando la madre lo bloccò.
«Non bevi un caffè con me?»
«Sono di fretta» farfugliò, senza lasciare il pomello della porta.
«Un caffè, Víctor. Poi ti lascio salire a cercar rissa con tuo padre.»
«Non sono venuto in cerca di rissa.»
«Be' hai un umore niente male, no? Credo tu abbia lasciato il segno, là fuori.» Sorrideva ancora.
«Sono stanco. Tutto qui» rispose lui sfregandosi gli occhi.
Aurora conosceva bene i suoi figli, e Víctor era probabilmente il più trasparente dei quattro. Se si alzava con il piede storto – cosa piuttosto frequente negli ultimi giorni – non riusciva a nasconderlo. Aggrottava la fronte, parlava solo a monosillabi e alla prima occasione si chiudeva in un ostinato silenzio. Quanto a lei, da buona madre intuiva cosa lo rendesse accigliato e irascibile da qualche tempo: il problema in questione indossava gonna e tacchi.
Víctor appoggiò in un angolo un tubo in cartone, di quelli usati per trasportare i progetti, e cedette. Chiese un caffellatte, con due cucchiaini di zucchero, poi si sedette accanto al bancone della cucina e si mise a fissare il vuoto, accarezzandosi in silenzio i capelli.
«Arrivi dallo studio?»
Annuì.

Aurora gli versò il caffè e si sedette accanto a lui, accavallando le gambe.

«Ti fermi a cena?»

«No, vado a casa. Sono stanco.»

«Verrà anche tua sorella, con il bambino.»

Víctor la guardò di sottecchi e sbuffò.

«Sono stanco. Chiudo la faccenda con papà e me ne vado.»

«Bene, allora va' a casa e bevi un bel bicchiere di vino. Magari riuscirà a migliorarti l'umore.» La risposta del figlio si limitò a una specie di grugnito. Lei prese il portasigarette, ne estrasse una e l'accese. Eccola lì, seduta su uno sgabello dal quale non toccava il pavimento nemmeno impegnandosi, ad affrontare a viso aperto qualcuno che ormai non aveva più ragione di seguire i suoi consigli. «Víctor, tesoro, non so cosa ti prende da un po' di tempo a questa parte, ma sei molto irascibile. Se avete dei problemi è meglio che vi sediate a un tavolino per risolverli.»

«Se abbiamo problemi? Abbiamo *chi*, di preciso?» La guardò alzando le sopracciglia. «Se ti riferisci a me e papà, non abbiamo nessun problema. Sono disaccordi professionali, niente di personale.»

«No, tesoro, mi riferivo a te e a Valeria.»

Al solo sentire quel nome, l'espressione di Víctor cambiò di colpo; la fronte si rilassò, le labbra si distesero e gli occhi iniziarono a brillare in modo diverso. Aurora ne fu stupita.

«Ecco...» sbuffò lui. «Io e Valeria abbiamo rotto.»

«Quando?»

«Prima di Natale.»

«Ma... perché?» La donna temeva che «abbiamo rotto» fosse in realtà un eufemismo, dietro al quale si nascondeva un chiaro «l'ho lasciata».

«Sinceramente non ho voglia di parlarne con te» rispose lui, secco.

«Hai proprio un caratteraccio, sai?»

«Lascia perdere, mamma. Davvero, non ho nessuna voglia di affrontare l'argomento.»

Imbronciata, Aurora finì la sua tazza di caffè e si avvicinò al lavandino.

«Figliolo, ti voglio davvero tanto bene, ma sei un colossale imbecille.»

«Grazie, mamma. Anch'io ti voglio bene» rispose lui, sarcastico.

«Le hai fatto le corna?»

«No!» Una risposta decisa. «E tu non hai proprio intenzione di cambiare argomento, vero?»

«Ovvio che no. Qualche mese fa mi hai detto che per lei volevi mettere la testa a posto, e adesso vieni a raccontarmi che vi siete lasciati. È l'unica ragazza normale con cui ti abbia mai visto, cerca di capire...» Víctor si alzò, svuotò il caffè nel lavandino e si diresse verso la porta. «Non so davvero da chi diavolo hai preso. Forse da tua nonna Rosita: è l'unica da cui puoi aver ereditato il carattere di merda che ti ritrovi. Non ti si può dire niente!»

«Mamma, Valeria voleva qualcosa che non potevo darle. Punto!»

Lei rimase a guardarlo, sorpresa. Non aveva mai reagito così alla rottura con una ragazza. La cosa non aveva mai rappresentato un problema; anzi, spesso sembrava provarne sollievo. Come se si fosse scrollato un peso di dosso. Lasciava la compagna di turno e ricompariva a casa carico come un ciclone, baciando le sorelle e scherzando con la madre, contento come una Pasqua. Adesso invece sembrava a pezzi.

Aurora lo raggiunse mentre stava già salendo al piano di sopra, in cerca del padre. Era decisa a non tenersi niente per sé.

«Devi crescere, Víctor. E devi farlo adesso, prima che sia troppo tardi; altrimenti finirai per trasformarti nella persona che vuoi far credere a tutti di essere, ma che in realtà non ti piace neanche un po'. Puoi prenderti in giro finché vuoi, e raccontarti che in fondo quella ragazza ti interessava solo per scoparla in tutte le posizioni che conosci, e che a quanto pare sono parecchie. Ma la triste realtà è che se continui a negare l'evidenza finirai per vederla sposare un altro. Uno meno idiota di te, che penserà a come renderla felice anziché solo a se stesso.»

Víctor la guardò a lungo, in silenzio. Ancora e ancora. Poi le voltò le spalle e salì le scale.

19

L'email

Il 2 gennaio, cinque giorni dopo l'appuntamento con Bruno, ricevetti un'email all'indirizzo di lavoro. Sì, esatto: l'account senza nick strano e stupido inventato a sedici anni, solo nome e cognome. Da lì mandavo le email agli editori, lì ricevevo le risposte di Jose.

Arrivava da un indirizzo che non conoscevo, il che di solito mi avrebbe spinto a cestinarla, ma l'oggetto mi fece intuire chi potesse essere il mittente: «Il signore con il priapismo».

Nessun cappello introduttivo, nessuna sciocchezza tipo: «Com'è andata a Capodanno?». Dritto al sodo. Mi piaceva il Bruno diretto, in apparenza lontano da ogni strategia, naturale e mai melodrammatico.

Il grosso dell'email, dopo un breve messaggio firmato, era costituito da un lungo testo che sembrava l'estratto di un romanzo.

> Ti mando uno stralcio del mio nuovo progetto, perché vorrei che tu lo revisionassi. Ho molta fiducia nel tuo giudizio. E poi credo proprio che dovresti leggerlo.
> Bruno

Iniziai.

Seguii lo sguardo di quell'uomo sudicio e ansimante, e non riuscii a evitare di serrare i pugni per come la fissava. Non avevo motivi per stare sulla difensiva, lo sapevo, ma la afferrai comunque per un polso, con forza. Quando ci chiesero se volevamo lavarci e riposare, domandai una stanza sola per entrambi.

«Non sapevamo che la signorina fosse sua...» commentò l'uomo corpulento, mangiandola con gli occhi.

«È mia moglie.»

Lei mi guardò inespressiva, come se quella bugia le fosse indifferente. Probabilmente era così.

Percorremmo corridoi su corridoi in quel vecchio edificio. Un tempo era stato un albergo di gran lusso, ma ormai puzzava di umidità, di polvere e di quella roba che filtrava da ogni parte... Putridume.

Ci diedero una stanza al piano nobile: una grande suite, fatiscente ma pulita, con tanto di ingressino pieno di broccati e rifiniture dorate. Sorrise, mentre passava la delicata mano sulle stoffe. Avrei voluto abbracciarla e farle un sacco di promesse assurde, ma lei non era il tipo di donna che ne ha bisogno.

«Mi spiace averti messa a disagio, con la storia che sei mia moglie» dissi quando la vidi entrare in camera da letto.

Lei mi sorrise e si tolse la giacca che uno dei soldati le aveva prestato. Sotto, la sua maglia consunta lasciava intravedere la biancheria intima. Deglutii e il suo sorriso si ampliò.

«Non mi hai messa a disagio. Però non serve che ti preoccupi: so badare a me stessa.»

«Già, l'ho visto con i miei occhi.»

Sorridemmo entrambi e andammo verso il bagno.

«Posso radermi mentre ti fai la doccia?»

Lei fece spallucce. Non le importava. Come tutto il resto.

Non le importò nemmeno che fossi lì mentre si spogliava. Ma, con i tempi che correvano, nessuna signorina si sentiva in imbarazzo a denudarsi davanti a un uomo, specie dopo che avevano ucciso insieme.

Quando si tolse la maglia, scoprii con sorpresa che non aveva solo gli abiti imbrattati di sangue: anche la pelle era rossa, quasi si fosse buttata tra i cadaveri dei nemici per meglio godersi il massacro di quel pomeriggio. Si guardò riflessa nello specchio. Dalla sua espressione non trapelava alcun dispiacere. Allora capii.

Era una dea. Una dea della guerra, nata per vedere gli uomini come me prostrarsi ai suoi piedi. E prima del disastro? Era già una divinità piena d'odio, o solo una fragile donna dalle gote rosa? No, l'avevo vista: uccidere le era sempre piaciuto. Il suo rancore era tanto viscerale e potente da investire persino se stessa. Di quel passo sarebbe caduta in fretta, lo sapevamo entrambi. Ma, a differenza mia, sembrava averlo accettato. L'odio ci acceca, e lei era conscia che non avrebbe più visto la libertà.

Le sue mutandine, ormai quasi a brandelli, si riflettevano in un angolo dello specchio, e io non riuscivo a smettere di fissarle. Perché partire il giorno dopo? Perché non restare lì, con lei? Forse avrei potuto prostrarmi anch'io ai suoi piedi...

No, lei era fatta per camminare sulla testa di chiunque si inginocchiasse a venerarla. Fosse nata duemila anni prima, avrebbe potuto distruggere un'intera civiltà con un battito di ciglia, novella Elena di Troia. Era capace di indurre gli uomini a uccidere per lei. A morire per lei. Quando lo compresi, la vidi per ciò che era: una divinità appena emersa dal sangue dei sacrifici compiuti in suo onore.

Nel darci il cambio sotto la doccia ebbi la tentazione di afferrarla e trascinarla di nuovo sotto l'acqua, con me, per possederla. Lei e la sua pelle, però, erano di nuovo imperturbabili. Sembrava una bambola, ammaccata ma dignitosa. Una di quelle bambole da mettere in vetrina, lontano dalle mani dei bambini.

Osservai l'acqua scivolare nello scarico assieme a sangue e sporcizia, finché non mi sentii pulito. Ora profumavo di sapone, e la mia pelle non aveva più un aspetto tanto orribile. Ero felice, finalmente libero dai resti di carne e sangue altrui. Ogni macchia mi pesava: detestavo uccidere.

Entrai in camera e la trovai in intimo, che si infilava dei corti pantaloni di cotone.

«Ci hanno portato dei vestiti, per cambiarci» sussurrò senza guardarmi.

«Grazie.»

«Non è me che devi ringraziare.»

Le era tutto indifferente. Anche il modo in cui la stavo guardando? Lontani dal campo di battaglia sentivo risvegliarsi sensazioni che credevo sopite da quando era scoppiato quell'inferno. Il suo odore, i suoi capelli umidi che si asciugavano alla luce della finestra, la forma dei suoi fianchi... Ho sempre pensato che morte e sesso siano due facce della stessa medaglia, e forse era arrivato il momento di girarla.

Adesso o mai più.

Mi avvicinai, bruciando gli ultimi centimetri che ci separavano mentre pensavo a come farlo. Lei, però, mi anticipò ancora una volta: si voltò, facendo ondeggiare i lunghissimi capelli color rame, mi mise le mani sul collo e stampò la sua bocca carnosa sulla mia. Appena poggiò una delle sue delicate dita su di me mi sentii esplodere; ero già sul punto di venire, ma mi trattenni.

Ci lasciammo cadere sul letto. Lei strappò via l'asciugamano con cui mi coprivo, lanciandolo all'altro lato della stanza. Si tirò su, per sfilarsi pantaloni, maglietta e slip... quegli slip piccoli e bassi, che arrivano ai fianchi. Quando la vidi nuda mi sentii morire.

Non ci furono coccole né preliminari, sesso orale o masturbazione. Era tutto pronto: lei si mise a cavalcioni su di me, e io la penetrai piano. Era bagnata. Il riposo del guerriero, pensai tirando indietro la testa e gemendo. Mi accoglieva tiepida, delicata ma decisa. Il riposo del guerriero. Solo che il guerriero era lei, e io dovevo consolarla dagli orrori della guerra.

Muoveva i fianchi su e giù, facendo ondeggiare la schiena, e i suoi seni – rotondi, perfetti, turgidi – vibravano ogni volta che la penetravo. Si morse il labbro e mi guardò, senza parlare; solo, aprì di più le gambe e accelerò il movimento, portandosi le mie mani al seno.

Di colpo scese e mi si sdraiò accanto. Spalancò le cosce e, mentre si toccava, mi chiese di continuare, di stender-

mi su di lei. Non mi feci pregare. La penetrai persino con rabbia, perché volevo fosse mia e non lo sarebbe stata.

Con la mano si accarezzava il clitoride, intanto i miei colpi si facevano più violenti, il suo respiro più affannato. La sentii gemere di piacere, quasi si sciogliesse fino a perdere la voce, e senza poterlo evitare venni dentro di lei, con due forti colpi di fianchi. L'ultimo la fece gridare...

Non dormimmo. Dopo essere stato dentro di lei non riuscii più a fermarmi, per quanto ci provassi. Era deliziosa e al tempo stesso leggera. Provammo tutto, facemmo tutto. Tutto quello che avevo desiderato fare con una donna, e persino quello che non mi era mai venuto in mente fino ad allora. Tutto, perverso o no, nel suo corpo divenne vero. Non ci rimase un solo angolo da provare. Alla fine, alle cinque del mattino, madidi di sudore e saliva, della sua umidità e del mio seme, condividemmo una doccia.

All'alba uscii dalla stanza, non senza prima averle chiesto di venire con me. Avevo ripetuto quella domanda centinaia di volte, la sua risposta era stata sempre la stessa: «No. Non voglio. Non posso. È questo il mio posto». Il suo sorriso si era fatto meno freddo.

Lasciai in fretta la cittadella e mi incamminai verso est, portandomi dietro tutto ciò che i soldati riuscirono a darmi. Pensavo a lei, a quando avrei potuto fare ritorno.

Cinque ore più tardi un'esplosione fece vibrare i miei timpani e la terra battuta su cui stavo camminando. Mi voltai a cercarne l'origine. Una colonna di fumo e polvere ondeggiava all'orizzonte, proprio dov'era l'ultimo bastione umano della penisola. Proprio dov'era lei.

Quaranta minuti dopo che ero uscito da lì, due di loro si erano intrufolati nella parte bassa della cittadella. Nessuno se n'era reso conto finché non era troppo tardi. Bambini. Donne. Anziani. Soldati. Molti soldati, alcuni poco più che ragazzini. Tutti caduti.

La cittadella era stata invasa, e i sistemi di sicurezza reagirono come prevedeva il piano di emergenza: quando la situazione s'era fatta irrecuperabile, si era attivato il carico di esplosivo che avrebbe fatto crollare tutto. Con lei dentro.

Caddi in ginocchio, ma non piansi. L'avrei offesa. Non si piange per gli dei: si rende loro onore.

Da quel momento in poi avrei ucciso nel suo nome.

Valeria.

Scostai gli occhi dallo schermo e mi accorsi di avere la bocca spalancata.

20

Il riposo del guerriero

Lola mi guardò con un sorrisetto e lasciò cadere sul tavolo i due fogli su cui avevo stampato l'email di Bruno.

«Cazzo, mi sono eccitata» ammise, prima di scoppiare a ridere.

«Be', sappi che ti sei appena eccitata con me.»

«Che roba.» Riprendendo i fogli per scorrerli ancora una volta. «Devi proprio baciare bene, cazzona. Sicuro si è già fatto almeno un paio di seghe pensando a te.»

«Lola, per favore» brontolai con un sorriso.

«Gli hai risposto?»

«E cosa gli dovrei rispondere?»

«Be', qualcosa! Ti ha mandato un racconto porno di voi due che scopate. Questo qui ha una voglia che...»

«È una parte del suo romanzo» la interruppi.

«Sì, ma non quella in cui vi conoscete o roba del genere. No. Lui ti ha mandato solo la parte in cui te lo scopi, o implacabile dea della guerra. Questo tizio inizia a starmi simpatico.» Avrei voluto ribattere, ma riuscii soltanto a ridere. «Grrrrr» fece Lola. «Guerriera!»

«Basta, me ne vado a casa» annunciai senza smettere di ridere.

«Posso tenermi la copia?»

«Perché?» La fulminai con lo sguardo.

«Così chiamo Carmen e gliela leggo.»

«Ah, bene, divertitevi pure alle mie spalle.» Poi, per cambiare argomento, aggiunsi: «Senti, cosa mi dici di Rai? Non ti interessa più? Ormai sarete andati a letto insieme, no?». L'espressione di Lola mutò in un secondo, passando da divertita a stupita; cercò subito di dissimulare, ma ormai era troppo tardi. L'avevo colta in flagrante. «Cosa succede?» le chiesi.

«Ricordi che mi voleva portare in un posto?»

«Sì. Immagino fosse il letto.»

«No: una casetta in mezzo ai campi, l'antivigilia di Natale. L'abbiamo fatto su un tappeto.»

«E...? Cioè, bene, molto bello, sono contenta eccetera. Ma c'è dell'altro, vero?»

«Sì.» Il fatto che Lola si mordesse le unghie non mi rassicurò per niente. «È che...»

«Cosa?»

«Credo che Rai mi piaccia» ammise alzando le sopracciglia, come se ne fosse sorpresa lei stessa.

Sorrisi entusiasta. «Ne sono felice, è una cosa bellissima. Da come ne parli sembra un bravo ragazzo.»

«Valeria... Rai mi piace davvero.»

«Ti ho sentita. E dov'è il problema? È per Sergio? Lola, non puoi darmi lezioni su come superare la faccenda di Víctor e poi fare così.»

«Non è quello il punto.»

«E allora?»

«Non ha ancora compiuto vent'anni. Ne ho nove in più di lui. Nove!»

Sprofondai di nuovo nella poltrona, e ancora una volta dovetti costringermi a serrare la mascella. Cazzo. Sembrava si fossero messi tutti d'accordo per stupirmi. Poi – non volevo, giuro – scoppiai a ridere.

«Non c'è niente da ridere, stronza» brontolò Lola.

«Non sto ridendo, non sto ridendo...» Cercavo di smettere. «Solo che... mi stupisce, ecco.»

«Pensa quanto ha stupito me. Ci credo che mi sembrava inesperto. Che esperienza vuoi che abbia, uno, alla sua età? Poco fa andava ancora alle medie!»

«Oh, Lolita...» sospirai. «Tu gli potresti insegnare un sacco di cose...»

«Su questo non ho dubbi. So bene di essere una dea del sesso. Ma *qui* non si danno lezioni a domicilio!» sentenziò, indicandosi le parti basse. Scoppiai di nuovo a ridere. «Brava, brava, ridi pure della tua amica. Sono diventata il vostro zimbello. Avresti dovuto vedere la faccia di Víctor, quando gliel'ho raccontato. Mi ha sputato addosso tutto il caffè.»

All'improvviso la voglia di ridere mi passò.

Víctor. Víctor con i suoi occhi verdi, grandi e brillanti, che mi confessava in un sussurro di amarmi troppo. Per un millesimo di secondo, il mio cuore smise di battere.

Lola se ne accorse subito e mi chiese scusa chiudendo gli occhi.

«Valeria, amore, non fare quella faccia. Scusa. Non avrei dovuto menzionarlo.»

«No, no, tranquilla. È meglio che affrontiamo la situazione con naturalezza» sospirai. «Come sta? Come gli vanno le cose?»

Lola si morsicò il labbro. Stava pensando se rispondere, era evidente.

«Be'... vanno.»

«Cosa vuol dire, "vanno"?»

«Che ha ricominciato con la sua routine, Valeria.»

«E non è un bene?» Mi presi una ciocca di capelli e iniziai a giocherellarci, seria.

«No, perché non gli riempie la vita, e non importa cosa dica in merito. Lo conosco. Ormai non gli interessa più scopare tanto per farlo. In fondo è ridotto uno straccio, ma cerca di nasconderlo.»

È stato lui a chiudere, mi ripetei. E avrei voluto urlarlo anche a Lola. Urlarle che se stava male andasse pure al diavolo. Invece l'unica cosa che feci fu alzarmi, darle un bacio sulla guancia e dirigermi alla porta.

«Vuoi che gli dica qualcosa?» chiese.

«No.» Sorrisi per quanto mi fu possibile, le mandai un altro bacio da lì e me ne andai. Sulla strada del ritorno mi sentii una merda. Quando Lola si era proposta come messaggera, avrei voluto dirle: «Solo che lo amo».

Arrivata a casa ebbi tutto il tempo di ripensarci. Ero furiosa. Víctor mi aveva lasciata proprio quando avremmo dovuto fare un passo avanti. Era stato lui a decidere. Lui aveva scelto. E, ora, io dovevo andare avanti con la mia vita. Ero stanca che altri decidessero al posto mio. Quindi presi il telefono di casa, cercai il numero sul mio cellulare e lo digitai. Il numero di Bruno, ovvio.

«Sì?»

«Sei un porco» esordii.

«Avevo perso la speranza che mi rispondessi.»

«E cosa vuoi che risponda a una roba del genere?!»

«Al mio editore piace. E la faccenda della tua morte aggiunge un non so che. Sai, la vendetta, cose del genere... Te ne manderò una copia quando lo pubblicheranno.»

«Molto gentile da parte tua.»

«Non ti è piaciuto?» Ebbi l'impressione che trovasse il tutto molto divertente.

«Era un pochino esagerato, no?»

«Be', mi pare che quando ci siamo visti le cose andassero in quella direzione...» Scoppiamo entrambi a ridere. «Quante volte l'hai letto?»

«Una» risposi.

«Stai mentendo. Quante?»

«Tre.»

«Continui a mentire.»

«Sì, ma non ti darò il piacere di ammettere che ogni tanto lo rileggo ancora.»

«È un vero peccato, piccola dea della guerra. Soprattutto perché ho una voglia matta di rivederti e portarti in giro, sottoponendoti a torture innominabili perché confessi. Purtroppo sono bloccato finché non avrò finito questa roba.»

«Ecco perché non hai chiamato.»

«Oh!» Si stava sbellicando. «Impaziente?»

«Io? Chi ti ha detto che voglia rifarlo?»

«I tuoi fianchi, mentre si muovevano su di me. Me l'hanno detto loro.»

Quello che avvertivo in quel momento era desiderio, vero? Anche se ero innamorata di un'altra persona? Be', forse iniziavo a superare la cosa...

«Se vuoi fare conversazioni del genere dovresti chiamare una linea erotica» commentai.

«A domani.»

«Verrai?» chiesi, emozionata.

«Hai parecchia voglia o è solo una mia impressione?» Scoppiai a ridere. «Ti chiamo domani» disse, prima di riagganciare.

Lola stava leggendo un libro, ma non riuscì a resistere alla tentazione di allungare la mano verso il breve racconto che mi aveva mandato Bruno. Lo rilesse un'altra volta, con un sorriso maligno sulle labbra. Prese il telefono e digitò il numero di Carmen. Le sarebbe piaciuto da matti.

«Sì?»

«Vuoi ascoltare una roba da piegarsi in due?» chiese.

«Certo» rispose Carmen, già su di giri. «Solo una cosa, prima: sei Lola, vero?»

«Sono Lola. Hai tempo? È un po' lunga.»

«Sì. Sono qui che cazzeggio.»

«Tu? La migliore al lavoro, quella che non riposa mai?»

«Ah, tesoro: Borja è appena andato via... Sono stesa.»

«E poi dicono che il matrimonio è la tomba della passione.»

«Non di quella del mio futuro marito.»

«Te lo leggo?»

«Sì, sì. Cos'è? Qualcosa su Facebook?»

«Tu sei malata di Facebook.» Lola si schiarì la voce, pronta a cominciare, ma il campanello di casa la interruppe.

«Aspetta, stanno suonando.» Guardò dallo spioncino; poi, appoggiandosi alla porta, riprese il telefono e sussurrò: «Ti richiamo appena possibile».

«Non lasciarmi così!»

«La vita è crudele, le droghe uccidono e il fuoco brucia.» Riagganciò.

Aprì la porta a un Rai sorridente. Alzò la mano in cenno di saluto, poi la lasciò ricadere con una smorfia.

«Ciao» disse lei. «È un brutto momento...»

«È un brutto momento o non mi vuoi vedere perché ho diciannove anni?»

Lola serrò le labbra e lo lasciò passare. Cazzo. Era troppo carino per avere diciannove anni. L'ennesima riprova di quanto l'universo fosse ingiusto.

«Mi sembrava che avessimo una buona sintonia» riprese lui.

«Considerando la tua età, siamo stati già troppo in sintonia.» Chiuse la porta.

«Finora non sembrava importarti.»

«Non lo sapevo.»

«Be', tu magari non lo sapevi, ma io avevo pur sempre la stessa età di adesso.» Lola si morse il labbro. «Ascolta, Lola: gli anni si compiono. È soltanto una questione di tempo. Ti lasceresti scappare tutto questo solo perché non hai pazienza?»

«E cos'è, di preciso, "tutto questo"?» Sorrise altezzosa.

«Ora sei tu a fare la bambina» rispose Rai appoggiandosi alla poltrona.

«È che non credo di...»

«Ma soprattutto, perché ce ne stiamo preoccupando?»

«Meglio ora che dopo, no?»

«Che ne diresti di: né ora né dopo?» Lei lo guardò di sbieco. «Scommetto che vuoi baciarmi.»

Lola non riuscì a reprimere un sorrisetto, pur sapendo che ogni millimetro concesso a quel sorriso equivaleva a metri lasciati a Rai per entrare nella sua vita. Ma... che diavolo! Comunque fosse, non credeva di riuscire a controllarsi. Non era certo famosa per il suo autocontrollo. Quindi lasciò che ci entrasse.

Lasciò che ci entrasse per ben tre volte, a essere precisi. Perché se c'è qualcosa che non manca ai ragazzini è un'invidiabile capacità di recupero.

21

Routine

Venerdì Víctor finì di lavorare più tardi del solito. Aveva dovuto risolvere un contrattempo in uno dei cantieri di cui si occupava. Una roba pesante e pallosa. Ora, mentre camminava verso casa, pensava solo a infilarsi subito nel letto e passare l'intero fine settimana a dormire.

Era quasi arrivato, quando ricevette il messaggio di un amico: l'indirizzo del locale in cui si erano dati tutti appuntamento per bere qualcosa. «Una roba tranquilla» diceva. Sbuffò. Non ne aveva molta voglia, ma...

Arrivò a casa, mangiò qualche avanzo che aveva in frigo e si fece una doccia. Venti minuti più tardi usciva con indosso dei jeans grigio scuro, una camicia più chiara e un cardigan dello stesso colore dei pantaloni. Mentre si infilava il cappotto, già in strada, si chiese chi diavolo glielo facesse fare. Non ne aveva alcuna voglia. Poi pensò a cosa avrebbe voluto fare per davvero, e accelerò il passo.

Al locale trovò tutti i suoi amici, che lo salutarono con sonore pacche sulla spalla. Appena fu seduto qualcuno gli ordinò un bicchiere, e lui pensò che per darsi un tono era meglio scolarsene almeno due.

«Ragazzi, ancora un giro e vado, sono a pezzi.» Nessuno ci credette. Nemmeno lui.

I suoi amici avevano puntato un gruppo di ragazze – sei o sette – sedute poco distante. Tra queste, una rossa continuava a gettare occhiatine verso di lui da quando era entrato, quasi fossero briciole di pane. Sorrise a suo beneficio, pur senza fissarla, e lei fece altrettanto.

Due drink più tardi, nel pieno di una discussione sulla nuova auto di uno di loro, notò che la rossa si avvicinava al bancone. La sentì scherzare con il cameriere, chiedere un altro drink. Ci aveva pensato su anche troppo: si alzò e la raggiunse.

Si ritrovarono gomito a gomito al bancone, e si sorrisero.

«Cosa ti servo?» chiese il barman.

«Cosa beve lei?»

«Gin tonic, Tanqueray e lime» rispose la sensuale voce della rossa.

«Lo stesso.»

Rimase a guardarla per un po', sorridendo come un divo del cinema in bianco e nero, poi allungò una mano verso una ciocca di capelli e prese a giocherellarci. Erano morbidi e di un colore stupendo, un arancione scuro e brillante che pareva naturale.

«Posso farti una domanda personale?»

«Puoi. Poi vediamo se ti rispondo.»

«È il tuo colore?»

«Sin da bambina.» Fece spallucce e lui ne approfittò per lanciare un'occhiata al suo abbondante décolleté, turgido e provocante.

«Víctor.» Le tese la mano.

«Cristina.»

«Il grigio dei tuoi occhi è incredibile, sai?»

«E tu sai quant'è impressionante il verde dei tuoi?»

Scoppiarono a ridere. Quando il cameriere posò i loro drink sul bancone, Víctor allungò una banconota e chiese a Cristina se poteva offrirle da bere.

«Puoi» rispose lei maliziosa.

Bevvero, poi arrivarono le altre domande. Di cosa ti occupi? Ti piace il tuo lavoro? Capiti spesso da queste parti? Dopo che fai?

Dopo... come se avessero programmi diversi. Cristina non ci impiegò molto a sganciarsi dalle sue amiche fingendo un'emicrania e a uscire in strada, dove Víctor la aspettava. Appena il tempo di attraversare due vie e finirono a limonare contro un muro, le lingue che si intrecciarono. Lui dovette sistemarsi i pantaloni prima di proseguire.

Quando arrivarono a casa di Víctor si fermarono a baciarsi sul portone, poi nell'ascensore e sul pianerottolo. Ci volle un po' per raggiungere la camera da letto. Lei si tolse il cappotto e lo posò sulla poltrona di pelle nera, subito imitata dal padrone di casa. Si spogliarono l'un l'altra con foga, quasi nervosi. La pelle di Cristina era bianca, perfetta come porcellana. Aveva le gote rosse, ma più per il trucco che per la timidezza: l'esperienza suggeriva a Víctor che era difficile far arrossire quella ragazza. La sua ex, invece, arrossiva alla stessa velocità con cui lui le abbassava le mutande... Dovette sbattere le palpebre più volte per allontanare quell'immagine.

Si concentrò sull'aspetto incredibilmente sexy di Cristina con addosso solo intimo. Aveva il seno persino più grande di quanto sembrasse – e di certo non sarebbe entrata in un pantalone taglia 40 – e la pelle liscia, luminosa. Gli si mise a cavalcioni e lui ne approfittò per palparle il sedere, sodo e compatto. Lo faceva impazzire.

Quella donna aveva un'aura elettrica, sesso allo stato puro.

«Sai che sei una bomba?» le confidò mentre ancora lottavano per sfilarsi gli ultimi indumenti.

«L'ho sentito dire» rispose lei facendo la svampita.

Il reggiseno di pizzo nero cadde accanto al letto, subito seguito dalle mutandine abbinate e dai boxer di Víctor. Lui allungò la mano verso il primo cassetto del comodino e tirò fuori un preservativo.

«Ti riprendi abbastanza in fretta?» chiese lei, seduta sulle sue cosce ma attenta a lasciargli spazio «di manovra» per infilare il profilattico.

«Abbastanza.» Sorrise, senza smettere di fasciare in lattice la propria erezione. «Perché?»

«Forse dovresti tirarne fuori due.»

Scoppiò a ridere.

«D'accordo, d'accordo, tranquilla. Facciamo così: adesso ti scopo, e se poi sopravvivi parliamo di un secondo round.»

Lei stessa se lo fece scivolare dentro. Poi lui l'afferrò dai fianchi e lasciò che si muovesse a suo piacimento. La stanza si riempì dei suoni del sesso. Ansimi, gemiti. Il contatto dei corpi.

Cristina non aveva i capelli molto lunghi, ma gli cadevano sul petto scarmigliandosi a ogni movimento dei fianchi. Víctor ricordò i capelli della sua ex: lunghi, morbidi, che sapevano di lei. Chiuse gli occhi. Gemette con forza e quando li riaprì spinse Cristina sul letto per montarle sopra.

Lei gli avvolse le cosce intorno ai fianchi mentre la penetrava con forza, facendole inarcare la schiena e inturgidire i capezzoli. Pensò che era piacevole e si concentrò su quella sensazione. Solo piacere.

La sentì tremare sotto di sé e immaginò fosse venuta, ma andò avanti, le mani strette con forza al cuscino e lo sguardo fisso sul suo enorme seno, scosso a ogni penetrazione.

«Posso farti venire di nuovo» le confidò a bassa voce.

«Sì... sì...» Una risposta inequivocabile.

Si mise in ginocchio sul letto e tirò su anche lei, tenendola in posizione per una, due, tre, quattro penetrazioni. Poi la lasciò cadere, la girò e, dopo averle sollevato i fianchi, la penetrò da dietro, afferrandole i capelli con maestria per farla gemere più forte.

Lei si accarezzava al ritmo delle penetrazioni e ogni tanto allungava le dita fino a lui. Chiuse gli occhi. Strinse il suo corpo e accelerò. Tutta la stanza si riempì del ritmo dei suoi fianchi, che andavano a sbattere contro le natiche della compagna di letto. Lei gridò, lui grugnì, gemettero entrambi e vennero in un'esplosione di piacere. Víctor si lasciò cadere su un lato del letto e tirò il preservativo umido fino a sfilarselo. Poi lo lasciò sull'involucro argentato e si coprì gli occhi con l'avambraccio, cercando di riprendere fiato.

Sentì lei alzarsi, raccogliere l'intimo e andare verso il bagno. Quando uscì, la squadrò: sì, continuava a trovarla sexy. Lei gli sorrise.

«Io vado» annunciò.

«Non dovevamo rifarlo?» rispose lui, ironico.

«Be', so che sono piuttosto impegnativa, quindi pensavo di farti prima riposare uno o due giorni.»

Scoppiarono entrambi a ridere. Víctor si tirò su e, afferrandola per un braccio, la trascinò fino al letto. L'aveva trovata... *piacevole.*

«Resta ancora un po'. Hai una sigaretta?»

«Non fumo» rispose, stendendosi accanto a lui.

«Allora raccontami qualcosa, mentre mi riprendo. Basta che non sia triste.»

La mano fredda di lei gli percorse le cosce, fino a raggiungere il suo membro. Scattò nel sentire le dita gelide intorno al proprio pene.

«C'era una volta...» sussurrò lei, «... una maga di nome Cristina. Aveva i capelli rossi come il fuoco, gli occhi grigi e la pelle candida.»

«Ma anche la mano molto fredda... Così non si alzerà, tesoro» commentò lui.

«La maga Cristina aveva sempre le mani fredde, già. Ma, siccome era una maga, aveva i suoi trucchi.»

Si mise a quattro zampe sul letto e scostò il piumone, inclinandosi su ciò che stringeva in mano. Da lì a poco ebbe la bocca troppo occupata per continuare a parlare.

Víctor le accarezzò i capelli mentre lei glielo succhiava. Respirò a fondo e fissò il soffitto, rilassandosi, rilassandosi... finché si accorse di averlo di nuovo duro. Era brava.

«Così... così... piano» sussurrò quando lei se lo infilò fino in fondo alla gola, accarezzandolo con la lingua mentre lo tirava fuori. Chiuse gli occhi e gli venne in mente l'immagine di una cascata. La sua ex fidanzata inginocchiata davanti a lui. Serrò i denti, afferrò una ciocca di capelli rossi e guidò la testa. Più veloce.

Gemette, ancora e ancora. Si tirò un po' su per guardarla e disse che non avrebbe resistito a lungo così. Lei proseguì, ignorandolo. Stava di nuovo sprofondando in caduta libera verso l'orgasmo.

«Guardami» le chiese.

Lei sollevò gli occhi grigi verso di lui, fissandolo attraverso le folte ciglia truccate, e Víctor si lasciò andare. Le venne in bocca.

Cristina diede ancora un paio di leccate prima di tirarsi su, pulirsi le labbra rosse e sorridere.

«Questo è stato un regalo. Adesso vado.»

Indossò il suo abito nero, i collant e le scarpe. Lui non smise un attimo di fissarla, dal letto. Quando si fu abbottonata anche il cappotto, aprì la borsetta e lanciò un biglietto da visita sul petto di lui, che lo prese per dargli un'occhiata.

«Cristina Soler. Avvocato.» Lesse. «E maga, no?»

«I biglietti da maga li ho finiti.» Gli fece l'occhiolino e andò verso la porta. «Non è necessario che mi accompagni. Ma chiamami, se lo vuoi rifare.»

«Così magari ricambio il regalo, giusto?»

«Per esempio.»

Scomparve facendo risuonare i suoi tacchi sul parquet laminato. La porta di casa si aprì e richiuse.

Víctor respirò a fondo, come avesse trattenuto il fiato finora. Si alzò, prese il preservativo usato e lo portò in bagno, dove gli fece un nodo e lo buttò via. Si guardò allo specchio, completamente nudo, poi si lavò le mani e la faccia con acqua fredda. La pelle sapeva di sesso, quindi si infilò sotto la doccia. Alla fine prese un pigiama pulito e lo indossò.

Tornato a letto fu avvolto da una nube di profumo femminile. Il profumo di una sconosciuta. Appoggiò la testa agli avambracci e rimase un bel po' a fissare il soffitto. Si ricordò della prima volta in cui la sua ex si era fermata a dormire. Al mattino, dopo che se n'era andata, aveva annusato il cuscino: quel profumo gli era parso delizioso, tanto che avrebbe voluto sprofondarci dentro. Quando lei se ne andava, le lenzuola sapevano di Coco Mademoiselle di Chanel. Quando lei se ne andava... ne sentiva la mancanza.

Si coprì gli occhi con la mano e si morse con forza il labbro. Quella sera il suo letto aveva accolto un'altra, ma era sempre di lei che sentiva la mancanza.

«Cazzo, Valeria...» mormorò a bassa voce.

Si sedette, sentendosi vuoto e stupido, un infelice imbecille. Poi si alzò e con un gesto deciso tolse le lenzuola, la federa, tutto... Abbandonò la biancheria a terra, accanto alla poltrona di pelle, prese una coperta dall'armadio e andò a dormire sul divano.

22

Diario delle telefonate

Mercoledì 19 gennaio

«Sì?»

«Di sicuro stavi pensando: "Speriamo che sia Bruno. Farò la dura e aspetterò il quarto squillo prima di rispondere, perché non si accorga che me ne sto seduta accanto al telefono in attesa di una sua chiamata. È che bacia così bene..."»

«Caspita, sai leggere la mente! Come stai?»

«Annoiato. Ho riletto cinque volte lo stesso pezzo, e continua a non piacermi. Manca qualcosa.»

«Tette, sicuro.»

«Se voglio un po' di tette torno al capitolo in cui tu mi permetti di toccartele, oppure ripenso a quando te le ho toccate dentro quel portone. Poi, però, mi viene quasi sempre voglia di masturbarmi...»

«Credo di non averti mai dato tutta questa confidenza.» Scoppiai a ridere.

«Eccome se me l'hai data. Ma era buio e avevi bevuto un paio di bicchieri di troppo. Cosa indosserai per la nostra prossima cena?»

«E tu?»

«Be' non lo so. In ogni caso la speranza è ritrovarmi con soltanto un cappellino di lattice sul...»

«Non finire la frase!» brontolai ridendo.

«D'accordo, torno a lavorare. È che con te perdo la testa, ogni volta. E poi oggi ho appuntamento con Aitana.»

«Chi è Aitana?» chiesi, in allerta.

«Mmh, gelosa? Adoro. Non preoccuparti, testona: Aitana è mia figlia.»

«Dove la porti?»

«A pattinare sul ghiaccio. Morirò sgozzato da una di quelle affilate lame dei pattini, lo so. Coprirò la pista con il mio sangue e Aitana si trasformerà in un killer a pagamento a causa del trauma.»

«Non sono affilate, scemo. Nessuno coprirà il ghiaccio con il proprio sangue.»

«Vedremo.»

«Scatta qualche foto.»

Alle sei di sera ricevetti un'email, con una fotografia di lui e sua figlia. C'era scritto soltanto: «Ho voglia di vederti».

Venerdì 21 gennaio

«Sì?»

«Oh, scusi, devo aver sbagliato. Stavo chiamando la linea erotica di Patty» esordì Bruno, malizioso.

«No, non ha sbagliato.»

«Mi aspettavo un altro genere di risposta» commentò, dispiaciuto.

«Ah, sì? Be', in effetti di giorno questo è un frutta e verdura.»

«Ha un suo perché: in fondo è tutta una faccenda di meloni, patate e banane. Bene, bene. Allora può far finta di aver appena risposto, per favore? Sa, mi piace molto il messaggio di presentazione.»

«D'accordo.» Mi schiarii la voce. «Benvenuto alla hot line di Patty. Se vuole parlare con Wendy, digiti uno, se vuole parlare con Patty, digiti due...»

«Scusi, lei chi è?»

«Patty.»

«Ah.» Lo sentii digitare sulla tastiera.

«Era uno o due?»

«Due, il due. Cosa indossa, signorina Patty?» Mi buttai sul letto piegata dal ridere e lo sentii accendersi una sigaretta. «Sogno il giorno in cui risponderai sul serio a questa domanda» disse dopo aver espirato il fumo.

«Continua a sognare» risposi.

«Perché mi manchi?»

Chiusi gli occhi e mi sciolsi.

Sabato 22 gennaio

«Stanotte ti ho sognata» sussurrò Bruno appena sollevai la cornetta.

«Sei fortunato: vivo da sola e riconosco la tua voce. No, perché sembrava una roba da maniaco.»

«Non vuoi sapere cos'ho sognato?»

«È bello?»

«Eccome...» Lanciò una sorta di grugnito basso e sensuale.

«Credo di non volerlo sapere.» Ma strinsi le cosce.

«Meglio. Così non devo condividere i nostri segreti notturni.»

«Quando vieni?»

«Hai voglia?»

«Ho voglia che la smetti di telefonare.» Risi.

«Oh...»

Riagganciò. Sorridendo, misi giù anch'io e digitai il suo numero.

«Sì?»

«Non mettere giù.» Borbottai tra le risate.

«Sembra una roba da maniaca.»

«Quando vieni?»

«Il 31 ho una riunione lì.»

«Andata e ritorno in giornata?»

«No, mi fermerò almeno una notte. Spero tu non abbia dimenticato il nostro pigiama party.»

«Non l'ho dimenticato.»

«Bene, perché io non faccio che pensarci.»

«Porto smalto e bigodini?» chiesi.

«Meglio Twister, così possiamo giocarci un po'.»

«Mi dispiace, non ce l'ho.»

«Be', non preoccuparti, porterò dei pastelli e risolveremo così. Ci faremo dei cerchi colorati sul corpo. Giallo e verde: ombelico e lingua, percorso ascendente.»

Deglutii a fatica.

«Smettila, Bruno...»

«Blu e rosso: mano destra su coscia sinistra.»

«Smettila, ho detto...»

«Sì, forse è meglio che la smetta. Stavo iniziando a immaginare verde e rosso.»

«Lingua su...»

«Coscia sinistra, già. Direzione ascendente. Hai più ricontrollato l'email?»

«Sì.» Confessai.

«Quando?»

«Venti minuti fa.»

«Mi hai rallegrato la giornata. Ora posso riagganciare.»

Domenica 23 gennaio

«Da quant'è che stiamo parlando?» chiesi, l'orecchio in fiamme.

«Almeno un'ora e mezzo, credo.»

«Spero tu abbia una buona tariffa.» Risi.

«Certo. Tant'è vero che ho chiamato solo perché mi annoiavo.»

«Allora vedi di scrivere di più e annoiarti di meno.»

«Ieri ho consegnato, ormai ho ben poco da fare. Mi aspettano delle meritate vacanze.»

«E dove intendi festeggiare?»

«Da te.»

«Qui ci vieni per una riunione.» A essere sincera, mi seccava un po' non essere la ragione del viaggio, ma solo un modo per approfittare dell'occasione. «Di che si tratta?» chiesi.

«Sto per vendere i diritti cinematografici del mio primo romanzo. Sono un po' teso, ma se va tutto in porto passerò un paio di mesi da quelle parti.»

«Che bello.»

«Ti fa piacere?»

«Certo.»

«Poi, dopo quella, ho un'altra riunione.» Sospirò. «Roba molto seria.»

Mi accigliai. Un'altra? Adesso sì che stavo iniziando a spazientirmi. Speravo di averlo per me quasi tutto il giorno.

«Con la casa editrice?» chiesi, svogliata.

«No, con una ragazza. Credo dovremo definire la nostra situazione. Sinceramente spero che si finisca a letto. E che magari, mentre mi cavalca, ammetta di non poter più vivere senza me.»

Chiusi gli occhi e risi.

«Cazzone.»

«Me lo dice spesso anche lei...» Sentii le farfalle nello stomaco. «Ascolta, Valeria...»

«Dimmi.»

«Quel ragazzo... Che fine ha fatto?»

«Quale ragazzo?»

«Dai, il tuo fidanzato. Insomma, il tuo ex.»

Víctor. Eccolo lì, di nuovo. Come se il suo nome svuotasse la stanza di tutto l'ossigeno. Mi portai la mano al petto.

Vattene, Víctor.

«Non lo so» dissi.

«La rottura è stata difficile?»

«No» risposi di getto, perché non si accorgesse che stavo mentendo.

«Forse perché qualcuno ti ha fatta distrarre...» Rise.

Scoppiai a ridere anch'io, ma avevo l'amaro in bocca. Víctor riusciva persino a farmi venire il mal di stomaco.

«Senti, credi che al mercato nero si possano trovare orecchie della tua misura?» chiesi per cambiare argomento.

«Simpatica! Tu, piuttosto...»

«Io cosa?»

«Hai già deciso cosa indosserai quando ci vedremo? Perché non riesco a pensare ad altro.»

Mercoledì 26 gennaio

«Sì?»

«Ho telefonato solo per darti la buonanotte e dirti che ti penso da tutto il giorno» sussurrò Bruno.

Ecco di cosa avevo bisogno: più telefonate di quel tipo e meno grattacapi. Meno «non so niente di Jose e di quel lavoro che doveva aiutarmi a trovare». Meno «per la prima volta ho messo mano ai risparmi per comprare una cosa basilare come gli assorbenti». Meno «chissà cosa starà facendo Víctor in questo momento». Molto meno di quest'ultimo, visto che era uno dei pensieri più ricorrenti.

«Sai? Anch'io ho pensato a te» dichiarai decisa.

«Ero vestito?»

«Sì.» Risi.

«Anche alla fine?»

«Quanto sei noioso... Sì!»

«È che... mi sono ricordato della gonna che indossavi.»

«Ti piaceva?»

«La gonna di per sé non mi interessa. A piacermi era come ti stava. Sei nata per farci prostrare ai tuoi piedi, e quella maledetta gonna peggiora le cose.» Rise.

«A che ora hai la riunione?»

«Alle dieci. E verso mezzogiorno sarò libero per la nostra.»

«Ci vediamo per quell'ora davanti al tuo albergo? Prenoto un tavolo da qualche parte lì vicino.»

«Muoio dalla voglia di annusarti, sprofondare la testa tra i tuoi seni e scendere...»

Chiusi gli occhi.

«Smettila.»

«Se dici di smettere mi fa l'effetto opposto. Mi dà l'impressione che ti piaccia troppo.»

«Dai, dammi per bene la buonanotte.»

«Cosa indossi?»

«Buonanotte» ripetei.

Sbuffò.

«Sì, meglio. Buonanotte.»

Agganciai e rimasi a fissare il telefono. Ero a letto, seduta ma già sotto le coperte, con un libro in grembo. Stavo leggendo *Lolita.* La mia copia, comprata quando andavo all'università, non quella che avevo regalato a Víctor. La sua se l'era portata via per finirla, un giorno. Poi eravamo finiti noi.

Posai il libro sul comodino e mi stesi, con ancora il telefono in mano. Lo guardai di nuovo e... digitai il numero.

«Sì?»

«Un top nero, con le spalline» sputai fuori d'un fiato, quasi mi facesse male andare avanti su quella strada.

Scoppiò a ridere.

«Che sia ben chiaro, sei stata tu ad aprire il vaso di Pandora.»

«Concordo.»

«E... com'è?»

«Corto. Qui c'è il riscaldamento centralizzato, e io non riesco a controllarlo; oltretutto il mio appartamento è un buco, quindi fa ancora più caldo.»

«Che altro?» La sua voce divenne un sussurro.

«Del pizzo sul seno. E le spalline sono molto sottili.»

«Sotto?»

Scoppiai a ridere.

«Così sembra davvero una linea erotica!»

«Sei stata tu a iniziare» chiarì Bruno.

«Mutandine abbinate.»

«Quelle a vita bassa?»

«Quelle a vita bassa. E tu?»

«No, niente mutandine a vita bassa per me.»

Ridemmo entrambi, imbarazzati.

«E allora cosa indossi?» insistetti.

«Sono ancora vestito come oggi. Stavo giusto per prepararmi ad andare a letto.»

«E allora cosa indossi?» ripetei.

«Jeans e maglia grigia. E una camicia bianca sotto.»

«Dormi in pigiama?»

«Con te, no. Così sarai più comoda se vorrai abusare di me durante la notte. Mi aspetti un secondo?»

«Certo» risposi.

Si sentirono dei rumori e, dopo qualche secondo, riprese il telefono.

«Chiedimi cosa indosso ora.»

«Cosa indossi?»

«Una camicia da notte...» scoppiammo entrambi a ridere. «Mi sono tolto i vestiti. Ma non ha importanza, perché tutto ciò che mi interessa è farti togliere i tuoi.»

«Stai cercando di sedurmi per ottenere del sesso telefonico? Sei pazzo.»

«Perché?»

«Perché sì!»

«Non posso smettere di immaginarti come ti ho descritta nel libro» sussurrò.

«Inzuppata del sangue dei miei nemici?»

«No: nuda e bagnata sopra di me.»

Mi morsi il labbro.

«Arrivi tra quattro giorni...»

«Vuoi che risparmi le forze? È da un mese che non ti vedo, e in un mese si può pensare a parecchie cose. Lunedì non saprò da dove iniziare, altro che.»

«E se lunedì non...»

«Non cosa?»

«Non va. O non ne abbiamo voglia. O io senta che...» *Che penso ancora troppo a Víctor, quindi non posso venire a letto con te.*

«Sì, certo.» Rise. «Come potessimo evitarlo.»

Deglutii.

«Vado a farmi una doccia» affermai, provando a ridere.

«D'accordo.»

«Ti adegui?»

«Che altro posso fare?»

«Qualcosa che puoi fare c'è» insinuai.

«E dovrò farlo, se non voglio passare per un adolescente quando mi toccherai.» Chiusi gli occhi. «Ma immaginerò che sia tu a toccarmi» sussurrò.

«Davvero, smettila...»

«D'accordo... In fondo mancano quattro eterne giornate, niente di che. Fai solo una prova: infila la mano destra dentro le mutandine e dimmi come va» sussurrò, tra il serio e il faceto.

Rimasi a osservare il soffitto, molto tentata di accontentarlo. Poi scoppiai.

«Buonanotte!» E agganciai.

Spensi subito la luce e cercai di dormire, ma non ci riuscii fino alle due e mezzo passate. Non prima di essermi lasciata andare, pensando a Víctor.

Maledetto, vattene una volta per tutte.

23

La vita va avanti

Carmen guardò Borja con la coda dell'occhio: sorrideva in quel suo modo eloquente.

«Scordatelo» esclamò in tutta risposta, e appoggiò i piedi alle sue gambe.

«Non ho detto nulla» ribatté lui. Posò gli occhi sul dossier di Nerea per l'organizzazione del loro matrimonio. «Hai visto i prezzi? Se non fosse una tua amica penserei che ci sta fregando.» Lei prese a fissare il soffitto, accarezzandosi i capelli. «Davvero non vuoi aiutarmi?» la supplicò lui.

«Io ho già pensato alla mia parte di invitati. Adesso tocca a te soffrire.»

Si alzò dal divano sbadigliando e disse che andava a stendere i panni. Come si aspettava, non fece nemmeno in tempo a raggiungere la cucina: Borja la afferrò dalla vita e la tirò su, posandola sul tavolo della sala da pranzo. Le mutandine le rimasero addosso solo il tempo necessario perché lui le raggiungesse con le mani.

«Borja, per favore...» lo supplicò lei. «Mettitelo.»

Lui aggrottò la fronte, sbottonandosi i pantaloni, e lei lo cinse con le gambe facendolo avvicinare.

«Per favore, tesoro...»

«Solo un pochino...» sussurrò lui.

La penetrò, facendola tremare di piacere. Era letteralmente estasiata, e fece molta fatica a chiedergli di aspettare quando ormai iniziava a prendere il ritmo.

«Fermati, fermati...» chiese tra i gemiti.

«Ti giuro che mi controllo. Verrò fuori...»

La prese in braccio, la stese sul divano e si buttò su di lei. Carmen adorava farlo senza spogliarsi, in un raptus di passione. Una, due, tre spinte. Gettò all'indietro la testa.

«Cazzo» gemette. «Continua, continua!»

Borja le alzò una gamba ed entrò di nuovo dentro di lei, che chiuse gli occhi e si lasciò portare dove lui voleva. Lo sentì palpitare, fermarsi, riprendere il movimento, fermarsi, ansimare.

«Ancora, ci sono quasi.»

Mosse i fianchi, cercandolo, e si concentrò sulle scosse di piacere che iniziava a sentire. Urlò e lui ci diede dentro finché non ne poté più; aspettò che lei finisse, poi uscì e venne fuori, sporcando il divano.

Lei lo guardò, ansimante ma con aria di rimprovero, e lui si morse il labbro.

«Scusa...»

«La prossima volta metterai il preservativo. Punto e basta.»

Lola aprì le gambe con un sorriso perfido; Rai, emozionato, sbatté le palpebre e si chinò verso di lei.

«Piano...» lo avvertì.

Lui allungò la lingua e Lola ebbe un fremito. Annuì,

dandogli il via libera, e si sistemò meglio. Lui faceva lo stesso, ma con la testa fra le cosce di lei. Gli accarezzò i capelli.

«Mi piace...» gemette.

Lui le aprì le labbra, le sfiorò il clitoride con la punta della lingua e poi iniziò a girarci intorno, più e più volte; dopo un po' fece scivolare un dito dentro di lei, subito seguito da un secondo. Lola sobbalzò. Cazzo, che bravo alunno. Niente a che vedere con il primo tentativo. Migliorava a vista d'occhio.

«Continua così...»

«Mi ripagherai con la stessa moneta?» chiese lui, tra il serio e il faceto.

Lola tirò la testa indietro mentre Rai continuava a leccare, stuzzicare, succhiare. Un movimento particolare delle dita e lei esplose in un orgasmo potente, che la fece urlare.

Rai sollevò lo sguardo, sorridente ed emozionato, e Lola lo trovò adorabile. Si alzò, lo baciò sulle labbra umide e gli sbottonò i jeans, invitandolo a infilarsi un preservativo. Poi sussurrò: «Fa' di me ciò che vuoi...».

Rai si gettò con foga su di lei, cominciando a spingere. Quei colpi, forti e ritmati, spedirono la nostra Lolita verso l'infinito e oltre. Quando lui si abbandonò sul suo corpo, con un gemito soddisfatto, lei era già venuta altre due volte.

Che diavolo c'era di male, in tutto quello?

Le visite dal ginecologo non sono mai molto gradevoli. Vai lì, aspetti un'eternità in una saletta piena di riviste per donne incinte e, quando alla fine ti fanno accomodare e spogliare, indossi un orrendo camice aperto da tutte le parti e ti metti in bella mostra davanti alla faccia di uno sconosciuto. E con «sconosciuto» intendo il medico, che magari conosci da parecchi anni ma che di te ha visto quasi soltanto i genitali.

Insomma, non solo non mi piacciono: le visite ginecologiche mi rendono anche visibilmente nervosa. Eppure eccomi lì, come tutti gli anni, pronta per la mia revisione.

Il dottor Ignacio Pino aveva da un po' superato la trentina, e poteva vantare un'aria da star hollywoodiana e un'incredibile sorriso. Sorriso che, però, mostrava con parsimonia. Quanto a noi pazienti, la parsimonia dovevamo scordarla, specie al momento del conto. La prima volta ero andata da lui su suggerimento di mia sorella, che il dottore seguiva più o meno dalla laurea, ma il fatto che fosse così bello non mi era mai andato a genio. Avrei preferito farmi visitare da una donna, o da un signore per il quale fosse impossibile provare attrazione. Ignacio Pino, invece, mi sarebbe anche potuto interessare. Quindi, perché non cambiavo? Per pigrizia. In fondo, mi ero detta, è solo una volta all'anno. Ma cavoli, quella volta era davvero dura.

Stavo guardando il soffitto tra mille sospiri, quando il dottore entrò con la sua solita espressione tra il professionale e l'annoiato. Lo capivo, pover'uomo: tutto il giorno lì, a guardare tra le gambe di certe cozze...

«Buongiorno, Valeria.» Mi salutò indossando i guanti in lattice.

«Buongiorno, dottore.»

«Come va?» Avvicinò uno sgabello con il piede, e persino quel gesto mi parve sexy.

Tornai a fissare il soffitto. Magari poteva prescrivermi del bromuro, se gliel'avessi chiesto... «Sto bene.»

«Continui a prendere la pillola?»

«Sì.» Annuii, nervosa.

«Tira su le gambe» sussurrò. «Così... ecco. Avvicinati un po' di più al bordo.»

Quando fui in posizione, mi guardò di nuovo in faccia.

«Però, in realtà... non so, forse dovrei smettere di prenderla» buttai lì.

«Vuoi restare incinta?» chiese, prendendo l'ecografo.

Eccoci, stava arrivando il momento della solita scenetta: preservativo e lubrificante... Maledetto ecografo dalla forma fallica. E maledetto Dottor Amore, come lo chiama Lola (anche lei sua paziente, anche se preferisce definirsi «cliente»).

«No, non voglio restare incinta. È che ho divorziato, e al momento non ho un compagno fisso.»

Guardai il dottore e lui mi sorrise. Accidenti, che lusso!

«Be', a essere sincero non ti consiglierei di interromperla: te l'ho prescritta *in primis* per regolarizzare il ciclo e...»

«Sì, certo...» sospirai. «Volevo solo chiedere la sua opinione.»

«Puoi darmi del tu.» Lo guardai di nuovo e lui si alzò, ecografo in mano. «È da molto che ti sei separata?»

«Poco più di sei mesi.»

«Capisco.» Si mise di nuovo seduto. «Rilassa le cosce.»

Provai, per quanto mi era possibile, a fare come chiedeva l'uomo un tempo conosciuto come dottor Pino, ormai diventato Ignacio. Lui introdusse l'ecografo e fissò gli occhi sullo schermo, dove presero a formarsi immagini per me incomprensibili. Quel coso mi ricordava sempre un televisore sintonizzato male.

«Mmh...» Sembrava accigliato.

«C'è qualcosa che non va?»

Non rispose. Posò lo strumento, si mise un po' di lubrificante sulle dita e cominciò a esplorare «a mano» il mio apparato riproduttivo, con diligenza.

«Hai il collo dell'utero infiammato.»

Sgranai gli occhi. Bene: avevo le sue dita dentro, e pure il collo dell'utero infiammato.

«È grave?» chiesi.

«No, la cosa più probabile è che tu abbia un'infezione... La clamidia.» *Cosa?!* «Hai fatto sesso non protetto?»

Addio al sorriso. E magari, dopo questa scoperta, sarei dovuta tornare al lei.

«Ho avuto una relazione, per qualche tempo. Diciamo che c'era confidenza e...»

«In ogni caso avremo una conferma solo con i risultati del citologico, tra quarantotto ore. Intanto ti prescriverò degli antibiotici; cerca di non avere rapporti finché li prendi.»

Ciao, Bruno. Quel gran figlio di puttana di Víctor mi ha attaccato una malattia sessualmente trasmissibile. Scappa, veloce come il vento.

«Ti raccomanderei di chiamare quelli con cui hai avuto rapporti. Può essere una cosa asintomatica, ma è importante curarla fin da subito.» Mi coprii il volto. «Valeria, non ti preoccupare: non ti devi vergognare. Ti sorprenderebbe scoprire cosa vediamo noi medici.»

«Non è per quello. È che sono così arrabbiata...»

Sorrise di nuovo. Il mio giorno fortunato: due sorrisi e una clamidia.

Quando uscii da lì non sapevo se piangere o cercare Víctor per strangolarlo con una calzamaglia. E, a essere sincera, la seconda opzione era leggermente in vantaggio. Invece mi diedi una calmata: sarei restata nel solco della legalità. Almeno per poter continuare a vivere la mia vita, anche se al momento ne avrei tratto meno piacere.

Fermai un taxi, diedi l'indirizzo all'autista e poi chiamai Víctor, che ci impiegò un'eternità a rispondere. Immaginai la sua faccia, di fronte al nome che campeggiava sullo schermo dello smartphone. Be', non mi importava: non era propriamente una chiamata di cortesia.

«Ciao, Valeria. Come va?» Serissimo.

Chiusi gli occhi. Non mi aspettavo che la sua voce continuasse a farmi quell'effetto.

«Siamo qui...»

«Passate bene le feste? La famiglia?»

Le feste? La famiglia? Deciso: strangolamento a mani nude.

«Senti, come immaginerai non ti sto chiamando per il piacere di fare due chiacchiere.»

«Già...»

«Ho bisogno di parlarti, e preferirei farlo di persona.» Guardai con la coda dell'occhio l'autista: sembrava parecchio interessato alla mia conversazione.

«Credo di avere un po' di tempo lunedì prossimo.»

Aggrottai un sopracciglio, poi sotterrai il volto in una mano per trattenere la voglia di urlargli addosso e spaccargli in testa il cellulare, nonostante la distanza. Lunedì prossimo? Ma chi diavolo si credeva di essere? Oltretutto lunedì avrei visto Bruno.

Stronzo d'un Víctor...

«Temo di non poter aspettare fino a lunedì. Dovrai trovarmi un buco per oggi.» Mi imposi.

Lui tacque per qualche secondo, concedendosi il tempo di elaborare una risposta all'altezza della mia.

«Va bene. Ti passo la mia segretaria. Cercate un buco.»

Figlio di una grandissima puttana...

La sua segretaria si ricordava di me, e fu molto gentile, quindi presumo potessi ritenermi fortunata... Trovò mezz'ora disponibile dopo pranzo e si raccomandò che fossi puntuale.

«Non credo avremo bisogno di tutto quel tempo. Sarà breve.»

«Quel ragazzo... che peccato quando fa così» sussurrò mentre attaccava.

Quando Víctor entrò nel suo ufficio lo stavo aspettando da almeno venti minuti. Venti minuti per cuocere a fuoco lento, ingigantendo un'incazzatura già enorme di per sé. Quando mi vide si tolse in fretta il cappotto e lo appese. Quanto a me, nonostante fossi arrabbiata come non mai, sentii qualcosa smuoversi.

Cazzo. 'Fanculo a lui, al suo abito in tweed grigio scuro, alla sua camicia bianca e pure alla cravatta nera. 'Fanculo a tutti!

Dovetti costringermi a fare un respiro profondo.

«Scusami: un pranzo lungo e tedioso con un cliente» esordì, passandosi una mano tra i capelli spettinati.

«Già...» risposi, condiscendente. Un pranzo con un cliente. O magari una cliente che si era mangiata lui.

Si avvicinò e, nel vedere la mia espressione, saltò i convenevoli «da amici»; passò dall'altra parte della scrivania e si sedette.

«Dimmi tutto.»

«Lo sai che sei un porco schifoso, sì?»

Sollevò le sopracciglia.

«Mi sono perso qualcosa?» chiese, scuotendo la testa. Si stava trattenendo.

«No, a perdere qualcosa sono stata io. Quante tizie ti sei scopato mentre stavi con me? Sei un figlio di...»

«Di che diavolo parli?» mi interruppe, irritato. «Prima mi chiami, dicendo che vuoi discutere con urgenza una cosa, e poi mi insulti?»

«Mi hai attaccato la clamidia!» Mi morsi il labbro, rabbiosa.

«Ma cosa stai dicendo?» Sembrava incredulo. «Com'è possibile che ti abbia attaccato qualcosa?»

«Be', vedi tu! Me l'ha detto il medico stamattina. È stato molto chiaro.»

«Parla con chiunque altro ti stia scopando, perché io non ho niente a che vedere con questa storia.»

Afferrai la prima cosa che trovai sottomano – un portapenne, per la precisione – e glielo lanciai contro con rabbia, senza nemmeno pensarci. Víctor si alzò, scansandolo.

«Ma porca puttana, Valeria! Cosa stai facendo?»

«Chiunque altro mi stia scopando?! Credi davvero di potermi trattare così?! Me lo merito?»

«E io che cazzo ne so!» irruppe.

«Mi hai contagiata!»

«Ti dico che non sono stato io! Non capisci? È impossibile! Come avrei fatto ad attaccarti qualcosa?» urlò.

«Be', perché...»

«No, adesso ascoltami! Non posso essere stato io. E sai perché? Perché sei l'unica con cui l'ho fatto senza preservativo in tutta la mia cazzo di vita! Dove diavolo l'avrei presa, io, la clamidia?»

Di sicuro la sua segretaria aveva già tirato fuori i popcorn, per godersi al meglio la telenovela.

«E perché dovrei fidarmi? Se non te lo ricordi, ho trovato un reggiseno a casa tua quando ancora stavamo insieme.»

Si coprì il volto con le mani, sbuffando.

«Ancora quel diavolo di reggiseno... Ancora quel diavolo di reggiseno di merda!» Era fuori di sé. «Su quel cazzo di reggiseno dei miei coglioni ti ho già dato una spiegazione all'epoca! E la vuoi sapere un'altra cosa? Non sono andato a letto con nessun'altra mentre stavo con te! È l'ultima volta che te lo ripeto.»

«Meglio che non ti dica cosa me ne faccio delle tue parole» grugnii, ormai isterica.

«Non capisco perché cazzo ti presenti qui a urlarmi contro!»

«Volevo vedere la tua faccia da cinico bugiardo mentre ti giustificavi guardandomi negli occhi, come ovviamente hai fatto! Sei un ipocrita, un... Sei peggio della feccia! Mi hai ingannata!»

«Te lo ripeto di nuovo» disse, sfregandosi il viso. «Non sono stato io ad attaccarti la clamidia! Come diavolo avrei fatto?»

«Mentendomi, come sempre. Non hai fatto che darmi a bere una bugia dietro l'altra.»

«Questo non è vero» negò. «Non è vero e lo sai.»

«Oh, mio Dio!» mi coprii il volto. «Come ho potuto crederti? Ma guardati, cazzo. Guardati! Sei un maledetto stronzo bugiardo, ecco cosa.»

«Sta' zitta.» Si sfregò la fronte e si inumidì le labbra.

«Non credo proprio!» replicai urlando. «Pensi di poter usare ogni ragazza come una pezza, e poi pretendere pure che se ne stia zitta? Be', io non sono così, anche se mi hai trattata come una cazzo di merda. Come hai trattato tutte le altre.»

«Sta' zitta, ho detto. O meglio, vattene. Stava cercando di calmarsi.

«Immagino che se puoi ancora guardarti allo specchio è perché sei soltanto quello: un guscio vuoto da riflettere.»

Sbuffò di nuovo.

«Non te lo ripeterò ancora, Valeria...» Ansimava.

«Maledetto il giorno che ti ho incontrato!»

«Lasciami in pace una dannata volta!»

«La mia vita è diventata una cazzo di merda dal primo secondo che ho trascorso con te. Sei la cosa peggiore che mi sia mai capitata.»

Prese fiato gonfiando il petto. Pensavo che mi avrebbe ripetuto di nuovo di andarmene, ma gli venne in mente qualcosa. La sua espressione cambiò, del tutto, e Víctor – il mio Víctor – esplose.

«Ma porca puttana, Valeria! La tua vita è una merda da quando mi hai conosciuto?! Io ti amavo, cazzo!» Urlava, del tutto fuori di sé. «Ti amo, cazzo, ma a te non interessa! Non ti basta! Finirai per farmi impazzire! È questo che vuoi? Dimmelo, è questo che vuoi?»

Con una manata buttò a terra un blocco di fogli, poi diede un calcio alla scrivania facendola vibrare. Un portapenne pieno di biro raggiunse il blocco sul pavimento.

Ti amo?

Mi alzai dalla sedia, presi il cappotto dalla manica e lo trascinai fino alla porta, dove cercai di infilarlo.

«Mi aspetto presto le tue scuse» sospirò, ansimante.

«Oppure...?» chiesi, iraconda.

«Oppure niente. Perché... Guarda dove siamo arrivati.» Sembrava davvero triste. «A urlarci contro e mancarci di rispetto. Ci mancava solo questo.»

Non replicai e aprii la porta dell'ufficio per andarmene.

«Senti Adrián» aggiunse.

«Perché diavolo dovrei sentirlo?»

«Se non ricordo male, lui sì che si è scopato un'altra mentre stavate insieme. Chiudi la porta quando esci.» La sbattei talmente forte che pensai sul serio di averla scardinata.

«Ciao, Adrián.» Ero serissima.

«Ciao, Valeria.» Stesso tono.

«So che avevamo intenzione di non rivolgerci la parola per un bel po', ma c'è un problema e devo parlartene. Questa mattina sono stata dal...»

«Anch'io volevo telefonarti, uno di questi giorni...» mi interruppe.

«Come mai?» risposi, sul chi va là.

«Be'... è una faccenda un po' complicata. La settimana scorsa mi ha telefonato Álex, per dirmi che... che aveva una malattia sessualmente trasmissibile, e molto probabilmente me l'aveva attaccata. Dovresti fare degli esami, Valeria...»

Mi coprii gli occhi per l'imbarazzo. Dopo quella scenata nell'ufficio di Víctor... Senza contare le implicazioni della frase di Adrián: si scopava un'altra molto prima che io lo sospettassi, e lo faceva pure senza preservativo, come con me. Non gli importava niente.

Era lui che mentiva. Era lui che non mi aveva voluta. Non saprei dire se provavo più compassione o schifo.

«Dovevi chiamarmi prima: mi ha causato un'infiammazione al collo dell'utero.» *E ho urlato di tutto contro Víctor insultandolo.*

«Credo sappiamo entrambi perché non l'ho fatto. Mi dispiace.»

«Ormai mi era chiaro che vi vedevate già da un po'...»

«Il casino di Almeria è successo praticamente alla fine. Io e Álex siamo stati insieme circa un anno.»

Staccai il telefono dall'orecchio e lo osservai senza capire. *Circa un anno.* Quando ancora giurava di amarmi, quando ancora andavamo a letto insieme, quando ancora facevamo colazione assieme la domenica.

La mia ultima certezza in fatto di amore, distrutta.

Riagganciai.

24

Un sabato tra ragazze

Nerea era sparita da un po', concentrata a dar vita al suo impero di organizzatrice di matrimoni. Ci telefonò il venerdì mattina, perché l'accompagnassimo il giorno dopo a vedere un locale che aveva «preselezionato»: si trovava in un quartiere alla moda, pieno di ricconi, e le avrebbe portato una buona clientela. Era al settimo cielo. Io, invece, ero un po' spaventata per lei. Quando pensavo alla sua nuova avventura mi balzava il cuore in gola, e dovevo ripetere a me stessa che erano soldi suoi, io non stavo rischiando nulla. Eccesso di empatia. Continuavo a immaginarmi il peggio, senza riflettere sul fatto che Nerea – anche se si fossero avverati i miei pronostici – ne sarebbe uscita comunque in piedi.

Sabato mattina ero in ritardo, e di umore piuttosto ballerino, ma sapevo che una volta uscita mi sarei sentita meglio. Localizzai il numero civico indicato nel messaggio della mia amica e bussai sulla saracinesca, abbassata fino a metà. Fu lei stessa a sporgersi, con indosso dei jeans a zampa di elefante, una cintura marrone, una camicia sciancrata a quadrettini e un chiodo in pelle.

«Ciao, tesoro.» Sorrise. «Le ragazze sono già dentro.»

«Puntuali.»

«A dire il vero...» Diede un'occhiata al suo orologio, un Marc Jacobs. «... Sei in ritardo di mezz'ora.»

«Già.» Guardai il *mio* orologio, decisamente meno bello. «Mi dispiace tanto. Ora vi racconto.»

«Intanto entra.»

Abbassammo la saracinesca alle mie spalle. Il locale era vuoto, ma le ragazze avevano sistemato su un basso tramezzo in mattoni una spumantiera piena di ghiaccio, dalla quale spuntavano due bottiglie di prosecco. Carmen e Lola avevano già in mano i calici. Di vetro, ovvio: non era certo un'occasione da bicchieri in plastica.

Le salutai con un sorriso.

«Da quando in qua la signorina Férriz arriva in ritardo?» chiese Lola, divertita.

«Lasciamo che Nerea faccia gli onori di casa, poi mi metterò a sbraitare. Scusate.»

«C'entra qualcosa quel Bruno?» chiese Carmen, emozionata.

«Eh? No...»

«Allora, che ne pensi del locale?» mi domandò Nerea. «Vedi, qui davanti metterò un divano vintage che ho già prenotato – di cuoio marrone, un po' liso – e un tavolino per le riviste di settore. Qui un frigorifero di quelli piccolini, retrò, e là la mia scrivania, con due poltrone per i clienti. Dietro attaccherò delle mensole per i raccoglitori, tutti colorati. Le ho già scelte: sono bellissime, sembrano quasi delle onde...» Gli occhi le brillavano entusiasti.

Mentre lei continuava a parlare del bagno e di quanto sarebbe diventato luminoso il locale con una bella mano di bianco e un po' di carta da parati, io mi voltai a guardare le altre, indicando Nerea a bocca aperta. Lola si portò l'indice alla tempia. Carmen le diede un colpo sul braccio e alzò il pollice. Proprio in quel momento, Nerea si voltò verso di me con in mano un campionario.

«Che ne pensi?»

«Che non ti avevo mai vista così felice. Sono emozionata per te.»

«E quale carta ti piace di più?» chiese, senza smettere un attimo di sorridere.

«Questa.»

«La stessa che abbiamo scelto io e Carmen.»

«A Lola quale piaceva?»

«Lola voleva riempire la parete di neon rossi.»

La guardai e lei fece saettare la lingua con lascivia.

«Smettila! Piuttosto, versami da bere e raccontami com'è andata con Rai.»

L'espressione di Lola cambiò di colpo, quasi volesse tener nascosta la cosa. Eppure sapeva che prima o poi sarebbe venuta a galla.

«Esatto! Come va con Rai?» chiesero anche le altre.

«Be'...» Si appoggiò alla parete, il bicchiere in mano e un'espressione compunta sul volto. «Molto bene, temo.»

«Temi? Non capisco» commentò Nerea.

«Giuro che ho provato a ignorarlo, ma non avete idea di com'è...» Alzò gli occhi al cielo.

«Cosa ci siamo perse?» chiese Carmen, posando il suo bicchiere di vino.

«Diglielo tu, Val. Io mi vergogno troppo.»

«Rai... Be', pare stesse andando tutto a meraviglia, finché...»

«Ci sei andata a letto e hai scoperto che ce l'ha piccolo, giusto?» interruppe Nerea.

«Ehi, tu, stai subendo una mutazione o cosa?» chiesi, divertita.

«Per favore, va' avanti.»

«Be', insomma, quando sono andati a letto insieme – e da quel che mi ha detto Lola pare non ci fossero problemi, fin lì – lui ha confessato di aver mentito sull'età. In realtà ha... diciannove anni.»

«Cazzo!» mormorò Carmen, sedendosi sul rialzo che tagliava in due il locale. «Niente male... Diciannove?»

«Ne dimostra almeno venticinque. E pensavo che tre o quattro anni di differenza non avessero poi tanta importanza.»

«Invece sono quasi dieci...»

«Sono nove esatti! Siamo nati lo stesso giorno; quando io ne farò ventinove lui ne farà venti.»

«Che coincidenza!» esclamai.

«Vero? Solo che, quando io sono diventata maggiorenne, lui ha compiuto nove anni. Nove, perdio!»

Nerea si lasciò scappare una risatina e subito si coprì la bocca con le mani, mentre Lola la fulminava con lo sguardo. «Perdono, perdono...» Si scusò, ma non riuscì comunque a cancellarsi il sorrisetto dalle labbra.

«Però lui ti piace, no?» domandai.

«Certo che mi piace.»

«Perché?» volle sapere Carmen. «E non lo chiedo in modo ironico.»

«Be', è divertente, un po' pazzerello, dolce senza essere un piscialetto... E parlando di letto, lì è davvero incredibile. Non so, con lui mi sento... a casa.»

«Oddio, il primo Cavaliere dell'Apocalisse: Lola Innamorata!»

«Non sono innamorata» brontolò. «Un po' cotta, forse, ma passerà.»

«Avete rotto?» chiese Carmen, sconvolta.

«No. Per rompere dovrebbe esserci qualcosa. Sai, qualcosa di ufficiale, ecco. E non è certo il nostro caso. Come potrebbe? Ha diciannove anni!»

«Ma chissenefrega!» intervenni.

«È un pischello che ha appena iniziato l'università e che sei mesi fa si è lasciato con la sua prima fidanzatina. Io ho quasi trent'anni, e sono parecchio scafata. Non voglio complicargli la vita.»

«E perché dovresti farlo?»

«Perché sono terrorizzata!»

Quella confessione ci intenerì e ci spinse a un «ohhh» corale; poi tutte assieme cominciammo a bersagliarla di bacetti. Lei ci scostò di dosso, imbronciata.

«Però ho deciso di non reprimermi: se ho voglia di stare con lui, lo chiamo. Non c'è motivo per preoccuparsi di qualcosa che non è niente. Ora l'unica cosa che mi interessa è avere la sua testa tra le cosce. Ecco, magari anche il suo cazzo nella...»

«Capito!» la fermò Nerea.

«Potrebbe sempre uscirsene con qualche sciocchezza, tipo che crede nell'esistenza dei folletti, e la cosa sarà finita prima ancora di iniziare. Meglio digerire prima di ruttare, no?»

«Mio Dio che paragone orrendo, Lola!» bofonchiai, senza però trattenere una risata. «Comunque sono d'accordo.»

«Sì, ma non puoi chiudere le porte perché hai paura. Bisogna affrontare la vita con coraggio. Guarda Val e Nerea» sentenziò Carmen.

«Perché dovrebbe guardare me? Io non vado a letto con uno studentello» precisai, piegata in due dalle risate.

«Sei una vacca.» Lola mi fulminò con lo sguardo.

«Però ti sei separata da Adrián da... Quanto? Nove mesi?»

«Sette» dissi, in un tono più secco di quanto avrei voluto.

«Be', in sette mesi hai provato a ricostruirti una vita per ben due volte, senza paura.»

«Scusa, chi ti ha detto che non ho paura? E poi non sono state due volte. Soltanto una, ed è andata di merda.» Mi appoggiai alla parete. «Non ha funzionato, e per di più...» Le guardai tutte, bevvi un sorso di vino e mi schiarii la gola. «Ieri sono stata dal ginecologo.»

«Sei incinta!» urlò Lola fuori di sé, quasi fosse sul punto di colpirsi il petto e strapparsi la camicia.

«No. Ho la clamidia.»

«Stronzo di un Víctor!» urlò ancora più forte.

«Ecco, la stessa cosa che ho pensato io, per poi andare a fargli una scenata al lavoro. Peccato si sia scoperto che il regalino è invece di Adrián.» Sguardi sorpresi. «Già. Ha anche ammesso che tra lui e Álex è andata avanti quasi un anno.»

Trattennero tutte il fiato.

«Gran pezzo di merda. Maledetto pagliaccio. Spero gli caschi l'uccello, e debba raccogliersi le palle da terra. Sarebbe il minimo» imprecò Lola.

«Come stai?» chiese Carmen.

«Schifata. Mi sento come se quella cretina si fosse infilata tutte le mie mutande mentre io non ero a casa.» Occhiate confuse. «È tanto per dire. Comunque sto di merda, ma non per Adrián: quello ormai è acqua passata. Ogni giorno che passa perdo sempre più fiducia nell'essere umano. Prima Adrián, poi Víctor...»

Mi sfregai la fronte, nervosa. Non sapevo se mi avrebbero capita davvero. Nemmeno io mi capivo! Perché la confessione di Adrián m'era sembrata la ciliegina sulla torta nella relazione *con Víctor*? Forse, nella mia testa, era scattata una molla del tipo: «Nemmeno tuo marito, con cui sei stata dieci anni, ti amava. Come hai potuto credere che ti amasse lui?». A volte siamo le nostre peggiori nemiche.

«E hai fatto un gran casino?» chiese Lola.

«Con quale dei due?»

«Entrambi» chiarì.

«Ad Adrián ho solo sbattuto il telefono in faccia. Non gli ho nemmeno risposto.»

«E a Víctor?»

«Ecco, lui ha vinto una scenata in piena regola, e anche piuttosto spettacolare. Ci siamo messi a urlare come pazzi.»

«Anche Víctor il Flemmatico?» Lola sollevò un sopracciglio.

«Quello che ho visto non era Víctor il Flemmatico. Ha buttato a terra tutto quel che c'era sulla scrivania, prima di rifilarle un calcio...» Mi passai due dita tra le sopracciglia.

«Cazzo...» esclamarono all'unisono le mie amiche.

«Già. Ma non è che io sia stata da meno: gli ho lanciato addosso un portapenne.»

«E vi siete detti cose orribili, immagino» sondò Carmen.

«Sì. Poi però, all'improvviso, proprio al culmine dell'arrabbiatura, ha buttato lì un "ti amo". La voce era tanto dura che mi è sembrata una pugnalata nello stomaco.»

Trattennero tutte e tre il fiato.

«Ha detto che ti ama?» chiese Nerea, su di giri.

«Tesoro, me l'ha più che altro sputato in faccia. Ha detto che niente mi basta, e che voglio solo farlo impazzire.»

«Adesso?»

«Adesso devo chiedergli scusa, prendere un antibiotico e non fare sesso fino al via libera del medico. Un vero splendore.»

Mi sedetti sul gradino e mi scompigliai i capelli.

«Però ti ha detto "ti amo"» sottolineò Nerea.

«Sì, e anche di andare a chiedere della clamidia al resto degli uomini che mi sono scopata. Non ha il minimo senso» sbuffai. «Come se non bastasse, Bruno arriva lunedì.»

«Bruno arriva lunedì?» ripeté Carmen con un sorrisetto.

«Ah, ma non vi ha raccontato cos'è successo in un portone con il signor Bruno?» Lola prese a ridere, alleggerendo la tensione.

«In un portone?» sbottò Nerea, allarmata.

«Che ti devo dire...»

«Cazzo, Lola, l'hai contagiata!»

«No, no, non sono stata io. Non ho funghetti» chiarì.

«Idiota!» Sorrisi. «Se non ve l'ho raccontato è perché è una storia di solo sesso. Non credo durerà molto» spiegai, molto orgogliosa di me stessa. La nuova Valeria che si sbaciucchiava negli androni. «Tutto qui. Magari lunedì ci passerà persino la voglia di rivolgerci la parola.»

«C'è qualcosa di più, sicuro; tu non hai questo tipo di storie. E comunque spiega meglio di lunedì» disse Nerea.

«Be', viene perché ha una riunione, e ci siamo dati appuntamento al suo hotel per un pigiama party...» Arrossii all'istante, ma finsi lo stesso di essere un'esperta del settore.

«Vi vedete due volte e alla terza andate a letto?» chiese Nerea, che non riusciva a sopprimere oltre il suo animo puritano.

«Be', mica solo due volte... Okay, in effetti sì. Però abbiamo parlato molto al telefono e...»

«Ti piace. Va bene così, Valeria: ti piace, punto e basta.» Le labbra di Lola disegnarono un sorriso maligno.

«Sì, certo. Comunque, vi ricordo che non posso scopare.»

«Be', succhiaglielo» propose Lola, mentre si versava altro vino. «O fatti prendere da dietro.»

Nerea si lasciò scappare un gemito d'orrore, e noialtre non potemmo far altro che scoppiare a ridere.

«Carmen, tu non dici niente?» chiesi, stupita nel vederla così taciturna.

«Nemmeno io credo che sia un rapporto di solo sesso, stile Lola.»

«Ma nessuna ha fiducia in me?»

«No» risposero in coro.
«Perché?»
«Perché non sei quel tipo di donna» disse Nerea.
«Perché sei debole e fragile» chiarì Lola.
«Perché sei una romantica. E ami ancora Víctor» concluse Carmen.

25

Ho già aspettato troppo per lunedì

«Tutto passa e tutto resta, ma il nostro è un passare» diceva il poeta Antonio Machado. E io non sapevo ancora se tra noi sarebbe passata; fatto sta che, finalmente, era arrivato il lunedì. Balzai su dal letto come una scolaretta che ha aspettato tutto l'anno per andare in gita, e ora può partire.

Con l'aiuto di Lola – che se la sa sbrigare un po' in tutto, va riconosciuto – il giorno prima mi ero fatta la ceretta. Mi aveva lasciato dei segni scuri, che in certe zone intime sembravano quasi dei succhiotti, ma non era riuscita a evitarlo: strappare la cera tirava fuori la sua parte più selvaggia. Certo, per compensare mi aveva messo lo smalto rosso sulle unghie dei piedi...

Come mai tutti quei preparativi, se sapevo già di non poter andare a letto con Bruno? In realtà speravo comunque che avremmo trascorso la notte insieme. E il fatto di non poter «consumare»... forse era anche meglio. Dovevo imparare a controllarmi quando ero in sua compagnia. Almeno finché l'immagine di Víctor non avesse deciso di darmi tregua.

Mi alzai presto, per scegliere tra i tre completi che avevo già selezionato mentalmente. Mentre cercavo nell'armadio i jeans neri a sigaretta, m'imbattei in un vestitino e mi chiesi se non fosse meglio qualcosa del genere. Poi però, appena lo presi e me lo misi davanti, ricordai che l'avevo indosso quando avevo conosciuto Víctor. Pensai che la cosa mi avrebbe rovinato la giornata, invece riuscii a riprendermi. Certo, essere arrabbiati semplificava molto le cose. Ovviamente non gli avevo ancora chiesto scusa – mi mancava il coraggio – quindi era il momento buono per dimenticarlo.

Optai per i jeans neri e un paio di scarpe con il tacco alto, nere e rosse. Uscii dalla doccia, scelsi un completino intimo di pizzo bianco con gli slip a vita bassa e mi spalmai la crema idratante. Intimo, pantaloni, scarpe... Ma con quella *mise* avrei dovuto indossare degli orribili gambaletti? Non se ne parlava.

Mi spogliai, restando solo in lingerie, e tirai fuori gli altri abiti che avevo selezionato. Una gonna nera, aderente e corta, una camicetta informale, una giacca, degli stivaletti. Quindi, dei collant?

Dopo essermi provata di nuovo praticamente tutto l'armadio, optai per qualcosa di semplice: vestitino fantasia, autoreggenti (ovvio), stivali alti e giacca di pelle corta.

Mentre raggiungevo l'albergo ricevetti un messaggio di Bruno; mi avvisava che la riunione stava durando più del previsto, e aggiungeva: «Sappi che sto per buttar giù la porta e correre al nostro appuntamento. Correre? Io? Ma cosa mi hai fatto?».

Sapeva come prendermi, niente da dire.

Dovetti aspettare quindici eterni minuti sulla porta dell'albergo, poi un taxi si fermò davanti a me. Mancò poco che il cuore mi balzasse sul marciapiede quando lo vidi scendere dall'auto, il sorriso sfacciato, il bel naso dritto e gli occhi scuri e vivaci che mi studiarono da cima a fondo. Arrossii, un po' imbarazzata. Non ci conoscevamo quasi! Era la terza volta che ci vedevamo.

Lui, senza aspettare il tassista, tirò fuori dal portabagagli una piccola valigia, pagò e, senza smettere di fissarmi, disse all'uomo di tenere il resto. Quello guardò un attimo la banconota, poi partì.

Bruno appoggiò la valigia a terra e si piantò davanti a me, sorridendo. Nel frattempo lo stomaco mi era finito in gola. E adesso? Non mi lasciò il tempo di deciderlo: mi cinse i fianchi e mi diede un bacio da film, ma meglio. Meglio perché non era uno di quei baci casti, labbra contro labbra. E come si muoveva la sua lingua nella mia bocca... Al diavolo il puritanesimo!

Ci abbracciammo stretti e continuammo a baciarci come se non ci fosse un domani. Alcuni adolescenti, che dovevano aver marinato la scuola, fischiarono quando le mani di Bruno scesero verso il mio didietro. D'altro canto le mie erano già scese verso il suo... Cercai di scostarmi ma, mentre indietreggiavo, mi baciò di nuovo, prendendo ancora una volta possesso della mia bocca.

Che dire? Bruno aveva un non so che. Non saprei nemmeno cos'altro aggiungere. Per quanto fare paragoni non sia giusto, non aveva certo l'innegabile bellezza mediterranea di Víctor. Il mio ex era *davvero* bello; sì, qualche donna avrebbe potuto sindacare su singoli dettagli secondari, ma nessuna si sarebbe spinta a sostenere che non era uno degli uomini più belli in circolazione. Bruno, invece... Cosa aveva Bruno? Più che bello era affascinante, attraente; irradiava qualcosa d'indefinito, ma al quale non si poteva resistere. Diceva che i brutti come lui dovevano sforzarsi di più per conquistare le attenzioni di una ragazza. Falsa modestia. Chi voleva prendere in giro? Di certo non me che, avvolta tra le sue braccia, con le sue labbra attaccate al collo e il suo respiro affannato nell'orecchio, stavo pensando a tutto tranne che fosse brutto.

Facemmo un passo indietro, sorridendo. Io ero ancora imbarazzata. Insomma, un mese prima era uno sconosciuto e adesso, dopo averlo visto solo altre due volte, mi ero lanciata tra le sue braccia e mi ero fatta baciare con passione, lasciandomi travolgere con gran piacere. Bruno invece mostrava il fascino tipico dei ragazzi sicuri di sé. Ma, concedendomi un altro paragone, non era la stessa sicurezza del mio ex: Víctor sapeva di essere bello, perché lo specchio non mente. E aveva pensato lui stesso a quel che madre natura non gli aveva fornito; come quei maledetti addominali, tanto forti e ben definiti che ci si poteva sfregare su la biancheria. Víctor sorrideva come sorrideva perché sapeva di fare un certo effetto.

Bruno invece, pur riconoscendo di non essere perfetto, sapeva di essere speciale. Insomma, mi lasciai contagiare e accantonai l'imbarazzo. Lui si schiarì la voce e si pulì il rossetto che gli avevo lasciato sulle labbra, con naturalezza. Poi mi afferrò per la vita.

«Accogli sempre così i tuoi amici scrittori?»

«Devi ammettere che sei stato più tu... Comunque sì,

vi accolgo sempre così. Lo faccio per dare il colpo di grazia al vostro ego.»

Rise, senza aggiungere commenti. «Devo fare il check-in in albergo e posare la valigia. Per che ora hai prenotato il ristorante?»

«Abbiamo trenta minuti.»

«Perfetto. Ho una fame da lupi. Ecco perché ho cercato di divorarti, un attimo fa.»

Prese la valigia e si incamminò, circondandomi la vita con il braccio sinistro.

Mentre lui si registrava io mi guardavo intorno distratta: non aveva smesso un attimo di stringermi, usando solo la destra per tirare fuori la carta d'identità e la carta di credito. Il calore del suo palmo scese di qualche centimetro e mi voltai a guardarlo.

«Non esagerare» sussurrai.

«Scusa. È involontario.»

«Queste cose non sono involontarie.» Risi, avvinghiandomi al suo braccio.

«Queste sì. Le altre che ho intenzione di farti, no.»

Oh oh. Prima o poi avrei dovuto chiarire la situazione... Ma meglio aspettare il momento del caffè.

La ragazza che si stava occupando della sua registrazione si allontanò di qualche passo, per prendere un foglio dalla stampante e la tessera della camera; Bruno ne approfittò per avvicinarsi finché le nostre labbra non si sfiorarono.

«Sei attrezzata per il pigiama party?»

«Sì. Bigodini e smalto.»

Ci baciammo di nuovo e la sua mano finì sotto il vestito, a palparmi una natica.

«Bruno!»

«Se hai i collant, come mai ho sentito la tua pelle?» domandò, gli occhi sbarrati.

«Scusi.» La ragazza sorrise, un po' imbarazzata. «Signor Aguilar, ecco la sua chiave elettronica: stanza 475, quarto piano.»

«Grazie.» Bruno sorrise. Solo lui riusciva a trasformarlo in un gesto tanto provocante.

Raggiungemmo gli ascensori e, quando la porta si aprì, rimasi fuori.

«Coraggio...» disse, mentre infilava il portafogli nella tasca dei jeans.

«Meglio che ti aspetti qua.»

Mi squadrò e, coprendo il sensore con la mano per evitare che le porte si chiudessero, sussurrò: «Hai paura di impazzire e mangiarmi?».

«Ho paura di non arrivare in tempo al ristorante e perdere la prenotazione. E ho fame. Scendi in fretta.»

Ci fecero accomodare in un angolino molto intimo. La cosa non mi sorprese: al momento della prenotazione avevo chiesto un tavolo «un po' appartato». Anziché sedersi di fronte, Bruno si sistemò accanto a me.

«Di cosa hai voglia?» chiesi, sfogliando il menu.

«Eh...» Rise. «Di cosa ho voglia...» Sollevai lo sguardo e lo ripresi con un cenno. «Che ne dici delle ostriche?»

«Sei matto da legare. E la faccenda delle ostriche non fa che confermarlo. È un ristorante italiano!»

Bruno chiuse il suo menu e il mio, poi chiamò il cameriere.

«Io non so ancora cosa ordinare» brontolai.

«Certo che lo sai. Lo sai da quando sei uscita di casa. Prenderai la pasta alla napoletana.» Sollevai le sopracciglia, sorpresa, e arrossii.

«Salve.» Sorrise al cameriere. «Per me lasagne ai funghi, per lei maccheroni alla napoletana. E da bere del Sangue di Giuda, per favore. Grazie.»

Il cameriere prese l'ordine e andò via, mentre Bruno si metteva comodo sulla sedia.

«Come facevi a sapere che avrei ordinato pasta alla napoletana?» chiesi, appoggiandomi al tavolo sebbene fosse da maleducati.

«Semplice: voi donne siete schematiche in queste cose. Non lasciate mai nulla al caso.»

«D'accordo, è vero, avevo controllato il menu su Internet, ma da lì a dedurre cosa avrei ordinato...»

Bruno si mise il tovagliolo di stoffa sulle gambe e sorrise, lo sguardo basso sulle posate.

«Sono stato sposato.»

«E...?» Mi accigliai.

«La mia ex moglie mi ha ben istruito su certe regole non scritte di queste occasioni.»

«Non ti seguo.» Sorrisi, fingendo di non capire.

«Niente con aglio e cipolla. La carne resta tra i denti. I crostacei sono imbarazzanti da mangiare a un appuntamento, soprattutto se devi usare le mani... non è molto fine. E certe verdure fanno la fine della carne. Insomma, evitate qualsiasi cosa possa farvi sembrare meno sexy. Quindi, pasta alla napoletana: solo pomodoro. Sbaglio?»

Sorrisi. «No. Ma tu hai ordinato l'altro classico: lasagne ai funghi.»

«Be', questo dimostra che entrambi vogliamo fare colpo.»

«E che ci saranno altri baci.» Feci l'occhiolino.

«Bacio bene?»

Annuii, un po' imbarazzata.

«Posso?» chiese, avvicinandosi.

«Non fino al dessert.»

«Il dessert non lo prendiamo in albergo?»

«Stai dando troppe cose per scontate...»

«Sarei uno sciocco se non ci provassi.»

Si chinò su di me e ci baciammo. Questa volta fui io a non resistere alla tentazione di aprire un po' la bocca, facendogli sentire la punta della mia lingua sulle labbra. La sua mi venne incontro e in un attimo eravamo un tutt'uno. Baciava da Dio. Lento, con la lingua che si muoveva languida ma decisa. Mi stavo sciogliendo. Mi posò una mano sul ginocchio e giocherellò con le dita risalendo la mia pelle, fermandosi a un'altezza decorosa ma provocante. Di colpo ricordai i baci che ci eravamo scambiati con Víctor in un ristorante italiano, il giorno dopo una notte di sesso: teneri ma smaniosi. Baci ormai superati, ma che non si rassegnavano a farsi dimenticare.

Mi allontanai e sorridemmo entrambi. Avevano già portato il vino e non ce n'eravamo nemmeno accorti. Ci schiarimmo la voce.

«Come hai conosciuto la tua ex moglie?» chiesi, cercando di intavolare una conversazione.

«Non parlarmi della mia ex dopo che ti ho baciato, santiddio!» Rise. «Mi distruggi la libido.»

«Fantastico. Così almeno mangeremo in pace.»

«In tal caso... L'ho conosciuta in un bar, una sera d'estate, trilioni di anni fa.»

«L'hai abbordata al bancone?»

«No.» Sorrise mentre posavano i piatti sul tavolo. «Era rimasta chiusa in bagno. Io passavo di lì e una sua amica mi chiese di aiutarla. Buon appetito.»

«Grazie. Hai buttato giù la porta?»

«La porta si apriva verso l'esterno e non arrivava al pavimento, quindi pensai bene di strisciare dentro e spingere con lei. Ero molto magro, al tempo. Quella mossa rischiava di dare di me un'immagine poco lusinghiera, ma lei era a un passo da una crisi isterica, quindi non ci fece troppo caso. Era disperata, poverina, eppure cercava di non scoppiare a piangere. Mi fece una tale tenerezza...»

«E...?»

«Dovettero chiamare il proprietario del bar: nemmeno io riuscivo ad aprire quella dannata porta.»

«Sei rimasto chiuso anche tu?»

«Una cosa del genere. Lei era troppo nervosa perché la abbandonassi passando di nuovo da sotto» chiarì.

«Che cavaliere.»

«Già. Quando riuscirono a scardinare la porta mi trovarono con la lingua nella sua bocca...»

«Molto romantico, sissignore.»

«Vorresti dire che sono un porco approfittatore?» chiese, fingendosi sorpreso.

«No.»

«Be', me lo dirai tra un po' quando, cercherò di sfilarti la lingerie senza toglierti il vestito.» Scoppiammo entrambi a ridere. «Senti, e il tuo ex?» Teneva gli occhi bassi, intento a tagliare la lasagna.

«Il mio ex fidanzato?»

Ci guardammo per un attimo e feci una smorfia, tornando subito al mio piatto.

«Preferisci non parlarne?»

«Be', è una cosa piuttosto recente.»

«Quanto recente?»

Recente come la scenata sulle malattie veneree per la quale non ho ancora chiesto scusa.

«Abbiamo chiuso del tutto circa un mese e mezzo fa. Ma è stata una storia parecchio intensa...»

«Quando ti ho conosciuto...»

Scossi la testa. «Eravamo già parecchio in crisi. Non saprei nemmeno dirti se il giorno della conferenza stavamo ancora insieme.»

«Era quel bel bruno che ti abbracciava, vero?»

«Sì» annuii.

«Non posso competere con quelle» mormorò malinconico.

«Con cosa?»

«Con quelle sopracciglia depilate alla perfezione.»

Lo guardai e lo vidi sorridere.

«Víctor non si depila le sopracciglia.» Feci una smorfia sincera. Mi dava fastidio che qualcun altro parlasse male di lui: era un mio privilegio.

«Oh no, certo che no» replicò canzonandomi. «Come minimo si depilava anche l'inguine.»

«Buon Dio, Bruno...» Posai le posate e scoppiai a ridere, imbarazzata. Non avrebbe dovuto dirlo, perché la mia mente si ritrovò in un lampo a percorrere quelle cosce muscolose, rese più virili dalla giusta quantità di peli. Continuavo a salire, finché...

«Come vi siete conosciuti?» chiese, interrompendo le mie fantasie.

«Dall'estetista» replicai, senza pensarci.

Scoppiammo entrambi in una sonora risata e il resto dei presenti si voltò verso di noi. Poter scherzare così su Víctor mi fece sentire improvvisamente più serena, a mio agio. Era un piccolo passo. O forse ne avevo già fatti abbastanza baciando Bruno come un'adolescente? No, Víctor era ancora troppo ingombrante.

«Be'... se hai letto il mio libro dovresti già saperlo.»

«Giusto» annuì. «Quindi una cosa breve ma intensa, giusto?»

«Sì.»

«Se ti dà fastidio parlarne, possiamo...»

«No, no. Non ti preoccupare. È solo che, se mi fermo a pensarci e razionalizzo, ho come l'impressione di aver voltato pagina troppo in fretta.»

«E non va bene?»

«Non so. Forse all'eroina da melodramma che c'è in ognuna di noi manca un po' la tragedia, tutte quelle follie sentimentali. O forse, più semplicemente, ho dissimulato; ho provato a seppellire quella relazione sotto altre cose, e il giorno in cui meno me lo aspetto...»

«Però potrebbe anche darsi...»

«Sì, potrebbe anche darsi che gli ultimi mesi del nostro rapporto tormentato abbiano spento quel poco di ingenua speranza che ancora provavo, e che in realtà fossi pronta a tutto questo da tempo.»

«Certo. Ma intendevo suggerire che forse è stata la mia incredibile prestanza fisica a fartelo dimenticare.» Mi fece l'occhiolino.

«È strano» commentai, facendo spallucce. «È la terza volta che ti vedo, eppure sono davvero a mio agio.»

«Abbiamo parlato parecchio, al telefono.»

«E nel tuo nuovo romanzo hai inserito un passaggio pseudoporno di cui sono la protagonista.»

«Anche quello, sì.»

Ci guardammo sorridendo.

«Per colpa tua Lola mi chiama "dea della guerra".»

«Non sembra darti troppo fastidio.»

«A quale donna non piacerebbe essere descritta come un'amazzone?»

«Tutta insanguinata?»

«Ecco, quello è un dettaglio morboso, del quale forse dovresti parlare al tuo psicanalista.»

«Non ne ho bisogno. Ho già una vacca a cui racconto tutto.» Rimasi a fissarlo e lui annuì mentre masticava e mi versava altro vino.

«Il tuo psicanalista è una vacca?»

«Non la pago.»

«Questa devi proprio spiegarmela.»

«Semplice. In perfetto stile "scrittore maledetto", vivo in una casa piuttosto isolata, nella periferia di un piccolo paesino. Il primo vicino vive a un chilometro di distanza, e ha una stalla con delle mucche. Ma una di loro tende a fuggire. Spesso, quando la sera esco a fumare, me la ritrovo a mangiare i miei fiori.»

«E come fa a entrare? Salta la staccionata?»

«Nessuna staccionata: il retro di casa mia dà sul prato. Insomma, non è che entri proprio, in compenso si diverte a mangiare tutto quello che pianto vicino al muretto di pietra. Ma è tanto tenera...»

«Le parli?»

«Certo, e le ho anche dato un nome. Oltretutto va persino d'accordo con i miei gatti.»

«E come si chiama?»

«Lucinda. Mi è sempre sembrato un nome da mucca, non so come mai.»

«Adesso capisco perché non hai intenzione di trasferirti in città. Basse recinzioni in pietra, prati verdi, silenzio...»

«Molto pittoresco.»

«Tua figlia vive lì vicino?»

«Vive con sua madre a una trentina di chilometri, ma ci vediamo tutte le settimane. E ho sempre la sua stanza pronta, nel caso in cui Amaia chiami perché vada a prendere la bambina a scuola o cose del genere. È l'aspetto positivo dell'avere un rapporto cordiale con la mia ex: non ho dovuto discutere per la custodia né niente del genere. Ci organizziamo tra noi, e lei è abituata a vivere un po' con papà e un po' con mamma. Credo di poter dire che è felice.»

«Quale bambina non lo sarebbe, avendo a disposizione una casa con prato e mucca inclusi?»

«Senti...» Sorrise, scostando il piatto vuoto e avvicinando il bicchiere. «Sai cosa sarebbe fantastico?»

«Cosa?» Portai anch'io il bicchiere alle labbra.

«Che venissi a trovarmi. Per una settimana, magari.»

«Sei pazzo.»

«Basse recinzioni in pietra, prati verdi, silenzio... C'è persino la mucca Lucinda...» Fece l'occhiolino.

«Certo, certo.»

«No, sto parlando sul serio. Il mese prossimo farà un

po' meno freddo, ma potremo ancora accendere il caminetto. E fare selvaggiamente l'amore sul tappeto che ho lì davanti.» Io mi limitai a sorridere. «Non mi prendi sul serio» si lamentò, appoggiandosi al tavolo.

«Non molto.»

«Perché?»

«Ci siamo appena conosciuti. Una settimana a casa tua, lontana dal mondo civilizzato? Immagino tu stia scherzando.»

«Non intendo sequestrarti.» Sorrise. «Anche se i miei libri danno questa impressione, ho ben poco dello psicopatico. Mi farebbe davvero piacere.»

«Facciamo una cosa: decidiamo domattina.»

«Mmh...» Socchiuse gli occhi. «Ora capisco: intendi porre sotto esame la grandezza del mio pene...»

Gli lanciai il tovagliolo e sollevai una mano per chiedere il conto.

«Il caffè lo prendiamo da un'altra parte, d'accordo?» A Bruno, chissà perché, la cosa parve incredibilmente provocante.

Era stata mia sorella Rebeca a scoprire quel locale giordano, piccolo e un po' nascosto: ci andavamo sempre a bere infusi e fumare il narghilè. Ma tutto questo succedeva prima che diventasse madre. Ormai dovevo dividerla con la splendida Mar, di cui ero innamorata.

All'ingresso trovai il solito ragazzo, intento a pulire una pipa ad acqua; ci sorrise da dietro il bancone. Questa volta ordinai io per entrambi: «Due tè alla cannella e un narghilè alla mela».

«Perfetto.» Il proprietario sorrise ancora. «Vi accomodate sotto?»

«Certo.» Lanciai a Bruno uno sguardo malizioso.

Lo presi per mano e lo tirai verso le strette scale a chiocciola; la saletta era un po' umida, ma i tappeti e i morbidi tessuti che coprivano pareti e pavimento isolavano dal freddo. Per sedersi c'erano comodi cuscini da una parte e una panca dall'altra. Al centro, tavolini piccoli e rotondi. Ci sistemammo in fondo, per essere più protetti nel caso in cui qualcuno si affacciasse dalle scale; stavamo ancora togliendo le giacche, quando dei passi ci confermarono la bontà della scelta: apparve il proprietario con un vassoio. Ci posò di fronte i due tè, poi recuperò gli utensili per accendere il narghilè da un piccolo ripostiglio accanto ai bagni.

«Avete freddo? Volete che alzi il riscaldamento?»

«No, si sta benissimo così» risposi, avvicinandomi uno dei bicchieri decorati.

«Se ha freddo, può abbracciarmi» spiegò Bruno. Il cameriere, forse intuendo che eravamo lì alla ricerca di qualcosa in più di quanto avevamo ordinato, ci lasciò un po' di intimità.

«Ti piace il posto?»

«Molto» rispose Bruno, aspirando dal beccuccio della pipa ad acqua e facendo un anello di fumo.

«Prova il tè alla cannella, è buonissimo. Lo fanno con il latte al posto dell'acqua.»

Prese il bicchiere e ne mandò giù il contenuto in un sol sorso.

«Ma...» iniziai a dire.

«Odio il tè.» Sorrise riprendendo fiato.

«Potevi non berlo!» Ero piegata in due dal ridere.

«Dai, fuma.»

Feci qualche tiro, creando una piccola nuvoletta di fumo intorno a noi. Intanto le labbra di Bruno si appoggiarono al mio collo, umide, e dopo poco raggiunsero il lobo dell'orecchio. Lasciando da parte il narghilè e scostando un po' il tavolino, mi avvicinai. Lui, non soddisfatto, mi fece sedere sulle sue ginocchia.

«Oh...» mormorai.

«Cosa?»

«Niente.»

Piegai la testa e lo baciai, godendomi le sue braccia che mi avvolgevano i fianchi. La nostre lingue danzarono di nuovo insieme, con annesso brivido fin dentro la lingerie. Poi scese a mordicchiarmi il mento, e le sue mani si intrufolarono sotto il vestito. Mi chinai sul suo collo e lo baciai, lo morsi, lo leccai fino a raggiungere l'orecchio, con il quale presi a giocherellare. Lui gemette piano, quindi immaginai gli piacesse. Intanto la sua mano sinistra si stava dedicando al mio didietro, mentre la destra scivolò verso un seno. Non feci nulla per impedirlo. Insomma, l'ambiente si stava surriscaldando.

Bruno mi sollevò all'improvviso, dai fianchi, e mi avvicinò a sé. A quel punto, persino da svenuta mi sarei accorta di quel che c'era lì sotto: certe dimensioni non passano inosservate. Nel frattempo continuammo a baciarci come ragazzini. Mossi i fianchi verso di lui e lui tirò la testa all'indietro, lasciandosi sfuggire un gemito e una parolaccia. Devo essere sincera? Adoravo che fosse sboccato. E io ricambiai quando percepii la sua bocca umida e calda sul mio seno, pur sopra tutti i vestiti.

«Andiamo in albergo?» sussurrò. «O vuoi che ci arrestino per atti osceni in luogo pubblico?»

«Di già?»

«Oh, mio Dio...»

Slacciò un paio di bottoni del vestito, sulla scollatura, poi tuffò la bocca a cercare i miei seni. I fianchi ormai mi si muovevano in modo istintivo.

«Sarei capace di farti di tutto anche qui, non giocare con me» mi avvertì.

«Tipo?»

In due rapidi gesti si sbottonò i pantaloni e mi scostò le mutandine, quindi chiese in un sussurro se avevo ancora qualche dubbio.

«No. Nessuno. Coraggio, andiamo» lo invitai, sistemandomi vestito e slip.

Ricorda, Valeria: niente sesso per una settimana. Non può essere tanto difficile!

«Inizia a salire. Io dovrò aspettare un minuto» annunciò lui.

«Perché?»

«Se salgo così...» Si indicò l'erezione, costretta nei pantaloni ma ben visibile.

«Oh...» Arrossii.

«Che carina: arrossisci ancora per queste cose.» Sorrise come un fauno. «Tieni. Inizia a pagare, arrivo subito.» Allungò una banconota.

Ero così imbarazzata che nemmeno specificai di voler offrire io. Salii come un automa, saldai il conto e lo aspettai in strada. Quando arrivò, qualche minuto più tardi, gettai un'occhiata ai suoi pantaloni per valutare la situazione.

«Preoccupata?»

«Niente affatto.»

Fermò il primo taxi che passava, e in un minuto eravamo già diretti all'albergo. Sul sedile, senza guardarlo, gli restituii la banconota che mi aveva dato, chiedendogli che lasciasse pagare qualcosa anche a me.

«Almeno i tè e il taxi.»

Si avvicinò.

«E il servizio in camera di stanotte» sussurrò.

Quando entrammo nella sua stanza stavo quasi male. Non sto esagerando: credo di non essere mai stata così eccitata in tutta la vita. Eccitata e imbarazzata. Mi sentivo come indolenzita, mi girava la testa... e, senza girarci tanto intorno, ero parecchio bagnata.

Bagnata e a disagio.

Ma, cosa peggiore, non sembrava esserci soluzione. Bruno mi avrebbe concesso una breve pausa, almeno per tranquillizzarmi?

Il taxi non era servito a granché. Dopo l'accenno al servizio in camera avevamo ripreso a baciarci come due animali, e la sua erezione si era di nuovo fatta notare. Che Adrián e Víctor mi perdonino, ma non avevo mai visto una roba del genere. E sì che almeno Víctor era ben attrezzato...

In ogni caso, giurerei che anche Bruno fosse un po' in imbarazzo, o nervoso. Si lasciò andare a un gran sospiro, poi mosse un passo verso di me. Sollevai la mano a chiedere una pausa.

«Dammi tregua, Bruno, perdio.»

«Alla fine mi convincerò che non sei proprio una di quelle.» Sorrise.

«Esatto, non lo sono. E poi devo dirti una cosa.»

«Spara.» Si lasciò cadere sull'unica poltrona della stanza e mi chiamò con un cenno molto sexy.

Mi sentii bruciare tra le gambe, e un improvviso pulsare mi spinse ad alzarmi dal bordo del letto e raggiungerlo, sospirando. Mi fece sedere sulle sue ginocchia.

«Sentiamo, qual è il problema?»

Avrei voluto dirgli che il problema era la sua virilità premuta contro il mio corpo, ma mi limitai a ridere, nervosa. Tanto per essere chiara, stava per prendermi un mezzo infarto. Ero terrorizzata.

«Il problema è che non ci conosciamo e che...?»

«No. È che proprio non posso farlo.» Appoggiai la fronte sulla sua.

«Anche tu hai voglia, no?» Annuii. «Allora? Credi sia troppo presto...?»

«Quel figlio di puttana del mio ex marito mi ha attaccato la clamidia. Sono in cura, al terzo giorno di antibiotico, e dovrò trattenermi almeno altri quattro giorni.»

Alzò le sopracciglia, e io mi sentii uno schifo. Avrei dovuto avvertirlo prima, ma temevo si facesse un'idea sbagliata di me perché mio marito mi aveva attaccato una malattia sessualmente trasmissibile. Che merda.

Stavo per dire qualcosa, ma non ci riuscii. Bruno mi baciò con passione mentre si alzava dalla poltrona, tirandomi su di peso. Mi stese sul letto e, in ginocchio sul materasso, si tolse la giacca e la camicia. Restò con una semplice maglietta bianca a maniche corte, che lasciava in vista braccia magre e muscolose. Braccia che mi piacquero, forse persino un po' troppo.

«Davvero, Bruno, non posso.»

«Non puoi scopare, d'accordo. Però possiamo partire dall'inizio.»

Senza più parlare presi a imitarlo. Tolsi la giacca e feci saltare gli stivali giù dal letto. Lui si alzò in piedi, tolse le scarpe, quindi si inginocchiò di nuovo tra le mie gambe, a slacciare la cintura. Quel gesto mi vinse. Sfilai il vestito e lo lasciai cadere accanto al letto, restando in intimo. Per tutta risposta Bruno alzò gli occhi al soffitto e sbuffò, dimostrando quanto gli piacesse ciò che vedeva. Poi si sdraiò su di me e insieme, vogliosi, ci disfacemmo dei suoi pantaloni. La stessa sorte toccò alla maglietta.

Aveva il torace magro, ma non emaciato come temevo. Non si notavano le costole né le clavicole, anzi: nei punti giusti faceva bella mostra di sé qualche muscolo. La vita era stretta e il petto definito ma non troppo. Sulla pelle scura i peli quasi non si vedevano, ma una linea gli percorreva gli addominali forti fino a perdersi dentro la biancheria intima, nera. Era tremendamente virile. Tanto che, senza rendermene conto, aprii le gambe. Eppure, in tutto quello, qualcosa mi ricordava Víctor. Non si trattava certo del suo odore, né del colore dei suoi occhi o della consistenza delle lenzuola. Allora cos'era? Perché pensavo ancora a lui? Improvvisamente ebbi paura. Forse rischiavo di perdermi in un'infinita sequela di amanti senza capo né coda? E se gli uomini avessero iniziato a entrare e uscire dal mio letto, così, fin quando più nulla di me li avrebbe attratti?

Mi tremarono le ginocchia e deglutii a fatica, mentre Bruno mi sganciava il reggiseno. La sua bocca scese verso il mio seno e chiusi gli occhi, cercando di cancellare l'immagine dell'ultimo uomo con cui ero stata a letto. Non ci riuscii.

Quella era solo una ripicca? Volevo la certezza che non fosse così. Iniziai a innervosirmi. Le pulsazioni accelerarono, come il respiro. Cercavo risposte che solo io potevo darmi, quindi cambiai domande.

«Con quante ragazze sei stato?»

«Cosa?» chiese Bruno, reggendosi sopra di me sulle braccia.

«Con quante ragazze sei stato?»

«E questa domanda?»

«Dimmelo.» Evitai di guardarlo.

«Be'... non saprei. Non tengo il conto.»

«Più o meno?»

«Valeria...»

Accigliato, si tirò su, mettendosi di nuovo in ginocchio. Anch'io mi alzai e mi coprii con un cuscino. Lui si inumidì le labbra, serio.

«Sei troppo giovane per farti carico delle relazioni che non hanno funzionato, o per pensare di doverlo fare.» Rimasi a guardarlo, annichilita. Lui proseguì. «Non possiamo andare a letto insieme? D'accordo. Preferisci aspettare? D'accordo. Vuoi vedere come vanno le cose? Perfetto. È normale. A me interessa solo conoscerti, non giudicarti.»

Lo tirai e lui si lasciò cadere su di me. Lo baciai con passione.

Grazie, Bruno. Di questo avevo bisogno.

«Mi fai sentire bene» sussurrai. «Non sai quanto mi dispiace che non possiamo andare oltre.»

«Dicono che l'attesa del piacere...» Sorrise.

Si sistemò tra le mie gambe e disse che ero bellissima. Continuammo a baciarci al ritmo imposto dalla sua bocca, languido e sensuale. Morivo dalla voglia di andare a letto con lui, e mi chiedevo che soluzione avrebbe trovato per appagare quel desiderio ormai incontenibile. Non dovetti aspettare molto: infilò la destra nelle mie mutandine, e in un attimo avevo un suo dito dentro di me. Gemetti, la sua bocca che premeva di nuovo sulla mia. Mi scostai, provando a prendere fiato mentre lui solleticava il mio punto G. La bocca socchiusa, ansimante, lo fissai e presi a cercare a mia volta la sua erezione. Non fu difficile trovarla.

Ci spogliammo del tutto, e in un batter d'occhio mi ritrovai con la sua bocca attorno a un capezzolo e le dita della sua mano destra che entravano e uscivano da me. Intanto, la mia mano destra si muoveva su e giù, stretta intorno al suo pene. Mi contorsi e gemetti di piacere.

«Ti basterà, questo?» chiesi.

«Credo non mi basterà mai, ma sembra che tu sia disposta a ripetere.»

Sorridemmo.

Strinsi un po' di più la presa e mi concentrai sui movimenti della mia mano, lenti ma decisi. A quel punto mi mise a cavalcioni su di sé.

«Ti piace di più così...» chiese, infilando due dita «... o così?» Accarezzò il clitoride.

«Come prima...» sussurrai. «Ma anche così mi piace molto.»

«Muoio dalla voglia di scoparti» mormorò. «Di scoprirti.»

«Anch'io...»

«Muoio dalla voglia che tu venga con me dentro, e urli.»

Intensificai le mie carezze quando mi accorsi che era vicino all'orgasmo, e appena lui intuì che anch'io stavo per venire accelerò il movimento delle dita. Lanciai un gemito, lui ansimò deciso. Quello diede il via libera al mio orgasmo, mentre i miei movimenti sempre più famelici scatenarono il suo. Ci mandammo in orbita l'un l'altro.

Lo rifacemmo nella doccia e Bruno dimostrò che, al di là delle dimensioni generose, aveva anche la capacità di recupero di un quindicenne. E io ne ero felicissima, che sia chiaro. Dormicchiammo, ci baciammo di nuovo, ci masturbammo ancora, lentamente, poi mangiammo qualcosa.

Mi svegliò alle sette e mezzo di mattina, prima di andarsene, per poterci salutare. Indossava una maglietta, una felpa e dei jeans. Vestito così dimostrava dieci anni di meno. Inutile prendermi in giro: lo accettassi o no, fosse o no troppo presto, quell'uomo mi faceva impazzire. Mi baciò sulla bocca prima che potessi protestare perché non mi aveva nemmeno dato il tempo di lavarmi i denti.

«Allora, verrai a trovarmi in Asturia?» chiese.

«Lascia che ci pensi.»

«Ti telefono quando arrivo a casa. La camera è tua fino a mezzogiorno.»

«No, adesso vado.»

«Resta qui...»

Mi baciò la fronte, sorridendo con quell'espressione provocante, aprì la porta della stanza e se ne andò.

Io mi accoccolai ancora un po' tra le lenzuola. Ricordai quando a dirmi quelle cose era Víctor, prima di andare a lavorare.

Che ne sarebbe stato di noi, se gli avessi concesso quel bacio il giorno della conferenza? E perché avrei dato qualsiasi cosa per svegliarmi a casa, anziché in quell'albergo?

26

Quattro mesi al matrimonio

Carmen salì sulla pedana della sarta, sentendosi ridicola. Come sempre quando indossava quella stupida sottogonna, ma se non voleva sposarsi sul serio in jeans avrebbe fatto meglio a superare qualcuna delle sue fissazioni.

Nerea, seduta su uno sgabello accanto a lei, sorrise.

«Non preoccuparti: prometto che uscirai da qui con il tuo vestito. E quando dico "il tuo vestito", immaginalo scritto a lettere luminose e glitterate.»

«E spiega, in cosa si distinguerebbe questo negozio dagli altri rivenditori di abiti da meringa?»

«Vedrai, i loro vestiti ti piaceranno. Ho faticato parecchio a trovare questo posto, quindi ora sta' zitta.» Il rimprovero non le uscì a denti stretti, ma accompagnato da un sorriso radioso.

Dei passi sulle scale le avvisarono che arrivava qualcuno dal piano di sopra: una ragazza dall'aria gentile, che le salutò entrambe. Portava i capelli raccolti in una coda stretta e indossava una giacca nera, una camicetta bianca, jeans e scarpe dal tacco altissimo.

«Ciao, tu devi essere Nerea. Piacere.» Si strinsero la mano, e la mia amica ne approfittò per porgerle un biglietto da visita. «Oh, che bello.»

«Grazie mille.»

«Dunque, mi accennavi al telefono che avete una piccola emergenza, giusto?»

«Sì, esatto. Lei è Carmen, mia migliore amica nonché futura sposa un po' troppo esigente in materia di vestito. Tanto esigente che la cerimonia è tra quattro mesi e lei non l'ha ancora scelto. Insomma, abbiamo bisogno di un miracolo. E, stando a quanto mi dicono, se c'è qualcuno che può fare miracoli quella sei tu. Sbaglio?» Le due si sorrisero e Carmen pensò che l'amica fosse davvero in gamba. Gli affari le andranno alla grande, si disse. «Carmen, ti presento Helena Loizaga: è una stilista emergente, e proprio quest'anno ha vinto un premio prestigioso per la sua collezione di abiti da sposa. Siamo state davvero fortunate che abbia trovato un buco per noi.»

«Oh...» Carmen cominciò a preoccuparsi. «Adesso mi sento...»

«Non sentirti sotto pressione, cara» la tranquillizzò Helena. «Credo di avere in giro un paio di cose che potrebbero piacerti parecchio. La mia assistente vi darà una mano. Io devo andare in atelier, ma è stato un piacere incontrarvi.»

«Grazie del tuo tempo. Anche per me è stato un piacere, e spero che resteremo in contatto» rispose Nerea.

«Lo spero anch'io. Jaime mi ha garantito che, conoscendoti, gli affari ti andranno a meraviglia. Quando aprirai?»

«Stando ai miei calcoli, a maggio dovrei essere pronta.»

«Non avresti qualche biglietto da visita in più?»

Finito con i convenevoli andò via, lasciando Nerea e Carmen ad aspettare da sole l'assistente. Carmenchu guardò di sottecchi l'amica, che si controllava la manicure.

«Si può sapere come hai ottenuto un appuntamento?»

«È la compagna di Jaime.»

«Jaime il tuo ex?» chiese sconvolta.

«Sì. Anzi, per essere precisi è la tipa che si scopava già quando stava ancora con me, quindi...»

«Ma...» Carmen era confusa.

«Anche solo a livello morale, lei è in debito. E lo sa. Vedrai che farà di tutto per saldare.»

Si scambiarono uno sguardo. L'abilità di Nerea nel girare la frittata a suo favore lasciava Carmen perplessa. La fortuna è un atteggiamento, nessun dubbio in proposito. Eppure, la futura sposa era ancora scettica. Si aspettava che anche quel tentativo si trasformasse in una tortura cinese; alla fine si sarebbe ritrovata frustrata, stanca e arrabbiata come ogni altra volta. Invece, con sua enorme sorpresa, non impiegò più di quindici minuti a trovare il suo abito. *Il suo abito!* E, proprio come diceva Nerea, improvvisamente quelle parole iniziarono a brillare, quasi fossero glitterate. Riconobbe quello giusto nel momento esatto in cui glielo infilarono. Era splendido, e sarebbe piaciuto molto anche a sua madre. Il che significava nessuna discussione in merito.

Era color panna, aveva un'ampia scollatura tonda che le stava d'incanto e due corte maniche a sbuffo. Sotto il seno c'era una fascia champagne con ricami dorati, che però non lo rendevano kitsch. E, sulla gonna, il tulle dello stesso colore si divideva a metà creando un effetto che la slanciava.

Non le misero il velo; l'assistente le raccolse invece

alcune ciocche e le mise un fermacapelli che richiamava i decori sotto il seno. Quando si specchiò le venne da piangere. Sì, era il suo abito. Carmen vestita di shantung e tulle. Semplice...

«Sei stupenda» mormorò Nerea trattenendo a stento l'emozione.

E Carmen – la stessa Carmen che l'ultima volta aveva reagito a un commento del genere mandando tutte a quel paese – annuì.

«È il mio abito.»

«Avete già comprato il vestito per il matrimonio?» chiesi, sfogliando una rivista.

«Io sì» rispose Nerea, raggomitolata sulla mia poltrona. «È verde bottiglia, un po' vintage e con scollatura a cuore. Mi stanno già confezionando il copricapo abbinato, con piume di pavone.»

«Accidenti» esclamai, in preda al panico. «Lola, anche tu hai già il vestito? Io non ho nemmeno iniziato a guardarmi intorno!»

«Io? Io ho solo una gran voglia che questa merda finisca in fretta. Odio i matrimoni, con tutta l'anima. L'unica cosa che mi piace è l'alcol gratis. Ah, e il ritrovarmi a scopare in bagno.»

Nerea e io la guardammo.

«Come fai a parlare così? È la nostra Carmen!» Protestò Nerea.

«È che sono un'insensibile. Nata senza cuore, sopravvivo nutrendomi delle emozioni altrui. Sono un vampiro emozionale.»

«Sono tutte bugie. In realtà sei contenta eccome» commentò Nerea socchiudendo gli occhi.

«Certo. E mi porterò dietro anche Rai. Ma lo terrò per mano perché non si perda. Magari potrei anche mettere una macchinina nella borsetta, così durante la cerimonia potrà giocare e non si annoierà.»

Scoppiai a ridere e lei abbozzò un sorriso guardandomi di sottecchi.

«Sei invidiosa, ecco cosa» ribatté Nerea. «Perché sei abituata a essere al centro dell'attenzione.»

«Io?» chiese, indicandosi. «Il centro dell'attenzione?»

«Sì, con tutte le tue eccentriche storielle su piselli e simili.»

«Forse ti stai confondendo con Valeria.»

«Ehi! Lasciatemi in pace.» Protestai continuando a ridere, mentre mi accendevo una sigaretta.

«Invidiosa!» ripeté Nerea, tornando alla sua comoda posizione sulla poltrona.

«Forse un pochino.» Lola rise e con un cenno mi chiese di passarle l'accendino. «Ma non è proprio invidia. Cioè, se le stessimo organizzando un'orgia con i fiocchi non starei così: sarei emozionatissima, e avrei già scelto la lingerie.»

«Sei incredibile.» Risi.

«Però, mi è venuta un'idea...»

«No, Lola: non parteciperemo a nessuna orgia, men che meno organizzata da te.»

«No, no, niente del genere.» Si tirò su e, guardando Nerea, disse: «Pensavo a una grande festa di compleanno per i miei venti e fischia. E potresti occuparti tu della cosa, per farti un po' di pubblicità. Affitteremo un bel posto e inviteremo tutti i nostri amici. Ci saranno un open bar e un DJ».

«Open bar? DJ?»

«Ma sì, dai!» Sorrise, emozionata. «Magari sono fortunata: riesco a portarmelo a letto e divento la sua manager, o qualcosa del genere.»

«Punto primo» disse Nerea in tono petulante, «hai un fidanzato. Non ti scoperai nessun altro. Secondo, da dove pensi di tirar fuori i soldi?»

«Di quanto ci sarebbe bisogno?»

«Vuoi dei camerieri?» chiese Nerea con aria di sfida.

«Sì. E il catering.»

«Per quante persone?»

«Cento.»

«Sei matta da legare.» Continuai a ridere.

«Be', lo scherzetto non ti costerà meno di duemilacinquecento euro, affittando un qualche localino squallido. Senza calcolare i mille euro che ti chiederebbe il DJ.»

«D'accordo, forse dovremmo invitare un po' meno gente. Cinquanta potrebbero bastare. Una roba intima.»

«Se togli il DJ famoso e il catering, posso procurarti tutto per mille.»

«Ma siete pazze?» esclamai, temendo che la cosa stesse diventando seria.

«Mille? Bene, io ce ne metto seicento e tu quattrocento» le rispose Lola.

«E perché dovrei pagare io se è il tuo compleanno?»

«Perché sarà il tuo debutto in società. Il tuo ballo del garofano.»

«Il ballo *della rosa*» la corressi.

«Il fiore che è. Affare fatto?» Allungò la mano.

«Che giorno?»

«Credo che il mio compleanno cada di sabato.»

«Di venerdì ti costerà meno.»

«Venerdì? D'accordo. Venerdì 13 aprile.»

«Venerdì 13? Ragazze, questo è giocare con il destino» scherzai.

«Hai quasi due mesi di tempo.»

«Basta e avanza» replicò Nerea facendo la spaccona, e le strinse la mano in segno d'accordo.

«Perfetto allora: venerdì 13 aprile, cinquanta persone, catering e open bar.»

«Avevamo detto senza catering.»

«Sì, ma poi hai detto che il tempo ti avanza, no?»

«Nerea, hai creato un mostro» protestai.

«Potete invitare dieci persone a testa. Io, siccome sono la festeggiata, ne inviterò venti.»

«Dieci persone? Se vuoi al massimo posso chiedere ai miei e ad Adrián, per fare un po' di numero» ironizzai.

«Be', allora invitane cinque, e io mi tengo i tuoi cinque in più» rispose Lola emozionata. «E potete iniziare a cercarvi un bel vestitino, perché quella sera io sarò come Paris Hilton, e voi come quelle stronzette che le ronzavano sempre attorno a leccarle il culo.»

«Io posso fare uno dei suoi gatti?» chiesi, alzando la mano.

«No, sei già una cagna» mormorò Lola.

«E adesso cosa ho fatto?»

«Hai raccontato a Nerea della tua scappatella di settimana prossima?» chiese, alzandosi per andare alla ricerca di un'altra birra.

«Nooo» risposi, trascinando la vocale.

«Quale scappatella?» domandò Nerea, allarmata.

«In un raptus di passione la ragazzina ha comprato i biglietti per andare a trovare quel suo amichetto scrittore» continuò Lola affacciandosi dalla cucina.

«Ma, Valeria... quasi non lo conosci!»

«Siete noiose» brontolai.

«Víctor era fidato, e guarda com'è andata a finire» protestò di nuovo Nerea.

«La volete smettere di nominare quel bastardo? Bruno non è Víctor.»

No. Non lo era.

«Ti sei già scusata con lui per la scenata nel suo ufficio?» chiese Lola, giusto un po' più seria e sempre urlando dalla cucina.

«Nooo» risposi, questa volta irritata. «Sto cercando il momento giusto.»

«Vuoi che gli mandi del cioccolato da parte tua?» domandò Nerea aprendo l'agenda. Ormai se la portava sempre dietro.

«Cos'è 'sta storia del cioccolato?» si informò Lola, di ritorno. «Che io sappia Víctor fuma qualche spinello di tanto in tanto, ma non è una sua abitudine.»

La guardammo entrambe senza capire.

«Ahhh! Il cioccolato da mangiare, non quello da fumare! Ah, ah. Che divertenti che siete» esclamò sedendosi a terra.

«Davvero, Val, te la risolvo io: gli mando un biglietto di scuse superasettico e una fredda scatola di cioccolatini.»

Andava di moda fare così?

«La faccenda del cioccolato non mi convince del tutto, ma fai tu. A essere sincera mi faresti un favore enorme. Non ho voglia di pensare a lui.»

Come se non lo facessi d'abitudine, quelle venti-trenta volte al giorno...

«E Bruno?» insistette Lola.

«Cosa?»

«Da quel che racconti è un tipo abbastanza sveglio.»

«È intelligente, sì. Il resto non mi interessa.»

«Allora...» iniziò Lola con tono da sermone materno. Poi, brandendo un pacchetto di sigarette e il mio accendino: «Eccoti qui, piccolo fetente».

«Allora niente. Sono chiari a entrambi i limiti del nostro rapporto. Punto.»

«Te lo scoperai perché la prima notte ti è rimasta la voglia» sentenziò Lola.

«Non si farebbe tutti quei chilometri solo per del sesso. Giusto, Val?» chiese Nerea.

«Ti ha descritto il pene di quel tizio? Pare sia smisurato...»

«Un metro e mezzo» annuii io, stanca. «Niente male.»

«Niente male, no. Magari ti lega pure al letto, e ti ritroveremo tra un anno e mezzo morta di stanchezza.»

«Oppure troveranno te senza denti» mormorai.

«Smettila di minacciarmi. È che non sappiamo niente di quel tizio, e continuo a pensare che non sia una storiella da una botta e via...»

«Be', io ne so abbastanza, che è la cosa importante. E poi Víctor lo conoscevi molto bene, e guarda un po'... Non ci sono garanzie. Su nulla.»

Lola mi osservò con molta attenzione.

«Víctor non è un mostro mangiabambini.»

«Non sto dicendo questo» mi difesi. «Ma mi ha ferita parecchio.»

«Sta scontando la sua pena» aggiunse, poi fece un tiro di sigaretta e scrollò le spalle.

Nerea, che non ha mai amato le situazioni tese, decise di intervenire.

«Perché non porti Bruno alla festa? Sarebbe un tocco in più! Uno scrittore famoso...» propose, battendo le mani.

27

Gli uomini non parlano di queste cose

Qualche settimana prima, Víctor si era deciso a chiamare Cristina, la rossa conosciuta nel locale. Insieme avevano passato bei momenti...

Così, uscito dallo studio era andato a prenderla al lavoro. Poi, in uno slancio di buone intenzioni, l'aveva persino invitata a cena in un posto informale, dove avevano mangiato qualcosa bevendo vino e flirtando in modo tanto sfacciato che Víctor si era stupito non li avessero cacciati.

Da lì erano passati direttamente alla sua camera da letto. Cristina l'aveva consumato, trascinandolo in una madornale scopata di un'ora e lasciandolo sfinito. Vuoto, in tutti i sensi possibili.

Ma il meglio di Cristina veniva dopo. Lei non gli si accoccolava accanto nella speranza di restare a dormire, in quello che Víctor considerava un eccesso d'intimità e confidenza. No, Cristina si alzava di scatto dal letto e, quasi senza prendere fiato, andava in bagno, uscendone già vestita o quasi.

«Alla prossima, Víctor» sussurrava provocante quando se ne andava.

Ed eccolo lì, un sabato mattina, seduto in cucina a bere un caffè mentre rimuginava su quello e altro. Anche se, in realtà, avrebbe preferito evitare gli altri pensieri: lo facevano arrabbiare.

Quasi fosse un meccanismo di difesa, quell'incazzatura profonda, collerica e, secondo lui, giustificata, gli scatenava tra l'altro pulsioni sconce. Non che si eccitasse al ricordo della discussione, no; era qualcosa di diverso, come se il suo corpo volesse ricordare al cervello che ci si poteva anche divertire...

Vide la dannata scatola di cioccolatini, posata in un angolo sul ripiano della cucina. Non riusciva a crederci. Una di quelle che mandano le ragazzine snob, senza arte né parte, tanto per gli auguri di Natale quanto per chiudere un flirt. Non l'aveva scelta lei, ne era sicuro. E poi il biglietto. Mio Dio, quel biglietto lo mandava fuori dai gangheri.

Caro Víctor,
ti chiedo scusa per quel che è capitato nel tuo ufficio.
Mi dispiace,

Valeria

C'era da impazzire.

Allungò la mano, prese il cordless, studiò il biglietto da visita che aveva appoggiato sul marmo, accanto alla tazza, e digitò il numero.

«Sì?» rispose una voce molto sensuale.

«Ciao, bellezza» la salutò. «Cosa fai?»

«La domanda è: cosa vuoi che faccia?»

Scoppiarono entrambi a ridere.

«Be', mi piacerebbe aprire la porta tra un po' e trovarti lì, con indosso poco più del cappotto» sussurrò. «Ma lo so: non sei una di quelle ragazze che si fanno dare ordini.»

«Supponiamo che questa volta – per realizzare le fantasie sessuali di un povero ma bel depravato – sia disposta ad accettare qualche indicazione. Corsetto, mutandine e calze autoreggenti?»

«Mmh... Solo mutandine...»

«Tra poco arrivo.»

Quando Víctor aprì la porta si trovò davanti il sorriso malizioso di Cristina.

Era avvolta in un bel cappotto nero, che faceva risaltare ancor di più il colore dei capelli. La squadrò da cima a fondo. Labbra rosse, scarpe con il tacco alto, borsa e cappotto. Di sicuro non indossava molto di più.

«Entra» la invitò. «La strada la sai: in fondo a sinistra, non puoi perderti.»

«Pensavo a un bel gioco... Facciamo finta che oggi mi paghi?»

«Il cliente ha sempre ragione...» ribatté Víctor.

«È proprio questo il bello.»

Lui si morsicò il labbro, mentre giocava con una ciocca dei suoi capelli.

«Dimmi, Cristina... fai di tutto? Perché, considerando quanto ti pagherò, spero che la risposta sia sì.»

«Sissignore. E li valgo tutti, quei soldi. Non la deluderò.» Accarezzò la camicia a quadrettini di Víctor.

Arrivati in camera lui le aprì il cappotto e si sedette

sulla poltrona a studiarla. Sul serio valeva il prezzo che aveva in mente?

«E adesso? Come funziona? Sai, non ho mai pagato per il sesso» spiegò.

Cristina scoppiò in una risata molto sexy. «Sarei stupita del contrario. Be', controlla la merce e poi chiedi...»

Víctor allungò le mani e le palpò il seno. Poi con una delle due scese fino a infilarsi negli slip, e la trovò già bagnata. Lei gemette.

«Inginocchiati» le sussurrò mentre la penetrava con le dita, sentendosi quasi sadico. «Voglio che me lo succhi nel modo più osceno che conosci. Poi...»

«Poi?»

«Hai detto che fai di tutto, vero?»

Si spostarono a letto. Venticinque minuti più tardi erano ancora ai preliminari, e lei si stava esibendo in una fellatio da urlo.

Era tutto perfetto, ma Víctor aveva bisogno di altro e non poteva trovarlo lì, lo sapeva bene. La cosa lo frustrava ed eccitava allo stesso tempo. Gli sembrava di fare qualcosa di proibito, e al contempo aveva voglia di... vendicarsi. In modo un po' più brusco del solito mise Cristina a quattro zampe, sul letto, e si chinò su di lei per sussurrarle qualcosa all'orecchio.

«Ti scopo da dietro. Prendi un preservativo dal primo cassetto.»

Quando ebbe infilato il profilattico la toccò, si inumidì un paio di dita e le spinse dentro di lei, facendola gemere piano.

«Fa' attenzione...»

«Non è quello che mi chiederai tra un po'» grugnì lui.

Cristina continuò a gemere mentre lui la toccava, e quando decisero che erano entrambi pronti lui la penetrò, d'un colpo. Lei urlò.

«Cazzo! Mi fai male!» Si lasciò andare in avanti, sul materasso.

«Ssh...» sussurrò lui accarezzandole la schiena. «Rilassati.»

«Fermati Víctor. Davvero, fermati. Mi squarci.» Lui si scostò. «Ecco... E adesso, piano» lo incoraggiò lei.

Seguendo le sue istruzioni, Víctor riprese il ritmo.

«Entra... ancora... ancora... Fermati, aspetta...»

«Ci siamo quasi» ansimò lui.

«Bene. Adesso?»

«Quasi.»

Cristina lanciò un lamento e Víctor fece scivolare una mano tra le sue gambe, per accarezzarla mentre la penetrava. Chiuse gli occhi.

Piacere. Godimento. Non aveva bisogno d'altro. Di niente e nessuno.

«Non fermarti... non fermarti...» lo supplicò Cristina tra gli spasmi.

Prese a spingere con più forza, dimenticandosi di fare attenzione, di essere delicato e di preoccuparsi del piacere della partner. Quando se ne accorse, sentì Cristina gemere, ma non di dolore. Non ci mise molto a venire. E nemmeno lei, a giudicare dalle contrazioni.

Si stese sul letto, si tolse il preservativo e si coprì gli occhi con l'avambraccio. Come sempre, sentì Cristina che usciva dalla camera, diretta in bagno.

Avrebbe voluto urlare, ma non sarebbe servito a niente. Lei era ancora lì. Dentro la sua testa, nel forte pulsare delle sue vene. Se si fosse tagliato non avrebbe perso sangue: sarebbe uscita lei. Lei. Maledizione.

Cristina tornò, sorridente, e si sedette un attimo sul letto. I suoi occhi cristallini lo osservavano con interesse. Quello non era il suo solito comportamento: Víctor la studiò a sua volta.

«Che succede?» chiese alla fine lui.

«Stavo proprio pensando la stessa cosa.»

«A cosa ti riferisci?»

«Be', è solo che... Mi farebbe piacere se mi raccontassi cosa vi è capitato.»

«Come?» Víctor si tirò su. Gettò uno sguardo allo specchio nella porta dell'armadio, e si vide accigliato.

«Mi riferivo al fatto che ogni volta, quando finiamo, sembri sempre... pentito. Io trovo i nostri incontri piuttosto piacevoli, quindi credo ci siano soltanto due possibilità. Una: sei ultrareligioso e il tuo credo dice che tutto questo non sta bene, quindi brucerai all'inferno. Due: c'è una ragazza con cui le cose non sono andate a finire bene, ma della quale sei ancora innamorato. E, sai una cosa? Io qui non vedo crocefissi, né rosari o santini...»

Fu come uno schiaffo. E reagì male.

«Allora, bellezza, forse non hai capito. Io con te non voglio parlare. L'unica cosa che voglio fare con te è scopare. E lo abbiamo già fatto.»

Poi prese la biancheria intima e se la infilò.

«Già» sussurrò lei. «D'accordo. Io vado. Non è il caso che mi accompagni. Conosco la strada.»

Víctor la osservò prendere il cappotto e infilarsi le scarpe.

Questo sì che gli riusciva sempre bene: mortificare una donna. Perché le aveva parlato in quel modo? Perché le aveva detto quelle cose? Si pentì.

«Aspetta, aspetta...» le disse, vedendola uscire dalla stanza. Cristina non si fermò, continuò lungo il corridoio diretta alla porta, quindi fu lui a bloccarla. «Scusa. Non ho il diritto di parlarti così.»

«Se non vuoi raccontarmelo, non farlo» rispose lei, seccata. «Ma non trattarmi come una puttana.»

«Hai ragione, mi dispiace.»

Senza sapere perché, Víctor allungò le braccia e la strinse al petto. Cristina si appoggiò, ma era tesa come una corda di violino. Era una di quelle donne che non gradiscono simili dimostrazioni di affetto. Lei non voleva un abbraccio, né aveva bisogno che lui fingesse di provare qualcosa più del desiderio. Non voleva che si innamorasse. No. Cristina era sincera, chiara; proprio come *lei*, che non aveva mai mentito. Cristina voleva soltanto la verità. Lei, invece... lei aveva sempre voluto di più.

«Non smetto di pensarci un attimo, sai? A quando ho iniziato a sbagliare, intendo» disse Víctor, ormai vestito, con in mano un bicchiere di vino e seduto sul tappeto del salotto.

«Be', sei giunto a qualche conclusione?»

«No.» Studiava i movimenti di quel liquido scuro nel bicchiere. «Continuo a non saperlo.»

«Credi sarebbe stato meglio non incontrarla?»

«A volte sì. Ma in quel caso non saprei cosa significa essere... sentirsi così.»

«Cosa vi è successo?»

«È stato tutto troppo intenso e complicato, da subito. Quel tipo di storie non fanno per me. Quindi sono fuggito.»

Cristina – seduta accanto a lui, con indosso solo una maglietta di cotone che Víctor le aveva prestato – sorrise. Anche lei reggeva in mano un bicchiere di vino.

«A me è successa una cosa simile.»

«E...?»

«E lui è ancora sposato. Qualche mese fa è nata la sua seconda figlia.»

«Continuate a vedervi?»

«Ho detto a tutti di no, ma perché dovrei mentire a te? Non abbiamo mai smesso. Lui ogni tanto mi chiama, quando sua moglie non è nei paraggi... E io non riesco a dire di no, per quanto vorrei.»

Víctor sbuffò. «Io impazzirei.»

«Ma tu hai raccontato a qualcuno come ti senti?»

«No.»

«Perché?»

«Noi uomini non parliamo di queste cose.»

«Be', forse dovreste.»

28

Prove di Bruno e Valeria

«Sì?» Una vocina infantile, all'altro capo della linea. Controllai sullo schermo che il numero fosse giusto.

«Ciao... c'è Bruno?»

«Sì. Chi lo desidera?»

Alzai le sopracciglia, sorpresa dal savoir-faire della tappetta.

«Valeria.»

«Papà, c'è Valeria» urlò.

Eccolo: una delle sue risate sexy, poi la sua voce al telefono.

«Ciao, tesoro» sussurrò. «Che succede?»

«Sei occupato? Se vuoi ci sentiamo più tardi.»

«No, no. Non preoccuparti per Aitana: stiamo facendo i compiti.»

«Che padre esemplare.»

«Ci provo.»

«Ho un sacco di cose da raccontarti.»

«Sì? Magari anche l'acquisto di un biglietto aereo, per andare a trovare qualcuno...?» Non risposi e Bruno scoppiò a ridere. «Non ci posso credere! Li hai comprati?»

«Erano davvero a buon prezzo» confessai.

«Te l'avevo detto! Sarà stupendo» sussurrò. «Aspetta un secondo. Aitana, tesoro, salgo un attimo in studio, d'accordo?»

«D'accordo» rispose la vocina infantile.

«Non uscire.»

«Hai chiuso a chiave.» Gli ricordò la bambina.

«Sì, hai ragione, ho chiuso a chiave.»

Passi lungo una scala e una porta che si chiudeva, con un leggero cigolio.

«Cosa vuoi dirmi che non puoi far sentire a tua figlia?»

«Che ho una voglia matta di vederti. Preferibilmente nuda e sul mio letto.»

«E perché?» Risi.

«Davvero serve che te lo spieghi?»

«Sì. Per favore.»

«Allora, furbetta, ho una voglia matta che mi aiuti a piantare degli arbusti. Però nuda come mamma ti ha fatta.»

«Ah, sì?»

«Smettila di stuzzicarmi, o alla fine riuscirai a farmi dire qualche porcata. E sappiamo entrambi che a quel punto scoppierai a ridere come una ragazzina e mi attaccherai il telefono in faccia.»

«Magari *sono* una ragazzina» lo provocai.

«Ah, sì? Attenta, ti stai mettendo in una posizione pericolosa...»

«Non finire la frase.»

Scoppiò a ridere.

«Quando arrivi?»

«La prossima settimana. Sarò lì mercoledì.»

«Perfetto. E quanti giorni ho?»

«Fino a lunedì.»

«Cinque. Bene. Posso fare parecchie cose in cinque giorni» sussurrò ammiccante.

«Tipo?»

«Uh, uh, uh, Valeria...» Rise.

«Hai creato un mostro.»

«Esisteva già, ma lo tenevi ben nascosto. E dimmi, hai voglia di vedermi?»

«Sì.»

«Perché?» Il tono con cui pronunciò la domanda mi fece sciogliere di desiderio.

«Perché baci molto bene.»

«E perché ti è rimasta la voglia.»

«Può essere.»

«Aspetta.» A quel punto sentii una voce più lontana. «Cosa, Aitana? Ventitré più cinque fa... ehi! Fa' un po' la somma, pigrona.»

«Bruno...»

«Sì, scusa. Meglio che ti chiami quando sarà a letto. Così magari riuscirò a farmi dire che mutandine indossi. O, meglio ancora, che non ne indossi proprio.»

«Aspetta, ancora una cosa.»

«Dimmi»

«Il 13 aprile saresti libero? C'è la festa di compleanno di Lola...»

«Significa che avrai ancora voglia di vedermi, tra due mesi?»

«E tu?»

«Questo è sicuro. Sei tu quella che fa la dura.»

«Ciao, papà esemplare.»

«Ciao, mia guerriera.»

Quando mi richiamò erano le undici passate. Aveva cucinato la cena per Aitana, l'aveva aiutata a preparare la cartella e le aveva letto qualcosa per farla addormentare. Poi si era messo a lavorare ad alcuni articoli rimasti in sospeso. In ogni caso negli ultimi tempi facevo fatica ad addormentarmi, quindi l'orario non era un problema.

Parlammo un po' meglio della festa di Lola: gli spiegai come era nata l'idea e rise di gusto delle nostre uscite. Poi finimmo a chiacchierare di stupidaggini e volò così quasi un'ora, in un'intimità più profonda di quanto avrei voluto. Già, perché c'erano argomenti di cui preferivo non parlare, né con lui né con nessun altro.

«Cosa ti ha ferito di più, della vostra rottura?» mi chiese a un certo punto.

Mi stesi sul letto e sospirai.

«Insisti a tornare sull'argomento?»

«Voglio essere certo che ti sia fermata a pensarci a dovere, per poterlo poi superare.»

«Breve com'è stata, basta l'intelligenza emotiva di un'adolescente per superarla. O almeno, è così che la penso ora» mentii.

«Però non hai risposto alla mia domanda: cosa ti ha ferito di più, quando Víctor ti ha lasciata?»

«Credo di essermi sentita tradita. Delusa. Ho avuto l'impressione che mi buttasse nella spazzatura, come un oggetto. Ma in realtà ha seguito il suo solito schema, per lui non è niente di speciale.»

In me presero ad agitarsi sensazioni che non mi piacevano. Mi intestardivo a rievocare solo il brutto del mio rapporto con Víctor, ma ogni tanto mi tornavano in mente cose fin troppo belle, e facevano male. Il viaggio a Minorca, le risate rilassate, il suo chiamarmi «piccola», trasformando quella parola in una dichiarazione d'amore. Il darsi, il silenzio condiviso senza ansie. Vederlo nel letto, in mezzo alla notte, e sentirmi al sicuro. Il suo odore. I suoi occhi. La sua bocca che sussurrava quanto mi desiderava, perché con me il sesso aveva «qualcosa in più».

Bruno si schiarì la voce. Un silenzio troppo lungo. Specie dopo aver nominato Víctor.

«E il tuo divorzio?» provò a chiedere.

«E il tuo?» Risi, ma solo per dimostrare che tutte quelle domande improvvise mi mettevano a disagio. «A cosa devo il terzo grado?»

«Mi hai detto tu che forse, senza accorgertene, stavi tentando di seppellire la rottura con Víctor proprio perché non l'hai superata. Voglio evitare che questa cosa mi si rivolti contro.»

«Non ti si rivolterà contro un bel niente.»

«Ah, sì? Sono solo una storiella primaverile?» Rise.

«Sì: a giugno ti lascerò per una storiella estiva, e poi andrò avanti così, anno dopo anno.»

«E ogni volta li sceglierai più giovani.»

«Non se ne parla nemmeno! Mi piacciono quelli della tua età.»

«Come mai?»

«Perché non siete più dei bambini, e la maggior parte di voi conduce una vita adulta, ma al contempo non siete tanto vecchi da...»

«Soffrire di disfunzione erettile.»

«Be', in ogni caso mi risulta che il problema non ti riguardi.»

«Credo sia giunto il momento di confessare: una volta...»

Scoppiai a ridere.

«Quella volta non mi interessa» sussurrai.

«Con te non succederà.»

«Certo. Sicuro.»

Cambiò argomento. «Senti, non te lo dico perché ci vivo, ma qui è davvero bellissimo. Ti piacerà molto, sai?»

«Quanto? Come te o di più?»

«Quando mi dici queste cose m'intristisco.» Lo immaginai fare il broncio.

«Perché?»

«Perché ormai ho intuito che tipo di ragazza sei, e se ti piacessi sul serio non me lo diresti, credo.» Non potevo vederlo, ma sapevo che stava sorridendo.

«Cosa vorresti insinuare?»

«Mi piaci» sussurrò. «Mi piaci molto.»

«Anche tu.»

«Ma sono solo una storiella, giusto?»

«Secondo le mie amiche non sono in grado di avere una storiella. La cosa ti spaventa?»

«No, mi fa impazzire. Poche ragazze avrebbero il coraggio di dire una cosa del genere a uno che conoscono da così poco.»

«Sono stufa di non essere sincera, di seguire strategie. Non fa per me; non l'ha mai fatto. Attenzione: questo non significa che voglio un rapporto serio.»

«Dimmi una cosa: che accadrebbe se rivedessi il tuo ex? Immagina di incontrarlo, non so, mentre esce dall'estetista dopo la depilazione laser all'inguine.»

«Bruno!» Mi coprii il volto con un cuscino. Víctor non si depilava. Era perfetto al naturale...

«Immaginalo» insistette.

«Cosa vuoi che ti dica?»

«Be', poniamo che ti voglia offrire da bere.»

«A essere sincera non mi andrebbe molto» mi sfregai gli occhi con forza, evitando di immaginarlo sul serio.

«Come mai? Per evitare lui o perché sai che penseresti a me?»

«È un po' presto per una domanda del genere, non credi?»

«Non ti va di rispondere?» mi punzecchiò.

«Il fatto è che non conosco ancora la risposta.»

«Be', a me interessa solo definire la situazione, stabilire dei limiti.»

«E tu dove li vorresti, questi limiti?»

«Io? Ora come ora farei un segno di pennarello tutto intorno al tuo bel vitino e all'ombelico. E non pensare che le tue gambe sarebbero salve: non se ne parla proprio.»

«Sembra che oggi siamo sulla stessa lunghezza d'onda.»

«Vieni a dormire con me. Ti lascio la porta della cucina aperta, d'accordo? La mia stanza è quella a sinistra quando sali le scale.»

«E Aitana?»

«Dorme come un sasso. Non si accorge di niente.»

Sorrisi. «D'accordo, allora aspettami: sarò lì tra una mezz'ora.»

«Ah, se quando arrivi sono addormentato, svegliami con calma. Ho una certa età. Non vorrai mica uccidermi, vero?»

«No, non voglio.»

«Allora siediti piano piano sul letto, poi infilati sotto le coperte e baciami il collo. Mi piace come lo fai.»

«E poi?»

«Poi mi girerò lentamente e ti bacerò il collo a mia volta, quindi passerò al lobo.»

«E quello piacerà a me. Magari farò un po' la sciocchina.»

«Lascerai che ti tocchi?»

«Adesso dovremmo proprio riagganciare» commentai, sistemandomi sotto le coperte.

«Oppure potremmo...»

«Cosa?»

«Dai... Toccati.»

Mi guardai attorno, come se qualcuno potesse vedermi.

«Lo farò anch'io. Penserò a te, nuda, che ti muovi su di me» confessò.

Chiusi gli occhi.

«E che altro?» osai chiedere.

«Voglio disegnarti un percorso sul corpo, con la lingua, fino a portare la bocca tra le tue cosce. Allora infilerò la lingua tra le tue labbra, e aspetterò che ti bagni per penetrarti con le dita.»

Mi morsi il labbro, le guance che andavano a fuoco.

«E cosa ti piacerebbe che facessi, io?» domandai.

«Sarebbe bello sentire la tua bocca intorno al mio cazzo.»

Il modo in cui lo disse mi fece tremare di piacere. Infilai la mano destra nelle mutandine e mi accarezzai, sorprendendomi di quanto già fossi bagnata.

«Mi sto toccando» confessai.

«Anch'io. Immaginare il tuo pompino mi ha eccitato troppo.»

«Ti piace lento o veloce ?»

«Lento, e fino in fondo...» Chiusi gli occhi, sopraffatta dall'eccitazione. «Voglio scoparti con forza...» La voce gli si abbassò. «Scoparti fino a farti male. Fin dal giorno che ti ho conosciuta.»

«Ti adoro...» gemetti. «E ti adorerò ancora di più quando lo farai...»

«Immaginami su di te.»

«Mi piace» gemetti.

«Sei bagnata?»

«Molto...»

«Valeria... ce l'ho duro da scoppiare. Penso a te che mi monti.»

«Voglio farti di tutto» esclamai.

«E io a te. E intendo farlo. Non aspetterò. Non appena metterai piede in camera mia ti spoglierò, ti butterò sul letto, ti aprirò le gambe e ti stuzzicherò con la lingua come non ha mai fatto nessuno. Mi supplicherai di scoparti.»

Rimanemmo un attimo in silenzio. Sentii il suo respiro irregolare e accelerai, toccandomi sempre più in fretta. «Dio, sto per venire.»

«Aspetta, aspettami...»

«Immagina di farlo nella mia bocca. Immagina di venire mentre te lo succhio.»

Ecco, la Valeria che Bruno risvegliava era così...

Gemetti.

Lui gemette.

Sentii che stavo per avere un orgasmo e, accarezzandomi più lentamente, venni senza trattenere i gemiti di soddisfazione. Lui fece lo stesso.

Dunque era quello il sesso telefonico?

Lasciai cadere la testa sul cuscino, i capelli sparsi sulla federa color lavanda. Il petto mi si gonfiava a un ritmo isterico, e presi una boccata d'aria mentre sentivo Bruno soffocare dei gemiti. Se l'avessi avuto lì non l'avrei lasciato riposare.

Dopo qualche secondo di silenzio lo sentii muoversi.

«Dammi un secondo» sussurrò.

Posai il telefono sul cuscino e guardai il soffitto. Sorpresa per quanto era accaduto? No, proprio sconvolta. E di colpo mi feci triste, come quando ascoltavo una delle canzoni folk con cui mi squarciavo il ventre dopo la rottura con Víctor. Mi ricordai di lui. Mi ricordai che con lui il sesso era diverso; qualcosa che non avrei mai raggiunto con nessun altro. Con Víctor avevo sempre tutto a disposizione, il bello e il brutto.

All'altro capo del telefono Bruno si schiarì la voce, facendomi tornare al presente.

«Cazzo» farfugliò. «Ho troppa voglia di vederti.»

«È tardissimo. Tu non devi alzarti presto?» chiesi.

«Sì, ma ora come ora l'ultima cosa che ho voglia di fare è dormire.»

«E cosa vorresti fare?»

«Prendere la macchina e raggiungerti, anche solo per darti il bacio della buonanotte. E ti giuro che lo farei, se non fosse che Aitana tra quattro ore deve andare a scuola.»

«Lo giuri?»

«Di più, un giorno di questi lo farò! Quando meno te lo aspetti. E poi passerò la notte a baciarti, scoparti e... e adorarti, maledizione. Cosa mi hai fatto?»

Anch'io me lo chiesi. Cosa avevo fatto?

Víctor mi faceva spesso la stessa domanda, quando facevamo l'amore. «Cosa mi hai fatto, Valeria?»

29

Aggiornamenti prima della partenza

«Quindi, da quel che vedo, non ti è tornata la ragione» commentò Lola guardandomi fare la valigia.

«Cosa vuoi dire?»

«Che non hai cambiato idea sul viaggio nelle Asturie.»

«Non capisco: possibile che proprio una come te – e non chiedermi di definirti, sai benissimo cosa intendo – si stranisca se decido di andare a trovare un amico per qualche giorno?»

«Un amico?»

«Un *caro* amico. Che magari potrebbe diventare qualcosa di più.»

«Che ne è stato della faccenda della storiella?»

Mi voltai verso di lei, le mani sui fianchi, e sospirai.

«Dimmi una volta per tutte cos'hai contro questo viaggio.»

Lola, accigliata, fece una specie di smorfia; si stava morsicando la guancia, come sempre in questi casi.

«Val, tu puoi andare dove ti pare, ci mancherebbe! Sono solo in pensiero per te.»

«Ti ho già detto che non ce n'è bisogno.»

«Sì, lo so. Ma ti sbagli. Io *devo* preoccuparmi. E sai

perché? Perché l'anno scorso in questo periodo eri sposata con il tuo primo fidanzato.»

«È vero, di uomini non capisco niente. Ma non si dice forse che l'esperienza è la madre della scienza.»

«Quindi, che farai? Intendi cominciare ad accumulare errori? È proprio a questo che mi riferisco. Tutta 'sta fretta non serve, lo sai? Hai bisogno di tempo per superare la faccenda di Víctor.»

«Il mio viaggio non ha niente a che vedere con Víctor, e non c'è motivo che lo consideri già un errore» precisai, serissima. «Tu Bruno nemmeno lo conosci.»

«Già, è la prima volta che stai con qualcuno di cui non so nulla. E ti conosco: credo tu sia elettrizzata. Cerco solo di dirti di andarci piano.»

«Ne hai parlato con le altre?» chiesi, spostandomi in cucina. Lì tirai fuori due bicchieri da Martini, una bottiglia di vermut e delle ciliegie.

«Non darmi da bere a stomaco vuoto. Altrimenti faccio come i gremlins» disse con un mezzo sorriso. Tirai fuori due piatti, dei muffin al formaggio e una terrina con dell'insalata di spinaci, formaggio e noci. Tutto comprato, ovvio...

«Sei ben attrezzata.»

«Avevamo appuntamento per cena, no?» chiesi, un po' seccata.

«Sì ma non ti arrabbiare!» rispose lei preparando da bere.

«Non mi arrabbio, ma mi dà fastidio che mi tratti come una ragazzina incosciente, una che deve essere salvata da se stessa. E poi, ogni volta che parliamo, salta fuori Víctor.»

«Ma no, non è vero...»

«È stato lui a lasciarmi, Lola!»

«Lo so, Valeria, lo so. Non volevo...»

«Non hai ancora risposto» la interruppi. «Ne hai parlato con le altre?»

Ci accomodammo sui cuscini attorno al tavolino basso del mio «salottino».

«Sì, certo.»

«E...?»

«Nerea sostiene che stai dando i numeri, ma è solo una fase postdivorzio. Inoltre è convinta che non avresti dovuto dire un bel niente a Víctor: si sarebbe accorto da solo, un giorno, che avevate una relazione normale; una di quelle da cui era solito fuggire.»

«Ah, però, Nerea... Non aveva detto addio al puritanesimo?»

«È nella fase di adattamento alla modernità, ma certe cose non le capisce ancora bene. Tipo come i rapporti personali.»

«E Carmen?»

«Be'...»

«Allora?» Sorrisi, servendo l'insalata.

«Lei – come hai intuito anche tu, a giudicare da quel tuo sorrisetto – crede ti si debba incoraggiare. Ritiene non ci sia ragione per catalogare Bruno tra le avventura passeggere.»

«Oh.»

«Non darmi troppo formaggio, che poi faccio le puzze.» La guardai di sbieco e scoppiai a ridere. Lei continuò. «Comunque, anche Carmen ha le sue riserve. Non riesce a capire perché continui a nasconderti dietro l'alibi della storiella, quando tutte noi sappiamo benissimo che sei biologicamente incapace di gestire “una botta e via”.»

«Non so perché vi siate fatte questa idea.»

Lola morse un muffin e alzò il pollice, dando a intendere che erano molto buoni.

«Valeria, tesoro» mormorò appena ebbe deglutito, «non è solo che non hai esperienza in questo tipo di rapporti... È che proprio non li cerchi. E non è quello che vedono gli uomini quando ti guardano. Semplice. Sei una di quelle perle rare che trasformano una storia di letto in una d’amore. In una cosa devo dar ragione all’uomo che ti descrive nuda e inzuppata del sangue dei tuoi nemici: se tu davvero fossi cosciente dell’effetto che fai agli uomini, riusciresti a farli prostrare ai tuoi piedi. E non solo, bacerebbero la terra su cui cammini.»

«Stai farneticando.»

«No, no. E non è nemmeno una mia idea, tutta femminile. Ho sentito un uomo parlare di te, Val...» Ci guardammo. «Tu, però, non ne vuoi sapere nulla» si rispose da sola.

«Non è che non ne voglia sapere nulla, è che non ci credo» spiegai.

Lola sbatté piano le ciglia, sorseggiò il suo drink e riprese con piglio deciso.

«Il fatto che a volte sia un idiota – e lo è – non significa che non sia in grado di baciare la terra su cui sei passata, carina. L’ultima cosa che gli ho sentito dire su voi due è che era vero amore, di quello che non scompare per quanto si provi a spegnerlo.»

«D’accordo, lascia perdere.»

«Ti ama.»

Alzai un sopracciglio e le tolsi il bicchiere di mano. «Adesso smettila di bere.»

«Di già? Pensavo avessi da parte un'altra bottiglia... perché questa merda mi piace da matti.» Mangiò la ciliegina e sorrise.

30

«Asturie, patria amata» cantavano...

A essere sincera non mi aspettavo che cambiassero idea su Bruno, soprattutto senza averlo prima conosciuto. Avevano ragione, non ero certo un'esperta di relazioni, e mi rendevo anche conto che lui la sapeva lunga sulla vita. Alla fine, però, mi ero convinta che chi non risica non rosica. E c'era qualcosa in lui che mi attirava da matti. Chiamiamolo fattore x... o più semplicemente attrazione sessuale.

E sì, era vero, non mi ero ancora ripresa dalla storia con Víctor; però dovevo pur andare avanti con la mia vita, proprio come aveva fatto lui. Lui e le sue ragazze, le sue gite il fine settimana, le sue lenzuola sottosopra... Che senso aveva piangermi addosso per mesi nella più cupa solitudine? Sul mio cammino avevo incrociato Bruno, che mi aveva teso una mano; perché non afferrarla? Avevo bisogno di divertirmi.

Non ci pensai oltre. In fondo avevo già comprato i biglietti con la scusa che, a quel prezzo stracciato, se avessi cambiato idea avrei perso ben poco. Ma poi, perché cambiare idea? Sarei andata in campagna, a godermi il camino di un uomo che stavo conoscendo. Be'... di un uomo con cui stavo per finire a letto, questo era sicuro.

Così eccomi lì, all'aeroporto delle Asturie, a trascinare il trolley verso il gate d'arrivo del mio volo cercando Bruno tra la folla. Appena lo scorsi, con quel suo sorriso malizioso stampato sulle labbra, mi tremarono le ginocchia e mi andò il cuore in gola. Che tenerezza, eh?

Fece qualche passo verso di me, tirò le mani fuori dalle tasche e rimanemmo a guardarci.

«Com'è andato il volo? Sei riuscita a dormire un po'?»

«Baciami, perdio!» Risi.

Mi avvolse tra le braccia e ci unimmo in un lungo bacio, all'inizio casto, da film in bianco e nero, poi sempre più passionale, fino a farsi degno dello schermo di un cinema a luci rosse.

«Non posso credere che tu sia qui» disse appoggiando la fronte alla mia.

«Nemmeno io.»

Bruno aveva una famigliare con tanto di seggiolino per bambini sul sedile posteriore e parasole dei cartoni animati sui finestrini di dietro. Quando vide che li studiavo fece spallucce. «Sono un papà, e avere una figlia significa anche questo.»

«Lo trovo molto tenero.»

«Ti piacciono i bambini?» chiese, mentre infilava il trolley nel bagagliaio.

«Molto.»

«Non preoccuparti, allora: questa notte ne facciamo uno.»

Gli diedi un colpo sul braccio e lui ululò.

Arrivare a casa sua mi sembrò un calvario. Forse a

causa della tensione, non lo so. Fatto sta che la strada tortuosa su per la vallata mi diede ai nervi. Curva a destra, curva a sinistra, dosso, attraversamento di capre, altre curve.

Chiusi gli occhi per combattere la nausea, mentre ascoltavo Bruno descrivere la sala con il camino davanti al quale avremmo letto e ci saremmo baciati. Mi parve di sentirgli dire qualcosa circa le mie tette che si muovevano al ritmo di qualcos'altro, ma non ero in vena di sciocchezze per cui lo ignorai.

«Ti senti bene?» chiese lui. «Ho detto una stronzata e non mi hai ripreso.»

«Manca tanto?» domandai con un filo di voce.

«Un pochino.» Annuii e respirai a fondo. «Cazzo, sei gialla. Guido così male?» Mi guardò di nuovo, poi tornò subito a fissare la strada. «Mi fermo? Casa mia è due chilometri dopo questo paese, magari è meglio fermarci a prendere un caffè.»

«No, no... Preferisco arrivare in fretta. Questo viaggio mi sembra eterno.»

«Apri un po' il finestrino.»

Bruno accelerò il passo, anche se di poco, e non spinto da quel che avrei voluto. Temo avesse paura di dover passare tutto il mercoledì mattina a ripulire la macchina dal vomito.

Quando arrivammo mi sentivo già meglio. Prima di tutto perché finalmente eravamo lì; secondo perché il posto era splendido. E molto promettente. Bruno mi fece sedere nella grande cucina e accese la caffettiera elettrica. Poi uscì, tornando dopo qualche secondo con in mano una coperta che mi mise addosso.

«Cosa fai?» protestai.

«Lasciami vedere.» Mi appoggiò le labbra alla fronte e fece cenno di no con la testa. «No, non hai la febbre.»

«Non sono malata!» Risi. «Non fare il papà con me!»

Si allontanò di un paio di passi e mi guardò con le mani sui fianchi.

«Sei ridotta uno schifo.»

«Grazie.» Abbozzai un sorriso.

«Di scopare non se ne parla, giusto?» Gli mollai un calcio. «Dai, stenditi un po' sul divano. Accendo il caminetto e, quando ti senti meglio, magari me lo succhi.» Provai a rifilargli un'altra pedata, ma lui la schivò e scoppiò a ridere. «Dai, sto scherzando. Se mi tocchi anche solo un po' sarò più che soddisfatto.»

«Idiota.»

«Ecco, così mi piace. Se mi insulti vuol dire che stai tornando in te.»

«Ho detto che sto bene!»

«D'accordo, d'accordo, allora lascia che ti coccoli.»

Mi prese in braccio e mi portò in sala, dove mi accomodò sul morbido divano. Mi mise un cuscino dietro la testa e si diresse verso lo splendido caminetto in pietra.

«Sei pazzo!»

«Stai lì, bella ferma.»

Sorrise e si mise ad accendere il fuoco. Dopo qualche minuto gli chiesi dove fosse il bagno.

«Uscendo di qui la prima porta a destra, davanti alle scale.»

Entrai. Un bagno pulito, bianco e perfettamente in ordine, anche se un pochino impersonale. L'asciugamano, ben piegato, era dello stesso color melanzana di un dettaglio delle piastrelle. Aprii il rubinetto dell'acqua fredda per bagnarmi il viso e la nuca, poi mi sistemai il trucco. Il mascara aveva formato delle macchie sotto gli occhi. Respirai a fondo. Non mi sembrava la casa di uno sconosciuto: ero a mio agio.

Tornata in sala, il crepitio del fuoco mi fece sorridere. Bruno si mise in piedi davanti al camino e sorrise a sua volta.

«Meglio?»

«Ti ho già detto che sto bene. Soltanto stanca.»

«Ti faccio vedere la casa?»

La cucina, che prima non avevo osservato a dovere, era ampia e molto luminosa, con un tavolo quadrato e quattro sedie abbinate; l'arredamento era rustico, perfetto per un posto del genere. Da lì, una porta si affacciava sul giardino posteriore, mentre un'altra dava su una dispensa ordinata, con mensole in legno e i classici barattoli di vetro per lo zucchero, il sale, la farina... Bruno sapeva sbrogliarsela con le faccende di casa, o lo aiutava qualcuno?

Anche la sala era spaziosa. In fondo c'erano un grande tavolo di legno massello, molto semplice, da almeno otto persone. Alle pareti, mensole cariche di libri. In un angolo una poltrona con spalliera, accanto a un tavolino e a una lampada a piantana. Al centro, davanti al caminetto, il semplice e morbido divano marrone sul quale mi aveva sdraiata poco prima.

Salimmo una rampa di scale e mi trovai davanti a tre porte, affacciate su un piccolo pianerottolo. Una dava su un altro bagno; notai la doccia con tenda a fantasia e, sul lavandino, una spazzola per i capelli con il manico a forma di bambolotto. Evidentemente, il bagno della figlia. La seconda porta conduceva alla camera di Aitana, ordinata, pulita e luminosa. Mi colpì che anche questa fosse piena di libri, ma come poteva essere altrimenti con un padre scrittore? La trovai splendida.

L'ultima porta era quella della camera da letto di Bruno, dov'era già posizionata la mia valigia. Non so perché, ma la cosa mi imbarazzò; eppure era chiaro fin da subito che avremmo dormito insieme, no? Al centro c'era un grande letto con un piumone candido. Sopra la testiera, il davanzale interno di una finestra faceva da piccola mensola, piena di foto di sua figlia fin da quando era una neonata. Sulle pareti altre mensole, altri libri. A entrambi i lati del letto, due piccoli comodini; su uno, che immaginai fosse quello del suo lato, vidi una sveglia a carica e un libro chiuso con posati sopra degli occhiali. In un angolo, alla sinistra della porta, c'era una poltrona simile a quella della sala, e accanto un'altra lampada a piantana e un tavolino. Sulla destra c'era invece un comò, con una bellissima fotografia in bianco e nero: dovevano essere i suoi genitori, il giorno delle nozze. Accanto, un'altra porta dava a un bagno con la vasca. Ci immaginai lì dentro, immersi nella schiuma a riempirci di baci. Credo di essere arrossita fino alle orecchie.

«Hai una casa splendida.»

«Grazie. E non hai ancora visto la mia parte preferita.»

Dal pianerottolo partiva un'altra rampa di scale, di cui subito non mi ero accorta. Otto scalini portavano a una mansarda in legno, nella quale campeggiava un'enorme scrivania con un computer e diverse pile di fogli ordinati. Tra altre mensole, altri libri, una vecchia macchina da scrivere e raccoglitori numerati, c'erano un divano, un tavolino basso su cui riposavano un pacchetto di sigarette e un posacenere, e un enorme televisore circondato da una miriade di DVD.

«Il tuo cinema privato» commentai, ridendo.

«Cinema, studio e a volte camera da letto. Se non c'è Aitana praticamente vivo qui. Hai fame?»

«Un po'.» Sorrisi.

«Di me o di qualcosa di più commestibile?»

«Non so: ho speranze di trovare un po' di ciccia, su di te?» Scoppiai a ridere.

Mi diede una sonora pacca sul sedere e mi disse di scendere. «Ti faccio vedere fuori.»

Uscimmo sul retro dalla porta in cucina. In mezzo a un praticello con l'erba folta e ben curata, disseminato di fiori bianchi, c'era un sentiero di ghiaia. Da un lato due amache con supporto in legno e un tavolino; dall'altro un piccolo orto con alcune pianticelle di pomodori e peperoni.

«Vuoi disfare la valigia? Ti ho lasciato libere un paio di grucce, nel caso volessi appendere qualcosa.»

«Grazie.» Le sue braccia mi avvolsero la vita, mentre lui mi abbracciava da dietro. «Questa settimana tua figlia non c'è?»

«È rimasta fino a stamattina, quando l'ho portata a scuola. Avevo accennato ad Amaia che avrei avuto compagnia e lei mi ha detto che, se non mi dispiace, preferisce tenere la bimba fuori da queste cose fin quando... be', hai capito, fin quando non si tratterà di una cosa seria.»

«Davvero?»

«Già. Okay, okay, lo so, sono solo una storiella» disse sorridendo.

«È comprensibile.»

«La faccenda della storiella?»

«No, la posizione della tua ex.»

«Anche secondo me. Quindi speriamo che arrivi il giorno delle presentazioni, no?» Lo guardai di sbieco. «Va' a disfare la valigia. Se hai bisogno, ti ho anche lasciato libero il primo cassetto del comò.»

«E dove hai nascosto tutto il materiale porno che ci tenevi dentro?»

«Sotto il letto. E non andarci a guardare: non vorrei che i miei gusti ti spaventassero.» Si concesse un ampio sorriso e, dopo avermi dato un piccolo bacio sulle labbra, aggiunse: «Adesso arrivo anch'io».

Stavo chiudendo la valigia vuota per infilarla sotto il letto (e controllare così se la storia dei porno era vera), quando Bruno entrò in camera portando un vassoio con qualcosa da mangiare. Sotto il braccio teneva una bottiglia di vetro verde, senza etichetta.

«Sidro. Non male, vero? Benvenuta nelle Asturie.»

«Vuoi farmi ubriacare?»

«Forse.» Sulle labbra gli si dipinse di nuovo uno di quei perfidi sorrisi che tanto mi piacevano. «Coraggio, signorina, inizi pure a spogliarsi.»

Bruno aprì la bottiglia e servì da bere, mentre io mi sfilavo la giacca di lana con cintura. Poi, vedendolo distratto, pensai: che diavolo! In fretta e furia mi tolsi gli stivali, la camicia bianca (che lasciai, insieme alla giacca, sul comò), i jeans e i calzettoni spessi. Quando si voltò, ero in lingerie.

«Oh, mio Dio: mi leggi nel pensiero!» Sorrise.

«L'hai detto ad alta voce.»

Scoppiai a ridere e mi sdraiai sulle coperte, con la pelle d'oca. Bruno si tolse d'un fiato la maglia di lana marrone, la maglietta bianca che aveva sotto e i pantaloni. Quando si stese su di me indossava soltanto gli slip.

Ci baciammo a lungo e io mi abbandonai ancora una volta alla danza della sua lingua, tiepida e decisa dentro la mia bocca. Poi mi baciò il mento, scese lungo il collo e mi sganciò il reggiseno. Nella stanza la luce filtrava senza alcun pudore e i miei seni si scoprirono di fronte ai suoi occhi scuri. Sorrise malizioso.

«Sei perfetta.»

«Come no.»

«Dovrò pur farti qualche complimento per raggiungere il mio obiettivo, no?»

La sua erezione si puntò tra le mie cosce. Quando nel muoversi mi sfregò il clitoride gemetti. E anche lui. Senza dire altro mi abbassò le mutandine e iniziò a leccarmi dal ventre in giù, allargandomi le gambe.

Nonostante il sesso orale mi fosse sempre sembrato una cosa tremendamente intima, non lo fermai. Controllai il nervosismo e mi dissi che non stava succedendo nulla di grave, che era tutto naturale. Hai permesso a Víctor di farlo, e alla fine lui non era così speciale, giusto?

Ero lì, in attesa che infilasse la lingua fra le mie labbra, nervosa e agitata, quando qualcosa atterrò sul materasso di fianco a me, con una specie di verso strozzato. Spaventata, chiusi le gambe, stringendoci in mezzo la testa di Bruno.

«Ahi!» protestò.

«Cazzo, che spavento!»

Un enorme gatto bianco e nero inclinò la testa, studiandoci ed emettendo un miagolio mentre faceva le fusa.

«Non farci caso, è Anisakis.»

Ma certo: mi fa un gran piacere che ti dedichi a leccarmela sotto lo sguardo attento del tuo micio.

«Da dove è uscito?» chiesi, cercando di controllare il respiro.

«Boh. Da sotto il letto, dall'inferno... Va' a sapere!»

Un'altra testa felina, questa color ruggine, si affacciò sul letto. Un istante dopo ero circondata.

«Questo è Sanguisuga.»

«Ti ho già fatto i complimenti per i nomi, vero?» commentai, ironica. Bruno mi diede un bacio sul monte di Venere.

«Dai, ignorali. Se ne andranno.» Sentii il suo respiro caldo farsi più vicino.

«Bruno, scusa...» Lo allontanai dalle mie gambe. «È che inibiscono un po'...»

Lui sbuffò, si alzò dal letto, li prese e li mise fuori. Poi chiuse la porta e si voltò. Ne approfittai per studiare l'erezione che gli gonfiava le mutande.

«Possiamo andare avanti?» Sollevò le sopracciglia. «E non dirmi di no, o stanotte li faccio al forno.»

«Vieni.» Sorrisi.

Si stese su di me e ci baciammo, ci accarezzammo.

Un coro di miagolii si levò al di là della porta, e io lo guardai con occhi da agnellino.

«Li uccido?» chiese, mettendo su una faccina dispiaciuta.

Lo squillo del telefono mi evitò di rispondere. Bruno raggiunse la cornetta sdraiandosi su di me.

«Sì? Ciao, Amaia.»

Si spostò lì di fianco, io presi gli slip e me li infilai.

«Sì, l'ha dimenticato qui stamattina, in cucina. L'ho messo in camera sua. Te lo porto? O lo porto a lei domattina, a scuola?» Una pausa. «No? D'accordo. Va bene. Certo. Stammi bene.» Agganciò. «Aitana ha dimenticato qui il suo coccodrillo e aveva paura di averlo perso.»

«Ha un coccodrillo? Che avventuriera!»

«È un bambolotto, ma suppongo l'avessi già capito. Lei lo chiama crocrodillo. Non c'è modo di farglielo dire bene.»

Sorrisi e lui fece lo stesso. Gettai uno sguardo fra le sue gambe e notai che la situazione si era... normalizzata.

«È rientrato?» chiesi.

Si guardò e, scoppiando a ridere, annuì.

«Per me Amaia è come il bromuro. Mi basta sentirla e scompare ogni traccia di libido. Deve essere il suo superpotere. Quello e la supernoiosità.» Risi e lui, facendo cenno di no con la testa, mi chiese scusa. «Prima i gatti, poi la mia ex moglie... Cosa manca?»

«Mia madre.»

«No, no, a tua madre ho già detto di non venire a trovarmi oggi, che volevo farmi almeno una scopata con te.» Mi guardò e sospirò. «Ti sei infilata le mutandine, quindi mi sa che...»

«Abbiamo cinque giorni. Prendi le cose con calma.»

«Se questa situazione si protrae avrò delle eiaculazioni notturne, sappilo.»

«Piagnone!» Risi.

Mangiammo a letto e bevemmo una bottiglia di sidro. Buonissimo, va detto. Poi ci sdraiammo di nuovo e riprendemmo a baciarci; ma, nonostante lui indossasse solo i pantaloni del pigiama e io una camicia da notte, sembrava avesse deciso che non era ancora il momento di fare quel passo.

Mi svegliai alle otto di sera, quando ormai fuori era calato il buio. Mi alzai, raggiunsi il bagno e mi struccai. Non aveva alcun senso andare in giro con una maschera nera che celasse la mia identità; e poi, se non l'avevo già fatto, preferivo evitare di macchiare il cuscino. Quando uscii, Bruno si agitava sotto il piumone. Fuori era tutto scuro, come la bocca di un lupo. Mi lasciai cadere al suo fianco, lui aprì gli occhi e mi squadrò. Poi gli si disegnò sulle labbra un placido sorriso.

«Ho sognato... un sacco di cose» disse.

«Cosa?»

«Te.»

«Me?»

«Sì.»

«E cosa succedeva?»

«Che da quel momento in poi avrei pregato solo lei, la mia dea» sussurrò.

Uscimmo nel giardino sul retro, ben vestiti e protetti da due coperte. Bruno ne sistemò una accanto al muretto di pietra che delimitava il prato, e mi invitò a sedere. Poi mi lasciò l'altra, pregandomi di mettermi comoda.

I suoi passi scricchiolarono sulla ghiaia del sentiero e, di colpo, tenui luci rischiararono il giardino. Chiusi gli occhi e inspirai. Freddo, erba bagnata e fiori dall'aroma dolce. Víctor e io progettavamo di visitare le Asturie e la Galizia, in primavera. Partire in macchina, fermarci dove ci andava, dormire dove preferivamo... Poi ci saremmo seduti a guardare il paesaggio, gustandoci il freddo umido del Nord.

I passi di Bruno mi riportarono alla realtà e me lo ritrovai alle spalle, una pipa in una mano e nell'altra un bicchiere di vino per me.

«Fumi la pipa?»

«Quando vengo a sedermi qui, sì. Hai mai provato?»

«No.»

Si mise accanto a me, avvolgendo entrambi nella coperta. Bevvi un sorso di vino e lo osservai mentre accendeva il braciere, dal quale si alzò una nuvola di fumo.

«Ha un buon profumo» commentai.

«Non è il tabacco.»

«E cosa, allora?»

«È il profumo di quello che sta nascendo tra noi.»

Lo guardai di sottecchi e sorrise. Mi porse la pipa poi si sistemò dietro di me, di modo che potessi appoggiare la schiena sul suo petto. Provai a dare una boccata, mentre il suo naso passeggiava sul mio collo.

«Da quando hai questa casa?»

«Tra poco saranno quattro anni.»

«Eri ancora sposato?»
«No. L'ho comprata appena ho divorziato.»
«La bambina doveva essere piccola.» Pensai ad alta voce.
«Neonata.»
«E da allora... sei più uscito con qualcuna?»
«Be'... all'inizio non ne avevo granché voglia. Credo che entrambi sperassimo di poter sistemare le cose. Ci provammo anche, per Aitana, ma non fu possibile. Poi, un paio di anni fa, ho conosciuto una ragazza, ma nemmeno con lei ha funzionato.»
«Perché?»
«Vuoi che ti dica la verità o che la mascheri elegantemente?»
«Non aggiungere altro: sei andato a letto con la sua migliore amica. O con sua sorella. O forse peggio...»
«No.» Rise. «A essere sinceri era troppo seria per me. Troppo formale.»
«Questa sembra la versione edulcorata.»
«E non mi stava dietro.» Quando intuì che stavo per fargli altre domande, aggiunse: «A letto».
Mi girai a guardarlo.
«Credo che la cosa mi spaventi.»
«No, non ti spaventa.» Sorrise, e mi prese la pipa per portarsela alla bocca. «A dire il vero sei impaziente di sapere come sono.»
«Non ho grandi termini di paragone.»
«Da quel che ho letto, Víctor andava dritto al sodo, no?»
«Be'...» Feci fatica a deglutire.
«Anch'io, ma in modo un po' diverso.» Mi circondò la vita con le braccia.

«In che senso?» lo stuzzicai.

«Sono brusco» mi sussurrò all'orecchio. «Non sono tipo da galanterie. Spero non ti dispiaccia.»

«Suona un po' egoistico» lo punzecchiai.

«Se dopo aver provato avrai qualche lamentela da esporre, ne discuteremo» continuò a sussurrare.

«Chissà perché noi due finiamo sempre a parlare di sesso...»

«Immagino perché non lo pratichiamo. Sono quelli che non lo fanno a parlarne tanto, no?»

Una delle sue mani scivolò dentro i miei pantaloni. Io feci finta di niente.

«Che calma. Non si sente nulla. E credo di non aver visto mai così tante stelle in tutta la mia vita, nemmeno al planetario!» La sua mano, stuzzicandomi, aveva attivato la mia logorrea.

«Già.» Con l'altra mano mi sbottonò la cintura e il primo bottone dei jeans.

«Vuoi del vino?» chiesi. «È molto buono.»

«Ho le mani occupate.»

«Me ne sono accorta...»

Il suo dito medio cercò uno spazio dentro di me, poi iniziò ad accarezzarmi, su e giù. Io gemetti piano, augurandomi che la vacca Lucinda non scegliesse proprio quel momento per fare la sua apparizione.

«Prendi la pipa per favore.»

L'appoggiai sul muretto, accanto al bicchiere di vino. Il suo respiro sul collo scatenò un'ondata di brividi, mentre la sua mano continuava a muoversi dentro la mia biancheria.

«Dimmi una cosa» mi sussurrò all'orecchio.

«Sì.» Schiarii la voce, cercando di mascherare gli ansimi.

«Preferisci il letto o il tappeto della sala?»

«Il tappeto della sala» risposi.

Bruno era brusco, niente da dire. Non ci pensò molto quando mi sollevò per portarmi in sala, né quando mi poggiò a terra stendendosi su di me o quando mi spogliò. Ma i suoi modi erano contagiosi, quindi neanch'io fui tanto delicata quando lo spogliai a mia volta.

La sua lingua... Ma come faceva, Bruno a baciare così bene? Baciarlo era come... Non credo di saperlo spiegare. Era come tornare indietro ai primi baci, quelli che ti sembravano un mondo, che non finivano mai. I primi baci umidi, che ne chiedono ancora. La sua lingua mi invadeva, danzandomi in bocca...

«Almeno adesso so che non ti piace girarci intorno» sorrisi.

«Esatto. E dico parolacce e porcate. Donna avvisata.»

Il crepitare della legna s'era quasi spento, ma alla poca luce rimasta vidi Bruno scendere finché la sua bocca non fu all'altezza delle mie mutandine. Subito dopo, le sue mani raggiunsero i miei slip e li vidi volare oltre le sue spalle.

31

Vietato ai minori

Bruno non era delicato nemmeno con il sesso orale, ma del resto non era necessario che lo fosse. La sua lingua forte e le sue labbra abili si muovevano divorando tutto al loro passaggio, mentre con le mani mi spalancava le cosce.

Dopo aver respirato a fondo, mi convinsi che andava tutto bene: potevo rivivere ciò che in passato avevo provato con Víctor.

L'indice della sua destra scivolò dentro di me e inarcai un po' la schiena. Smettila, Víctor, o non resisterò, pensai. Oh, mio Dio, il maledetto Víctor era anche lì. Tacqui, mentre la lingua di Bruno disegnava cerchi e rette su di me.

«Ti prego, vieni su» chiesi infine.

Lui tirò a sé i jeans e dalla tasca prese alcuni preservativi. Era ben attrezzato. Se ne infilò uno senza quasi guardarmi. La sua espressione era cambiata, il sorriso malizioso e perfido aveva lasciato il posto a labbra socchiuse e un'aria accigliata. Era evidente che prendeva molto sul serio quelle cose.

Quando vidi che era pronto, aprii le gambe e Bruno si stese su di me aiutando la penetrazione con la mano destra. Lo sentii farsi strada timidamente, appoggiando entrambe le braccia sul tappeto. Poi, con un movimento dei fianchi, il suo pene si conficcò dentro di me e restai senza fiato. Gli colpii la schiena e mandai un lamento, lui rimase fermo per qualche secondo finché il mio corpo non si abituò a quelle dimensioni.

«Oh... Dio» protestai.

«Scusa» ansimò. «Ora inizio a muovermi.»

«No, no...» gli chiesi spaventata. «Tiralo fuori. Tiralo fuori, ti prego.»

Non mi fossi vergognata così tanto sarei scoppiata a piangere.

«Ssh... guarda...» Bruno si mosse piano, con più attenzione. «Meglio?»

«Sì» mentii, anche se avrei voluto urlare qualcosa del tipo: «Tira fuori questa roba mostruosa da dentro di me».

Appoggiò gli avambracci sul tappeto e si dondolò. La frizione era piacevole. Chiusi gli occhi e mi concentrai su quello. Il dolore svaniva. Cazzo, sembrava quasi che fossi vergine.

Ricordai di aver sentito male anche la prima volta con Víctor. Era da tanto che non facevo l'amore, ma lui era stato attento e molto dolce.

Víctor, vattene da qui.

Mi accorsi di dover far qualcosa per farlo scomparire, così fui io a muovere i fianchi. Bruno grugnì di piacere e lanciò in aria un deciso: «Porca puttana».

Sorrisi. Lui strinse i denti e mi penetrò. Lanciai un gemito acuto.

Ci girammo e mi sedetti a cavalcioni su di lui, ma con le gambe il più aperte possibile. Mi riempiva così tanto... Le sue mani grandi mi afferrarono le cosce e mi guidarono su e giù, a un ritmo che fece sobbalzare il mio seno senza tregua.

«Non fermarti» gemette.

Appoggiai i palmi delle mani sul suo stomaco e mi mossi un po' più lentamente, facendo ondeggiare la schiena e i fianchi. Lui sembrava attraversato da scosse.

«Cazzo...» mormorò. «Sei incredibile.»

Mi scostai i capelli da un lato e continuai a muovermi su di lui. Non so se era la sua dimensione, l'angolazione, la posizione o tutto l'insieme, ma continuavo a trattenermi. Non volevo accelerare e venire subito.

«Ti piace farti scopare, mentre ti limiti a guardare?» Alzai un sopracciglio e sorrisi, perfida e provocante.

Bruno girò fino a mettermi con la schiena sul tappeto.

«Cosa c'è? Vuoi più movimento e non sai come chiederlo?» ansimò.

«Devo chiedere?»

La prima penetrazione mi tolse di nuovo il fiato, la seconda mi fece male, la terza pensai che fosse troppo e la quarta mi fece impazzire. Gli conficcai le unghie nella schiena per dimostrarglielo. Lui gemette così forte che pensai sarebbe venuto.

Si tirò all'indietro e, portandomi con sé, mi incastrò nel suo corpo inginocchiato. Resistemmo in quella posizione da equilibristi più di quanto avrei immaginato. Poi ci girammo e mi misi di nuovo su di lui. Bruno iniziò ad ansimare ritmicamente e il suo sorriso si allargò mentre mi guardava montarlo, quasi frenetica. Mi lasciai cadere con più forza su di lui, che si tirò su di colpo: «Cazzo, porca puttana...». Mi fissò e aggiunse: «Scopami, mia dea».

Chiusi gli occhi. L'ultima volta che ero andata a letto con qualcuno continuavo a sentire le farfalle nello stomaco e ad arrossire. Persino la scopata più selvaggia, brutale e volgare, con Víctor era fare l'amore. Bruno risvegliava un'altra Valeria.

Un gemito mi riportò alla realtà. Bruno, sotto di me, si tratteneva. Mi avvisò: «Se continui così vengo».

«Aspetta...» supplicai senza smettere di muovermi. «Aspettami.»

«Non vado da nessuna parte.»

«Aspettami...»

Mi spinse le spalle indietro e alzò un po' di più i fianchi a ogni colpo; sincronizzammo alla perfezione i nostri movimenti.

Un solletico mi avvisò che stavo per venire e intensificai la frizione, mentre mi penetrava sempre più in profondità. Aprii la bocca per gemere, ma non mi uscì la voce. Centimetro dopo centimetro, un'ondata di piacere prese a inondarmi il corpo partendo dal mio sesso. Raggiunse le gambe, i fianchi, il seno, il collo, le braccia e la colonna vertebrale. Quell'orgasmo durò molto più a lungo di quanto fossi abituata, e finché non fu concluso la voce non mi tornò.

Sotto di me, Bruno mi osservava trattenendosi.

«Adesso tocca a te» gli dissi, esausta. «Adesso tocca a te.»

«Non da solo.» E sorrise.

Ci girammo e afferrai il tappeto con forza.

«Toccati» mi chiese. «Cazzo, toccati, toccati...»

Infilai la mano destra tra le gambe, in mezzo ai nostri corpi, e mi accarezzai mentre sentivo la forza delle sue penetrazioni. Percepivo il suo pene caldo e palpitante che mi riempiva e, quando ripresi di nuovo a gemere, Bruno eiaculò.

«Porca puttana!» urlò.

E io, semplicemente, venni di nuovo.

Imparai in fretta che quando Bruno affermava di essere sboccato, non scherzava. Lo constatai già quella prima volta, ma me lo dimostrò anche la seconda e la terza, quella stessa notte. Aveva un intero arsenale di possibili combinazioni da pronunciare quando i miei movimenti lo facevano sciogliere di piacere. E quella settimana ebbe modo di sfoggiarne parecchie.

Il giorno dopo lo trascorremmo quasi tutto in camera sua. Uscimmo soltanto per andare in cucina a mangiare qualcosa, e finimmo anche lì per ritrovarci a scopare contro la parete. Era come se ci avessero dato la carica. Ricordai che, all'inizio, anche con Víctor era stato uguale. Uguale, ma diverso.

Bruno diceva parecchie oscenità durante il sesso, e mi fece scoprire un mondo intero di frasi da pronunciare nel momento clou. A essere sincera, ci presi gusto. All'inizio ero a disagio, ma poi mi lasciai trasportare. In fondo eravamo noi due, e quello solo un modo come un altro per esprimere quanto ci divertissimo insieme. Bruno... cazzo. Bruno. Mi fece scoprire che il sesso è divertente, come sport. Come sport, sia ben chiaro.

Lo facemmo in ogni angolo di casa sua, o quasi. Be', in tutti a parte la stanza e il bagno di sua figlia. Ma, per il resto, non lasciammo inesplorate neanche le scale. E devo riconoscere che lì fu piuttosto interessante. Cosa dire poi della vasca da bagno? E della doccia al piano di sotto? E del divano? E del tavolo della cucina? Anche se la volta più divertente fu in macchina...

«Non hai mai scopato in macchina?» mi chiese con voce acuta. «Com'è possibile? Ma sei stata un'adolescente? Devi ricostruirti un passato!»

Poi, quando iniziavo a imbronciarmi per quelle risate, mi prese per mano, mi trascinò fino in giardino e aprì l'auto.

«Togliti le mutandine prima di salire.»

32

L'ultima scopata prima della partenza

Entrai in camera di Bruno e lo vidi parlare al telefono, accanto al letto.

«D'accordo, tesoro. Ma la faccenda dello zoo non mi convince molto.» Fece una pausa e poi scoppiò a ridere. «No, no, non c'è niente che puoi fare per convincermi. Ci confronteremo, d'accordo?» Si voltò, intuendo la mia presenza, e mi fece l'occhiolino. «Confrontarsi vuol dire parlare, discutere di qualcosa senza urlare né piangere, e lasciando sempre che l'altro finisca la frase. D'accordo. Accettato. Ci confronteremo domani sera. Ciao, tesoro. Dai un bacio a mamma.»

Riagganciò e lasciò cadere il telefono sulla coperta.

«Immagino tu abbia voglia di vederla» dissi.

«Sì, ma non voglio che tu te ne vada.» Mi prese dai fianchi e mi baciò sulle labbra. «Sono stati giorni stupendi. Anche se, siccome soltanto un'avventura, finiranno qui, vero?»

Alzai un sopracciglio.

«Ti sei già stancato di me? Hai fatto in fretta!»

Lo accarezzai. Indossava un maglione di lana beige, sopra una maglietta bianca e dei Levi's consunti. Era molto sexy.

«Sai che...» iniziò.

«Non farmi promesse» chiesi. «Non mi piace quando mi dicono qualcosa solo perché convinti che io voglia sentire quelle parole.»

Annuì con un sorriso.

«Quindi?»

«Fa' in modo che non dimentichi mai questi giorni» proposi, maliziosa.

«Non l'ho già fatto?»

«Forse ho bisogno di rinfrescarmi la memoria...»

Si sfilò il maglione e lo lasciò cadere a terra. Ci togliemmo il resto degli indumenti tra i baci, fin quando non fummo nudi.

«Vuoi una cosa romantica?» domandò, ironico.

Feci cenno di no.

«Voglio che tu lo faccia con me come avresti sempre voluto.»

Per me «romantico» implicava sentimenti che ancora non provavo per Bruno, e che forse provavo ancora per un'altra persona. Una persona che dovevo dimenticare.

Mi sedetti sul letto, lui si avvicinò e mi accarezzò i capelli. La mia testa era all'altezza delle sue parti basse. Si morse il labbro con desiderio, e tanto bastò: non dovette dirmi cosa desiderava. Sono una ragazza sveglia.

Mi lasciai cadere in ginocchio, sul piccolo tappeto grigio accanto al letto, e portai alle labbra la sua erezione ancora incerta. Quando feci scivolare la punta del pene sulla mia lingua, era già diventato duro. Mossi la testa, avanti e indietro, e lui mi afferrò dai capelli.

«Come lo fai bene... continua... non fermarti.»

Me lo spinsi in gola più che potevo e poi mi allontanai, facendo pressione con le labbra via via che lo tiravo fuori. Continuai così per un po', poi presi a leccare la cappella e con piccoli tocchi raggiunsi la base. Gemette, sorpreso e in preda al piacere, quando gli accarezzai i testicoli.

Tornai alla punta e, senza l'aiuto delle mani, iniziai a succhiarlo con più energia. Bruno afferrò i miei capelli e, con attenzione, iniziò a spingermi in basso.

«Mi piace scoparti la bocca» gemette.

Io, ormai abituata, non arrossii. Mi eccitai e basta.

«Vuoi andare fino in fondo?» chiesi, tirando su la testa.

Fece cenno di no.

«Ci sono molte cose che voglio fare, prima...» Mi aiutò ad alzarmi e mi buttò sul letto. «Toccati...»

Portai la mano tra le gambe e mi accarezzai con l'indice. Ero bagnata. Bruno si toccò piano, guardandomi, e si infilò un preservativo.

Mi penetrò con una tale forza da farmi slittare sul materasso.

«Ah!» urlai, senza sapere se era dolore, desiderio, piacere o voglia di averne ancora. Un po' di tutto, immagino.

«Ti scoperò fino a spezzarti.»

Risi, provocante, e lui continuò a penetrarmi con rabbia.

«Mi ecciti così tanto che potrei passare giorni e giorni a venirti dentro, a scoparti la bocca, a riempirti tutta.»

Mi mossi e lui ne approfittò per uscire, girarmi e mettermi a pecorina. Poi tornò a sprofondarsi in me, facendomi urlare.

«Sei eccitata?»

«Molto...»

Mi avvicinò due dita alla bocca. Mentre le leccavo con cura, mi accorsi per la prima volta che ci potevamo guardare nello specchio dell'armadio. La cosa mi eccitò ancora di più. Non avevo alcun freno.

Portò le due dita bagnate fino al mio sedere e mi accarezzò lentamente tra le natiche.

«Fermati...» gli chiesi.

«Un giorno lo faremo» gemette.

«Non credo proprio!»

Scoppiò a ridere e infilò un dito, facendomi arcuare.

«Non hai mia provato?»

«No...» gemetti. «Fermati...»

Si sfilò, mi fece girare e, fissandomi, mi assicurò che sarebbe capitato presto... Reclinai la testa oltre il bordo del letto e mi guardai a faccia in giù nel riflesso dello specchio, mentre Bruno spingeva forte tra le mie gambe.

«Mi piace guardare come mi scopi» dissi.

Si sollevò e mi tirò su, portandomi in braccio sul lato del letto più vicino allo specchio.

«Così vedrai meglio.» Si lasciò cadere e mi fece alzare. «Girati e siediti su di me, di schiena. Ora mettilo dentro...» Seguii le sue istruzioni. La mia espressione era incredibile. «Alza le gambe» mi disse, aiutandomi. Ero lì, a gambe aperte davanti allo specchio, a osservare come entrava e usciva da me. «Guarda. Guarda come ti scopo. Guarda come ti faccio venire.»

«Sì, sì...» gemetti.

Accelerammo e nessuno dei due si perse un solo dettaglio delle sue dita che scivolavano su di me, masturbandomi mentre mi penetrava. Venni una prima volta, selvaggiamente, poi una seconda, inaspettata, dolce e sconcertante.

«Godo...» avvisò lui.

Mi alzai, lo tirai fuori e mi inginocchiai di nuovo. Sfilai il preservativo e lo feci cadere sul pavimento di parquet. Quando me lo infilai in bocca sapeva di lattice, ma che importava? Bruno mi venne in bocca...

Se Nerea fosse stata da quelle parti, sarebbe morta su due piedi in preda a una sincope. Ma il sesso è così. È sesso.

Uh, che caldo che fa da queste parti, no?

33

Valeria la Bestia torna umana

Quando ci salutammo, all'aeroporto, eravamo tristi. Erano stati cinque giorni fantastici e adesso ci saremmo separati per chissà quante settimane. Bruno non aveva lavorato per niente, io ancora meno. Be', avevamo lavorato in un altro senso, diciamo, e pure parecchio. Porca miseria. Credo di avere ancora le chiappe contratte da allora. Quindi eravamo tristi, ma anche emozionati. Non ero l'unica a pensare che era andato tutto bene, e che quel viaggio poteva essere il primo di molti altri. Una bella novità... Potevo anche ridere della selvaggia sincerità e delle volgarità di Bruno, ma era un uomo che prendeva sul serio le cose. Sarebbe stato lo stesso per il nostro rapporto? Che poi, non era soltanto una storiella?

Atterrata a Barajas presi un taxi e andai dritta a casa, decisa a fare due lavatrici, infilarmi in bagno finalmente da sola e dormicchiare un po'. Ah, ah, ah. Appena entrata vidi la lucina lampeggiante della segreteria telefonica. Maledizione. Perché non mi avevano chiamata sul cellulare? Misi su la caffettiera, accesi il riscaldamento, mi sedetti sul bordo del letto e schiacciai il pulsante per ascoltare i messaggi.

«Valeria, tesoro, mi ero dimenticata che andavi in

campagna. Non volevo dirti nulla di particolare.» La voce di mia madre tacque; in sottofondo sentii quella di mio padre. «Ah, ah, ah. Giusto, giusto. Tuo padre chiede se queste "vacanze" significano che hai ripreso a lavorare, per tirarci fuori una volta per tutte dalla povertà. Niente, niente, ci sentia...» Il messaggio finiva lì. D'accordo, è vero, non finiva lì, ma passai al seguente, sperando fosse più gradevole.

«Valeria!» L'urlo di Lola mi mandò il cuore in gola. «Torna! Evito di chiamarti al cellulare perché mi risponderesti a monosillabi. Te lo sei scopato? Forse.» Stava imitando la mia voce. «Lo fa bene? Chi lo sa... Dai, torna. È che... Chi gioca con il fuoco si brucia. Almeno, però, tu vai a letto con un uomo, mica come me...» Né un ciao né altro. Solo il suono del telefono che viene messo giù.

«Valeria, sono Jose. Siccome nel messaggio dici che tornerai lunedì pomeriggio, non è il caso che ti chiami per avvisarti, ma a quelli della rivista interesserebbe molto conoscerti. Pagano bene, e a parola, ma io non ti ho detto nulla. Ah, ho finito di leggere *Valeria allo specchio.* Niente male. Spero che la licenza poetica sul finale serva solo a renderlo più interessante... Chiamami lunedì.»

Mi alzai e improvvisai un balletto, poi andai verso la borsa per festeggiare con la sigaretta della vittoria. A quel punto un'altra voce mi fece fermare. Sorrisi.

«Mi manchi. Soprattutto sul tappeto della sala. Mi sdraio lì e... non è la stessa senza te. Be', niente. Chiamami quando arrivi. Aspetto la tua telefonata con il pisello nel ghiaccio.»

Le settimane successive furono molto stressanti, almeno per me. Non che non fossi abituata a giornate lavorative di quel genere, ma mi stavo giocando una possibile collaborazione con un'importante rivista femminile, che in potenza mi avrebbe procurato parecchi soldini tutti i mesi. Non uno stipendione, okay, ma mi avrebbe dato l'opportunità di andare avanti e nel frattempo provare altre strade.

Devo confessare che come prima cosa avevo chiamato Bruno, per dargli la buona notizia. Lui ne era stato felice quasi lo riguardasse direttamente. Era una mia impressione o ci stavamo già comportando come una coppia che prendeva le cose sul serio?

Poi, appena ero riuscita a rintracciare Jose – Jose è sempre al telefono, e quando non trovi occupato ci impiega una vita a rispondere o semplicemente non lo fa – avevamo fissato un pranzo con la responsabile della rivista: mercoledì di quella settimana. Siccome non si sa mai, dovevo portare diverse proposte e dimostrare così, parafrasando Jose, di essere una persona proattiva, creativa e piena di idee. Quanto a lui, credo fosse felice della possibile pubblicità gratuita per la casa editrice. In ogni caso, però, al pranzo sarei dovuta andare da sola. Abbandonata di fronte al pericolo.

Passai la notte del lunedì seduta davanti al computer, risistemando vecchi pezzi sparsi qua e là; dopo avergli dato una forma sarebbero stati passabili. Scrissi anche qualcosa di nuovo. Non ricordo di preciso quanti caffè mandai giù, parecchi. Andai a letto martedì mattina alle sette, dormii fino alle undici e, dopo una doccia e un altro caffè, mi rimisi a lavorare. Volevo finire in fretta e riposarmi per bene, in modo da non presentarmi all'appuntamento con la faccia da zombie.

Mercoledì uscii dalla metropolitana a un isolato dal ristorante e telefonai a ognuna delle ragazze, piagnucolando un po' in preda a una crisi di nervi. Tutte mi incoraggiarono, mi fecero forza e mi dedicarono militaresche arringhe motivazionali. Alla fine presi fiato, guardai il mio riflesso in una vetrina per assicurarmi che fosse tutto in ordine e andai, decisa. La fortuna è un atteggiamento.

Localizzai la responsabile della rivista: stava bevendo un bicchiere di vino bianco al bancone del ristorante. Aveva i capelli castani non troppo lunghi, un sorriso affascinante e dei grandi ed espressivi occhi marroni. Mi bastò uno sguardo per trovarla simpatica. E poi non poteva essere più glamour. Indossava jeans eleganti, una camicetta bianca con i bottoni dorati e una giacca di cuoio in-cre-di-bi-le. Come non bastasse, si muoveva agile su tacchi Salvatore Ferragamo capaci di farmi sospirare d'invidia. Ci salutammo e mi scusai per l'attesa, ma lei confessò di essere arrivata in anticipo per sfuggire al clima di isteria collettiva che si respirava in redazione: erano a pochi giorni dalla chiusura del numero. Mi fece sentire sicura e a mio agio. Fece persino degli apprezzamenti sul mio look!

«Valeria, dimmi, che colore di smalto usi? È Vendetta, di Chanel?»

«Be'... sì» risposi, sorpresa. «Che occhio!»

«Occhio clinico» chiarì, mentre ci accomodavamo al tavolo che lei stessa aveva prenotato. «Adoro l'effetto smoky che hai usato per gli occhi. Alle ragazze del settore beauty piaceresti molto. Per non parlare di quelle dello shopping, che sarebbero già svenute davanti ai tuoi fantastici jeans Donna Karan!»

Mio Dio... Era come parlare una lingua che si capisce, ma non si riesce a maneggiare con naturalezza.

«Un acquisto dell'ultimo minuto» confessai, stringata e sorridente.

Nicoletta, così si chiamava, era una donna saggia, di quelle che sanno affrontare ogni cosa nel modo più naturale. Anziché affrontare a brutto muso la questione "affari", iniziò un'educata e rilassata conversazione sulle ultime tendenze, i viaggi che più mi avevano segnata, il mio precedente lavoro, la mia formazione, gli anni di università... Non so se stesse valutando il mio background, ma in tal caso lo faceva molto bene. Per la prima volta sentii che mi veniva offerta l'occasione di valorizzare quel che il mio stringato curriculum non poteva contenere.

Parlammo di *Ode*, e affermò di essere una mia lettrice. Il mio editore le aveva mandato una copia di *Nei panni di Valeria*, e mi confessò di essere riuscita a procurarsi sotto banco una bozza della seconda parte. Così, inevitabilmente, arrivammo a parlare anche della mia vita sentimentale.

«E dimmi, Víctor è ancora lì in tutto il suo splendore? La redazione non fa che fantasticare su di lui.»

«Be'...» Risi. «Non so come lo immaginiate, ma sì, temo di sì. Non aggiungo altro per non spoilerare.»

«Ho capito, ci sarà una terza parte.»

«Forse...»

«Ci stai già lavorando?» chiese, appoggiandosi al tavolo con fare elegante.

«Direi piuttosto che la sto vivendo.»

Sorrise. «Non tutti i tuoi lettori immaginano che sia proprio una storia vera.»

«Meglio così. Mia madre non ne è molto felice... E a lei ho persino fatto credere che è per metà inventato.»

«Già, immagino cosa direbbe la mia, di madre. Se posso, adesso stai uscendo con qualcuno?»

Scoppiai a ridere, sentendomi a mio agio nonostante la domanda.

«Sì. Credo di sì.»

«È Víctor? Oh, no, non dirmelo.» Rise. «Aspetterò la terza parte.»

«Ci vorrà qualche mese.»

«Qualche mese» ripeté. «Capisco. Ma veniamo un attimo a noi: cosa faresti se avessi a disposizione mezza pagina sulla nostra rivista?»

«Mezza pagina? Mmh... credo che me ne servirebbe una intera.» Feci l'occhiolino.

A giudicare dal suo sorriso, era proprio quel che voleva sentire.

Bevemmo un altro bicchiere di vino, mangiammo qualcosa, condividemmo un dessert e continuammo a chiacchierare come fossimo due vecchie amiche. Sì, la cosa prometteva bene.

Ci salutammo sulla porta del ristorante con un «Ci aggiorniamo», e lei scomparve in un taxi. Andava via con un'intera cartellina di miei progetti sottobraccio.

Jose mi chiamò qualche giorno dopo per dirmi che aveva ricevuto un magnifico feedback e che, sebbene non sapesse ancora nulla di concreto dalla rivista, il mio libro sarebbe uscito a maggio. Dieci mesi dopo il primo.

«Questo ti darà una bella spinta, dando il via a un circolo virtuoso. Prepara la terza parte, tesoro.»

Che qualcuno abbia così tanta fiducia nel successo di un tuo scritto è incoraggiante, ma al tempo stesso angoscioso. E se non fosse andato bene? E se non avesse venduto? D'altro canto, perché pensare al peggio? Il primo, dopo un inizio un po' in sordina, era risalito grazie al passaparola. Proprio come *Ode*, che in più era stato un vero successo e aveva anche vinto un premio.

Certo, col senno di poi avrei fatto meglio a non lasciare il lavoro, ma in fondo non era andata poi così male. Cosa posso dire? Mi ero arrangiata.

Il fatto è che tutto quello che mi era capitato – e con tutto intendo tutto: la mia instabile situazione economica, il mio matrimonio fallito, il mio successivo divorzio e la relazione conclusa con Víctor – mi era capitato perché ero una bambina. Quando avevo deciso di sposarmi mi credevo una gran donna, ma non potevo immaginare cosa mi avrebbe riservato la vita. L'immaturità rende ancora più difficile districarsi con gli equilibrismi richiesti a noi donne. E più gli altri ti aiutano, più sei protetta, più tempo ci impiegherai a uscire dal guscio. Perché in fondo, lì dentro, sta bene e al calduccio.

Dopo la telefonata di Jose, con in mente l'uscita del mio secondo romanzo autobiografico, non potei evitare di accantonare tutto per qualche giorno. Entrai in una specie di ritiro spirituale, o di clausura, e pensai, pensai,

pensai. Quella forma distorta di «meditazione», però, non mi avrebbe portata da nessuna parte. E infatti mi lasciò alla deriva, intorpidita.

Quando tornai nel mondo dei vivi, mi accorsi che era già marzo e non faceva più freddo. Erano quasi tre mesi che conoscevo Bruno, ed erano quasi tre mesi che io e Víctor avevamo rotto. Sei mesi che avevo firmato i documenti per il divorzio, nove che Adrián se n'era andato di casa.

Ovviamente, io e Bruno, continuammo a chiamarci una volta al giorno, spesso anche due. E giuro che mi dava fastidio non sentirne il profumo mentre gli parlavo, o non potergli baciargli il collo mentre ascoltavo la sua voce. Ma lui aveva ben altri impegni a parte sedersi davanti al computer (cosa che avrebbe potuto fare anche a casa mia, nei momenti in cui la mia smania di averlo gliel'avesse concesso): faceva l'articolista per diverse pubblicazioni, prendeva parte a un programma radiofonico e, come se non bastasse, era padre. La bambina non si poteva mica prendere, infilare in uno zaino e portare da una parte all'altra. «Guarda, questa è l'amante di tuo papà!» Morivo dalla voglia di stare di nuovo con lui ma, bisogna riconoscerlo, non c'erano le condizioni per dare inizio a una relazione vera e propria. Che poi... era quello che volevo?

34

Ansia da nozze

Carmen si disse che, se aveva resistito sei anni lavorando per un perfetto cretino, non poteva certo lasciarsi schiacciare dai preparativi di un matrimonio. Un ragionamento logico, che si ripeté per l'ennesima volta davanti allo specchio. In realtà era allo stremo.

Aveva le occhiaie, perdeva i capelli e non riusciva a evitare di mangiarsi le unghie. O di mangiare in generale. Non era mai stata così nervosa. Anzi, quella non era nemmeno la definizione corretta. Era esausta, ecco. Quello di cui, secondo Nerea, doveva occuparsi le sembrava cinese, il tempo non le bastava mai e i chili che aveva deciso di perdere continuavano a stare lì. A dire il vero avevano persino portato qualche amichetto...

Era appena rincasata dopo la seconda prova del vestito, e non riusciva a scrollarsi di dosso la delusione provata nel vedersi. Nella sua testa il vestito le calzava alla perfezione, ma la realtà si era purtroppo rivelata diversa. Quando la sarta le aveva chiesto se fosse ingrassata, avrebbe voluto morire.

Era andata a parecchi matrimoni in vita sua – le amiche del paese erano già salite quasi tutte all'altare, e alcune avevano addirittura dei figli – e conosceva a menadito i commenti che possono investire la sposa. Non aveva nessuna intenzione di fare da bersaglio per simili frecce avvelenate.

A peggiorare le cose, ci si era messa anche la futura suocera, chiedendole se pensasse di mettersi a dieta. «Sei piuttosto grassottella, Carmen. Il vestito non ti starà bene, e poi non ti piaceranno le fotografie.»

Unico dettaglio positivo, Borja aveva reagito malissimo a quel commento. D'altro canto, però, si chiedeva se sua suocera non avesse ragione.

Andò in bagno, si spogliò e salì sulla bilancia; quando abbassò lo sguardo si coprì il volto e scoppiò a piangere. E piangere per una cosa del genere era ciò che la feriva di più. Da sempre consapevole del proprio corpo, di com'era e di come non sarebbe stato mai, non le pesava essere curvilinea. Non le era mai nemmeno sembrata una questione importante.

In fondo gli anni passano per tutte: le amiche che trascorrevano la vita a preoccuparsi dei chili si sarebbero ritrovate a cinquant'anni con la pelle rugosa sulle ossa e una vita vuota. Certo, sarebbero state ben informate su carboidrati e diete miracolose, ma niente di più. Ecco cosa le ripetevamo noi, quando tirava quant'erano dimagrite Tizia o Caia al paese, e i commenti che invece doveva sopportare lei.

«Carmen, tu sei così come ti vedi. Bella» le aveva detto Lola, carica di disprezzo per quelle malelingue. «Quelle battutine maligne sono figlie dell'invidia, perché tu non hai bisogno di infilarti a forza in un vestito striminzito per essere attraente. Tu lo sei di natura. Hai un corpo delizioso! E se a qualcuno non piace... be', che ti baci il culo.»

Così era Lola: difendeva le sue amiche con le unghie e con i denti. Ma lei era Carmen, e non poteva sopportare che le proprie nozze si trasformassero in un tiro al bersaglio. Voleva sentirsi bella, voleva che Borja la trovasse stupenda e che tutto il mondo dimenticasse la sua taglia.

Singhiozzò disperata, e imbarazzata. Poi sentì le chiavi nella serratura.

«Tesoro...» La voce stanca di Borja. «Scusa se non ti ho avvisata che sarei venuto, ma mia madre stava diventando insopportabile. Avevo bisogno di uscire.» Entrò nella camera da letto di quella che sarebbe diventata casa loro, e che al momento ospitava solo Carmen. Si tolse la giacca, continuando a parlare rivolto alla porta del bagno, che lei aveva appena chiuso. «Mi metto il pigiama e preparo la cena, che ne dici?»

Lei si asciugò le lacrime, si struccò, poi si infilò una camicia da notte. Prima di uscire si sciolse i capelli, sperando di nascondere il rossore del volto. Perché quando Carmen piange, poveretta, le vengono delle chiazze rosse su tutta la faccia.

«Amore, io non ho fame» disse, uscendo. Diede a Borja un veloce bacio sulle labbra e si diresse in cucina per preparargli qualcosa, ma le sue dita l'afferrarono per il polso e la trattennero. Quando si voltò verso di lui, vide che aveva l'espressione corrucciata.

«Che succede?»

«Niente. Cosa vuoi che succeda?»

«Perché hai pianto?»

«No, amore, non ho pianto. È che mi sono appena struccata. Si saranno arrossati gli occhi.»

«Tesoro.» Borja sospirò. «Credi che mi impegnerei per tutta la vita con qualcuno che non conosco?»

Lei lo guardò provando ancora a trattenere il broncio, ma alla fine scoppiò in lacrime. Lui fece schioccare la lingua e l'abbracciò.

«D'accordo. Non piangere, non preoccuparti. Raccontami cosa è successo. È stata mia madre? Ti ha di nuovo detto qualcosa?»

«No...» balbettò, le labbra gonfie per via del pianto.

«E allora? È il lavoro? Raccontami, dai...» La allontanò dal suo petto e le asciugò le lacrime con le dita, chiedendo dolcemente spiegazioni. «Vederti piangere mi distrugge, Carmen.»

«È che...» iniziò tra i singhiozzi, «... ho provato il vestito da sposa e... Sono bruttissima!»

L'espressione di Borja cambiò, da preoccupata a stupefatta. Poi abbozzò un sorriso.

«Stai scherzando.»

«No!» Prese a piangere ancora più forte.

Lui la scosse, ma con affetto e delicatezza.

«Amore mio!» Scoppiò a ridere. «Sei solo nervosa! È impossibile che tu sia brutta. Come puoi essere brutta, se sei la cosa più bella che abbia mai visto in tutta la mia vita?»

«Perché sono grassa!»

Borja smise di sorridere.

«Non voglio sentirtelo dire nemmeno per scherzo.»

«Non sto scherzando. Faccio schifo.»

Lui sollevò le sopracciglia.

«Credi di farmi schifo?»

«No...» mormorò Carmen, ancora in lacrime.

«E allora?»

«Tutti mi guarderanno e penseranno che sono una scrofa che ha sempre la bocca aperta, pronta a mangiare. Penseranno che... tutto quello che non mangi tu lo divoro io.»

«Fammi capire...» Le sollevò il mento. «Guardami e dimmi che stai facendo così perché sei stanca, nervosa o perché hai la sindrome premestruale. Non posso credere di aver sbagliato tutto...»

«Tu?»

Annuì, prendendole il volto tra le mani.

«Ricordami di dirtelo più spesso: sei la donna più bella del mondo. Mi perdo a guardarti camminare e passerei tutto il giorno a spogliarti, a fare l'amore con te. Sei deliziosa.» Carmen cercò di abbassare lo sguardo, imbarazzata, ma lui la costrinse a guardarlo negli occhi. «E per tutta la cerimonia non farò che pensare al momento in cui ti porterò a letto. Perché, quando vieni... il mondo svanisce.»

Si baciarono e lei gli passò le braccia intorno al collo. Lui la prese in braccio e la portò a letto. Una volta lì, le guidò una mano fra le proprie cosce. «Come puoi pensare una cosa del genere, se sei l'unica donna a cui basta un bacio per scatenarmi questo?»

E poi, il mondo di Borja svanì per un'ora buona.

Quando Carmen si alzò dal letto per andare in bagno, spettinata e nuda, pensò che in effetti doveva essere impazzita. Cosa contavano i commenti di chi l'avrebbe vista in abito bianco, di fronte al luccichio negli occhi del suo futuro marito?

35

Persuasione

Lola, sulla porta di casa, si stava dedicando anima e corpo a salutare Rai. E quando Lola saluta qualcuno anima e corpo sulla porta di casa significa che:

– il ragazzo in questione le piace da impazzire;
– l'ha soddisfatta a dovere;
– ha la lingua e le mani troppo occupate per parlare.

Ed eccola quindi limonare con passione un diciannovenne, avvinghiata a lui e con una mano persa dentro i suoi pantaloni.

«Smettila» le chiese Rai.

«Perché?»

«Secondo te?»

«Torniamo dentro...» propose lei con un sorriso ammiccante.

«Mi sembra incredibile che tu abbia ancora voglia.» Rise. «In questo momento, però, non sarei degno di te e delle tue aspettative. Né credo che al tuo amico in arrivo farebbe piacere starci a guardare.»

«Non mi stupirebbe, invece, se apprezzasse un po' di sano voyeurismo...»

Scoppiarono entrambi a ridere e si avvicinarono l'uno alla bocca dell'altra.

Uscito dall'ascensore, Víctor si ritrovò di fronte una scena pseudopornografica. Fece un balzo indietro, pensò per un attimo di tornare più tardi, ma alla fine optò per schiarirsi la voce.

Lola si voltò sorridendo verso di lui, con le labbra gonfie e rosse per via di tutti quei baci. Ricambiò il sorriso e alzò la mano a mo' di saluto.

«Fa' pure, eh.»

Lei si voltò e sussurrò qualcosa al suo accompagnatore. Víctor si stupì del suo aspetto: era grande per la sua età. Alto. E ben piazzato. Sembrava quasi un giocatore di rugby, ma magro. Quando infine i due si staccarono, Rai si rivolse a lui porgendogli la mano.

«Ciao, sono Rai, il suo fidanzato.»

Lola, lì dietro, alzò gli occhi al cielo.

«Piacere. Víctor, un amico.»

«Il mio migliore amico» sottolineò lei.

I due si sorrisero.

«Bene, ora è meglio che vada. Vi lascio ai vostri aggiornamenti.»

«Non resti a bere qualcosa con noi?» chiese Víctor, sollecito.

«Lui ha già avuto la sua buona razione di Lola, non ti preoccupare. Adesso tocca a te.»

«Spero non nello stesso senso» commentò Rai.

Risero tutti e, dopo averlo salutato, Lola e Víctor entrarono in casa.

«Molto educato» esordì lui.

«Cosa ne pensi?»

«Che sembra più grande dei suoi vent'anni scarsi. Anzi ti direi addirittura che... fate una bella coppia.»

«Davvero?» chiese lei, stupita.

«Sì, davvero. Tieni.»

Le porse una bottiglia di gin.

«Che bello. Ho delle Schweppes in frigo.»

«Ah, io l'avrei anche bevuto liscio, figurati...»

«Che ti prende?» Lo squadrò di sottecchi.

«In che senso?»

«Be', quando io medito di attaccarmi direttamente alla bottiglia di gin, i casi sono due: o sono già ubriaca persa oppure sono triste da suicidio.»

Lui fece cenno di no con la testa. «Né una cosa né l'altra. Versami un bicchiere, dai.»

«D'accordo. Sarò il tuo sponsor quando andremo insieme agli alcolisti anonimi.»

Víctor sorrise, tirando fuori dalla tasca interna del cappotto l'invito al compleanno di Lola. Glielo mostrò.

«Vuoi confermare di persona la tua presenza?» chiese lei, concentrata sulla preparazione dei due gin tonic.

«In realtà sarebbe meglio non venissi.»

Lola posò il gin sul ripiano della cucina e si voltò verso di lui, che la guardava con aria accigliata.

«*Sai* che sarebbe meglio non venissi» aggiunse.

«Ma verrai. Perché per me è importante.»

«Sarà spiacevole, per entrambi.»

Lola si voltò di nuovo per spremere mezzo limone e dividerne il succo nei due bicchieri.

«Sono già quattro mesi che avete rotto. Perché mai

dovrebbe essere spiacevole? Ormai vi siete rifatti una vita. Vi limiterete a salutarvi in modo civile e via. Solo quello. Puoi addirittura salutarla con un cenno del capo, come fai di solito quando vuoi fare il fico. Ci saranno altre persone...»

Víctor prese il cocktail che lei gli porgeva e andò verso il divano. Per sedersi scostò una scatola di preservativi e l'agenda rossa di Lola. Nulla che potesse stupirlo. Lola uscì dalla cucina mangiando un cetriolino.

«Ne vuoi uno?» chiese.

«No. Preferirei una sigaretta.»

«Credevo avessi smesso.»

«*Avevo* smesso. Me ne offri una?» Lei indicò il pacchetto sul tavolino. «Allora...» continuò Víctor dopo aver acceso la sigaretta «... lei si è rifatta una vita, quindi?»

«Si vede con un tipo. Non so altro.»

«Sì che lo sai, ma non me lo vuoi dire.» Inarcò le sopracciglia, sorridendo un po' imbarazzato.

«Esatto. Non mi mettere a disagio.»

«Mai.» Le toccò un ginocchio.

«Farete una scenata? Perché in quel caso – e solo in quel caso – forse preferirei che non venissi.»

«Non credo. Sì, mi ha dato fastidio come s'è scusata dopo la scenata della clamidia, ma...»

«Tra l'altro, hai dovuto fare delle cure?»

Annuì mentre faceva un tiro. «Sì. Antibiotico, e niente sesso per una settimana.»

«Ci sei riuscito?»

«Ti stupiresti.»

«Sei diventato un asceta e non senti più il richiamo della giungla?»

«Figurati. Giusto ieri mi sono fatto Virginia. E sì, lo so che lei proprio non ti va giù.»

«Immagino che a lei, invece, vada giù tutto.»

Lui scoppiò a ridere e fece spallucce.

«C'è una ragazza... un'altra ragazza... che vedo ogni tanto. Si chiama Cristina. È rossa e formosa.» Sorrise, e Lola fece lo stesso. «È davvero carina, una bomba sexy. Ci divertiamo. Ma... mi sento sollevato quando se ne va.» Fece una smorfia.

«Non riesci a trovare la ragazza per te, Víctor?»

«Forse non sono fatto per avere una ragazza. Forse deve andare così...» Rimase a osservare il fumo della sigaretta che invadeva il piccolo appartamento di Lola.

«Forse è che nessuna è Valeria.»

Lui la guardò di sbieco. «Lascia perdere.»

«Allora vieni alla festa e dimostrami che non ho ragione. Perché, se ce l'ho, allora tu sei un vero imbecille: hai lasciato la donna della vita per... Perché?»

«Non ti si addicono proprio espressioni come "la donna della vita".»

«Non hai risposto.»

«Cazzo, Lola...» protestò seccato. «L'ho lasciata perché lei voleva cose che non potevo darle. E perché ormai avevamo rovinato tutto.»

«Sono una traduttrice, e padroneggio alla perfezione anche il dizionario Víctor-spagnolo/spagnolo-Víctor. Sai cos'hai appena detto?»

«Sorprendimi.» Si portò il bicchiere alle labbra, quasi apatico. Ma quando Lola iniziò a imitare un pollo lui non poté evitare di scoppiare a ridere, sputando parte del drink addosso all'amica.

«Idiota testa di cazzo!» protestò lei. «Smettila di schizzarmi addosso, a meno che non sia una roba erotica!»

«Verrò a quella dannata festa...» sentenziò lui tra le risate, asciugandosi con le mani. «Ma solo per dimostrarti quanto ti voglio bene, cara la mia zoccolona.»

36

Normalità

Bruno entrò in casa mia e rimase a guardarsi intorno per un po', con il sorriso sulle labbra. Poi rise.

«Ti piace la mia topaia?» chiesi.

«Davvero vivevi qui con tuo marito? Non mi stupisco che abbiate divorziato.»

«A volte sai essere simpatico come un dito in un occhio.»

Bruno mi prese tra le braccia e, già che c'era, mi palpò il sedere.

«Sta' zitta!» Rideva. «Mi sei mancata... da pazzi.»

«Anche tu.»

Ci baciammo e cademmo sul letto, dove lui iniziò a spogliarmi.

«Bruno...» gemetti quando mi prese in bocca un seno e mordicchiò il capezzolo.

«Cosa fai quando non ci sono? Chi ti riempie come me?» mormorò, la mano destra già dentro le mie mutandine.

«Nessuno...» risposi.

E in effetti nessuno mi metteva così a mio agio, e mi faceva essere tanto sincera, passionale ed esplicita. Da quando stavo con lui vedevo le cose in un altro modo, persino la nostra relazione. Ero consapevole che la sua vita ruotava intorno alla figlia, e non mi aspettavo certo che la situazione cambiasse: era una cosa normale, naturale. Mi ero solo preoccupata di crearmi uno spazio, laddove possibile. Certo, ci tenevo a essere importante per lui, ma non pretendevo di diventare il fulcro del suo universo. Mi concentravo su altro.

Non a caso, nell'ora successiva, dal mio appartamento vennero solo gemiti, lamenti e parolacce.

Nerea riprese la calcolatrice, sbuffando. Milleduecento più trecento faceva millecinquecento, più cinquecento... duemila. Non c'erano dubbi: aveva superato il preventivo di mille euro. E non sapeva proprio dove andare a tagliare.

Prese il telefono e chiamò Carmen, che a quell'ora doveva essere al lavoro. Le rispose al terzo squillo.

«Bionda!»

«Ciao, Carmen. Ho un problema» annunciò parlando in fretta.

«Che succede?»

«La festa di Lola. Costa il doppio di quanto concordato. E anche così mi sembra di esser stata bassa.»

«Cosa c'è nel preventivo?»

«Tutto. E quando dico tutto intendo che Lola sarà strafelice.»

«Sentiamo...»

«Buttafuori all'entrata, per vedere se sei o meno nella lista. Questo la farà impazzire.»

«Sì, la farà impazzire» rise Carmen.

«E non costa tanto, credimi. È un amico di un amico di... be', non importa. Poi un set fotografico con il mio logo ovunque; questo completamente a mie spese, perché lo terrò e lo riutilizzerò di sicuro. Che altro? Ah, sì. Il fotografo me l'ha consigliato la ragazza che mi darà una mano quella sera. Catering e camerieri: costano poco, sono compagni di scuola di mia nipote, la più grande. Open bar con carta dei cocktail, e quello costa un occhio. Video della serata. Un DJ che prende quanto un ministro. Luci. Torta. Gli inviti, che sono già stati spediti via posta.»

«Cazzo... È una figata!»

«Te l'ho detto. Certo, arriviamo a duemila. Io sono disposta a metterci di più, ma non posso permettermi un investimento che vada oltre... non so, gli ottocento.»

«Quanto mette Lola?»

«Seicento.»

«D'accordo, ottocento più seicento, millequattrocento. Io ne metto trecento e Valeria altri trecento. Risolto.»

«Tesoro, tu stai per sposarti: avrai bisogno di soldi... E te lo dico io, che ti sto organizzando il matrimonio.»

«Nemmeno per Val sarà semplice, ma è una soluzione, no?»

«Sì. Immagino di sì.»

«Dammi il numero del tuo conto. Ti faccio subito il bonifico.»

Lola aprì la porta e Rai entrò con un enorme album da disegno. Indossava un cappello grigio, una giacca militare verde e dei jeans che con solo qualche strappo in più non si sarebbero potuti nemmeno definire pantaloni.

Lola lo squadrò da cima a fondo e fece cenno di no con la testa.

«Fammi capire, tesoro bello, dove te ne vai con quel cappello?»

«Cosa?» chiese lui, accigliato. «Ah, questo? È il mio Borsalino.»

«Be', hai un aspetto...»

Senza ribattere oltre, Rai si tolse il cappello e lo posò sul divano. Non aveva una gran voglia di mettersi a discutere sul proprio abbigliamento, adeguato o meno che fosse. Si sedette, mentre Lola andava in cucina a prendere qualcosa da bere.

«Ti va una birra?»

«Hai una Coca-Cola?» chiese lui, togliendosi la giacca.

«Se preferisci ti posso preparare una tazza di latte caldo, magari con i biscotti a forma di dinosauri.»

Rai alzò gli occhi al cielo e non rispose. Posò la giacca sul tavolino sistemato dietro il divano, a separare l'entrata dalla «sala», ma nel farlo caddero a terra alcuni fogli. Si alzò bestemmiando e li raccolse, senza riuscire a evitare di dar loro un'occhiata.

«Dato che non mi hai risposto, niente biscotti» annunciò lei passandogli una bibita. «Che guardi?»

«Cosa sono?» domandò lui, accennando ai fogli.

«Ah, scartoffie. Niente di importante.»

Rai ne prese uno, studiandolo con interesse: Lola si era visibilmente innervosita.

«È una lista di invitati... per il matrimonio della tua amica?»

«No. Per la mia festa di compleanno» rispose lei con scioltezza.

«Festeggerai il tuo compleanno?» Rai si esibì in un'espressione da cucciolo abbandonato.

«Sì. I miei venti e fischia.»

«E...» Posò la Coca-Cola sul tavolino e infilò le mani in tasca. «Non avevi intenzione di invitarmi, giusto?»

«Be', siccome è anche il tuo compleanno, pensavo avessi già organizzato qualcosa con i tuoi amici. Una bottiglia magnum in un locale cool... no?»

«In realtà, no. Pensavo avremmo festeggiato insieme.»

«D'accordo, allora ecco qua.» Prese una penna e aggiunse il nome di Rai alla lista. «Sei inserito.»

Lui annuì, ma il suo sguardo lasciava intendere che non sarebbe finita lì.

«E dimmi, a questa festa vengo in veste di fidanzato o...»

«Oh, Rai. Fidanzato, fidanzato... Odio quella parola» lo interruppe lei.

«Sono questo, no? Il tuo fidanzato.»

«Definisciti come vuoi» replicò lei, seccata.

«Ecco, mi va di definirmi così. Allora, ci vengo come tuo accompagnatore o come il tizio che ti monta quando non hai altro da fare?»

Lola fu sorpresa dalla durezza di quelle parole, ma decise di chiarire le cose placando l'irresistibile voglia di urlargli contro.

«Ci saranno molte persone, Rai. Molte persone con cui dovrò stare e...»

«Già.»

«Senti, potresti portarti un amico, così non ti annoierai.»

«Certo, perché tu non mi presenterai ai tuoi amici.»

«Non posso mica passare la serata a fare avanti e indietro per presentarti a tutto il mondo... Non avrei il tempo di godermi la festa.»

Rai sospirò e prese la giacca. La indossò sotto lo sguardo attento di Lola e poi, dopo aver preso l'album da disegno e il cappello, si diresse alla porta.

«E adesso che ti prende?» chiese lei, alzando un po' la voce.

«Sono un bambino, no? Un bambino che ti metterà a disagio. E allora meglio lasciar perdere. Facciamo a modo tuo: chiamami quando hai voglia di farti una scopata, o quando non ti va di stare da sola. Per il resto, vaffanculo. D'accordo?»

«Perché fai così?» Lo guardò stupita.

«Perché? Addio, Lola. È la cosa più sana. Non voglio giraci intorno.»

«Non andartene!»

Rai chiuse la porta e Lola lo seguì sul pianerottolo, incredula.

«Con queste reazioni non mi dimostri niente...» sentenziò lei.

«Io devo dimostrarti qualcosa? E tu? Tu cosa vuoi dimostrarmi?»

«E perché io dovrei...» Si indicò il petto con il dito.

«E io? Devo pagarla cara solo perché sono nato nove anni dopo di te?»

«Sei ancora... Sei ancora un bambino, Rai.»

«La vuoi sapere una cosa? Qui la bambina sei tu. Torna a cercarmi quando sarai cresciuta, e avrai deciso che non ti importa cosa pensano gli altri delle tue relazioni.

Nel sesso ti va bene tutto, ma se si tratta di chiamarmi "fidanzato", ecco che ti si stringe il culo e ti nascondi. Quindi stammi bene a sentire: fa' quel che vuoi della tua vita, ma non contare su di me.»

«A me non interessa quel che pensano gli altri. E ha smesso di interessarmi quando tu portavi ancora il pannolino!» rispose arrabbiata.

«Vedi?» Rai si fermò davanti all'ascensore. «Non l'ho detto io, l'hai detto tu. Certo, di cosa pensano della tua lista di trombamici non ti importa, solo che io non voglio farne parte. Strano, eh?»

Poi entrò in ascensore e andò via.

37

Prima della festa

Venerdì 30 marzo

Nerea arrivò a casa mia d'ottimo umore. I capelli raccolti in una coda, indossava dei jeans, scarpe sportive Carolina Herrera, un dolcevita marrone e un piumino smanicato beige.

«Val?»

«Entra, entra» risposi, dai fornelli. «Puntuale come solo tu sai esserlo.»

Le chiesi se voleva un caffè, e accettò con un bel sorriso. Erano anni che non la vedevo così serena; sembrava quasi ringiovanita, luminosa come un'opera d'arte appena restaurata.

Tirai fuori la sua tazza per il caffè, la mia e la zuccheriera, posai tutto su un piccolo vassoio e lo portai sul tavolino basso di quello spazio che a me piaceva chiamare «salottino», ma era in realtà una semplice estensione della camera da letto e dell'entrata. Infilai la mano nella tasca posteriore dei jeans e le porsi una busta.

«Coraggio, contali.»

«Mi fido.»

«Sono io che non mi fido della mia capacità nel contare le banconote. Non è una cosa che faccio spesso.»

Nerea aprì la busta e, con dita abili, verificò la cifra. Sorrise ancora.

«Trecento. Perfetto» disse dandomi la busta, nel caso volessi contare a mia volta. «Grazie mille, Valeria. So che per te è un periodo piuttosto complicato...»

«E lo è davvero, ma cosa ci possiamo fare? Varrà anche come regalo per il suo matrimonio e il battesimo dei suoi figli.» Risi. «Come procedono i preparativi?»

«Be', bene. Mi tengono impegnata tutto il giorno. Un'intera giornata lavorativa, riesci a crederci? Ma sarà la festa dell'anno. Lola non se l'aspetta. Per questo non volevo badare a spese.» Indicò la busta.

«Sai perché ho accettato di contribuire?» Mi sedetti accanto a lei, su un cuscino.

«Perché?»

«Se fosse stato per la festa di Lola ti avrei detto che potevamo gonfiare quattro palloncini e mettere qualche stella filante.»

«E allora?»

«Tra qualche anno voglio vantarmi di essere stata una mecenate, per il primo evento che hai organizzato.»

«Credi che ce la farò?» chiese, un po' dubbiosa.

«Mi sembra chiaro come il sole: mi hai appena scucito trecento euro senza alcuna fatica. Chissà cosa potrai ottenere da persone che non sanno come spenderli! Adesso racconta...»

Sorrise e aprì l'agenda che aveva con sé, in borsa.

«Ho messo insieme l'elenco di invitati di Lola con quello dei suoi amici proposti da te e Carmen. Alla fine, eliminando i doppioni e tutto quanto, siamo a settantacinque. Mi pare un buon numero.»

«Lei ha intuito qualcosa?»

«Niente. Anzi, è tutta la settimana che prova a rimangiarsi la sua proposta per spartirci i cinquanta invitati previsti. Insomma, ci saranno un bel po' di ospiti a sorpresa. Ho già spedito gli inviti. Tieni il tuo.»

Mi passò una busta nera su cui, a lettere dorate, era scritto SARAI ALL'ALTEZZA? Molto provocatorio. Degno di Lola, sissignore. All'interno un cartoncino, anche questo nero, con altre scritte dorate: l'indirizzo del locale, l'ora dell'evento, il dress code e un numero di telefono per confermare la presenza.

«Devo confermare anch'io, o basta dirti ora che non me la perderei per niente al mondo?»

«Noi siamo già confermate.» Sorrise. «Noi, il catering, il DJ, il buttafuori, la ragazza che mi aiuterà quella sera e il fotografo.»

«Quasi dimenticavo.» Mi alzai e raggiunsi una scatola di metallo in cui un tempo dovevano esserci stati dei biscotti. «Ecco tutte le foto che ho in cui c'è Lola.»

Nerea diede un'occhiata alle fotografie e, sorridendo, mormorò che sarebbe venuto fuori un bellissimo video.

«Hai già il vestito?» mi chiese.

«Per il matrimonio di Carmen, sì. Guarda.»

Tirai fuori un porta abiti di stoffa e aprii la cerniera, lasciando in vista un vestito color blu Klein con una sola spallina.

«Molto bello.»

«Grazie. Indosserò anche un copricapo. Lo sto facendo io. Non te lo faccio vedere perché non è finito: sembra un accessorio alla Lady Gaga» spiegai, contenta di essermi tolta di dosso il pensiero e aver fatto una cosa bella ed economica.

«E per la festa?»

«Be', per la festa vedrò. Qualsiasi cosa. Dei jeans e un top.»

Nerea alzò il sopracciglio sinistro e, dopo aver frugato in borsa, tirò fuori una rivista con delle pagine indicate da Post-it colorati.

«Non l'ho fatto vedere a nessuno, ma voglio che tu ci dia un'occhiata, come avviso. Questo è il vestito che indosserò io. E non è tanto per dire: è proprio questo.»

Indicò un'immagine. Sbattei più volte le palpebre.

«Stai scherzando?»

«No» rispose decisa. «Proprio come è scritto sugli inviti... sarai all'altezza?»

«Be', temo non ci sia nulla all'altezza di quel vestito, tesoro.»

Nerea rise. Rimasi a guardarla in silenzio. Da oltre un mese, un dubbio continuava a ronzarmi in testa, inespresso. Continuavo a sperare di non dover formulare la domanda, ma il giorno si avvicinava e...

Lei resse lo sguardo e poi fece schioccare la lingua.

«Dai, chiedimelo» disse, accavallando le gambe.

«Avete mandato l'invito anche a lui?»

«Sì. È uno dei migliori amici di Lola. Era il primo nome della sua lista, amore.»

«Oh...» Giocherellai con le punte dei capelli.

«Ma non credo confermerà. E, anche lo facesse, ormai non hai più conti in sospeso con lui. Avete rotto, ti sei scusata per quella visita così poco educata e adesso esci con un'altra persona. Se lo incroci, vi salutate come due persone civili e arrivederci e grazie.»

Arrivederci e grazie? A me non sembrava così semplice.

Venerdì 6 aprile

Lola entrò in casa mia come un elefante in una cristalleria: piena di sacchetti, l'agenda rossa sottobraccio e la borsa che le pendeva inerte dalla spalla.

«Jeans e un top?!» mi aggredì, con voce stridula.

«Lola...»

«Ti ho portato delle cose da provare.»

«Tue?»

«Certo» annuì.

«E tu cosa indosserai?»

«Guarda, l'ho appena ritirato in tintoria.»

Lasciò cadere a terra gli altri sacchetti e tirò fuori dall'involucro protettivo un microvestito di raso viola con scollatura a V tipo tunica, senza maniche e con la vita stretta da una cintura dello stesso colore, impreziosita da applicazioni brillanti.

«Oh, mio Dio...»

«Dovrò andare avanti a minestra per tre giorni perché non mi segni troppo.»

«Sarai splendida.»

«Lo so» confermò, tranquilla. «È il mio compleanno. Dovete tutte essere carine, ma non potete eclissarmi. Funziona così.»

«Hai visto quello di Nerea?»

«Sì» rispose. «Che vacca.» E scoppiò a ridere. «Guarda quello che ti ho portato» insistette.

«Lola, non abbiamo la stessa taglia: mi staranno piccoli.»

«No, vedrai.»

Tirai fuori da un sacchetto una minigonna aderente con paillette nere, un vestito rosso senza maniche, una minigonna jeans con gli strass... Mi fermai a fissarla.

«Cosa ti sei fumata?»

«Che c'è che non va nei miei vestiti?»

«Sono minuscoli. Sei certa di non aver svuotato il cassetto della biancheria intima, dentro queste borse?»

«Da' un'occhiata a questo vestito.» Iniziò a rovistare. «Non l'ho mai nemmeno provato.»

«E perché?»

«Mi sembra un po' troppo casto.»

«Promette bene» commentai.

Tirò fuori un'infinità di minuscoli top brillanti, in lycra, e poi afferrò una manica di pizzo nero. Lisciò il vestito con una mano, anticipando che bisognava portarlo in tintoria per farlo stirare.

Era corto. Molto corto. Ma bellissimo. Le maniche di pizzo nero arrivavano poco sotto il gomito e la scollatura era a barchetta. Sotto c'era un vestitino nero, ancora più corto, con le bretelle sottilissime e uno scollo a cuore. Quindi, una volta indossato, la scollatura e una parte delle cosce sarebbero state coperte soltanto dal pizzo. Sfacciato, sì, ma al tempo stesso stupendo.

«È molto bello.»

«Perché non lo provi?» Guardò l'etichetta. «È la tua taglia.»

Controllai. Sì, era della mia taglia.

«Non so, Lola. Non sono abituata a indossare cose così corte e aderenti. Ho la sensazione che sia solo uno splendido baby-doll.»

«Dai, provalo.» Mi tolsi la maglia slabbrata che indossavo e i pantaloncini di jeans tagliati. Chiesi a Lola di passarmi il vestito e, dopo essermelo infilato dalla testa, misi dentro le braccia, lo feci scivolare e le chiesi di tirarmi su la cerniera.

«Se non sale non forzarlo, o per toglierlo dovrò fare tipo Hulk» la avvertii, di schiena.

«Si chiude senza problemi.» Il suono della cerniera le diede ragione.

Lola fece due passi indietro e mi squadrò. Quando mi voltai era a bocca aperta. Non le diedi retta. Raggiunsi l'armadio, presi delle décolleté nere con i tacchi e le indossai.

«Allora?»

«Te lo regalo 'sto vestito, ma ti prego: mettilo alla festa.»

Mi guardai allo specchio e mi sorpresi io stessa.

«Tu hai un corpo del genere e, anziché metterlo in mostra, lo nascondi sotto le robe che porti di solito?»

«Non so: così non passo all'estremo opposto, mostrandolo troppo?» domandai, guardandomi da ogni possibile angolazione.

«No. Sei perfetta. Davvero. Non pensarci nemmeno.»

Mi studiai di nuovo, di lato e di fronte.

«È troppo, Lolita» annunciai, e le chiesi di tirare giù la cerniera.

«Lo lascerò qui, così ci potrai pensare. D'accordo?»

Poi, mentre mi rivestivo, Lola iniziò a girare per la stanza a capo chino.

«Che succede? Problemi con Rai?»

«No. Be', qualcuno, ma mi preoccupano di più quelli che ho con te.»

«Con me non hai nessun problema.» Risi.

«Non ancora. Ma se ti dico che ho insistito perché Víctor venisse alla festa, forse li avrò.»

Rimasi a osservarla sorpresa. Poi respirai a fondo e annuii.

«Non preoccuparti, Lola. So quanto siete amici. Non voglio certo metterti tra l'incudine e il martello.»

«Grazie. E adesso... Che razza di bar è mai questo? Dammi qualcosa da bere, dannazione!»

Lola andò via presto: troppe cose da fare. Sembrava una sposa con un matrimonio alle porte. Aveva appuntamento per la pulizia del viso, per l'allungamento delle ciglia... E poi doveva presentarsi a casa di Rai per chiedergli scusa, ma questo non lo disse. Si presentò all'appartamento che condivideva con altri tre postadolescenti e chiese di lui allo sbarbatello scompigliato che le aprì la porta.

Quando Rai apparve in corridoio, il cuore le andò in gola e non poté evitare di sorridere. Lui rimase serio. Era macchiato di colore fin sulla punta dei capelli.

«Dimmi.»

«Stai dipingendo?» chiese, dolce.

«Devo finire un lavoro.»

«Sono qui a fare mea culpa... Dai, rendimi le cose facili.» Rai si morse il labbro. «È che hai vent'anni!» piagnucolò lei tra il serio e il faceto.

«E allora?» Fece spallucce. «Quando non lo sapevi non era un problema. Adesso che importanza ha?»

«È che mi ricordo i miei vent'anni, e non riesco a immaginarti alla mia festa di compleanno. Io a vent'anni salivo a ballare sui banconi, bevevo tequila a canna e mi mettevo in topless nella cabina del DJ.» Rai sollevò le sopracciglia. «Vent'anni vuol dire quello» proseguì lei. «Ubriacarti e pisciarti addosso dal ridere in faccia al mondo. Ma non voglio che tu lo faccia alla mia festa, davanti a tutti i miei amici.»

Rai rise con tristezza, facendo cenno di no con la testa.

«Quelli sono i *tuoi* vent'anni, Lola, non i miei. Io non mi ubriaco fino a perdere i sensi, non mi spoglio e non intendo salire a ballare da nessuna parte. Non l'ho mai fatto e non credo di iniziare proprio adesso.»

«Ma vent'anni li hai... e la tentazione è forte.»

«Ti rendi conto? Devo rispondere per i tuoi vent'anni, anziché per i miei. Non sembra una cosa molto matura, se ci pensi.»

«Ho paura che...» sbuffò. «Ho paura che ti presenti lì vestito come un pagliaccio.»

«Pagliaccio?» La cosa non sembrò andargli giù.

«Sì, con quei cappelli da musicista maledetto, i jeans tutti consumati e...»

«Andiamo per ordine.»

«Quale ordine?»

«Se ci vengo è per stare con te, che sia in abito da sera o travestito da cretino. Vuoi che venga?»

Lola ci pensò su un attimo. «Non lo so.»

«Allora chiamami quando lo saprai.»

Poi fece un passo indietro e, senza tante cerimonie, chiuse la porta.

Mercoledì 11 aprile

Carmen mi telefonò per chiedermi se avevo deciso cosa indossare alla festa di Lola.

«A dire il vero non lo so. Sono combattuta tra un vestito che mi ha prestato lei e uno mio.»

«Un uccellino mi ha detto che con quello di Lola sei uno schianto» cinguettò.

«Già, certo... Ma con il mio non mi si vede tutto quando cammino.»

«Non essere sciocca: fa' vedere la mercanzia, tu che puoi.»

«E tu cosa metterai?»

«Un vestito da sera verde bottiglia, più aderente della pelle del diavolo. Credo che non mi metterò nemmeno le mutande. Borja sta friggendo.»

«Non gli piace?»

«Forse gli piace troppo. Sai com'è, è un tipo vecchio stile.»

«Già.»

«Io metterei quello di Lola, Val» insistette. «Anzi, se avessi il tuo corpo me ne andrei in giro nuda. Devi indossarlo. Fallo per me.»

Rimanemmo entrambe in silenzio e Carmen si schiarì la voce.

«Che succede?» le chiesi.

«Ti ho chiamato per dirti che...»
«Ha confermato?» Chiusi gli occhi.
«Sì. Questa mattina.»
«Maledetto stronzo.» Sotterrai la faccia tra i capelli.
«Era da immaginare, tesoro. Soprattutto dopo la sceneggiata che gli hai fatto nel suo ufficio. Verrà alla festa e farà il gran figo.»
«Be', non dovrebbe.»
«È una festa ed è invitato. E lo sai che lui e Lola sono molto legati.»
«Sì, ma dovrebbe pensare che ci sarò anch'io, e che ne ho più diritto...»
«Val. Accetta da adulta che lui faccia quel che vuole. Ma... ecco, metti il vestito di Lola. Vorrei tanto vederlo inciampare sui suoi coglioni e rotolare giù dalle scale.»

Giovedì 12 aprile

«Ciao» Bruno. «Cosa stai facendo?»
«Niente, sono qui. Mi sono fatta manicure e pedicure. Per la festa di domani.»
«Ah, già. Farai anche il bagno nel latte d'asina, per dare brillantezza alla pelle?» chiese, prendendomi in giro.
«Meglio nel sangue di dieci vergini.»
«Ecco, m'è appena venuto duro.»
Alzai gli occhi al cielo.
«Bruno...» sussurrai supplichevole. «Perché non vieni?»
«Perché non posso. Lo sai.»
«Ci andrò mezza nuda. Non dovresti perdertelo.»

«Be', ogni tanto ho persino occasione di vederti completamente nuda. Sopra di me, o sotto, o di fianco. O sotto la doccia. O inginocchiata. O in...»

«Smettila di dire porcate e vieni...» lo implorai.

«Non posso. Ho degli impegni. E sarà così in molte altre occasioni. Non è facile avere un fidanzato che vive lontano e per di più è padre, tesoro.»

«Lo so.»

«Piuttosto... Ci sarà anche lui, no?» Aprii la bocca per rispondergli, ma siccome tentennavo Bruno scoppiò a ridere. «Hai paura che ti veda da sola?»

«Non ho paura di un bel niente. Né di vederlo né di non vederlo. Di niente. Ormai non mi interessa più nulla di Víctor.»

«Vuoi mettere in mostra la tua nuova conquista?»

«Non dire idiozie» dissi seccata.

«No, sto solo dicendo la verità. Forse quella che si sta comportando come una bambina...»

«Sono io.»

Sì, ero io, senza dubbio.

«Forse» ribadì lui, allegro.

«Lascia stare. È solo che Carmen ci andrà con Borja, e persino Lola verrà con il suo ragazzo. Mi faceva piacere che le conoscessi, tutto qui.»

«Non posso, Valeria. Argomento chiuso.»

E quando Bruno diceva «argomento chiuso», era chiuso. A volte si capiva che lui era un padre e che io... avevo bisogno di protezione.

38

Pronti, partenza...

Al decimo squillo a vuoto, Lola si disperò. Iniziava a pensare che Rai l'avesse mollata, ma non era credibile. Attaccò e si mise a scrivere un messaggio, che cancellò poco dopo. Ci vollero cinquanta tentativi, prima che si decidesse a spedirlo.

«Rai, ti avrò chiamato almeno dieci volte. Non so se hai dimenticato in giro il cellulare o se vuoi mandare me a fare un giro. Ma la festa è oggi, e non so ancora se verrai... Se avrò un compagno il giorno del mio compleanno. Chiamami, per favore.»

Si sedette sul letto e incrociò le gambe. Guardò di sottecchi il vestito appeso alla porta dell'armadio, poi l'orologio. Doveva andare dal parrucchiere. Sospirò. Si rese conto di colpo che se Rai non fosse venuto, non le sarebbe importato nulla della festa.

Maledetto ragazzino...

Io ero messa come lei: seduta sul letto a guardare il vestito che avevano insistito tanto per farmi indossare quella sera. Stavo fumando una sigaretta fatta a mano; non che avessi deciso di entrare nel club di chi preferisce rollarsele – anche perché la mia abilità in materia era praticamente nulla – ma era più economico. Dopo la donazione per la festa mi sarei dovuta accontentare. Forse per anni.

Un pensiero mi portò a un altro, e di colpo ricordai l'odore del tabacco da pipa di Bruno. Cazzo. Quanto tempo era passato da quei giorni a casa sua? E quante volte ci eravamo visti, da allora? Quattro? Cinque? Con tutto il sesso che avevamo in ballo, se avesse deciso di venire... Non mi sembrava di avergli chiesto chissà cosa, e lo avevo persino avvisato mesi prima. Insomma, volevo che venisse al compleanno di Lola, e non solo perché sapevo che ci sarebbe stato Víctor. Sì, ho detto «non solo».

E poi, ovvio, a quel punto pensai Víctor. Erano più di quattro mesi che avevamo rotto, ma sapere che quella sera ci saremmo incontrati mi innervosiva. Rivederlo avrebbe portato di nuovo a galla tutte le emozioni sciocche e assurde – sciocche e assurde perché investite su uno come lui – che provavo quando stavamo insieme. Avrei trattenuto il fiato, mi sarebbe girata la testa, avrei sorriso e stretto le cosce, per poi lasciarmi sopraffare dalla morsa allo stomaco dovuta al nervosismo.

C'era persino la possibilità che mi trasformassi in una perfetta idiota e perdessi la faccia pur di mettergli le mutande in tasca, così da assicurarmi che non andasse con nessun'altra. E, in ogni caso, lui se ne sarebbe tornato a casa con l'ego bello gonfio, solo o no, con me o con un'altra: perché non avrei potuto evitare di seguirlo con lo sguardo per tutta la sera. Una prospettiva che non mi piaceva affatto. Avevo bisogno di uno scudo emotivo; qualcosa che mi ricordasse com'erano andate le cose. Víctor mi aveva lasciata perché non mi amava, e adesso stavo ricominciando da zero.

Non volevo più essere debole. Con lui lo ero sempre stata, fin da quando l'avevo conosciuto, o almeno così mi sembrava in quel momento. Debole e senza volontà. Un burattino. Un burattino arrapato. E poi, Bruno...

Squillò il campanello di casa. Per un attimo sperai fosse lui, ma era impossibile, ovvio. Mi ritrovai davanti Lola, con indosso dei jeans a sigaretta lunghi fino alle caviglie, delle ballerine e un cardigan la cui scollatura lasciava intravedere il pizzo del reggiseno. Fin lì tutto normale. Poi, risalendo verso il collo, notai la mancanza di qualcosa. La sua folta chioma color cioccolata... La cercai in una coda, ma niente. Strabuzzai gli occhi, mentre lei entrava in casa.

«Ma... cosa...» azzardai.

«I miei capelli? Stai chiedendo dei miei trenta centimetri di capelli?»

«Sì. Dove sono?»

«Be', le ultime notizie che ho di loro risalgono a quando quella vacca della parrucchiera li ha spazzati via.»

Rimasi a fissarla. Sfoggiava un abbozzo di taglio scalato, che non avevano nemmeno asciugato con grazia, e l'espressione di chi sta per mettersi a urlare, piangere, scalciare o tutte queste cose insieme.

«D'accordo, Lola, tranquilla. C'è una soluzione» sussurrai.

«Certo: hai ancora la macchinetta di Adrián? Intendo rasarmi a zero.»

Alzai le sopracciglia.

«Ma smettila!»

«Val... La festa è oggi.» Fece una smorfia.

«Lo so, ma la soluzione non è presentarsi in versione Kojak.»

«E da sola, tra l'altro.» Si sprofondò sull'unica poltrona di casa. Aveva gli occhi lucidi?

«Lola, ti prego, non scoppiare a piangere. Tu sei quella che non piange mai, e che ci fa sentire ridicole quando lo facciamo.»

Si alzò e respirò a fondo.

«D'accordo. Ora sono tranquilla.» Più che altro sembrava provasse a convincersi da sola.

«Ti preparo qualcosa?»

«Sì, una parrucca.»

Scoppiammo entrambe in una risatina isterica, seguita da un silenzio teso.

«Secondo me...» Mi avvicinai a lei e le misi le mani tra i capelli, per valutare la situazione. «Secondo me una soluzione c'è. Tipo, con la frangetta di lato... Forse se ti aggiusto la frangia, lasciandola più spessa da una parte...»

«Sì...» confermò lei, speranzosa.

«Li arricciamo con la piastra e poi li scompigliamo, togliendo il riccio.»

«E tu sai farlo?»

«Temo dovrò imparare strada facendo.»

Lola si sedette al centro della stanza, sullo sgabello della cucina. *L'unico* sgabello della cucina, ovvio. Le inumidii ancora un po' i capelli e le misi un sacchetto della spazzatura sulle spalle, poi restai lì brandendo come un'arma delle forbici da cucito. Non osavo dare inizio all'operazione.

Le feci la riga di lato, raccolsi i capelli per la frangia e decidemmo insieme quanto farla lunga.

«Uno...» contai «... due...»

«No, no, ferma!»

«Volevi farti un'acconciatura alla soldato Jane e adesso te la fai sotto per questo?»

«Non fare la furba, anche tu hai strizza. Ti tremano le mani!»

Eravamo messe così quando squillò il citofono.

«Cazzo, deve essere mia sorella» le dissi. «Aveva detto che forse sarebbe passata a darmi una mano con i capelli.»

«Be', così ti aiuta anche con i miei.»

«Se non ti fidi di me, non ti consiglio di affidarti a mia sorella.»

Aprii il portone senza chiedere chi fosse e tornai a guardare l'aspetto di Lola, seduta lì con quel sacchetto di plastica addosso. Faceva pena. Sembrava una bambina abbandonata.

«Credo sia la prima volta che ti vedo struccata» commentai, mentre facevo un tiro da una delle mie sigarette rollate. «Hai il viso di una bimba...»

«Non dire sciocchezze. Sono questi capelli: pare che abbia tredici anni.»

«Ma, pensaci: adesso tu e il tuo fidanzato sembrerete coetanei!»

Per tutta risposta Lola mi scagliò contro un pettine, proprio mentre bussavano alla porta; in un solo gesto lo schivai e mi allungai ad aprire, voltandomi subito a controllare che non ci fossero altri proiettili in volo.

«Sei arrivata al momento giusto, Rebeca» annunciai dando le spalle all'ingressino. «Dacci una mano con la frangia di Lola: la sua parrucchiera dev'essersi fatta di oppio a colazione.»

Mentre sentivo la porta chiudersi, la faccia di Lola assunse un'espressione indecifrabile quanto una poesia giapponese. Temetti addirittura di aver lasciato entrare due testimoni di Geova.

Mi voltai lentamente. Bruno, una gomma in bocca, si stava togliendo una giacca nera doppiopetto, portata con il colletto alzato. Stava da Dio.

«Ciao» salutai con un filo di voce.

«Ciao» rispose.

Posò una piccola valigia accanto al letto, la giacca sulla coperta e si rimboccò le maniche della maglia fino ai gomiti. Mi venne una voglia matta di buttarlo a terra e lasciarlo senza ossigeno a forza di baci, invece restai lì impalata, senza sapere bene cosa fare o cosa dire.

«Che state facendo?» chiese, come fosse il vicino della porta accanto passato un attimo a cazzeggiare.

«Be'...» tentennai. «Hanno rovinato i capelli di Lola e... voleva la frangetta... più frangetta. Di lato. Insomma, hai capito.»

«Già.» Continuò a masticare la gomma.

«Solo che non abbiamo il coraggio.»

«E perché?»

«Non lo so.»

Lola mi guardava come se avessi lasciato entrare Hannibal Lecter e gli avessi proposto di darmi un morso alle natiche. Bruno mi tolse di mano le forbici e puntò Lola deciso.

«Valeria...» disse lei, sorridendo ma spaventata.

«Ciao, Lola» la salutò lui. «Vedi, è un po' come farsi la ceretta: non bisogna pensarci troppo, bisogna essere decisi. A questa altezza va bene?»

«Valeria!» urlò lei terrorizzata. Nemmeno sapeva chi fosse, quell'uomo. Prima che gli potessi togliere le forbici, però, lui aveva già tagliato. Lola strinse gli occhi con forza e iniziò a singhiozzare, mentre Bruno le sistemava il taglio. Poi lui posò le forbici sul tavolo, prese il suo pacchetto di sigarette e se ne accese una.

«Ecco fatto. La sigaretta della vittoria.»

Quando le ebbi asciugato a mano i capelli, ondulandoglieli con la piastra e applicando un po' di cera, Lola se ne andò. Sinceramente la frangetta era venuta molto bene. Era questione di essere decisi, proprio come sosteneva Bruno.

Dopo le presentazioni, mi parve che si piacessero. Lei si era vista bella nello specchio, e si era quindi tolta un peso; lui, come sempre, si mostrò divertente, disinibito e aperto... Certo, a volte era un po' sboccato, ma su questo loro due sarebbero andati d'accordo. Eppure ebbi l'impressione che Lola preferisse comunque vedermi uscire con qualcun altro.

Guardai l'orologio. Mancavano ancora quattro ore, tempo più che sufficiente per sistemarmi e ricontrollarmi. A meno che quanto stava per succedere non mi portasse via tre ore... Non si poteva mai sapere.

Bruno spense un'altra sigaretta nel posacenere, andò in cucina, buttò la gomma e ne prese una nuova. Poi mi venne incontro.

«Allora?» chiese, piantandosi davanti a me.

«Non ti aspettavo. Non so nemmeno cosa dire.»

«E, a essere sinceri, non sarei dovuto venire. È come

quando discuto con mia figlia perché risponde, e dopo averle detto di star zitta le parlo.» Sembrava molto serio.

«Lei ha cinque anni.»

«Appunto.»

Rimanemmo a guardarci in silenzio.

«Non è così grave, no? Che ti chieda di venire a una festa, intendo. Solo... mi fa piacere fare delle cose insieme, ecco. Vederti, presentarti ai miei amici e...»

«Il fatto è: ti rendi conto che non lo potrò fare sempre?» Gli scappò un sorrisetto.

«Certo.» Il sorrisetto mi contagiò.

«Nei prossimi mesi è possibile che venga spesso qui, per questioni di lavoro, ma devi renderti conto che ho delle responsabilità che mi aspettano a casa. Mia figlia.»

«Lo so e lo capisco, te lo assicuro.»

«Bene.»

«Allora perché sei venuto?»

«Perché potevo.»

«Ma mi avevi detto...»

«Volevo farti una sorpresa.»

«Lo sapevi già ieri?»

«Certo. Ma ti sei accorta di come mi hai ricevuto? Un pezzo di ghiaccio.» Si scostò i capelli. «Non penso lo rifarò. Credevo che non appena mi avessi visto ti saresti lanciata tra le mie braccia, mi avresti baciato e poi mi avresti portato fino al letto mentre mi spogliavi.»

Sorrisi. Tolsi la maglietta e i pantaloncini, lasciandoli cadere a terra. Mi misi le mutandine all'altezza che piaceva a lui, sui fianchi, e mi sciolsi i capelli perché ricadessero sulle spalle e sul petto.

«Così?»

Bruno sollevò il sopracciglio sinistro e, mentre si sedeva sul letto, sussurrò che andava già meglio. Gli misi una mano sul petto e, facendo un po' di forza, lo feci sdraiare, poi mi sedetti su di lui.

«Dimmelo...» sussurrai.

«Spogliati di più.»

Mi tolsi il reggiseno, lo lanciai e, chinandomi su di lui, ripetei: «Dimmelo...».

Bruno mi guardò negli occhi, come fissasse prima il destro e poi il sinistro. E sorrise. Lo sentii dire a denti stretti: «Scopami, mia dea...».

39

La festa

Dallo specchio del bagno vidi Bruno, spettinato, alzarsi dal letto e cercare di lisciarsi con le mani il groviglio di capelli che aveva in testa, senza ottenere alcun risultato.

Non c'era da stupirsi. Dopo una scopata del genere io avevo l'impressione di dovermi scomporre del tutto prima di potermi ricomporre di nuovo, pezzo per pezzo. E sicuramente i vicini erano stati lì lì per chiamare un esorcista, perché le parolacce che Bruno pronunciava a tutto volume aumentavano di giorno in giorno. Mi raggiunse e si mise dietro di me, appoggiando le mani sul lavello e chiudendomi tra le sue braccia. Mi voltai e lo baciai.

«Cosa mi metto, capo? Ho portato diverse cose. L'abito?»

«No, non è il caso.»

«D'accordo. Allora mi faccio una doccia.»

Quando Bruno scomparve dietro la tendina, rimasi a fissare il vuoto. Nell'aria c'era qualcosa che non riuscivo a identificare, ma mi piaceva. Era come nei primi due anni di matrimonio con Adrián, in quell'appartamento in affitto dove per chiudere la porta del bagno bisognava uscirne. O come i primi mesi con Víctor, quando pensavo di avere più intimità con lui che con il mio ex marito. Forse dipendeva solo dal fatto che iniziavo a pensare al nostro rapporto come a una storia seria? Ma tutto quel sesso... Così tanto...

Quando Bruno uscì dalla doccia, fradicio e con un asciugamano bianco intorno alla vita, mi parve delizioso. Così virile, così deciso, così vero che non riuscii a evitare di lasciar perdere i miei capelli per mendicare un bacio.

Lui, come se quel momento facesse parte della sceneggiatura di un film di cui noi due eravamo i protagonisti, mi avvolse con naturalezza tra le braccia e mi baciò più volte, guardandomi negli occhi a ogni pausa. Perdemmo quindici minuti a limonare come degli adolescenti... e altri dieci a scopare come animali contro le piastrelle del bagno.

Sull'invito c'era scritto che la festa iniziava alle dieci, ma sapevamo tutte che finché Lola non fosse apparsa, alle undici, non sarebbe cominciata davvero. Quindi, proprio come d'accordo, Carmen, Nerea e io ci trovammo all'entrata del locale alle dieci e mezzo passate, mentre Bruno lasciava la macchina nel parcheggio più vicino. Se ne andò con in faccia la stessa espressione che aveva fatto nel vedermi infilare le scarpe, ormai vestita. Quando gli avevo chiesto cosa ne pensasse, aveva risposto criptico: «Parecchia pelle in vista».

Nerea era appostata sulla porta d'ingresso, su un tappeto rosso che andava dal bordo del marciapiede fino alle sue scarpe. Aveva i capelli raccolti in una coda ben pettinata ed era truccata in modo impeccabile, tanto da sembrare una bambola. Una modella. Una dominatrice venuta dal futuro con tanto di frustino e mutandine in lattice. Ma di questo parlerò poi, se proprio insistete. Il vestito era spettacolare, talmente spettacolare che non immaginai nessuna tra le altre mie conoscenti in grado di indossarlo con la stessa grazia. Era blu con paillette nere, una sola manica, corto e aderente come un guanto. Ai piedi indossava delle incredibili Christian Louboutin di strass neri; all'orecchio sinistro portava un auricolare e teneva nella mano destra una cartellina con dei fogli: l'elenco degli invitati.

Quando mi vide aprì la bocca e scoppiò a ridere. Io diventai rossa come un pomodoro, pensando che fossi ridicola con quell'abito tanto corto e stretto, ma quando vidi Borja capii che non era così. Carmen rimase a fissarlo mentre, dopo aver distolto lo sguardo dalle mie gambe, chiedeva scusa, si sfregava gli occhi e li puntava a terra.

«Non la stavi squadrando, vero?» chiese Carmen, le mani sui fianchi.

Lui scoppiò a ridere e, guardandomi finalmente in faccia, disse con fare timido: «Scusa, non sono abituato a vederti... così. Sembri un'altra».

«Però, come siamo in tiro!» continuò a ridere Nerea.

Arrossii e mi scostai i capelli dal viso.

«E il tuo ragazzo?» domandò Carmen, superba con il suo vestito verde super aderente.

«È andato a parcheggiare. Non l'ho aspettato perché ho bisogno di andare in bagno, e pure di corsa. Appena arriva ve lo presento. Per favore, siate gentili con lui» dissi muovendo nervosa le gambe.

«Giù. In fondo a destra» mi indicò Nerea.

«È che il tuo ombretto blu elettrico mi ha obnubilata.» Raggiunsi l'entrata, ma fui fulminata da un'improvvisa illuminazione e mi voltai verso di loro con aria grave. «Bruno non vi conosce! Dovrò comunque aspettare!»

«Va', io so chi è. La foto sul libro.»

«Carmen, sul libro che ti ho prestato non c'è la foto...»

Lei arrossì come un peperone e, nascondendosi dietro Borja, confessò di averlo cercato su Internet.

Risi e andai di nuovo verso l'entrata, ma le sentii spettegolare alle mie spalle.

«Nerea...» iniziai con un filo di voce.

Quando stavo per chiederle di cosa stessero sparlando, lei mi ripeté con un sorriso teso: «In fondo a destra». Poi disse all'energumeno alla porta di lasciarmi passare. Entrai. Il locale era abbastanza buio, e due ragazzi che non conoscevo mi fischiarono dietro mentre passavo. Mi sentii strana...

Il fotografo cercò di fermarmi, ma mi divincolai. Non senza prima pensare quanto fosse carino. Seguii le indicazioni di Nerea e mi incamminai verso il fondo. Mi mancavano cinque o sei passi quando mi accorsi che qualcuno, lì, mi guardava senza staccarmi gli occhi di dosso. E capii le occhiatine di Carmen e Nerea.

Ovviamente era Víctor.

Scostai lo sguardo, fingendo di non averlo visto, anche se per rendere la cosa credibile sarei dovuta esser cieca. Lui non passava certo inosservato a una festa. Anzi, brillava. Brillava persino a vederlo per strada in un qualsiasi martedì pomeriggio, e vestito per l'occasione era quasi accecante. I suoi occhi si erano appuntati su di me... Verdi come il verde più verde al mondo.

Corsi in bagno, sperando di essere presto circondata dalle ragazze. Víctor era il mio tallone d'Achille e avevo bisogno che qualcuno mi reggesse, nel caso una freccia l'avesse colpito.

Ci impiegai un po' più del dovuto, là dentro. Avevo bisogno di un attimo di calma, lontana da suoni e attenzioni, per ripetermi alcune cose. Anche se, di base, continuavo a dirmi come un mantra: «Non fare sciocchezze». Quando alla fine uscii dovetti passare accanto al bancone, dove l'avevo visto prima, e lo feci pregando che non mi notasse.

Víctor. Quattro mesi che andavo a letto con un altro e bastava scorgerlo perché mi tremassero le ginocchia. In ogni caso non sembrava rimasto lì intorno, quindi mi affrettai verso le scale. Dita salde mi afferrarono per il polso, tirando leggermente.

«Sei tu?» chiese, portandosi vicino al collo.

Fu come un'ondata. La pelle d'oca mi corse su tutto il corpo, le cosce si strinsero, il cuore sembrò volermi uscire dal petto e i capezzoli si indurirono. Ed era bastata una domanda, due sole parole.

Mi voltai verso di lui e ci guardammo. Mi parve che fossimo entrambi tristi.

«Ciao, Víctor.» Sorrisi, dolce. «Come stai?»

«Be'... bene. Sono venuto con...» Indicò dietro di lui, ma non si voltò a guardare gli amici. Teneva lo sguardo fisso su di me, passando dal mio viso, al collo, al pizzo del vestito.

Alzai gli occhi. Juan e Carlos mi osservavano come fossi una lepre e loro cacciatori all'apertura della stagione venatoria.

«Ehi, ragazzi! Come va?» Mi finsi parecchio simpatica.

«Alla grande!» rispose Juan alzando il pollice, senza spostare gli occhi dal mio décolleté.

Quando mi voltai di nuovo verso Víctor lui scostò in fretta lo sguardo dal mio corpo e tornò agli occhi.

«Sei...» sorrise, quasi timido. «Non so. Sei splendida, ecco. Non riesco ad aggiungere altro.»

«Grazie» risposi, come non mi importasse che continuasse a fissarmi.

Solo quando lo guardai di nuovo lo vidi davvero, quasi che poco prima ne avessi scorto soltanto un ologramma. Era Víctor. Era Víctor, con il suo metro e novanta, la sua vita stretta e le spalle tornite, la bocca carnosa e i capelli pettinati alla perfezione, gli occhi d'un verde brillante e la barba sempre di tre giorni. Víctor, che profumava di Allure Sport di Chanel. Indossava una camicia bianca, pantaloni neri, una cravatta nera e una giacca grigia di tweed. Lo vidi, e vederlo fu come una frustata. Lo giuro. Mi sarebbe piaciuto non ridurmi così, ma ogni volta che batteva ciglio sentivo una scarica elettrica partire tra le gambe e risalire fino a togliermi il respiro. So che tutte lo abbiamo provato, almeno una volta. Te lo trovi davanti, smetti di respirare e non te ne accorgi finché non ti inizia a girare la testa. Se fosse necessario, vomiteresti anche l'arcobaleno. Senti il cuore nel petto che pulsa, che rimbomba nelle orecchie e persino dietro gli occhi e sulle tempie. Semplicemente perché lui è lì.

Lui.

Ridemmo imbarazzati quando ci accorgemmo che ci stavamo guardando in silenzio da troppo tempo. Lui si passò la mano sul mento e iniziò a parlare.

«Se avessi saputo che saresti venuta... così, mi sarei sistemato meglio. In pratica sono arrivato dal lavoro» spiegò, un po' a disagio. «Ma raccontami... Come vanno le cose? Tua nipote?»

Quella domanda mi ammorbidì un po'.

«Molto bene» sorrisi. «È bella, sveglia e divertentissima. E tuo nipote?»

«Fantastico. Meglio stia zitto o inizierò a sbavare. È incredibile.» Fece una pausa e, guardando in direzione del cameriere, deglutì e si avvicinò un po' di più. «Lascia che ti ordini qualcosa da bere.»

«Non preoccuparti. In realtà sono andata in bagno... Sto aspettando...»

«Lola è già in arrivo?»

«No.» Risi. «Lola ci impiegherà ancora un po'. Farà un'entrata trionfale, la conosci.»

«Be'... non so se riuscirà a catturare l'attenzione di tutti, se tu resti da queste parti.» Rise imbarazzato e si sfregò gli occhi. «Cazzo, questo vestito è un'arma letale.»

E nel chiedermi se l'unica cosa ad attirare la sua attenzione fosse un vestito così succinto... mi arrabbiai. Così risposi con la prima cosa che mi venne in mente.

«Lo dice anche Bruno.» Lanciai lì quella frase con la massima naturalezza, guardando verso la porta.

«Cosa?» Si accigliò.

E andò ancora meglio quando, tra la gente, vidi farsi strada la sfolgorante e cinguettante Nerea, con Borja e, dietro, Carmen e Bruno che chiacchieravano sorridendo.

«Aspetta.» Lo trattenni, appoggiando la mano sul suo avambraccio, e indugiandovi con una carezza causale e involontaria. Quando me ne accorsi, arrossii. Era un gesto che mi veniva spontaneo.

Andai verso Bruno e mi gettai tra le sue braccia, sollevata nel non dover affrontare quel che restava in sospeso tra me e Víctor. Lui sorrise, e reagì come l'avessero istruito per fare un'entrata da ciliegina sulla torta: mi abbracciò, mi sollevò e poi mi baciò in modo tanto passionale e scandaloso che alcune persone si allontanarono da noi per osservarci con maggior agio. Poi mi posò di nuovo a terra e mi diede una pacca sul sedere. Prendendogli la mano mi girai verso Víctor, che ci osservava intensamente.

«Scusa, lui è Bruno.»

«Bruno Aguilar. Conosco i tuoi libri.» Víctor si sforzò di sorridere mentre gli porgeva la mano. «E ti ho visto il giorno della conferenza con Valeria, ovvio.»

Cavolo. Sembrava che quel giorno avesse avuto tempo di notare parecchie cose, pur essendo rimasto solo cinque minuti di merda.

Bruno gli tese la mano e sorrise.

«Piacere. E tu sei...?»

«Víctor, il suo ex.»

A Carmen e Borja scappò da ridere, quindi si rifugiarono dall'altra parte del bancone. Era soltanto una mia impressione, o quel chiarimento era un po' fuori luogo?

Bruno, con molta naturalezza, sollevò le sopracciglia sorpreso.

«Pensavo che il tuo ex marito si chiamasse Adrián.»

«Sì, Adrián è l'ex marito. Io sono venuto dopo... o durante, non saprei bene.»

Gli sarei voluta saltare al collo, per spezzarlo con un colpo ben assestato, ma mi limitai a sorridere a Bruno. Lui mi cinse con le braccia e mi chiese se potevamo ordinare qualcosa da bere.

«Certo» risposi. «Víctor, è stato un piacere incontrarti.»

Mi voltai e puntai uno spazio libero al bancone, chiamai il cameriere e ordinai. Dietro di me, Bruno mi abbracciava i fianchi, Borja si chiedeva se ordinare una birra o una bibita, mentre Carmen e Nerea si battevano un cinque godendosi l'espressione cretina che era rimasta sul volto di Víctor.

In quello stesso momento, qualcuno suonò a casa di Lola. Quando lei aprì, si ritrovò davanti un Rai tutto tirato per l'occasione, come fosse il modello del momento. Jeans consunti solo il giusto, maglietta con scritte e giacca nera, abbinata a una barba di tre giorni che rendevano quel metro e ottanta di ventenne un vero bocconcino. A lei, però, dei vestiti non interessava niente. Gli si appese al collo, cercando di nascondere che le tremavano persino le guance. E, abbracciandolo, disse una frase che non tutti abbiamo avuto l'onore di sentirle pronunciare: «Mi dispiace tanto, Rai... ti chiedo scusa».

E Rai la baciò e l'abbracciò con tutte le sue forze.

Lola fece il suo ingresso raccogliendo l'ammirazione di una diva a una prima cinematografica. La musica cambiò, tutte le luci si spensero e lei, invece di imbarazzarsi per la presenza di settantacinque dei suoi conoscenti più intimi (tra i quali almeno quaranta uomini, e circa la metà di loro era stata a letto con lei), si gonfiò ancora di più. Una vera star. Lanciò baci e urla di gioia, mettendosi in posa per tutti gli scatti che il fotografo le chiedeva. A cinque passi di distanza, Rai, che non dimostrava nemmeno lontanamente la propria età, la guardava tra il sorridente e l'imbarazzato. Tutto normale.

Noi l'aspettavamo vicino al palco, per abbracciarla. Nerea si strinse l'auricolare all'orecchio, tirò fuori un walkie-talkie e sussurrò qualcosa. A quel punto, come spuntata dal nulla, una ragazza fece cenno a Lola di venire verso di noi. Quando ci vide ci raggiunse saltellando, quasi fosse una bambina alle prese con un nuovo giocattolo, sopraffatta da tutte quelle attenzioni. Ci abbracciò, lanciò altri baci e ricevette altri flash con la naturalezza di un habitué del jet set. Nerea e Carmen si fecero scappare un urletto nel vedere il suo nuovo taglio di capelli, e lei, in un attimo di entusiasmo, mi avvolse tra le braccia e mi baciò sulla bocca, spingendomi all'indietro. Tutti si misero a fischiare mentre io, scostandola piegata in due dalle risate, cercavo di calmarla. Sembrava un bambino iperattivo dopo una scorpacciata di dolciumi.

Nerea si avvicinò, l'abbracciò e poi le passò un microfono, incoraggiandola a dire due parole, e lei... salì sul palco senza che nessuno dovesse chiederglielo. Tutti si misero ad applaudire. Il vestito lo meritava, bisogna ammetterlo. Era spettacolare.

Rai, che ancora non conoscevamo, si portò accanto a noi e ci salutò con un sorriso. Io mi avvicinai a Bruno e lasciai che mi cingesse la vita, mentre Carmen e Borja si baciavano e Nerea faceva cenno al fotografo di non perdersi un solo istante.

«Bene» esordì Lola. «Wow. Siete dei grandissimi stronzi. Coraggiosi figli di puttana.» Uno scrosciare di risate. «Io lì a chiamare, e tutti a trovare delle scuse. Sappiatelo: alla maggior parte di voi ho augurato le emorroidi.» Ridemmo tutti e lei proseguì. «Per prima cosa voglio ringraziare Nerea Carrasco, senza la quale questa festa non sarebbe stata possibile. Sei un tesoro prezioso, bellezza. Poi, che altro? Considerando i soldi che ho speso, spero che vi ubriachiate tutti fino a rendervi ridicoli, soprattutto davanti a questo ragazzo così carino che sta scattando le foto. E...» Una voce maschile chiese, urlando, dove fossero finiti i suoi capelli. Lei, toccandoseli, sorrise. «Cambiare o morire. Ma sta' sereno: ti ho fatto un cammeo con una ciocca, così lo puoi annusare mentre ti fai una sega.» Carmen e io nascondemmo la faccia nel petto dei nostri rispettivi ragazzi e ridemmo di gusto. «Ah! Avete visto le mie amiche, Carmen e Valeria?! Cazzo! Ma quanto sono fiche? In teoria è tardi, ragazzi: sono già impegnate; ma datemi tempo e qualche bicchiere in più e poi le convinco a fare un'orgia.» Borja e Bruno scoppiarono a ridere quando tutti iniziarono ad acclamarci. Noi, in quel momento, avremmo voluto solo nasconderci o scomparire. «Nient'altro. Bevete e scopate, perché il mondo finisce!» L'applauso che seguì quasi buttò giù le pareti, poi la musica salì di volume. Spuntarono almeno dieci camerieri (tutti con l'aria di essere ancora degli studentelli) a gestire il catering.

Lola scese, diede un bacio da urlo a Rai e poi, portandolo verso di noi, fece le presentazioni ufficiali.

«Rai, loro sono le mie ragazze: Nerea, Carmen e Valeria. Questi due sono Borja, il futuro marito di Carmen, e Bruno, il ragazzo di Valeria. Ragazze, lui è Rai, il mio fidanzato.»

Nel sentire la parola «fidanzato» ci esaltammo. Anche Rai non poté nascondere quanto gli piacesse il suono delle sillabe appena pronunciate da Lola.

In fondo alla sala si illuminò uno schermo e iniziarono a comparire foto della festeggiata. E, sembrerà un'esagerazione, ma il set si riempì di persone che volevano uno scatto in posa con lei. Veniva portata via ogni due secondi.

Con in mano il quarto bicchiere di vino bianco, Nerea venne a informarmi che il catering aveva finito, e se volevo altro dovevo chiedere al bancone.

«Ma non fare coda. Dillo a me e te lo faccio portare.»

«Non intendi rilassarti in tutta la serata?» le domandai.

«Quando uscirà la torta e faremo vedere il video. Allora mi farò i fatti miei. Non prima. È lavoro.»

Scomparve tra la folla con il suo auricolare, quasi fosse un'agente dell'FBI davanti a una scena del crimine.

Guardandomi intorno scorsi Carmen e Borja avvinghiati a ballare, e allora mi accorsi che sì, quella festa avrebbe segnato un'epoca. Ci sarebbero stati un prima e un dopo. Ovunque guardassi c'erano persone che ballavano o che si scambiavano effusioni. Se non avessi conosciuto l'organizzatrice, avrei pensato che ci avevano somministrato dell'ecstasy liquido.

Lola ballava, saltava, beveva... La vidi svuotare bicchieri su almeno cinque o sei uomini. E la cosa peggiore è che nessuno di questi sembrava infastidito dalla doccia d'alcol. Anzi, ridevano. Se qualcuno poteva fare una cosa del genere e uscirne felice e soddisfatta, quella era lei.

A un certo punto si avvicinò a Víctor e lo strinse affettuosamente tra le braccia; io avrei voluto non star lì a fissarli, ma lo feci comunque abbastanza a lungo da rendermi conto di come si guardavano. No, ovviamente non era amore, né desiderio o qualcos'altro di losco. Semplicemente, era una di quelle amicizie che non si spezzano per salvaguardare l'orgoglio altrui... tipo il mio. Mi feci un promemoria mentale: non mettere mai Lola in una posizione difficile tra me e lui. Non se lo meritava.

Poi mi strinsi a Bruno e gli chiesi se gli piaceva ballare. Mi confessò che il ballo non era una sua passione.

«Mi agito, se mi costringono a farlo, ma non con grande grazia.»

«Non è possibile! Considerando quanto sei bravo a letto!» risposi, incoraggiata dall'alcol.

«Vero... dite tutte lo stesso.» Rise, muovendosi al ritmo della musica e, già che c'era, palpandomi il sedere.

Mi voltai, appoggiai la spalla al suo petto e mi strusciai. Svuotai il bicchiere e feci cenno a Nerea, che in un nanosecondo mandò qualcuno a portarmi un gin tonic appena preparato. Far parte dei vip a una festa era un lusso inedito!

Improvvisamente la musica si zittì con un suono stridulo, come se qualcuno avesse fermato il giradischi. Tutte le luci si spensero. La gente fischiò e si sentirono un paio di urla. Una era mia, perché approfittando della situazione Bruno mi aveva infilato la mano sotto il vestito, cercando di sfilarmi le mutandine. Di colpo, sullo schermo nero, apparve un puntino bianco. Iniziò a crescere, fino a occupare tutto lo spazio disponibile, e partì *Dogs days are over* di Florence and the Machine, una bellissima canzone che noi adoravamo. Presero a scorrere fotografie della festeggiata, tutte molto personali. Lola nella culla. Lola nuda sul tappeto, appena nata. Lola senza denti. Lola con due trecce. Lola travestita da leone. Lola con un terribile look anni Novanta, maglia a fiori e cerchietto compresi. Lola all'università, vestita da far schifo. Lola che mette in mostra la pancia con un top che mia madre avrebbe bruciato. Lola che beve un drink. Lola che studia con gli occhiali, nella biblioteca dell'università. Lola al suo primo giorno di lavoro. Lola che mostra il dito medio, in quel modo che riesce elegante solo a lei.

Poi comparimmo noi invitati, uno a uno, in brevi video.

«Lola è...» diceva Nerea, aprendo la carrellata, «... un mito.» Tutti dicevamo qualcosa che ci ricordava la nostra Lolita. Una brutta parolaccia al momento giusto, un pizzicotto sul culo, un sogno, una di quelle notti che non vorresti finissero mai, uno splendore, la lussuria, un Caterpillar. Ce ne fu per tutti i gusti. Quando fu il mio turno, apparvi sullo schermo seduta nella sala di casa, con un paio di calze parigine, pantaloncini e una coda spettinata. Dicevo: «Lola è un dito medio mostrato con stile». Mi aveva registrata Nerea, un pomeriggio in cui ci eravamo scolate molte più lattine di birra di quante si possa confessare.

Víctor comparve poco dopo, nel suo ufficio, con una camicia bianca e un paio di bottoni aperti. Abbozzava un sorriso, lo sguardo basso verso la scrivania, dove c'era un libro aperto. «Lolita, luce della mia vita, fuoco dei miei lombi.» L'incipit di *Lolita* di Nabokov. Era stato il mio regalo di compleanno. L'aveva praticamente finito di leggere nel mio letto, appoggiandolo a volte sulla mia spalla nuda.

Mi voltai a cercarlo nella sala buia e lo vidi accanto al bancone. Mi osservava. Il suo era solo un augurio per Lola, o anche un messaggio per me?

Sentii un nodo in gola. Quindi presi il bicchiere e provai a scioglierlo con il gin tonic.

Lola salì di nuovo sul palco quando finì il video, e uno dei ragazzi al bancone tirò fuori un'enorme torta fatta di piccoli cupcake. I flash continuarono ad accecare la nostra amica, felice come non mai. Mentre ne mordeva uno. Mentre dava un bacio a un altro... E non sto parlando dei dolcetti. Povero Rai... Giurerei che non si fosse mai sentito tanto in imbarazzo.

Poi salì sul palco anche Nerea, con garbo e senza alcun disagio, per consegnare a Lola il suo regalo di compleanno. Era stata davvero astuta: aveva chiesto a tutti gli invitati dieci euro, e con i soldi raccolti aveva preso un paio di Christian Louboutin nere, con la loro splendente suola rossa. Non appena le vide, Lola impazzì di gioia. Ci impiegò un nanosecondo a indossarle, ma Carmen e io la convincemmo che forse aveva bevuto troppo per camminare su un tacco quindici. Nerea le mise al sicuro e poi... poi persino lei prese parte alla festa.

L'alcol, la musica a manetta, Bruno afferrato ai miei fianchi, tutta quella gente che ballava e i bassi delle canzoni che mi rimbombavano nel petto... Che sensazione. Mi liberai. Mi liberai e mi rilassai. Ormai mi sentivo a mio agio con quel vestito. Non mi fermai nemmeno a chiedermi se avevo male ai piedi. Né a pensare perché sentivo quel nodo in gola quando vedevo Víctor, o se Bruno fosse consapevole di quanto tesa e delicata fosse in realtà la situazione. Quando guardai di sbieco l'orologio di Bruno era l'una e mezzo e la gente era nel pieno del divertimento. Fino alle quattro del mattino quella sarebbe stata la festa del secolo.

Lola e Rai stavano ballando al centro della pista, lasciandosi andare ogni tanto a baci talmente appassionati da far urlare i presenti, che li incitavano. Carmen non la smetteva di ridere, ripetendo che sembravano Shakira e Piqué. Poi Bruno si mise a parlare delle fotografie di quello che il calciatore aveva in mezzo alle gambe... Per non farci mancare niente, Borja, Carmen, Nerea, Bruno e io facemmo persino una gara di chupiti al bancone. Vinse Bruno, ovvio: fu l'unico in grado di scolarsene quattro di fila senza che gli venissero i conati. Borja invece fu eliminato subito, causa faccia schifata al primo. Nerea e Carmen caddero al secondo giro, e io tenni duro a fatica fino al terzo.

Poi Nerea si lasciò andare. Dopo qualche bicchiere, la vidi tra le braccia di un ragazzotto, con le mani al cielo che ondeggiavano al ritmo della musica. Rimasi senza parole... soprattutto perché, a dirla tutta, l'ingente quantità di alcol nelle vene non mi permetteva di usarne molte.

Era da un po' che avevo perso di vista Víctor. Immaginai che se ne fosse andato e provai un misto di sollievo e dispiacere. Dispiacere perché lo temevo con un'altra, e avevo voglia di vederlo. Sollievo perché sapevo che era la cosa migliore per entrambi.

Bruno e Borja, che sembravano aver legato, andarono nella zona fumatori; Carmen e io decidemmo di uscire a prendere una boccata d'aria. Strada facendo, chiedemmo a Nerea se voleva venire con noi, ma lei stava ridendo a crepapelle con il fotografo carino; passammo accanto a Lola, che stava limonando con Rai e andammo verso l'uscita. Coincidenza o no, sulla porta incappai in Víctor.

«Ehi» salutò. Bastò questo a dimostrare che anche lui era ubriaco.

«Cosa c'è?» chiesi, molto su di giri.

Carmen si allontanò un attimo, in attesa.

«Vai fuori?»

«Sì» risposi, anche se suonò più come un «shhhi».

«Perfetto: anch'io.»

Guardai Carmen, che mi chiese a gesti se doveva accompagnarci. Feci cenno di no e lei tornò indietro. Sulla porta del locale salutai il buttafuori come fossimo amici da sempre e gli chiesi di mettermi un timbro bello forte.

«Temo che domani non ricorderò nemmeno dove sono stata. Questo sarà un ottimo indizio» spiegai.

Il tipo, nonostante l'aria ben poco gentile, scoppiò a ridere e gli vennero due fossette davvero carine.

«Ehi...» ripeté Víctor.

«Dimmi.»

«Hai una sigaretta?»

«Tu non fumi» risposi sorridendo, maliziosa.

«A volte sì. Ne hai una?»

«Prendi, ma dentro c'è una zona fumatori.»

«Lo so, ma mi sono scolato tipo cento chupiti di un liquore infernale e credo di aver bisogno di prendere un po' d'aria.»

Gliene porsi una dal mio portasigarette argentato e me ne portai un'altra alla bocca. Accesi entrambe sfoderando il mio Zippo nero con Swarovski. Víctor sorrise mentre faceva il primo tiro.

«Quel tizio è il tuo fidanzato?» chiese, appoggiandosi al muro.

«Più o meno, sì.»

«Più o meno sì? Avete una storia? Pensavo non ti piacessero le storielle.»

Scoppiai a ridere, ma in sordina.

«Non risponderò. Non intendo abboccare.»

«E dimmi, non è un po' troppo vecchio per te?» aggiunse.

«Ha solo due o tre anni più di te. Tu sei forse troppo vecchio per me?»

«Sembra più vecchio.»

«Questo commento è crudele.» Devo confessarlo: in quel momento avrei proprio voluto rispondergli che almeno Bruno era un uomo, mentre lui metteva ancora il pannolino.

«Un po' crudele lo è, sì» affermò. «Deve essere perché mi fa ancora male che tu mi abbia chiesto scusa con una maledetta scatola di cioccolatini, che chiaramente qualcun altro ha scelto al posto tuo.»

A quel punto il suo sorriso si fece teso.

«E tu? Sei venuto da solo?» Cambiai argomento.

«Con i ragazzi, te l'ho detto.»

«A caccia?» E non mi interessava affatto, sia chiaro.

«Be', più che altro a rifarmi gli occhi.» Fece un profondo tiro e guardò verso il cielo, sollevando il mento mentre espirava il fumo.

«A guardare, eh?»

«Esatto. Ma vedo cose che non posso permettermi, per quanto le desideri.»

«E cioè?»

«Sembra che abbiano già un proprietario.»

Scoppiai a ridere come se lo trovassi davvero divertente. In realtà, chissà perché, era tutto il contrario.

«Spero tu non ti stia riferendo...»

«Sai perfettamente a cosa mi sto riferendo» rispose, facendosi serio.

«Be', ti stai sbagliando.»

«Su cosa?»

Feci un passo verso di lui e le sue mani, veloci, mi afferrarono dai fianchi.

«Io non ho un proprietario: non sono una cosa. Sono una donna. E se ho qualcosa, ho un compagno.»

«Che tu sei una donna lo vedo. Questo vestito non lascia alcun dubbio.»

«Ti piace? Me l'ha prestato Lola.» Preferii fare un passo indietro e fingere di non capire.

«Il vestito è molto carino, ma non mi interessa.» Fece spallucce. «Sai che a piacermi sei tu, non m'importa cosa diavolo indossi.»

«Oh...» Mi allontanai di un altro passo, oscillando leggermente, lo sguardo a terra. Ero ubriaca.

«E sai di cosa mi sono ricordato?»

«Di cosa?» Lo guardai di nuovo in faccia.

«Di quel pomeriggio che ti avevo accompagnata a fare shopping per scegliere un vestito... e ho dovuto tirarti su la cerniera...»

Chiusi gli occhi, serrai le labbra e mi allontanai di un altro passo.

Non potevo. Non potevo reggere altri ricordi, altre sensazioni così forti, e quella dannata domanda che continuava a torturarmi: «Perché tutto quello aveva tanta importanza?». Perché? Si era trattato di sei mesi. Sei mesi, perdio! Possibile che nessuno dei due l'avesse ancora superato?

«Ricordo bene anche quell'altro vestito. Quello nero che indossavi il giorno in cui ti ho conosciuta, e che poi ti sei messa per venire a incontrare i miei.» Si fissò per un attimo le dita della mano, poi tornò a guardarmi.

«Non ricordo che tu mi abbia presentata ai tuoi. Ricordo piuttosto di essere venuta a una festa di compleanno, ma senza impegno, no? Come tutto quello che c'è stato tra di noi. Senza impegno, senza spiegazioni.»

«Già, d'accordo. Sono un idiota.»

«Sì, lo sei.» Annuii, consapevole di quanto tutto quello mi facesse ancora male.

«Devo esserlo. Avrei dovuto fare molte cose quando stavo con te, ma adesso esci con un altro.»

«Ci stiamo conoscendo.» E lo stomaco iniziò a friggermi.

«Da quanto?»

«Non so, da dicembre.» Mi toccai i capelli sciolti.

«Tu e io abbiamo rotto a dicembre.»

«Tu e io non abbiamo rotto. Tu mi hai lasciata. E io e Bruno ci siamo conosciuti a dicembre.»

«So quando vi siete conosciuti» assicurò. «Sarei dovuto restare.»

«Tra le altre cose.»

«Non sei stata nemmeno un po' a lutto?» Inarcò il sopracciglio sinistro.

«Avrei dovuto?»

«Mi hai dato una lezione. Siamo pari.» Fece una smorfia.

«Le cose stanno così: le storie finiscono e bisogna andare avanti con la propria vita. Sono certa che anche tu sei andato avanti con la tua, Víctor.»

Potendo, avrei voluto infilargli in testa quel concetto a suon di pugni. Volevo capisse che quella discussione travestita da chiacchiera cordiale non serviva a niente e che, se mi aveva lasciata, ora doveva farsi da parte, andarsene e non tornare più. Così sarebbe stato tutto più facile.

«Io non sto con nessuna» ribatté lui, serio.

«Tu non sei mai stato con nessuna. Nemmeno quando stavi con me stavi davvero con qualcuno.»

«Questo non è vero» negò con forza.

«No?»

«No. Ma sono un idiota e lo accetto.»

«Noi ragazze entriamo e usciamo dalla tua vita. Non hai motivo di scusarti.» Volevo chiudere la questione.

«Le ragazze, non tu. Tu non sei una ragazza. Sei la *mia* ragazza.»

All'inizio non seppi cosa fare. Era come se qualcuno mi avesse dato un colpo dietro le ginocchia: le gambe minacciarono di cedere. Mi prudeva la gola, mi girava la testa e sentivo il cuore battere a mille fin nelle tempie, assordandomi.

Sei la mia ragazza.

Avrei voluto scoppiare a piangere.

Sbuffai, guardai a terra e desiderai materializzarmi tra le lenzuola di casa mia. Mi faceva malissimo anche solo guardarlo...

«Dimmi, tu e quel Bruno...» iniziò a chiedere con aria compunta. «State uscendo? Fate sul serio?»

«Non lo so, ma spiegami che importanza può avere per te, adesso, quest'informazione.»

Víctor si inumidì le labbra. Guardò il cielo e ridendo fece spallucce.

«Mi manchi. Tutto qui.»

Mi manchi. Tutto qui.

Tutto qui. Come un calcio nello stomaco. Tutto qui. Lascia che mi avvicini perché voglio di nuovo cucinare i tuoi sentimenti a fuoco lento per poi mangiarli. Tutto qui.

Ma... non mi ero preparata a farlo inciampare sui suoi testicoli? Allora perché stavo così male, in quel momento? Forse perché usavo Bruno allo scopo?

Sentii che mi tremava il labbro e mi arrabbiai. Mi arrabbiai con me stessa, certo, e già che c'ero anche con Víctor.

«Ti manco?» chiesi, sollevando freddamente le sopracciglia.

«Sì.»

«Be' avresti dovuto pensarci sei o sette mesi fa, quando mi hai detto che era meglio lasciar perdere!» Alzai la voce. «Avresti dovuto pensarci... sai quando? Il giorno in cui mi hai detto che eri troppo infantile per darmi ciò di cui avevo bisogno!»

«Valeria...» Mi prese una mano.

«No. Adesso che mi vedi ti ricordi di sentire la mia mancanza?» Risi e improvvisamente mi parve tutto molto divertente. «Io rientro. Lasciami andare!»

«Valeria...» Mi afferrò di nuovo il polso.

«Lasciami.»

«Sei ferita, lo so, ma...»

«Non sono ferita. Non vedi che sono andata avanti? Non vedi che mi sono rifatta una vita? Lasciami in pace!»

«Credi che l'abbia capito solo adesso, perché ti vedo? Credi davvero che non senta la tua mancanza, cazzo?!»

«Lasciami...» gemetti. «Per favore, lasciami.»

Víctor mi tirò a sé e mi avvicinò di colpo alla sua bocca. Non mi baciò, ma lasciò soltanto pochi millimetri tra noi. Poi mi fissò negli occhi e sussurrò di nuovo che gli mancavo.

«E mi mancherai ogni giorno. Al risveglio mi mancherà non averti lì, accoccolata accanto a me. Mi mancherai quando andrò a letto, con chiunque io sia, se avrò ancora le forze per provarci con qualcun'altra.»

Lasciai cadere la sigaretta a terra. La sua creava una cortina di fumo che ci avvolgeva. Rimasi ad ascoltarlo sussurrare senza sapere se sarei riuscita a resistergli. E, siccome rimasi lì a osservare le sue labbra sussurranti, non vidi Bruno fin quando non fu proprio accanto a noi.

40

Cresci

Víctor mi teneva per i polsi e le sue labbra, all'altezza dei miei occhi, sembravano protendersi verso di me. È abbastanza evidente quello che dovette pensare Bruno quando ci vide. E non gliene faccio una colpa; vide quel che c'era, non ebbe bisogno di immaginare.

Feci due passi indietro, scostandomi con una certa violenza.

«Ciao» salutò Bruno, sorridendo cinico. «Allora? Prendete un po' di fresco?»

Nessuno dei due rispose, come fossimo bambini colti dai genitori con le mani nel sacco.

«Víctor, ti dispiacerebbe lasciarmi un momento da solo con Valeria?»

Víctor rimase a osservarlo in silenzio per qualche secondo, poi buttò a terra il mozzicone e mi disse: «Grazie per la sigaretta». Rientrò.

Mi voltai preoccupata verso Bruno, che non sembrava dare cenni di... di niente. Guardò l'orologio, si tastò la giacca alla ricerca del pacchetto di sigarette e, quando l'ebbe trovato, ne prese una e l'accese. Poi fissò il cielo senza dire una parola.

«Bruno...» sussurrai.

«Ne vuoi una?»

«No.»

Si girò verso di me, sul volto un sorriso rassegnato.

«Beccata, eh? In flagrante.»

«Andiamo a casa?» chiesi. Non volevo discutere lì anche con lui.

«No. Io vado, ma tu resta.»

«Ma hai tutto a casa mia e io...»

«Non preoccuparti. Dormo in albergo» rispose con fermezza, mentre faceva un tiro dalla sigaretta.

«Bruno...» Lo afferrai per un braccio. «Davvero, non è come sembra. Non lo stavo per baciare.»

Lui sorrise, buttò la sigaretta e mi guardò dritto negli occhi.

«Valeria, tesoro, so che non lo stavate facendo, ma meglio lasciar perdere per questa sera.»

«No, no, no.» Sentii un'improvvisa stretta al cuore.

«Non è successo niente. Dai, adesso vado. Tu divertiti, dormi e pensa. Ne riparliamo domani.»

«Non andartene, per favore.» La voce mi venne meno.

Lui continuava a sorridere, come un padre che stia insegnando qualcosa a una bambina di cui conosce fin troppo bene le reazioni.

«Vieni...» Ci allontanammo dalle luci d'entrata del locale. Pensai lo facesse perché nessuno mi vedesse piangere, quando se ne sarebbe andato. Lì, si mise le mani nelle tasche dei jeans e sorrise di nuovo.

«Valeria, sarò chiaro, d'accordo?» Annuii. «Devi crescere.» Aprii gli occhi, sorpresa. Lui proseguì. «Sei ancora una bambina, tesoro. E ti giuro che mi piaci molto, quindi non te lo sto dicendo per farti del male, ma devi crescere. Io non posso mettermi la mano sul cuore e giurarti che ti amo, che sono innamorato, perché è impossibile che lo sia già. E non parlo dell'innamoramento dei quindici anni, parlo dell'amore vero; quello che non fa male, che non è tormentato e che non è romanzesco. L'unico amore in cui credo sul serio. Mi segui?» Annuii. Bruno si schiarì la voce. «Non sono innamorato, lo so, ma so che se andiamo avanti un giorno potrei esserlo. E sentirò la tua mancanza. E vorrò stare sempre con te. E vorrò darti tutto ciò che mi chiedi. E non lo dico perché... Non voglio convincerti di niente. Desidero soltanto essere sincero e avere cura di me. Non mi piacciono i melodrammi, non mi sono mai piaciuti e non mi piaceranno mai, quindi evitiamo di farci del male. Devi maturare, perché è l'unico modo per poter stare insieme. Adesso spetta a te decidere se vuoi davvero stare con me. Stare insieme sul serio. O almeno provarci. Sei tu che devi decidere se vuoi crescere, se vuoi dirgli addio e voltare pagina. Io mi limito a chiederti: sei disposta a farlo?»

Crescere. Mettere da parte tutti i melodrammi. Una vita più semplice, o almeno più lineare. Una vita adulta. Com'era possibile che Víctor mi amasse in quel modo – maturo, adulto, sensato – se c'era di mezzo tutta quella sofferenza? E come potevo amarlo io? Forse Valeria, proprio come una studentella, si era presa una cotta per qualcuno che non era adatto a lei? Eppure, una vita senza Víctor...

Rimasi a guardare Bruno a bocca aperta, con sulle labbra la tentazione di controbattere, ma la chiusi perché non avevo nulla da aggiungere.

«Pensaci, Valeria. Pensa a questa sera. Da quando siamo usciti di casa fino a circa due minuti fa. Meditaci. Rifletticі. Ma non adesso. Concediti questa notte. Va', torna dalle tue amiche, bevi ancora un paio di drink e poi rifletticі quando avrai la testa sul cuscino. Non ti sto dando carta bianca, sia chiaro.» Chiuse gli occhi, si toccò il naso e sospirò. «Solo... pensaci.»

Deglutii e mi vidi dall'esterno, felice come una quindicenne alla cena di fine scuola o alla festa di compleanno di un'amica, dove sa che incontrerà quel ragazzo tanto bello con cui ha giocato a baciarsi per qualche mese. Quel ragazzo che vuole lasciare senza parole, che vuole stupire. Mi vidi lì, sicura in maniera ridicola soltanto perché indossavo un vestito striminzito che mi stava bene. Io non ero così nemmeno a sedici anni. Cosa mi era successo?

E cosa speravo? Di sentirmi meglio? Più donna? Più completa? Non so se vedere Víctor mi riempiva o mi svuotava ma... era la sensazione di cui avevo bisogno per sentirmi bene. Avevo una dipendenza. Una dipendenza da lui, anche se mi faceva male. Bruno lo sapeva, io dovevo ancora capirlo.

Mi vergognai e mi sentii sempre più ridicola. Mi sentii una stupida, perché in quel momento non ero in grado di capire quale fosse la scelta migliore. Bruno? Víctor? Di cosa aveva davvero bisogno Valeria per il resto della vita?

Mi si riempirono gli occhi di lacrime, ma non le versai. Respirai a fondo e annuii. Bruno mi diede un bacio sulla guancia e mi strinse la spalla sinistra prima di voltarsi e andare via camminando con calma, in direzione dell'incrocio verso cui aveva parcheggiato l'auto.

41

Postumi della sbronza

Gli effetti dei chupiti colsero Carmen e Borja a scoppio ritardato rispetto alla nostra gara, per cui non si chiesero nemmeno come mai Víctor fosse rientrato con quella faccia, perché avesse mandato giù praticamente alla goccia due bicchieri con i suoi amici e perché se ne fosse andato via da solo. Non si chiesero come mai Bruno avesse detto loro che usciva a cercarmi e poi non l'avessero più visto. Né avessero rivisto me. Pensarono fossimo finiti preda di un desiderio smodato e improrogabile, come quello che aveva colto loro.

Iniziarono baciandosi in un angolo. Proseguirono palpandosi accanto ai bagni e alla fine decisero di andare a casa di Carmen a finire quello che l'alcol e la situazione avevano scatenato. Non salutarono Nerea perché non la scorsero in mezzo alla folla, e non salutarono Lola perché nemmeno lei era rintracciabile. In compenso alcune malelingue giuravano di aver sentito dei gemiti provenire dal bagno delle signore, quindi avevano qualche sospetto su dove potesse essere almeno Lola.

Il tragitto in taxi sembrò eterno e, una volta entrati in casa, non si disturbarono nemmeno a togliersi tutti i vestiti. Carmen si sfilò senza alcun imbarazzo le mutandine da sotto il vestito e si sedette sulle ginocchia di Borja, a cavalcioni, mentre lui si sbottonava i pantaloni. Così, senza tanti preamboli, la penetrò facendo sì che lei mandasse indietro la testa e gemesse mordendosi le labbra.

Nessuno dei due diede un'occhiata al calendario per capire se era o meno un giorno fertile. Nessuno dei due aprì il cassetto del comodino di Carmen, dove tenevano i preservativi. Che importanza aveva? E, ovviamente, nessuno dei due tirò il freno a mano quando sentirono arrivare l'orgasmo.

Bastò un solo movimento in più, e Carmen esplose in un gemito di piacere mentre Borja veniva dentro di lei, tenendola stretta dai fianchi, mentre respirava rumorosamente accanto al suo collo.

«Ti amo» le disse. «Più della mia vita.»

Carmen si lasciò cadere, appoggiando la testa sulla spalla di Borja e aspirò con piacere il suo profumo...

Al suo risveglio, Nerea non capiva nulla. Tirò su la testa e fece mente locale; innanzitutto, quello era il suo letto? Sì. Era il suo letto. Di questo era certa. Bene.

Lì davanti, però, il comò con lo specchio le restituiva un'immagine bizzarra. Il make-up era colato, e aveva gli occhi in uno stato tale che la sera prima poteva essersi travestita da procione, anziché truccata per una festa. La coda non era più stretta e ben pettinata: milioni di capelli sfuggivano da ogni parte, e l'acconciatura si era sformata cedendo sulla parte destra della nuca, così da prendere la ridicola forma di una palma. Sembrava un'imbecille.

Si mosse, decisa a sedersi sul letto sebbene ancora inebetita dalla nausea e dai giramenti; doveva controllare alcune cose di vitale importanza. Primo: aveva ancora indosso il vestito. Le paillette le avevano grattato le cosce e le braccia, ma non importava. Il vestito, che costava una vera fortuna considerando di quanta poca stoffa era composto, pareva intatto. Secondo: sembrava non indossare le mutandine. Con una rapida scansione della stanza le localizzò sulla piantana nell'angolo, cosa che non si spiegò finché non si accorse che... Terzo: c'era un ragazzo mezzo nudo che dormiva a pancia in giù accanto a lei.

«Oh, mio Dio...» piagnucolò.

Si alzò. Si infilò gli slip, si sciolse la pettinatura e, dopo aver preso un elastico per capelli, si fece un piccolo chignon. Quindi si avvicinò all'altro lato del letto e diede un paio di colpetti sul braccio di quel ragazzotto. Il soggetto in questione era ancora irriconoscibile, ma aveva una schiena ben tornita e una brutta camicia. Una camicia orrenda, e per di più molto stropicciata. Dalla bocca del tizio uscì un mormorio e Nerea avrebbe voluto urlare.

«Ehi... tu» disse decisa. «Credo sia ora che te ne vada.»

Lui si passò una mano tra i capelli, che scompigliò più di quanto già non lo fossero. Quel groviglio color cannella le ricordava qualcuno.

«Che succede?» chiese con voce assonnata.

«Che è ora di sloggiare.» Cercò di suonare perentoria.

Il ragazzo si tirò su nel letto, facendo una sorta di flessione, e Nerea non poté far altro che sorprendersi nel vedere tanti muscoli in tensione su una schiena tanto magra. Soffocò un piccolo sospiro, poi un grido quando vide chi era. Jorge, il fotografo. Sì, lo stesso con cui si era accordata perché facesse le foto al matrimonio di Carmen. E, a giudicare dai preservativi usati abbandonati sopra il comodino, avevano ratificato l'accordo e si erano anche parecchio divertiti.

«Jorge?» Era sconvolta.

«Eh... sì» rispose lui facendo delle smorfie.

«Jorge... Jorge!» urlò.

«Non urlare, bionda. Che succede?»

«Che succede? Ma... cosa mi hai fatto?» Istintivamente si portò la mano tra le gambe.

«Cosa ti ho fatto?» domandò lui, stupito. «Io? Ma se per poco non mi sei saltata addosso già all'entrata!»

«Ma te sei pazzo! Ti droghi?»

«Nerea, bionda, rilassati.» E si stese di nuovo sul letto.

Lei, in preda a qualcosa di molto simile a una crisi isterica, raccolse tutti i vestiti di Jorge che trovò sul pavimento e glieli lanciò addosso.

«Jorge, prima che mi metta a urlare... Vattene.»

Lui fece spallucce, si alzò, si infilò i pantaloni e poi si abbottonò del tutto la camicia.

«Certo che voi donne siete proprio strane...» sussurrò. «Forse dovrei aspettare che pubblichino un libretto di istruzioni.»

«Sta' zitto!» gli rispose Nerea. «E la camicia che indossi è orrenda!»

«Credi che me ne vada in giro vestito in questo modo?» chiese lui con un sorrisetto.

Oh. Che carino però quando sorrideva, no? No, no, no. Nerea doveva concentrarsi.

«Addio, Jorge» lo salutò con freddezza. «Portati via quelle schifezze.» Indicò i preservativi.

«Ci vediamo il 6 giugno?» chiese lui, mentre raccoglieva da terra il portafoglio e si infilava le Converse ancora allacciate.

«E perché dovremmo vederci il 6 giugno?»

«Mi hai ingaggiato per un matrimonio...» Prese i preservativi e li appallottolò alla bell'e meglio.

«Ah... sì, certo... Ci vediamo il 6 giugno allora.»

Quando Jorge chiuse la porta di casa, Nerea cominciò a ricordare vagamente cos'era successo. E sì, era molto probabile che lei, in un attacco di non si sa bene cosa, si fosse comportata come una femme fatale. Si coprì il viso con le mani. Era ancora in tempo per ingaggiare un altro fotografo? Per il matrimonio di Carmen no, ovvio. Preferiva non rischiare.

Tornò in camera, prese le lenzuola e, mentre le portava verso la lavatrice, si domandò seriamente se non fosse meglio bruciarle.

Quelle lenzuola erano le uniche testimoni della trasformazione di Nerea la Frigida in Nerea l'Arrapata, e del fatto che aveva appena avuto un'avventura sessuale da una notte e via. Sì... la cosa migliore era farle sparire.

Quando uscì a correre, reprimendo la voglia di fermarsi a vomitare in un androne, ne approfittò per buttare il sacco nella pattumiera. Con dentro le lenzuola.

Lola si svegliò alle tre e mezzo del pomeriggio. Ma si svegliò solo perché stuzzicata da un gradevole profumino, altrimenti avrebbe dormito almeno fino a martedì, approfittando delle vacanze di Pasqua. Un peso dall'altra parte del letto attirò la sua attenzione, proprio mentre si stava decidendo a uscire dalle lenzuola. Quando si voltò, vide Rai con i capelli bagnati porgerle un vassoio con sopra una spremuta d'arancia, un caffè, dei cetriolini e un piatto di maccheroni al forno con il formaggio. Lola sorrise. Se in cielo avevano un menu, doveva essere quello.

«Buongiorno» salutò con la voce impastata.

«Buongiorno, scema.»

Lola lo guardò attraverso le ciglia piene di mascara raggrumato.

«Perché mi chiami scema?»

«Per stanotte.»

«Ho fatto tanto la cazzona?» Sorrise grattandosi la testa.

«Almeno non hai mostrato le tette dalla cabina del DJ.»

«Vedi? Che non mi sia venuto in mente è un chiaro segno che sto invecchiando.»

«No, no.» Rai rise scuotendo la testa. «Certo che ti è venuto in mente, sono stato io a convincerti che era meglio non farlo.»

Lola si sistemò un paio di cuscini dietro la schiena e rimase a guardarlo sorridendo.

«Be', questo dimostra che hai ragione: in fondo la bambina sono io.»

Poi lo baciò e, prima di mangiare, guardò con la coda dell'occhio la scatola con le sue Christian Louboutin. Ricordò qualcosa della notte precedente e, ridendo tra sé e sé, si disse che era davvero stata la festa più bella di tutta la sua vita. Non le mancava niente.

Mi svegliai di colpo, spaventata. La prima cosa a cui pensai fu a quanto Bruno dovesse essere deluso da me. Mi coprii la testa con una parte del cuscino e mi chiesi perché diavolo entrasse così tanta luce in camera mia. Che ore erano? Tastai il comodino alla ricerca del mio cellulare, ma l'unica cosa in cui mi imbattei fu una sveglia digitale che non ricordavo di avere. Aprii un occhio, lamentosa per via degli effetti della sbornia, e scorsi il segno del mio mascara sulle lenzuola lilla. Cazzo, avrei dovuto strofinare a mano quella macchia.

Fu allora che misi insieme i pezzi... Sveglia digitale? Tanta luce in camera da letto? Lenzuola lilla?

«No, cazzo, no...» mormorai.

Mi girai, e dall'altra parte del letto trovai Víctor. Si stava tirando su tra le lenzuola, sfregandosi gli occhi.

«Cazzo...» balbettò.

«Merda, merda, merda...»

Io avevo addosso soltanto la biancheria intima e, da quel che vedevo, lui era nudo. E non ricordavo nemmeno come fossi arrivata fin lì.

«Abbiamo scopato?» chiesi, nervosissima.

«No...» rispose con voce impastata. «Io stanotte non mi sono scopato proprio nessuno.» Scostò il piumino e uscì dal letto, completamente nudo. Mi coprii il volto con le mani. «Come se non sapessi cosa c'è qui sotto» borbottò.

Sbuffai. Ricordavo di essere entrata nel locale per cercare le mie cose e andare a casa. Mi ero imbattuta in lui mentre uscivo. Avevamo discusso. Ci eravamo urlati contro. Ma era come se qualcuno avesse cancellato i suoni. Rivivevo quei momenti quasi fossero un film muto.

Sentii Víctor entrare in bagno e aprire l'acqua della doccia. Uscii dal letto e mi misi a cercare: dove cazzo era il mio vestito? Guardai tra le lenzuola, sotto il letto, dietro la poltrona di pelle... Niente.

Víctor tornò in camera con un asciugamano intorno ai fianchi e i capelli bagnati. Mi diede un'occhiata e poi abbassò lo sguardo a terra.

«Non trovo il mio vestito.»

Non rispose. Si limitò ad aprire cassetti, tirare fuori degli abiti e lasciarli sul comò.

«Víctor...» Provai a essere gentile.

«Ieri mi hai detto che sono soltanto un idiota senza sentimenti e che non ho altro da offrire al mondo se non un cazzo accettabile. Me l'hai urlato in faccia dopo che ti ho detto di non riuscire a immaginarmi senza di te.» Alzai le sopracciglia. Sì, gliel'avevo detto. Ai ricordi iniziò a tornare il sonoro. «Mi hai detto che ti ho fatto più male di tuo marito e che ti piacerebbe potermi cancellare dalla tua vita e... non avermi mai conosciuto. Che non so offrire nulla di buono e che sono un mediocre. Mi hai detto che non so amare e che non lo so fare perché in fondo so di non meritarlo.» Aprii la bocca per ribattere, ma lui andò avanti. «Mi hai detto delle cose orribili. Come pensi che mi possa sentire adesso?»

Ebbi un flash di me che urlavo, gesticolavo, sputavo parole senza senso, dure e deformi. Vidi anche lui rispondere gridando. Mi vidi mentre lo spingevo e lui mi tratteneva urlando di non provare mai più a picchiarlo. Ci vidi baciarci. Víctor mi aveva detto che voleva vedermi quando rincasava. E aveva singhiozzato.

«Ti ho fatto... piangere?»

Si voltò verso di me.

«Il tuo vestito è in sala, dove te lo sei tolto, insieme alle scarpe.»

Uscii dalla camera da letto che mi sentivo male. Male sul serio. Male per Bruno, male per Víctor e male per me stessa, soprattutto mentre camminavo in lingerie nel corridoio di una casa che non era la mia e in cui non mi sentivo la benvenuta. Trovai il vestito tutto stropicciato accanto ai cuscini buttati sul divano. Lo indossai, lo sistemai il più possibile e tornai con le scarpe in mano verso la camera da letto, dove c'era il resto delle mie cose. Lui si era già vestito.

«Perché non l'abbiamo fatto?» chiesi all'improvviso. «Eravamo nudi e ubriachi...»

«Se non lo ricordi, che importanza ha?»

Mi sfregai il viso.

«Mi dispiace, d'accordo? Mi dispiace. Ma devi capire che ieri...»

Víctor fece schioccare la lingua e mi chiese di andarmene. Senza ribattere infilai i piedi dolenti nelle scarpe, presi la giacca e la borsa e mi diressi verso la porta. Non volli nemmeno guardarmi allo specchio, per non vedere in che stato avevo il trucco e i capelli dopo quella notte.

«La prossima volta che succede, non fermarti a dormire» disse dal corridoio, camminando scalzo verso la cucina.

Mi voltai e rimasi a guardarlo. Scomparve là dentro e lo seguii.

«Non so a cosa ti riferisci, ma non succederà di nuovo.»

«Certo che succederà di nuovo. Come sempre.» Respirò a fondo, preparò la caffettiera e rovistò nelle tasche dei pantaloni finché non localizzò i suoi occhiali, inforcandoli con diligenza. «Suppongo che la prossima volta non piangerai quando te lo metterò dentro. Magari la prossima volta a piangere sarò io.»

Rimasi di stucco, impietrita. Dio mio... era vero. Sbattei le ciglia e ci vidi a letto. Sentii la pressione di Víctor che cercava di penetrarmi...

Mi voltai e andai verso la porta, ma quando lo sentii lasciarsi cadere su uno sgabello, ci ripensai. Entrai in cucina e rimasi a guardarlo.

«Vuoi davvero che me ne vada così?»

Non rispose e io rimasi lì, a studiarlo: la mandibola tesa, i capelli neri scarmigliati...

Era tutto lì. Víctor non era più mio. E io non ero più sua.

Quando ormai stavo per andare a casa a cercare, ad esempio, di farmi una lobotomia con l'aspirapolvere, le sua dita si chiusero intorno al mio polso.

«No, aspetta. Non andartene.»

Confusa, alzai lo sguardo verso di lui che, prendendomi dalla nuca, mi portò fino alle sue labbra. Non mi feci pregare. Ci baciammo. Il sapore della sua saliva mi invase la bocca, mischiato a quello del dentifricio.

«Ti amo» sussurrò appoggiando la fronte alla mia. «Probabilmente non sono il solo che preferirebbe non fosse vero, ma non posso cambiare le cose. Nemmeno se lo volessi.»

Se ci avessi pensato un secondo, lo avrei scostato dolcemente, gli avrei chiesto scusa per tutto e gli avrei giurato che non mi avrebbe più vista. Ma forse pensare è un'attività sopravvalutata. Oppure a me non funziona molto bene il cervello...

Quindi feci l'esatto opposto.

Mi avvinghiai a lui e, afferrandolo per la maglietta, lo stampai di nuovo sulla mia bocca. Non mi importò granché del resto. Víctor mi sollevò e io lo cinsi con le gambe all'altezza della vita.

«Stanotte abbiamo *fatto l'amore*» gemette. «Cazzo, Valeria... dimmi che te ne ricordi.»

Chiusi gli occhi abbandonandomi alla pressione delle sue mani sotto il mio vestito e delle sue labbra umide sul collo.

Quella notte... Sì, l'avevamo fatto nella sua camera da letto, lentamente. Mi girava la testa e lui, su di me, tra le mie gambe, spingeva piano per entrare in me con una delicatezza quasi sconvolgente. E l'avevamo fatto senza preservativo. E mi era venuto dentro. Ci eravamo entrambi macchiati con l'unione dei nostri fluidi e ci eravamo toccati fino a esplodere in un altro orgasmo, con le bocche strette e l'odore di alcol. Víctor mi aveva detto che mi amava e poi avevamo di nuovo fatto l'amore. Di nuovo senza protezioni. Soltanto lui, la sua carne che mi apriva scivolando sulla mia umidità e i resti del suo seme. Mi aveva chiesto di perdonarlo, mi aveva chiesto di non smettere mai di abbracciarlo, mi aveva supplicato di non tornare mai più con Bruno...

«Ricordo» dissi.

Mi fece sedere sul ripiano della cucina e si sbottonò i jeans. Mi abbassai le mutandine e aprii le gambe per accogliere il suo pene dentro di me. Non era ancora del tutto duro e io non ero bagnata.

«L'ultima volta... Per favore, l'ultima...» gli chiesi. «Non possiamo rifarlo.»

«Ti amo troppo.» E sembrava che la voce gli si spezzasse.

Mi entrò dentro, facendomi urlare.

«Mai più, Víctor...»

«Dammi un'ultima volta...»

Ci baciammo a lungo e mi ritrovai, come una bambola di stoffa, a lasciarmi maneggiare da lui, che mi alzava dai fianchi. Venni in silenzio. Lui venne dentro di me e continuò a penetrarmi finché non perse l'erezione. Alla fine il suo sperma mi colava lungo le cosce.

Ci facemmo una doccia. Ci aiutammo reciprocamente a pulirci e poi ci abbracciammo. Piansi, morta d'imbarazzo, e lui, per calmarmi, mi accarezzò i capelli, che scendevano pesanti.

«È finita» gli dissi. «Non possiamo...»

«Lo so» rispose. «È stata l'ultima volta.»

42

Le nozze

Il *Canone* di Pachelbel, interpretato da tre violini e una viola, accolse la sposa. Era tutto perfetto... Proprio come Nerea l'avrebbe organizzato per se stessa. Carmen era splendida, tanto che noi invitati dovemmo trattenere il fiato al suo arrivo. Lei abbassò un po' la testa e sorrise, prima di guardare suo padre con quell'aria di... emozione assoluta e totale.

Presi fiato. La mia Carmen...

I suoi capelli, di un naturale color caramello su cui non aveva mai messo una goccia di tinta, erano sciolti, le onde naturali raccolte soltanto in parte da due pettinini brillanti immersi nella folta chioma. E trascinava sul tappeto il lungo strascico del velo. Il suo vestito era così bello... Ai lobi portava due orecchini a cerchio di oro bianco e brillanti che le avevamo regalato noi. Non aveva nessun altro gioiello, a parte l'anello di fidanzamento. E con quel trucco leggero sembrava una bambina. Una bambina molto innamorata. Cosa aveva Carmen che la faceva brillare di luce propria? Da due mesi era così bella, così completa...

Borja la aspettava all'altare. Gli tremavano le mani. Respirò a fondo diverse volte e, dalla nostra posizione, riuscimmo a notare quanto gli brillassero gli occhi. Il padre di Carmen la lasciò sull'altare accanto al futuro marito, e dopo un bacio sulla guancia andò a sedersi con la madre di Carmen, che piangeva furtivamente dall'emozione.

Da dietro, l'immagine dello strascico steso sul tappeto, con Carmen in piedi e Borja che le reggeva la mano, era spettacolare.

Nerea non ce la fece più e inspirò a fondo per poi espirare lentamente, ma a scatti, lasciando scendere qualche lacrima sul viso. Le cinsi la vita con il braccio destro e scoppiai anch'io a piangere in silenzio, emozionata. Lola, alla destra di Nerea, ci guardò di sbieco poi riprese a fissare davanti a sé, mordendosi il labbro.

La cerimonia fu splendida, e la soprano che Nerea aveva ingaggiato riuscì a far venire a tutti la pelle d'oca interpretando un'*Ave Maria* d'eccezione. A quel punto persino la madre di Borja, che continuava a recitare la parte della suocera insoddisfatta dell'«accordo», rischiò di svenire.

I due sposini si scambiarono le promesse e si infilarono gli anelli, giurandosi amore eterno. E io ci credetti. A tutto. Credetti che l'amore, a volte, va oltre ciò che funziona o non funziona. E di certo non era il matrimonio che l'avrebbe fatto funzionare, ma la voglia di entrambi di lottare perché fosse sempre perfetto. C'erano altre coppie che si amavano, ma tra loro non avrebbe mai funzionato...

Sul sagrato della chiesa, ormai come marito e moglie, gli sposi ricevettero una pioggia di riso e petali di rosa. E tra un petalo e l'altro i migliori auguri di tutti noi, perché erano due persone coraggiose. Amarsi e renderlo reale, senza melodrammi, senza sotterfugi, senza negazioni... Ci voleva un gran coraggio.

E pensai: coraggio, come quello di Lola. Nel vederla lì, con i suoi occhi color cioccolata ben aperti, mi parve un'eroina, un modello da emulare. Lola aveva infine ceduto alla sua parte umana, accantonando i pregiudizi che le avrebbero impedito di lasciarsi andare quando doveva fare sul serio. La coraggiosa Lola presentava il suo fidanzato ventenne con la stessa sicurezza con cui poi ci raccontava, in confidenza, quale fosse il bello di avere un ragazzino nel letto.

Delle ciocche bionde che si muovevano al vento mi fecero perdere la concentrazione e guardai Nerea. Dio quanto era bella. E parlando di coraggiosi... lei. La coraggiosa Nerea, eccola lì; da sola a far prendere il volo a un lavoro nato dal nulla, soltanto grazie ai suoi sforzi, ai suoi soldi, ai suoi grattacapi, alle sue giornate lavorative di dodici o quattordici ore. Ora trasformava il più bel giorno della vita di qualcuno in un fotogramma che avrebbe reso possibile anche a lei, finalmente, girare il proprio film, anziché vivere solo i ruoli che altri le affibbiavano.

Mi sentii un po' stupida, perché se c'è qualcosa che manca a Valeria, quello è proprio il coraggio, come già si è visto. È da troppe pagine che parlo di me stessa, per cui adesso è inutile mentire e cercare di infilarmi nel gruppo. Ma almeno, pensai in quel momento, iniziavo a vedere davvero che la vita è molto più che storie truculente tessute da mani maschili.

Ero riuscita a risolvere qualcosa. Ad esempio la mia precaria situazione economica e lavorativa. In quel momento, Valeria era già l'orgogliosa autrice di un articolo a pagina completa sulla rivista che da sempre, ogni mese, comprava con religiosa puntualità.

E lì non c'era spazio per parlare di uomini.

Che dell'argomento se ne occupassero pure quelle che ne capivano qualcosa; io, Valeria, mi sarei limitata a quel che sapevo, anche se era poco. Una pagina per parlare con nostalgia dei viaggi che segnano il nostro percorso; una pagina per la strada in cui siamo cresciuti, le relazioni che si intrattengono con i vecchi amici o la soddisfazione del nostro primo lavoro. Una pagina per ravvivare la sensazione di una canzone ascoltata in un dehors accanto al mare, e che evoca ogni sorta di ricordo, a cascata. A volte una di quelle notizie che si sentono al telegiornale era sufficiente a riempire quella pagina di desideri, ambizioni, speranze o riflessioni. Valeria non sa nulla in concreto, ma sa usare bene le parole, e alla fine ciò che conta è che gli altri si lascino cullare, no?

Carmen e Borja scomparvero sulla loro macchina addobbata per andare a scattare le fotografie di rito, come quelle in cui ci si bacia, quasi fosse un momento unico che si vive soltanto quel giorno. E noi restammo a guardarli andar via ai piedi della scala di pietra della cappella, come il piccolo riassunto di un arcobaleno: Lola, con il suo vestito color malva lungo fino ai piedi; Nerea, con il suo abito da sera in stile vintage verde bottiglia, e io, vestita di blu... Tutte e tre a osservare la macchina degli sposi che spariva lungo la strada.

Nerea la Frigida aveva già ripreso in mano le redini della situazione, quindi non sarebbe più stata concessa una sola lacrima. Se ne stava lì, accanto alla strada, con l'aria corrucciata per via del sole che le batteva sugli occhi. Un soffio di brezza le scompigliò i capelli mentre le passava accanto, con un casco appeso all'avambraccio, Jorge, il fotografo. Le rivolse uno sguardo tanto breve quanto intenso. Mi si rizzarono i peli delle braccia. Ma, Nerea? Lei non mosse la testa nemmeno di una virgola, sebbene i suoi occhi andassero verso di lui, pur senza guardarlo. In realtà, Nerea si limitò a controllare la ghiaia che i piedi di Jorge avevano smosso.

Cercai Lola con lo sguardo, sperando che anche lei avesse notato quel piccolo momento di tensione, quella microrelazione intensa che io, con le informazioni che avevo a disposizione, non riuscivo a interpretare. Lei, sull'ultimo scalino, si stava avvicinando a Rai che, con indosso un abito sicuramente preso in prestito, la ricevette con un sorriso e un bacio sui capelli. Si guardarono, si abbracciarono e, per la prima volta dopo tanto tempo, Lola mi parve rilassata.

Io, a tre gradini di distanza da Nerea e con ancora in mano qualche petalo, mi guardai intorno. La gente si muoveva. Respirai a fondo cercando di scrollarmi di dosso quella sensazione comune a qualsiasi amica della sposa, il giorno delle nozze: che da quel momento una parte di lei non tornerà mai più.

Una mano mi si tese davanti. La presi con un sorriso di circostanza e il suo proprietario, con indosso uno splendido abito nero, una camicia bianca e una cravatta grigia, mi aiutò a scendere gli ultimi scalini. Poi mi cinse la vita e mi abbracciò.

«Sei triste?»

«Sì.» Mi accucciai sul suo petto.

«Non puoi esserlo. È il matrimonio di una delle tue migliori amiche. Credo sia addirittura illegale.»

«Non è quello» brontolai, con lo sguardo perso verso la fine della strada.

«E allora? Per caso... ti ricorda qualcosa...»

«No.» Sorrisi. «Solo... È come se adesso non fosse più la mia bambina. Adesso è la sua.»

Lola si voltò a riprendermi, perché ero una lagna, ma alla fine sorrise e si concentrò di nuovo su Rai.

Le braccia del mio cavaliere mi strinsero più forte e annusai con piacere il suo profumo. Il suo petto si gonfiò in un sospiro e lo guardai in attesa che dicesse qualcosa di saggio.

«Be'...» sorrise, guardandomi a sua volta. «Questo è soltanto il modo che ha scelto per fare un passo avanti e crescere. Non c'è ragione che smetta di essere per te ciò che è. Non c'è motivo che il resto sparisca.»

«No?»

«No.» Scosse la testa e i suoi capelli neri vibrarono. «Vedrai.»

Bruno e io ci baciammo e, come sempre, mi sentii attraversare da una scossa erotica. Con Bruno era complicato baciarsi con tenerezza. Con Bruno era complicato cercare di fare l'amore. Ma ritenevo che lui fosse la scelta migliore. Perché? Perché non avevo voglia di melodrammi e perché ciò che io e Víctor provavamo era talmente intenso che non sapevamo gestirlo. E avevo seri dubbi sul fatto che ci saremmo mai riusciti.

Immagino che, come capita per i momenti più importanti della vita, la risposta sia evidente di per sé, tanto da togliere senso a qualsiasi spiegazione razionale la nostra mente voglia dare. O forse, a spingermi a credere che Bruno mi stesse offrendo qualcosa di reale, qualcosa che sarebbe riuscito a darmi, era stata quella conversazione sulla porta del locale dove Lola aveva festeggiato i suoi venti e fischia. Forse era stata la notte con Víctor a convincermi che ci sono storie che è meglio non far ricominciare.

Bruno non prometteva cose impossibili o, se le prometteva, era perché le riteneva alla portata delle sue mani. Le avvinghiava ai miei capelli e, guardandomi negli occhi, mi giurava che sarei stata la sua dea. E avremmo trovato il nostro angolo di intimità senza bisogno che si tingesse di desiderio. Avremmo trovato il modo.

Eppure... perché preferivo non pensare a Víctor? Perché avevo la sensazioni di aver fatto una scelta facile e di comodo anziché lottare?

No, Víctor era troppo, per me. E io ero troppo per lui. Troppo cosa? Non lo so nemmeno.

Ma allora, se ormai era deciso che non avrebbe più fatto parte della mia vita, perché sentivo il cellulare palpitare nella borsa, simile al cuore rivelatore del racconto di Poe? Quel messaggio avrebbe continuato a vibrare, bussare e battere per sempre, a meno che non avessi trovato il coraggio di cancellarlo e dimenticare. Nello specifico, dimenticare quella notte che alla fine mi era sfuggita di mano. Una notte e una mattina, dei baci e dei sussurri...

Troppo.

Erano solo parole, mi dicevo. Solo parole. Esattamente cinquantacinque parole che ormai sapevo a memoria, il cui mittente immagino di non dover nemmeno specificare.

So cosa ti ho detto. So che ti ho detto che era l'ultima volta. Ma... ho bisogno di vederti. Ho bisogno di sentire il tuo profumo. Ho bisogno che mi guardi di nuovo come quella notte. Torna, per favore. Torna perché ormai non sento più la tua mancanza. Adesso, semplicemente, ho bisogno di te.

Solo parole, lo so. Ma...

E adesso? Perché la vita, all'improvviso, aveva perso le sue sfumature e iniziava a sembrarmi soltanto in bianco e nero?

43

Il finale?

Víctor aprì la porta di casa sua e si ritrovò davanti Cristina. Indossava un vestitino estivo, verde e vaporoso, che le stava molto bene. Le labbra, come sempre, truccate di rosso.

«Ciao» la salutò con un sorriso. «Ci eravamo dati un appuntamento e me ne sono dimenticato?»

«Ehm... no» rispose lei, imbarazzata. «Ma sono in ferie, non avevo nulla da fare e ho pensato che...»

«Entra.»

Il sorriso di Víctor svanì non appena le diede le spalle. Non era dell'umore giusto, ma non era certo colpa di Cristina, quindi sarebbe stato gentile.

«Caffè, vino, birra?»

«Una birra, grazie.»

Si abbassò sul frigorifero e ne tirò fuori due, le aprì e ne porse una alla rossa.

«Che mi racconti?» chiese, appoggiandosi al ripiano.

«Niente di che...» Diedero entrambi un sorso e lei si avvicinò a Víctor. «Sarei troppo sfacciata se ti chiedessi un bacio?»

Víctor stava per risponderle, ma si distrasse e chiuse gli occhi quando un profumo lo schiaffeggiò.

«Che profumo porti?»

Lei rimase un attimo attonita, poi si avvicinò di un passo.

«Coco Mademoiselle di Chanel. Ti piace?»

Lui annuì mentre mandava giù un nodo in gola.

Cristina posò la sua bottiglia e tolse a Víctor quella che aveva in mano. Poi si attaccò al suo corpo e lo baciò sulle labbra. Erano fredde per via del contatto con la birra, e lo era anche la lingua.

Víctor chiuse gli occhi, la baciò e le accarezzò i capelli. Così, nel buio totale, i suoi capelli si allungavano fino a trasformarsi in quelli di un'altra persona. Il suo odore... quell'odore lo portava a ricordi vividi, con qualcuno che non era lei.

Senza pensarci due volte, la abbracciò e le chiese di andare in camera. E glielo chiese con dolcezza, con vera necessità.

Lei lo condusse fino al letto. Lì si abbracciarono, si baciarono, si spogliarono e, non appena possibile, lui strinse di nuovo forte gli occhi per non vederla. Gli piaceva, ma non aveva bisogno di lei.

Le abbassò gli slip lungo le gambe e la immaginò avvampare di un rossore che non le apparteneva. Sorrise.

«Cazzo, piccola...» La strinse a sé.

Cristina si stupì del suo tono e del modo in cui l'accarezzava. E quel «piccola», così dolce, così... vulnerabile? Preferì non pensarci. Si lasciò semplicemente trasportare.

Víctor si frenò. Dovette ricordare a se stesso che non era la sua ragazza. Abbandonò per un attimo quel mondo di sola immaginazione e si infilò un preservativo. Poi si stese su di lei, abbracciandola, e chiuse di nuovo gli occhi mentre la penetrava.

Non era esattamente il suo odore. Non era la sua pelle quella sotto i polpastrelli. Non era lei, ma poteva provare a immaginarla per un po'. Il suo profumo... Doveva concentrarsi su quel profumo, e su quello dell'ammorbidente delle lenzuola. Odori che gli riportavano la ragazza che desiderava abbracciare.

Si sforzò così tanto che Cristina smise di essere Cristina e il sesso smise di essere sesso. La penetrò dolcemente, piano, con affetto. Le baciò il collo, le guance, le spalle. La strinse a sé e fu scosso da un forte desiderio di dirle che l'amava, ma ebbe l'accortezza di non farlo. Si morse il labbro, spesso e carnoso.

Cristina, dal canto suo, non aveva mai conosciuto quel Víctor. Né dentro né fuori dal letto: si stava donando totalmente, tanto che sembrava non essere lì. La abbracciava con tenerezza e i suoi sospiri non erano i soliti gemiti profondi. Era bello che qualcuno la possedesse così, in quel modo... Era forse quello fare l'amore?

Percorse la schiena di Víctor con i polpastrelli e lui si arcuò, mentre sprofondava in lei a occhi chiusi.

«Piccola...» ripeté in un gemito. «Non te ne andare... piccola.»

Si baciarono sulle labbra e continuarono in un lento crescendo decisi a lanciarsi in caduta libera verso l'orgasmo. Cristina non si era mai sentita così speciale.

Víctor sprofondò nel suo collo e respirò a fondo. Tutte le emozioni che lei gli aveva regalato da quando si erano conosciuti riempirono la stanza. Quel formicolio nello stomaco, come quando l'aveva riaccompagnata a casa in macchina la prima volta; quella gioia che lo travolgeva quando lei rideva a crepapelle; quel panico che lo attanagliava quando sentiva che gli bastava soltanto lei e non aveva bisogno di nient'altro. Come quando facevano l'amore e lui la guardava, sdraiato, sperando che il tempo rallentasse, per non perdersi nemmeno il percorso dei suoi capelli che si muovevano su di lui. Lei riempiva ogni cosa. Come quando avevano fatto l'amore per l'ultima volta, quando si erano salutati, afferrandosi disperatamente, strappandosi dei singhiozzi.

Sentì un brivido nella parte più profonda di sé e seppe che stava per venire.

«Vieni, piccola... vieni insieme a me.»

E, con gli occhi chiusi, si ricordò di lei nuda su di lui, in una camera molto grande. Sulla sinistra c'era una grossa finestra aperta. Le tende ondeggiavano e stava albeggiando su quell'isola che tanto gli era piaciuta. Viaggiò fino al momento in cui si era reso conto di non poterne più fare a meno.

«Ti amo, amore mio» aveva detto quella volta.

E lei, sorpresa, imbarazzata e felice, gli aveva reso quel ti amo immerso in un gemito. Con i capelli lunghi, di quel colore tra il dorato e il rame. Con le labbra morbide. Con le ciglia lunghe. Con i seni rotondi, piccoli ma sodi, che riempivano le mani di lui del battito incontrollato del suo cuore. Sempre nervosa, sempre sul punto di arrossire guance. Sempre speranzosa che lui potesse dare il meglio di sé...

L'orgasmo fu confuso, quasi arrivasse per caso, quasi non lo stesse cercando. Come ogni volta che faceva l'amore. Era come se cercando il modo di abbracciarla di più, di averla il più vicino possibile, avesse scoperto quella via, la sola possibile.

Gli mancò l'aria quando sentì il bisogno di dirle che gli mancava. Respirò a fondo e aprì gli occhi, deciso a baciarla e a chiederle di non andare via. Ma non la trovò. Trovò un'altra persona...

Si lasciò cadere su un lato e imprecò a denti stretti. Cristina, dal canto suo, si raggomitolò a guardarlo. Si stava domandando se quello che all'inizio era nato come un gioco non potesse trasformarsi in qualcosa di serio, duraturo... Allungò la mano e gli accarezzò i capelli.

Víctor si tirò su, a disagio; si infilò i pantaloni del pigiama e si sedette sul bordo del letto, con la testa tra le mani.

«Mi dispiace, Cristina...»

«Per quale motivo?» Lei si tirò su dietro di lui e gli baciò la schiena.

«Per quello che è appena successo. Per favore, va' via.»

«Ma...»

«Vattene» la supplicò.

Lei si alzò dalle lenzuola e si vestì. Mise insieme i pezzi. Non era stato a letto con lei, ma con quella ragazza...

«Víctor, se hai bisogno...»

«Credo che non ci dovremmo più vedere, Cristina.»

Lei se ne andò lungo il corridoio, imbarazzata. Prima di andar via, lasciò uno dei suoi biglietti sul ripiano della cucina. *Chiamami se hai bisogno di parlare.* Sapeva che non l'avrebbe mai fatto. E nemmeno lei.

Víctor passò più di un'ora seduto sul bordo del letto, con gli occhi persi sulle venature del pavimento, pensando a tutti gli errori commessi e alle poche cose che invece aveva fatto bene.

Era tutto cambiato. Avrebbe potuto intestardirsi a fare la stessa vita di prima, ma niente sarebbe più stato uguale. Lei lo aveva cambiato, dando alla parola «sesso» molte più sfumature, molte più lettere...

Víctor allungò la mano e prese il cellulare, in carica sul comodino. Diede un'occhiata ai messaggi e trovò quello che voleva: uno che non aveva ancora ricevuto risposta, e che forse non l'avrebbe ricevuta mai.

So cosa ti ho detto. So che ti ho detto che era l'ultima volta. Ma... ho bisogno di vederti. Ho bisogno di sentire il tuo profumo. Ho bisogno che mi guardi di nuovo come quella notte. Torna, per favore. Torna perché ormai non sento più la tua mancanza. Adesso, semplicemente, ho bisogno di te.

«Per favore, Valeria, torna...» sussurrò.

Poi ci fu solo il tic tac, tic tac, tic tac...

Ringraziamenti

Siccome non mi voglio ripetere troppo, questa volta cercherò di essere breve. Se dimentico qualcuno, so che saprete perdonarmi.

Grazie...

A Óscar, l'amore della mia vita.

A papà e mamma, che mi sono vicini in ogni momento.

A Lorena, per i buoni consigli.

A Marc, perché è la luce dei miei occhi.

A María, perché mi fa sentire a casa, non importa dove siamo.

Ad Aurora, Laura Ll, María G, Vega, Jazmín, Paula, María H, Raquel, Laura L, Jessy, Catu, Lari, Estefi, Alma O, Lucía A, María M, Alma L, Ani, María D, Marieta, Vero, Su, Toni, Javichu, Román, Rafa per gli anni di vera amicizia. Ad Alba, per quelli che verranno.

A Chu, Jorge, Cris, Juan, Ángel, Bea, Varo, Félix, Jose, Mar perché siete la mia famiglia a Madrid.

Ai colleghi d'ufficio, che rendono ogni giorno un po' speciale.

Ad Ana, la mia editor, per la fiducia.

A tutti i miei lettori, che continuano a rendere il mio sogno realtà.

P.S. Sul serio: se ho dimenticato qualcuno, per favore, siate buoni!

I primi due episodi della serie di Valeria

L'ultima avventura di Valeria

Finito di stampare nel mese di maggio 2017 presso
Grafica Veneta S.p.A. – Via Malcanton, 2 – Trebaseleghe (PD)

Printed in Italy